Buch

Der Anthropologe Edmund Dale hat seine Forschungen einer zentralen These gewidmet: Er möchte die unmittelbare Verwandtschaft zwischen Mensch und Affe demonstrieren und vor allem zur Entmythifizierung der Spezies Mensch gegenüber der Tierwelt beitragen.

Diese Überlegungen haben Dale dazu bewogen, einen Schimpansen zu »adoptieren«. Das Tier, Chloé getauft, wächst mit den drei Kindern der Familie auf. Chloé erweist sich als begabte und gelehrige Schülerin. Ein stummes Kindermädchen übernimmt die Spracherziehung des besonderen Zöglings. Doch mit Eintritt in die Pubertät wird das Zusammenleben zusehends schwieriger. Chloé begreift nicht, daß die halbwüchsigen Kinder in ihrer Familie ihrem »tierisch-menschlichen« Verlangen ausweichen. Sie wird immer mißlauniger und reagiert aggressiv auf ihre Umgebung. Auch dem Dorf, in dem die Dales leben, ist das merkwürdige Adoptivkind immer mehr ein Dorn im Auge. Eines Tages entlädt sich die auf beiden Seiten aufgestaute Aggression in einem blutigen Zweikampf.

Autor

Robert Merle wurde 1908 im algerischen Tebessa geboren. Er war Hochschullehrer für Englisch und Naturwissenschaft in Algier, Rouen und Nanterre. Schon mit seinem ersten Roman gelang ihm der Durchbruch: *Wochenend in Zuidcoote* wurde 1949 mit Frankreichs wichtigstem Literaturpreis, dem Prix Goncourt, ausgezeichnet. Merle schrieb bis heute zahlreiche Romane, Essays, Biographien und Theaterstücke, edierte die Schriften Che Guevaras und übersetzte *Gullivers Reisen* ins Französische. Sein Roman *Die Insel* wurde fürs Fernsehen verfilmt.

Im Goldmann Verlag bereits erschienen:

Malevil oder Die Bombe ist gefallen. Ein phantastischer Roman (6808)
Die Insel. Roman (6846)
Die geschützten Männer. Roman (8350)
Madrapour. Roman (8790)
Der Tag der Delphine. Roman (8863)
Wochenend in Zuidcoote. Roman (9094)
Nachtjäger. Roman (9242)

ROBERT MERLE
DER TAG DES AFFEN

ROMAN

Aus dem Französischen von
Eliane Hagedorn und Barbara Reitz
(Kollektiv Druck-Reif)

GOLDMANN VERLAG

Deutsche Erstveröffentlichung
Die französische Originalausgabe erschien unter dem Titel
»Le propre de l'homme« bei Editions de Fallois, Paris

Umwelthinweis.
Alle bedruckten Materialien
dieses Taschenbuches
sind chlorfrei und umweltfreundlich.
Das Papier enthält Recycling-Anteile.

Der Goldmann Verlag
ist ein Unternehmen der Verlagsgruppe Bertelsmann

Made in Germany · 4/93 · 5. Auflage
© der deutschen Ausgabe 1991 bei Wilhelm Goldmann Verlag, München
© 1989 by Editions de Fallois, Paris
Umschlaggestaltung: Design Team München
Umschlagillustration: ZEFA/Allstock, Düsseldorf
Satz: IBV Satz- und Datentechnik GmbH, Berlin
Druck: Presse-Druck Augsburg
Verlagsnummer: 9227
Lektorat: Ulrike Kloepfer
Redaktion: Martina Reigl
Herstellung: Gisela Ernst/sc
ISBN 3-442-09727-4

*Für René-Guy Busnel
in Freundschaft*

1

Ich bin in Paris geboren, denn meine Mutter war Französin und wollte ihr Kind in Frankreich bei ihrer Familie zur Welt bringen. Der Heirat mit meinem Vater hatte sie nur unter der Bedingung zugestimmt, daß die Trauung in Frankreich stattfinden würde. Auch ich versäumte es nicht, mit meiner ersten Frau unsere Hochzeitsreise nach Paris zu machen, was sich jedoch als keine gute Idee herausstellte. Denn tagsüber interessierte sie sich für nichts anderes als für Geschäfte und nachts ausschließlich für Nachtclubs. Wir hatten geplant, zwei Wochen zu bleiben, doch wir hatten in Kürze derartig viel Geld ausgegeben, daß wir gezwungen waren, vorzeitig abzureisen. So gesehen war es auch keine allzu große Überraschung, daß mich meine Frau drei Jahre später verließ, um einen Mann zu heiraten, dessen Bankkonto nicht ständig in die roten Zahlen geriet.

Auch bei meiner zweiten Frau hatte Paris nicht mehr Erfolg. Als überzeugte Katholikin bedauerte sie es zutiefst, einen geschiedenen Mann geheiratet zu haben, und machte mir das auch ständig zum Vorwurf, weil ich sie dadurch auf den Weg der Sünde geführt hätte. Infolgedessen war das Leben für sie ein einziges Jammertal. Jedesmal, wenn wir an einer Kirche vorbeikamen – und Gott weiß, daß es in Paris viele gibt –, sagte sie mir: »Warte auf mich, ich will nur schnell ein kleines Gebet sprechen.«

Ich versuchte ihre Vorliebe für Gebete und meine Vorliebe für Kunst in Einklang zu bringen und schlug ihr vor, die Kathedrale von Chartres zu besuchen, deren einmalige Glasfenster ich gerne wieder einmal sehen wollte. Doch ihr schien es völlig absurd, zweihundert Kilometer zurückzulegen, nur um schnell ein kleines Gebet zu sprechen, wo es doch so viele Kirchen in der Nähe gab.

Vor etwa drei Jahren ließ ich mich von meiner schönen Angebeteten scheiden. Heute bin ich achtundvierzig Jahre alt und bin für zwei Wochen in Paris. Ich schlafe allein in einem großen Hotelbett und fühle mich dabei nicht unbedingt glücklich. Doch gegen diesen Schmerz gibt es kein Heilmittel, denn ich habe »keinen Appetit auf käufliche, öffentliche Liebe«, wie Montaigne sie bezeichnete. Wenn ich Montaigne zitiere, mag das aus dem Mund eines Amerikaners ein wenig merkwürdig klingen, aber schließlich habe ich einen Studienabschluß in Romanistik gemacht – Französisch ist meine Muttersprache –, ehe ich mich mit Leib und Seele der Anthropologie verschrieb. Denn was kann für einen Menschen interessanter sein als der Mensch, jenes große Tier, das sich im Laufe von Millionen Jahren zwar in bezug auf den Körper immer weiter entwickelte, sich in bezug auf die Seele jedoch kaum verändert hat.

Wenn ich von meiner persönlichen Erfahrung ausgehe – ich muß allerdings zugeben, daß diese recht beschränkt ist –, würde ich sagen, daß die Ehe für Kinder eine gute, für Paare hingegen eine schlechte Einrichtung ist.

Die Kinder aus meiner ersten Ehe leben bei mir in den USA. Das Dorf, in dem ich wohne, heißt passenderweise Beaulieu und mein Hof Yaraville. Ich bin abergläubisch und vermute, daß es der französisch klingende Ortsname war, der meinen Vater in seiner Jugend beeinflußt und ihn dazu gebracht hat, später eine Französin zu heiraten. Mein Sohn Jonathan ist zehn Jahre alt und meine Tochter Elsie dreizehn. In fünf oder sechs Jahren wird Elsie Yaraville verlassen, um an irgendeiner Universität zu studieren, und wenige Jahre später wird Jonathan denselben Weg einschlagen. Oh, natürlich, sie werden wieder in das heimische Nest zurückkehren: zwei Monate, einen Monat, eine Woche, die Aufenthalte werden im Laufe der Jahre immer kürzer werden. Wie einsam wird Yaraville dann sein!

Doch jetzt war ich in Paris, um an einem Kolloquium am Collège de France teilzunehmen, zu dem Professor Coppens eingeladen hatte. Dort sollten die Standpunkte der Genetiker und Anthropologen aus verschiedenen Ländern hinsichtlich des *homo habilis* diskutiert werden. Tim White und Donald Johanson waren in Tansania im Tal der Olduvai auf bedeutende Knochenfunde gestoßen.

Es gibt naive Menschen, die glauben, daß ein wissenschaftliches Kolloquium zu irgendeinem Ergebnis führen müsse, so wie bei einem politischen Kongreß am Ende eine Schlußerklärung abgegeben wird.

Das ist eine völlig falsche Vorstellung. Bei einem Kolloquium trifft man sich, man streitet sich und trennt sich dann wieder...

Manchmal allerdings werden wichtige Kontakte geknüpft, aus denen sogar Freundschaften entstehen können. Doch es gibt am Ende keinen Sieger, das Pro und Contra wird von den Referenten schriftlich in einzelne Redebeiträge gefaßt, und eigentlich ist es diese Fassung, die zählt.

Bei diesem Kolloquium war der Streitpunkt der folgende: Die Entdecker behaupteten, daß es sich bei ihrem Fund um einen *homo habilis*, das heißt einen Vertreter der ersten menschlichen Rasse handelte. Ein armseliges Wesen, das sich kaum aufrecht halten konnte, das jedoch gelernt hatte, Steine zu bearbeiten. Die Kontrahenten hingegen vertraten die These, daß es sich um einen *Australopithecinen* handele.

Das Wort Australopithecine setzt sich aus dem lateinischen Wort *australis*, das südlich bedeutet, und dem griechischen Wort *pithecus*, das für Affe steht, zusammen. Dieses Wesen erhielt die Bezeichnung südlich, weil man seine Überreste in Westafrika gefunden hat. Es ist eigentlich kein Primat mehr, aber auch noch kein Mensch. Kurz gesagt, es ist jenes fehlende Glied in der Beweiskette, das Buffon forderte, um zu belegen, daß man die »Abstammung des Menschen vom Affen in allen Stufen« zurückverfolgen könne. Das fehlende Glied war jetzt also ergänzt. Man ging auch nicht vom Menschen zum Affen zurück, sondern vom Affen zum Menschen »herauf«.

Ich verteidigte die These, daß es sich bei Whites und Johansons

Fund um einen *homo habilis* handele. Ich sprach Englisch, da dies die offizielle Sprache des Kolloquiums war. Doch auf eine Frage von Yves Coppens bezüglich der Zahnung antwortete ich auf französisch: »Ja, mein lieber Coppens, Sie haben vollkommen recht, die Vorderzähne sind tatsächlich kräftiger als die Backenzähne, und diese sind einfacher und weniger ausgeprägt als beim Australopithecinen. Die Zahnung ist, wenn ich so sagen darf, die Signatur des *homo habilis*.« Ich wiederholte meinen Satz in englischer Sprache, und während ich ihn übersetzte, fiel mein Blick auf eine sehr hübsche dunkelhaarige Frau, die auf den oberen Rängen saß. Ihre etwas füllige Schönheit schien mir an diesem Ort, inmitten des Kolloquiums, wo man nur von Knochen sprach, so erfrischend, daß ich ihr beim Sprechen, ohne es zu merken, leicht zulächelte. Sie lächelte sofort zurück. Ich war davon so überrascht, daß mir meine Zunge plötzlich nicht mehr gehorchte und ich meinen Satz nicht zu Ende brachte.

Glücklicherweise hielten meine Zuhörer diesen Ausrutscher für ein Übersetzungsproblem, und nach einer kleinen Pause sprach ich flüssig weiter. Danach schaute ich diese Circe nur noch einmal kurz aus den Augenwinkeln an und hatte dabei den Eindruck, daß sie sich köstlich über die Wirkung ihres kleinen Lächelns amüsierte. Als der Vortrag vorüber war – am nächsten Tag sollten wir uns wiedertreffen –, verabschiedete ich mich schnell von meinen Kollegen und ging auf den Ausgang zu. Zu meinem großen Vergnügen sprach mich die kleine dunkelhaarige Dame an, die mir zugelächelt hatte.

»Mr. Dale, darf ich Sie kurz aufhalten?«

»So lange Sie wollen.«

Sie lachte.

»Aber zunächst möchte ich mich vorstellen: Suzy Lecorbellier. Ich bin Lehrerin an einem Pariser Gymnasium.«

Wir schüttelten uns die Hände, ihre war klein, fest und warm.

»Ich möchte Sie um etwas bitten«, sagte sie.

»Wollen Sie mir das nicht draußen sagen? Ich habe etwas frische Luft nötig.«

Sie ging neben mir und mußte zwei Schritte machen, wenn ich einen machte. Ich wandte mich zu ihr um.

»Sind sie Anthropologin?«
»Nein«, sagte sie. »Ich war als Zuhörerin dort und wollte eigentlich Professor Coppens um etwas bitten.«
»Aber Sie haben es nicht getan.«
»Als ich hörte, daß Sie Französisch sprechen, habe ich mir gedacht: Das ist genau der Mann, den ich brauche!«

Sie lachte, als ihr im nachhinein die Doppeldeutigkeit ihres Satzes bewußt wurde. Unser Lachen schien mir ein wenig gekünstelt, so als diene es dazu, unsere stillschweigende Übereinstimmung zu verdecken.

»Ich wollte Sie bitten, in einer Schulstunde vor meiner Klasse über den Ursprung der menschlichen Rasse zu sprechen.«
»Donnerwetter! In einer Stunde?«

Obwohl das Collège de France nicht klimatisiert war, war es in den dicken Mauern doch kühl, und der warme Luftzug, der mir auf der Treppe entgegenschlug, überraschte mich.

»Was glauben Sie, wo ich ein Taxi bekommen könnte?«
»Place Maubert. Aber dort müssen Sie warten. Wohin wollen Sie denn?«
»Zum Jardin des Plantes.«
»Das ist ganz in der Nähe, ich kann Sie hinfahren. Mein kleiner R5 steht da drüben.«

Ich nahm ihr Angebot gerne an. Suzy Lecorbellier blieb am Straßenrand stehen und suchte unendlich lange in ihrer großen weißen Tasche nach ihren Autoschlüsseln. Das gab mir Gelegenheit, sie eingehend anzuschauen, ohne mir indiskret vorzukommen. Im Grunde genommen half ich ihr beim Suchen, indem ich sie betrachtete, denn mein Blick ruhte in einer Art höflicher Ermutigung auf ihr.

Sie war sicherlich nicht größer als einen Meter sechzig, hatte eine schmale Taille, volle Brüste, und ihre Beine schienen für die Größe ziemlich lang. Ihr schwarzes Haar war gewellt und kringelte sich in feinen Locken auf einer hohen Stirn, die Augen waren goldbraun, die Nase schmal und rassig.

Sie trug eine weiße Hose und ein weißes T-Shirt mit einem weiten U-Boot-Ausschnitt, das ihr hin und wieder über eine Schulter rutschte.

Ein Kunstliebhaber würde Suzy sicherlich folgendermaßen beschreiben: ein kleines Püppchen aus Meißner Porzellan, eine Figurine des Malers Fragonard, eine griechische Tanagra-Statuette. Diese Beschreibungen treffen zwar zu, doch geben sie nicht den Eindruck von Kraft und Vitalität wieder, der von ihrer Gestalt ausging. Sie hielt sich gerade, die Schultern leicht zurückgedrückt, und als sie sich, nachdem sie endlich den Schlüssel gefunden hatte, hinter das Lenkrad schob, ihre Tasche auf den Rücksitz warf und den Schlüssel ins Zündschloß steckte, bewunderte ich ihre Gewandtheit. Ihre Gesten waren lebhaft, ihr Fahrstil geschickt und ihre Sprache direkt.

Sobald sie sich in den Verkehr eingefädelt hatte, wandte sich das Objekt meiner steigenden Bewunderung mir zu und sagte:

»Sind Sie im Jardin des Plantes verabredet?«

»Eigentlich nicht, ich will dort nur meine Cousins besuchen.«

»Sie haben Verwandte in der Verwaltung?«

»Meine Cousins sind nicht in der Verwaltung, sondern in den Käfigen.«

Sie lachte.

»Die Schimpansen?«

»Ja, es gibt drei, Monsieur, Madame und das Baby. Aber da das Baby nicht das Kind von Madame ist, ist es allein in einem Käfig.«

»Das Arme! Es langweilt sich sicherlich.«

Sie fuhr fort:

»Da Ihre Cousins ja auch die meinen sind, dürfte ich Sie vielleicht begleiten?«

»Mit Vergnügen.«

»Danke. Aber vielleicht ist es etwas dreist, Ihnen diesen Vorschlag zu machen.«

»Ein Vorschlag ist nicht *dreist*, wenn er begeistert aufgenommen wird. Als *dreist* könnte man eher mich bezeichnen, da ich ihn mit zuviel Begeisterung aufgegriffen habe.«

Sie lachte.

»Danke, daß Sie die Sache zu meinen Gunsten wenden.«

Von allen Säugetieren im Zoo zog das Schimpansenpaar die

meisten Besucher an. Der Grund dafür ist, daß die Schimpansen – im Gegensatz zu den meisten Tieren, die den Blick abwenden, wenn wir sie betrachten – unseren Blick vielmehr suchen. Sie scheinen ebenso neugierig auf uns zu sein wie wir auf sie.

»Wir stellen uns Fragen über sie«, sagte Suzy, »doch sie stellen sich sicher ebenso viele über uns. Wir wissen, daß unser genetisches Erbe zu neunundneunzig Prozent mit dem ihrigen identisch ist, und sie fragen sich bestimmt, warum diese großen weißen Affen sie in Käfige sperren. Warum wir und nicht sie?«

»Die Gesellschaft sperrt uns ja auch in einen Käfig, doch der ist unsichtbar. Wir stoßen uns nur hin und wieder an den Gitterstäben.«

»Wie«, sagte Suzy mit einem schelmischen Lachen, »Sie sprechen also auch in Parabeln?«

Wir schwiegen, da wir merkten, daß unsere Ausführungen die umstehenden Leute aufhorchen ließen. Offensichtlich erschien es ihnen mindestens genauso interessant, andere Menschen anstelle von Primaten zu beobachten. Suzy und ich, die wir am Anfang einer verliebten Paarungszeit standen, waren sicherlich ein faszinierendes Studienobjekt, wenn man den neugierigen Blicken zweier älterer Damen glauben durfte, die vom Käfig mit kaum verhohlenem Interesse zu Suzy und mir wanderten.

Die Schimpansen waren unterdessen damit beschäftigt, bei ihren Bewunderern um Kekse zu betteln.

Das Weibchen saß uns direkt gegenüber, dicht an dem doppelten Gitter, von dem uns zusätzlich noch ein Graben trennte. Sein Blick war geduldig auf uns geheftet, und es wartete. Das Männchen hingegen war viel aggressiver und auch komischer. Es richtete sich von Zeit zu Zeit auf die Hinterbeine auf, hielt sich mit einer Hand an den Gitterstäben fest, schob den Oberkörper vor und sah uns mit einem arroganten Gesichtsausdruck an, so als wolle es das verlangen, was das Weibchen erbat.

»Was für ein *Macho*!« sagte Suzy.

Das stimmte. Er schien sehr darauf bedacht, uns seine Kraft zu demonstrieren. Während der Backenfurchenpavian im Käfig nebenan uns ohne jede Schwierigkeit seine kleine Hand durch die Maschen des Drahtzaunes entgegenstreckte, begann unser

Männchen mit den Füßen zu stampfen, die Zähne zu blecken, zu schreien und mit den Händen auf den Boden zu trommeln. Und da es wußte, daß es den Backenfurchenpavian nicht erreichen konnte, stand es dabei parallel zu dem Gitter, das die beiden trennte.

Das alles war nur Bluff, wie es oft bei »Angriffen« der Schimpansen der Fall ist. Es wirkte jedoch sehr theatralisch. Man spürte, daß er sich bemühte, die großen weißen Affen, die ihm zusahen, zu beeindrucken. Das gelang ihm übrigens sehr gut, denn wir alle machten »oh« und »ah«, vor allem, wenn er, am Ende des Gitters angekommen, mit beiden Hinterbeinen kraftvoll gegen die Luke trommelte, die ihn vom anderen Käfig trennte. Es erforderte große Geschicklichkeit – denn die Luke war senkrecht im Gitter angebracht –, sie den Gesetzen der Schwerkraft zum Trotz mit beiden Füßen gleichzeitig zu treffen. Für diese Leistung wurde der Schimpanse von uns mit den schönsten »ahs« belohnt.

Während der Viertelstunde, die wir vor dem Käfig verbrachten, wiederholte er denselben Zirkus zweimal, und zwar immer mit derselben Entschlossenheit. Jedesmal schlug er mit beiden Füßen auf die Platte wie auf einen Gong, um das Ende seines Angriffs kundzutun. Dann kam er zu uns zurück und wiegte den Oberkörper, als wolle er sagen: »Ihr seht ja selbst, wie furchterregend ich bin. Es wäre wirklich nicht angebracht, mir eure Kekse vorzuenthalten!«

Um uns standen einige Kinder mit ihren Müttern. Sie waren völlig fasziniert und wären wohl näher hingegangen, wenn uns der Graben nicht auf einen Meter Abstand von dem Doppelgitter gehalten hätte. Ein hübsches kleines Mädchen mit einem feinen Profil und einem Pferdeschwanz, etwa sechs Jahre alt, schien äußerst beeindruckt, vor allem von den Händen des Schimpansen, die er durch das Gitter streckte, um nach den Keksen zu greifen.

»O Mama«, sagte sie, »sieh nur, seine Hände sind genau wie unsere.«

»Ja«, sagte die Mutter.

Dann fügte sie hinzu:

»Wie grauenhaft.«

Ich betrachtete sie. Es war eine blonde Dame von etwa dreißig Jahren, die sehr elegant gekleidet war. Ihre Haltung war ein wenig steif, »typisch für eine bestimmte Schicht«, wie meine Mutter zu sagen pflegte. Es schien nur logisch, daß ihr die Ähnlichkeit zwischen den Schimpansen und uns Menschen mißfiel.

Das Mädchen störte sich nicht an dem Unbehagen ihrer Mutter und fuhr fort:

»Ihre Daumen und Finger sind genau wie unsere. Und die Fingernägel auch. Mama, wer schneidet ihnen denn die Fingernägel?«

»Der Wärter, nehme ich an«, sagte die Dame mit ablehnender Miene.

»Aber Mama, warum haben sie denn dieselben Hände wie wir?«

»Das stimmt nicht ganz, ihre Finger sind viel länger, und sie haben Haare auf den Händen.«

»Papa hat auch Haare auf den Händen«, sagte das Mädchen.

»Das ist nicht dasselbe«, erwiderte die Dame mit verkniffenem Gesicht.

Suzy und ich lächelten uns zu, was zwei verschiedene Reaktionen zur Folge hatte. Die blonde Dame bemerkte unser Lächeln, nahm das Mädchen bei der Hand und zog es beleidigt vom Käfig weg. Die beiden Damen, die sich für die Beziehung zwischen Suzy und mir zu interessieren schienen, sahen unser Lächeln und tauschten einen Blick des Einverständnisses. Auf der anderen Seite, wo die großen weißen Affen standen, geschah also auch etwas.

Ein kleiner Junge kam angelaufen und schob sich, fast zwischen meinen Beinen hindurch, an das Gitter heran. Seine Mutter, eine kleine dunkelhaarige Dame mit üppigen Formen, rügte seine schlechten Manieren sofort mit lauter Stimme:

»Gérard, du rempelst den Herrn an!«

»Aber nein, Madame, keineswegs, er stört mich überhaupt nicht.«

Ich rückte ein wenig näher zu Suzy hinüber, um ihm Platz zu machen. Gérard machte es sich bequem. Was ihm auffiel, war nicht die Ähnlichkeit, sondern die Unterschiede.

»Mama, sieh nur, was die für eine häßliche Nase haben, ganz platt und schwarz!«

»Red nicht so laut, Gérard«, sagte die Dame, besorgt, zu beweisen, daß sie ihrer erzieherischen Aufgabe gerecht wurde.

»Aber sieh doch nur, was die für 'ne Nase haben!«

»Ich sehe es ja«, sagte die Mutter leicht geniert.

»Oje, oje, sind die Nasen häßlich. Aber Mama, du siehst das wohl gar nicht! Die haben Nasen, als hätte einer draufgetreten.«

»Nun hör endlich auf, Gérard«, sagte sie ungeduldig. »Jetzt reicht's mir aber mit den Nasen. Deine Nase wird genauso häßlich, wenn du weiter drin rumbohrst.«

Eine ältere Dame, die neben Suzy stand, hob diskret die Augen zum Himmel, um ihn als Zeugen für diesen unerfreulichen Dialog anzurufen. So adrett und respektabel, wie sie aussah, konnte man sich nur schwer vorstellen, daß sie vielleicht auch einmal ein ungezogenes Kind gewesen war. Ihr dauergewelltes Haar lockte sich so gleichmäßig, daß es wie ein metallener Helm wirkte, ein Eindruck, der durch die bläulichweiße Farbe noch verstärkt wurde. Am linken Arm, mit dem sie einen Sonnenschirm hielt, hing eine große schwarze Tasche, die sie jetzt öffnete, um eine Packung Kekse hervorzuziehen.

»Madame«, wandte sie sich an Suzy, »würden Sie die Freundlichkeit haben, die Packung zu öffnen und dem Weibchen einen Keks zu geben? Aber nur dem Weibchen! Ich finde dieses dicke Männchen unsympathisch. Haben Sie gesehen, wie er versucht, sich alles einzuverleiben, auch das, was man seiner Gefährtin gibt?«

Suzy öffnete das Paket, nahm einen Keks und hielt ihn dem Schimpansenweibchen über das Sicherheitsgeländer hinweg entgegen. Doch sosehr sie sich auch vorbeugte, Suzy erreichte den inneren Drahtzaun nicht.

»Ihnen geht es wie mir, Ihre Arme sind zu kurz«, sagte die Dame. »Dabei sind Sie noch jung und gelenkig. Aber vielleicht könnte Ihr Gatte...«

»Aber gerne doch«, sagte ich.

Der Keks wanderte von Suzys Hand in die meine und erreichte so die Schimpansendame, die den Zeigefinger durch das eine, den Daumen durch das andere Loch des starken Maschendrahts schob und ihn ergriff. Sie brachte es fertig, den Keks genau vor einem Loch im Zaun zu plazieren, das allerdings zu klein war, um ihn nach innen ziehen zu können. Also schob sie die Lippen, so weit sie konnte, vor und schnappte nach dem Keks. Man könnte fast sagen, daß sie ihn in sich hineinsog.

Die ältere Dame, die glücklich über den Erfolg schien, belieferte mich weiter mit Keksen, jedesmal begleitet von dem eindeutigen Hinweis, sie ja nicht dem Männchen zu geben. Das war gar nicht so einfach, denn es verfolgte natürlich die ganze Operation mit großem Interesse. Aufrecht und brummend stand es an ebender Stelle des Drahtzauns, auf die ich den Keks hinbewegte, und schob seine Finger durch die Löcher des Maschendrahts.

Um ihm auszuweichen, mußte ich manövrieren, und manchmal waren zwei oder drei Versuche nötig, um ihm die köstliche Süßigkeit vorzuenthalten und sie statt dessen seinem Weibchen zukommen zu lassen. Diese offensichtliche Parteinahme empörte ihn dermaßen, daß er sich plötzlich aufrichtete, mit den Füßen zu stampfen und zu knurren anfing und mir ins Gesicht spuckte. Der größte Teil der Ladung wurde glücklicherweise durch den Maschendraht aufgefangen, so daß nur meine Krawatte einige kleine Tropfen abbekam.

»Madame«, sagte ich, während ich mit dem Taschentuch meine Krawatte abtupfte. »Wie Sie sehen, nimmt er mir die Sache sehr übel. Wenn Sie wollen, daß ich weitermache, werden wir ihm wohl auch ein oder zwei Kekse geben müssen.«

»Wenn Sie wollen«, sagte sie mißmutig. »Was für ein Flegel er doch ist! Welch ein Gegensatz zu seinem Weibchen, das so sanft ist.«

Wäre ich an der Stelle der Dame, so würde ich nicht auf die Sanftheit des Schimpansenweibchens vertrauen, das immerhin zwei oder drei Mal so stark ist wie ein Mensch. Und selbst wenn man das Männchen aus dem Käfig entfernen würde, würde ich ihr nicht empfehlen, sich drinnen auf einen Klappstuhl zu setzen, um der einsamen Schimpansendame Gesellschaft zu leisten. Höchstwahrscheinlich würde die Sache mit einigen Bißwunden enden, schlimmstenfalls mit einem abgerissenen Arm.

Nacheinander gab ich dem Männchen vier Kekse. Schließlich beruhigte es sich und ließ sich uns gegenüber, im hinteren Teil des Käfigs, auf einem riesigen Lastwagenreifen nieder. Es spreizte die Beine und kratzte sich, während es uns herablassend und arrogant musterte, mit beiden Händen kräftig die Innenseite der Oberschenkel und das Geschlechtsorgan. Schnell warf ich der alten Dame einen Seitenblick zu. Sie tat so, als würde sie nichts bemerken.

»Es gibt Leute«, sagte sie zu Suzy, »die behaupten, der Mensch stamme vom Affen ab. Ich glaube kein Wort davon, ich halte mich an das, was ich gelernt habe. Gott hat den Menschen als sein Abbild erschaffen.«

»Ja natürlich«, sagte Suzy, »ist es schmeichelhafter, Gott zu gleichen als einem Schimpansen.«

»Nicht wahr? Ich war sicher, daß Sie meiner Ansicht wären. Die Schimpansen sind so häßlich und plump, vor allem die Männchen. Ich will Ihnen sagen, was ich mir mit meinem gesunden Menschenverstand denke: Der Affe ist die Karikatur des Menschen, er wurde ausschließlich geschaffen, um den Menschen daran zu erinnern, was aus ihm wird, wenn er sich von seinen niederen Instinkten leiten läßt.«

Ich wechselte einen Blick mit Suzy, die fortfuhr:

»Kommen Sie oft hierher?«

»Oh, ja!« erwiderte die Dame. »Ich wohne ganz in der Nähe, das ist mein täglicher kleiner Spaziergang. Der Eintritt ist zwar etwas teuer für meinen schmalen Geldbeutel, aber was soll ich machen? Es ist meine einzige Zerstreuung. Um ehrlich zu sein, habe ich auch etwas Mitleid mit dem armen Schimpansenweibchen. Haben Sie gesehen, wie dieses dicke Männchen sie behandelt? Das ist eine Schande! Seitdem ich allein bin, besuche ich sie fast täglich.«

»Sie sind Witwe, Madame?«

»Seit zwei Jahren«, sagte die Dame mit einem tiefen Seufzer des Schmerzes. »Es war fast eine Erlösung für ihn. Der arme Mann, er hat so sehr gelitten. Endlich!«

Als ich dieses »Endlich!« hörte, verstand ich plötzlich, warum die Dame mit den Löckchen jeden Tag hierherkam, um die sanfte

Schimpansendame zu besuchen, der bei diesem Paar ebenfalls die Märtyrerrolle zukam.

»Denken Sie daran, daß wir noch das Schimpansenbaby besuchen wollten«, sagte ich zu Suzy.

Im Inneren des Baus fanden wir das Schimpansenbaby. Vermutlich war seine Mutter bei der Geburt gestorben, denn es war allein in seinem Käfig. Es mit einem anderen Schimpansenweibchen zusammenzusperren wäre gefährlich gewesen. Und das Zusammentreffen mit einem Männchen wäre wahrscheinlich sogar tödlich ausgegangen, es hätte das Baby auf der Stelle gefressen.

»Wie niedlich es ist«, sagte Suzy.

Das Schimpansenbaby war kaum älter als zwei Jahre. Man hatte ihm ein Bett aus Holzspänen gemacht, auf dem es jetzt auf dem Rücken lag, die Arme und Beine in die Luft gestreckt, und mit den langen Spänen spielte. Es wickelte sie um seine Hände und Füße und versuchte dann wieder, sie zu entwirren. Als wir näher kamen, wandte es uns den Kopf zu und betrachtete uns mit seinen großen, naiven, hellbraunen Augen.

»Es ist so süß«, wiederholte Suzy gerührt.

»Wie alle kleinen Säugetiere.«

»O nein! Es gibt einen Unterschied, die Augen! Es hat menschliche Augen. Und der Ausdruck ist so rührend, daß man es am liebsten in den Arm nehmen und streicheln würde.«

»Das käme bestimmt seinen Bedürfnissen entgegen, da können Sie sicher sein. Das Schlimmste an diesem Käfig ist, daß es keinen Kontakt und keine Zuwendung hat.«

»Der arme Kleine«, sagte Suzy. »Man würde ihn am liebsten adoptieren.«

»Der Jardin des Plantes würde ihn aber sicher nicht verkaufen.«

»Das kommt in meiner Zweizimmer-Wohnung sowieso nicht in Frage«, bemerkte Suzy lachend.

Suzys R5 stand, nur fünf Minuten vom Jardin des Plantes entfernt, auf dem Place du Puits de l'Eremite vor der Moschee von Paris. Als wir uns dem Auto näherten, verstummte unsere Unterhaltung, und für einen Augenblick herrschte eine leichte Befangenheit. Ich hatte keine Lust, mich gleich von ihr zu verabschieden, und ich glaube, sie auch nicht. Doch ihre »Dreistigkeit« schien nach dem ersten Anlauf erschöpft. Sie schwieg und überließ mir die weitere Initiative. Nach kurzem Nachdenken schlug ich ihr vor, zusammen einen Pfefferminztee in dem maurischen Café neben der Moschee zu trinken. Zu dieser Tageszeit war das Café nur halbvoll, und wir nahmen in einer Nische Platz. Der Tee war kochendheiß und sehr süß, auf uns hatte er offenbar dieselbe Wirkung wie Alkohol, denn nach dem zweiten Glas beschlossen wir, uns bei den Vornamen zu nennen.

»Ed«, sagte Suzy, »was halten Sie von der alten Dame mit dem Sonnenschirm?«

»Sie schien äußerst bemüht, die vorrangige Stellung der menschlichen Rasse hervorzuheben.«

»Ja«, sagte Suzy lächelnd. »Aber gleichzeitig zeigte sie ein starkes Gefühl weiblicher Solidarität gegenüber der Schimpansin. Wissen Sie, woran sie mich erinnert hat, als sie auf die Genesis anspielte? An die Vorstellung, die die Oubi von der menschlichen Schöpfungsgeschichte haben.«

»Wer sind die Oubi?«

»Eines der Völker der Elfenbeinküste.«

»Sie kennen die Elfenbeinküste?«

»Ich habe mit meinem Ex-Mann ein Jahr dort gelebt.«

Nach kurzem Schweigen sagte ich:

»Sie sprachen von den Oubi.«

»Die Oubi glauben, daß Gott den Schimpansen gleichzeitig mit dem Menschen schuf. Und als er ihm Leben eingehaucht hatte, sagte er: ›Hier ist die Erde. Sie gehört euch. Ihr habt die Aufgabe, sie zu bearbeiten.‹ Der Mensch gehorchte Gott. Doch der Schimpanse sagte sich: ›Warum soll ich arbeiten? Es ist doch viel angenehmer, sich ein Nest aus Zweigen und Blättern in den Bäumen zu bauen, zu schlafen und von Zeit zu Zeit den Arm auszustrecken, um eine Frucht zu pflücken.‹ So taten die Schimpansen nichts anderes als essen, schlafen, spielen, sich zanken und sich lieben. Doch als Gott ihren Müßiggang bemerkte, wurde er zornig, und er sagte: ›Du hast gegen mein Gebot verstoßen; um dich zu bestrafen, werde ich dich häßlich machen.‹ Und der Schimpanse wurde häßlich.«

»Das ist eine wunderbare Geschichte«, sagte ich. »Meiner Meinung nach kann man diesen Mythos auf zwei Arten interpretieren. Erstens die vordergründige Bedeutung: Der Mensch ist schön und bleibt es auch, weil er arbeitet. Der Schimpanse war schön und wurde häßlich, weil er nicht gearbeitet hat. Zweitens die symbolische Deutung: Zu Anfang waren der Mensch und der Schimpanse häßlich, aber die Arbeit seiner Hände und seines Gehirns hat den Menschen schön gemacht, während der Schimpanse aufgrund seiner Faulheit so blieb, wie er war.«

»Ed, sind Sie nicht im Begriff, den Mythos der Oubi um eine brillante Version ihrer Vorstellungskraft zu erweitern?«

»Danke für das Adjektiv. Wie geht die Geschichte weiter?«

»Sie hat ein hübsches Ende. Der Schimpanse wurde häßlich, und zwar so häßlich, daß es sogar Gott leid tat.«

»Ah, welch ein Glück, endlich ein humaner Gott!«

»Ja, aber obwohl Gott traurig darüber war, konnte er seine Strafe nicht wiederaufheben. Und nachdem er nicht rückgängig machen konnte, was er einmal getan hatte, sagte er dem Schimpansen: ›Du bist wirklich sehr häßlich. Aber als Ausgleich für deine Häßlichkeit werde ich dich die Musik lehren.‹ Und er brachte dem Schimpansen bei, mit den Händen auf Baumstämmen zu trommeln.«

»Und haben die Menschen vielleicht, indem sie diese Zeichen nachahmten, das Trommeln gelernt?«

»Ja.«

»Sehr findig, diese Oubi. Immerhin haben sie die Verwandtschaft zwischen den Menschen und den Primaten erkannt, während in der Genesis an der menschlichen Dominanz festgehalten wird.«

»Auch dafür gibt es einen Grund«, sagte Suzy und sah mich lebhaft an. »Nämlich daß es in Palästina keinen Dschungel gibt und infolgedessen auch keine Primaten. Die Menschen sahen um sich herum kein Tier, bei dem sie eine gewisse Ähnlichkeit mit sich selbst hätten feststellen können.«

»Genial, Suzy«, sagte ich und legte meine Hand auf die ihre. Diese Geste geschah völlig spontan und kam mir erst zu Bewußtsein, nachdem ich es bereits getan hatte. Aber meine Hand lag gut da, wo sie war. Also ließ ich sie so. Weder meine Handfläche noch meine Finger übten den geringsten Druck aus. Meine Hand hatte sich sozusagen ohne mein Zutun, durch einen glücklichen Zufall, auf Suzys gelegt. Suzy ihrerseits zog die ihre nicht zurück und rührte sich nicht. Der Kontakt war so leicht, daß es schien, als würde sie ihn nicht einmal bemerken. Wir setzten unser Gespräch fort, als sei nichts geschehen. Wir vergaßen, daß wir Hände hatten und daß die des einen auf der des anderen lag. Sie lebten scheinbar ihr eigenes Leben und standen nicht mehr unter unserer Kontrolle. Wir hingegen unterhielten uns über die Oubi, die Schimpansen und mindestens zehn andere Themen, an die ich mich absolut nicht mehr erinnern kann, während der Kellner auf mein Zeichen hin den dritten Pfefferminztee brachte. Es war noch nicht an der Zeit, uns zu trennen. Ohne daß wir darüber gesprochen hätten, waren wir uns in diesem Punkt einig. Manchmal erzitterte Suzys Hand leicht unter der meinen wie ein kleiner gefangener Vogel.

Ich ging weiterhin zu den Sitzungen des Kolloquiums, doch ich widmete ihnen wesentlich weniger Aufmerksamkeit. Zwei verpaßte ich wegen meiner Verabredungen mit Suzy ganz. Vor ihren Schülern hielt ich den Vortrag über den Ursprung der menschlichen Rasse, um den sie mich gebeten hatte, und am gleichen Abend lud ich sie zum Essen ein. »Unter der Bedingung«, sagte sie lächelnd, »daß Sie mir die Freude machen, morgen abend meine Küche zu probieren.« Ich nahm gerne an, denn ich war neugierig auf ihre kleine Wohnung. Dadurch würde ich vieles über sie erfahren, das mich brennend interessierte. Wenngleich das Wetter grau und regnerisch war, kam mir Paris sonniger vor als ein Strand in Florida. Wenn Suzy bei mir war, fühlte ich mich wie neugeboren, und selbst wenn sie nicht da war, hatte ich nicht das Gefühl, allein zu sein, denn ich erinnerte mich an unser letztes Treffen und stellte mir voller Vorfreude schon das nächste vor. Wir hatten uns angewöhnt, uns nie zu trennen, ohne verabredet zu haben, wann wir uns wiedersehen würden. Wir wußten beide, daß ich in zwölf Tagen wieder nach Hause fliegen mußte.

Suzy wohnte in einer kleinen Sackgasse namens Cité Dupetit-Thouars in der Nähe des Carreau du Temple. Hier wohnten einfache Leute, von denen mir Suzy versicherte, die meisten von ihnen hätten noch niemals die Hauptstadt, ja nicht einmal ihr Viertel oder ihre Wohnung verlassen, in der sie zumeist ihr ganzes Leben verbracht hatten. Nach den Gesichtern der Leute zu urteilen, die ich traf, lebten sie recht bescheiden, aber zufrieden, entweder von ihrer Rente oder von einem Handwerk. Das konnte man den Schildern über den Läden entnehmen, in einem arbeitete ein Schmuckgraveur, in einem anderen wurden Billardstöcke hergestellt. Als ich zu meiner Rechten ein heruntergekommenes Haus sah, fragte ich eine alte Dame, die vorbeikam, ob man es abreißen würde.

»Abreißen? Nein«, sagte sie lebhaft. »Es wird restauriert.«

Dann fügte sie stolz hinzu:

»Man kann es nicht abreißen, wir stehen unter Denkmalschutz.«

So ist das also, dachte ich, als ich weiterging, eine Schnecke, die sich vollkommen mit ihrem Haus verbunden hat. Ich fragte mich, ob es irgendein anderes Land auf der Welt gab, wo einem eine Achtzigjährige mit derartigem Stolz antworten würde: »Wir stehen unter Denkmalschutz.«

Suzy wohnte in dem besterhaltenen Haus des Viertels. Es war ein Bau aus Quadersteinen mit einem kleinen Innenhof, in dem ich ihr Auto erkannte, das zwischen zwei, drei anderen Autos gleicher Größenordnung und vermutlich auch gleichen Alters stand. Wenn auch das Haus in ordentlichem Zustand zu sein schien, stammte es aus jener Zeit, da Aufzüge noch unbekannt waren. Das Treppenhaus wäre ohnehin zu eng dafür gewesen und die Bewohner sicherlich nicht in der Lage, einen solchen Einbau zu bezahlen. Ich fand das Treppensteigen jedoch nicht anstrengend. Die Stufen waren, wenngleich nicht neu, doch gerade, lackiert und gefegt; das Treppengeländer war aus massivem Holz. Eine schöne Zimmermannsarbeit vom Ende des neunzehnten Jahrhunderts.

Suzy war bezaubernd. Wie immer war sie ganz in Weiß gekleidet, sie trug einen langen weißen Rock und eine weiße Bluse. Mit einem strahlenden Lächeln streckte sie mir ihre feste kleine Hand entgegen. Ihre schwarzen Locken verdeckten die Stirn zur Hälfte und waren am Hinterkopf zu einem losen Knoten zusammengefaßt, wie ich ihn liebte; einige Strähnen hatten sich gelöst und fielen dekorativ über ihren Nacken.

Auch das Wohnzimmer war weiß, weiße Wände, eine weiße Couch, weiße Gartenstühle um den weißlackierten Tisch herum und weiße Vorhänge. Es gab nur zwei Farbtupfer, einen rosafarbenen Teppich und einen großen Blumenstrauß auf dem Tisch vor der Couch, auf der ein Junge von etwa zehn Jahren saß. Er hatte schwarze Locken, leicht gebräunte Haut und trug einen blaßblauen Schlafanzug, der ihm sehr gut stand. Aus seinen großen braunen Augen musterte er mich mit offensichtlichem Interesse.

»Ariel«, sagte Suzy, »Das ist Mr. Dale.«

Ariel stand auf und kam zu mir. Er war, wie seine Mutter, von kleiner Statur und gut gebaut. Seine Bewegungen waren geschmeidig, würdevoll und anmutig. Er blieb etwa drei Meter vor mir stehen und wartete höflich darauf, daß ich ihm die Hand entgegenstreckte. Da er sie mir zugedacht hatte, ergriff ich die Initiative.

»Guten Abend, Ariel.«

»Good evening, Mr. Dale«, antwortete er.

Da er mich mit diplomatischer Höflichkeit auf englisch begrüßt hatte, antwortete ich in derselben Sprache:

»Pleased to meet you, Ariel.«

Daraufhin umarmte er seine Mutter mit jugendlicher Scheu, faßte sich aber schnell wieder, um mir kurz zuzunicken, bevor er das Zimmer verließ.

»Er hat schon gegessen«, sagte Suzy. »Und jetzt geht er schlafen. Ich hatte ihm auf seinen ausdrücklichen Wunsch hin erlaubt aufzubleiben, bis Sie kommen.«

»Spricht er Englisch?«

»O nein, er kann nur diese beiden Worte. Ich habe sie ihm beigebracht.«

»Er hat sie sehr gut ausgesprochen.«

»Ariel macht alles gut. Er ist begabt, vielleicht sogar zu sehr.

Ich frage mich, ob er sich je für einen Beruf wird entscheiden können. Alles gefällt ihm, alles interessiert ihn.«
»Er ist sehr hübsch. Wie alt ist er?«
»Neun Jahre.«
»Warum Ariel?«
»Nach dem geflügelten Boten des Prospero in *Der Sturm*. Ich wollte, daß mein Sohn einen leichten, lebendigen Namen, einen Namen der Luft bekommt.«
»Lesen Sie Shakespeare im Original?«
»Recht gut, aber ich habe trotzdem immer eine Übersetzung dabei.«
»Suzy, es ist wunderbar, ich entdecke jeden Tag ein neues verborgenes Talent an Ihnen.«

Dazu gehörte im übrigen auch das Abendessen, das sie mir auf dem weißlackierten Tisch servierte. Sie hatte ein ausgezeichnetes provençalisches Menü zubereitet, das sicherlich einer mehrstündigen Vorbereitung bedurft hatte. Ich bewunderte ihre Kochkunst und die Mühe, die sie sich meinetwegen gemacht hatte, denn mir war klar, daß das Essen sicherlich einfacher ausfiel, wenn sie mit Ariel allein war.

»Leben Sie allein, Suzy?«
»Warum fragen Sie das?«
»Wegen Ariel.«
»Ich bin geschieden.«
»Ich schon zweimal, das habe ich Ihnen ja erzählt.«
»Ed, es ist sicher nicht leicht, mit Ihnen zu leben.«

Ihr Lächeln war zärtlich und schelmisch, und ich nahm mir Zeit, es zu genießen, ehe ich antwortete.

»Im Gegenteil, ich bin sehr geduldig.«

Dann fuhr ich fort:

»Sind Sie schon lange geschieden?«
»Seit sechs Jahren.«
»Und Sie haben nicht wieder geheiratet?«

Sie lächelte erneut.

»Ed, Ihre Verwunderung ist schmeichelhaft für mich, aber sehen Sie, es gibt mehr Männer, als man glaubt, die ein Kind mit der Frau haben möchten, die sie heiraten.«

»Und Sie wollen keine Kinder mehr?«
»Es ist nicht so, daß ich keine will, aber ich finde es zu gefährlich.«
Als ich nichts erwiderte, fuhr sie fort:
»Sehen Sie das Foto auf dem Klavier?«
»Ja, das sind Sie mit Ariel.«
»Es ist zwar Ariel, aber nicht mit mir, sondern mit meiner Schwester Elisabeth. Sie ist siebenunddreißig Jahre alt. Letztes Jahr ist sie schwanger geworden, und sie war sehr glücklich darüber. Leider haben die Untersuchungen ergeben, daß das Kind mongoloid war. Man beschloß einen Abbruch. Das war keine leichte Sache, da die Schwangerschaft schon über den dritten Monat hinaus war. Körperlich ist Elisabeth schnell wieder auf die Beine gekommen, aber sie verfiel in tiefe Depressionen, von denen sie sich gerade erst langsam wieder erholt. Es war eine Tragödie für sie und natürlich auch für mich.«
»Für Sie, Suzy?«
»Wir sind eineiige Zwillinge und infolgedessen auch anfällig für dieselben Krankheiten. Ich will nicht noch einmal das durchmachen, was sie durchgemacht hat.«
Ich sah sie an. Wir saßen nebeneinander auf der Couch, eine Kaffeetasse in der Hand. Auf dem niedrigen Plexiglastisch vor uns lagen auf einer Untertasse Schokoladentrüffel, die sie selbst gemacht hatte. Die Wohnung lag mitten in Paris, doch nicht ein Laut drang zu uns vor. Es ist phantastisch, in einer Sackgasse zu wohnen, kein Verkehr, nur die Autos der Anlieger, und hier gab es nicht viele Leute, die eines besaßen.
Dieses weiße Zimmer mit der weißen Lampe, dem rosafarbenen Teppich und dem Blumenstrauß gefiel mir sehr. Suzys letzter Satz klang mir noch in den Ohren. »Ich will nicht noch einmal das durchmachen, was sie durchgemacht hat.« Merkwürdig, dieses »noch einmal«. Man konnte annehmen, daß sie als eineiige Zwillingsschwester von Elisabeth schon beim ersten Mal ihre Schwangerschaft, die Abtreibung und die Depression mit durchlebt hatte. Eine solche Doppelexistenz mußte beunruhigende Seiten haben. Jede von beiden, die als erste an einer Krankheit litt, konnte der anderen die Anomalien oder die künftigen

Krankheiten voraussagen. Wenn man darüber nachdachte, schien das bedrückend. Man stelle sich nur vor, daß Elisabeth ihr eines Tages mitteilen würde: »Ich habe Krebs.«

Suzy, in strahlendem Weiß gekleidet, saß neben mir auf der Couch. Seit dem maurischen Café neben der Moschee hatte sie mir stillschweigend das Recht eingeräumt, ihre Hand zu berühren und zu streicheln. Das Verlangen, das ich für sie empfand, und die Art, wie sie es aufnahm, umgaben uns mit einer warmen Hülle. Es wäre dumm gewesen, sie zu zerstören und den Fortgang der Dinge zu übereilen, wo doch das Warten allein schon so köstlich war. Außerdem konnte dieser Abend mit Ariel, der im Nebenzimmer schlief – oder auch nicht –, nur einen Einschub in der Entwicklung der Dinge bedeuten. Ich war mir sicher, daß Suzy nicht mehr als ich für wilde Abenteuer auf der Couch schwärmte.

Sie sprach weiter:

»Man könnte fragen, warum ein zweites Kind, wo ich doch Ariel habe.«

»Das würde ich nicht sagen. Ihre Entscheidung ist klug, aber ich verstehe, daß sie für Sie schmerzlich ist. Ich glaube bemerkt zu haben, daß bei Ihnen der mütterliche Zug sehr stark ausgeprägt ist.«

Sie lächelte.

»Und wann haben Sie das bemerkt? In dem kurzen Augenblick, als Sie mich mit Ariel gesehen haben?«

»Nein, schon vorher, während unseres Besuchs im Zoo, als das Schimpansenbaby Ihr Mitleid erweckt hat.«

»Vermutlich ein Instinkt.«

»O nein, nennen Sie das nicht Instinkt! Jane Goodall hat im Dschungel beobachtet, daß keineswegs alle Schimpansenmütter gute Mütter sind. Im Gegenteil! Dasselbe gilt für die Frauen, das kann man doch jeden Tag feststellen. Meiner Meinung nach ist das weniger eine Frage von Instinkt als von Charakter. Sie sind eine gute Mutter, weil Sie Gefühl haben.«

»Ich könnte dasselbe von Ihnen sagen. Sie sprechen in einer rührenden Art von Jonathan und Elsie.«

»Ich verstehe mich ausnehmend gut mit diesem großen Taugenichts und dem kleinen Biest. Sie haben beide ein Herz aus Gold. Wissen Sie, Suzy, daß meine zweite Frau die Frage nach einem Kind angesprochen hatte?«

»Ich kenne mich nicht mehr aus bei Ihren Frauen. Welche war es, die Frivole oder die Devote?«

»Die Devote. Einige Monate nach unserer Hochzeit – nachher, nicht vorher – teilte sie mir ihren Entschluß mit, daß sie keine Kinder wolle. Dann hat sie mir erklärt, warum. Sie wollte keine Kinder in einer Familie aufziehen, die nicht von Gott gesegnet war.«

»Warum hat sie Sie dann geheiratet?«

»Ich zitiere: ›meine Hexerei und Magie‹.«

»Ed, hören Sie auf, von Ihrer Magie zu sprechen, mir läuft das Wasser im Mund zusammen.«

Ich lachte, und um zu verhindern, daß ich ihre Aussage zu ernst nahm, bot sie mir eine zweite Tasse Kaffee an – die ich ablehnte – und eine weitere Schokoladentrüffel, die ich annahm. Sie schmeckte hervorragend, und einmal mehr machte ich Suzy ein Kompliment hinsichtlich ihrer kulinarischen Fähigkeiten.

»Ed, wer kocht auf dem Hof für Sie?«

»Ich habe ein mexikanisches Ehepaar. Pablo ist mein Schäfer, und seine Frau Juana kümmert sich um den Haushalt und das Essen.«

»Was bauen Sie auf Ihrem Hof an?«

»Ich züchte Schafe.«

»Welch ein Traum«, rief sie begeistert aus. »Auf einem Hof von den Erträgen des Hofs zu leben! Wie Tania Blixen in Kenia.«

»Genau, auch ihr ist es nicht gelungen, beide Seiten zu vereinen.«

»Und Ihnen?«

»Mir auch nicht! Eigentlich beziehe ich den Hauptteil meiner Einkünfte aus meiner Lehrtätigkeit an der Universität, aus den Einnahmen durch meine wissenschaftlichen Werke und aus einigen Investitionen, die ich meinen Eltern verdanke.«

»Und der Hof?«

»Er wirft gerade genug ab, um Pablo und Juana ihr Gehalt zu

zahlen. Außerdem bringt er frische Nahrungsmittel und natürlich ein angenehmes, großes Haus, das an einem Hang liegt und einen wunderbaren Blick auf die Hügel bietet.«

»Kurz gesagt, ein kleines Paradies.«

»Es wäre ein kleines Paradies, wenn ich nicht alleine dort leben würde.«

»Ed«, sagte sie, und ihre goldbraunen Augen musterten mich aufmerksam; um ihren Mund spielte ein schelmisches Lächeln: »Ist das ein Wunsch oder ein Bedauern?«

»Ein Bedauern, das vielleicht zu einem Wunsch werden könnte.«

»Haben Ihre beiden Ehen Sie nicht entmutigt? Scheut das gebrannte Kind nicht das Feuer?«

»Warum sollte es? Es ist ja nicht das Feuer an sich, das gefährlich ist.«

»Das nenne ich gesunden Menschenverstand.«

Eine Weile schwiegen wir, nichts geschah, doch für mich, und ich bin sicher auch für sie, war es ein intensiver Moment des wortlosen Einvernehmens. Anschließend sah ich auf meine Uhr, stand auf und sagte leise – warum ich leise sprach, weiß ich nicht, außer daß ich vielleicht um keinen Preis die Verbundenheit des Augenblicks zerstören wollte:

»Suzy, es ist spät, und Sie stehen morgen früh auf.«

»Wann fliegen Sie?«

»Übermorgen. Aber ich wäre glücklich, wenn Sie morgen abend mit mir essen gehen würden.«

»Sie werden mich für recht dreist halten, aber ich habe Ihre Einladung vorausgesehen und einen Babysitter für morgen abend bestellt.«

»Und ich habe Ihre Zustimmung vorausgesehen, ich habe schon einen Tisch für morgen abend reserviert.«

»Wo? In Ihrem Lieblingsrestaurant oder in Ihrem Hotel?«

»In dem Restaurant neben meinem Hotel.«

»O Ed«, sagte sie lachend, »Sie denken aber auch an alles.«

Sie legte ihren Arm um meinen Hals, reckte sich auf die Zehenspitzen und küßte mich zart.

2

Auch ich habe – wie mein Vater – eine Französin geheiratet, und – wie meine Mutter – hat auch Suzy darauf bestanden, die »wahre« Hochzeit in Paris zu vollziehen, ehe sie ein zweites Mal bei den amerikanischen Barbaren heiratete. In Beaulieu jedoch gab es einen Unterschied. Als mein Vater seine Frau mit nach Yaraville gebracht hatte, rümpfte man in dem etwas abgelegenen Dorf die Nase. Eine Französin? Was sollte denn dieser neumodische Unfug?

Als Suzy hingegen fünfzig Jahre später zum ersten Mal ins Dorf kam und ich sie all denen, die ich traf (es waren nicht sehr viele), vorstellte, nickten die Alten wissend. Was war auch weiter verwunderlich daran? Edmund Dale hatte es wie sein Vater gemacht! Es war ja schon fast Tradition bei den Dales, eine Französin zu heiraten.

Suzy bezeichnete man einhellig als »cute«. Ich benutze das englische Wort, denn eine adäquate Übersetzung gibt es nicht. Ich könnte »niedlich« sagen, aber das trifft es nicht genau. Auf ihr feingeschnittenes Gesicht und ihren Körper, schlank und doch mit runden Formen, könnte zwar tatsächlich das Adjektiv »niedlich« zutreffen. Doch könnte man ihren französischen Akzent und ihre anmutigen Bewegungen mit »niedlich« beschreiben? Nein! In diesem Fall muß man das Wort »cute« anwenden. Zum Beispiel: »*Her French accent is so cute.*«

Als Suzy mich im Flugzeug, das uns in die USA brachte, nach meiner Meinung über meine Köchin Juana fragte, sagte ich ihr:

»Sie ist eine Haushälterin, die ihre eigenen Ansichten hat, und sie hält damit nicht hinter dem Berg. Seit meiner Scheidung hat sie auch ein wenig die Tendenz, die Hausherrin zu spielen.« Suzy lächelte, sagte aber nichts.

Als wir in Yaraville ankamen, erinnerte ich mich daran. Juana saß mit einer Schüssel in der hellen Nachmittagssonne auf den Terrassenstufen vor dem Haus und schälte gerade Bohnen. Juana, die großen Wert auf gute Manieren legte, erhob sich sofort. Suzy streckte ihr lächelnd die Hand entgegen und begann auf spanisch mit einer Zungenfertigkeit mit ihr zu sprechen, die mich erstaunte. Sie bat sie, sich zu setzen, und ließ sich selbst, als wäre es das natürlichste der Welt, ebenfalls auf den Stufen nieder und half ihr, die Bohnen vorzubereiten. Ich spreche nicht genug Spanisch, um sagen zu können, worüber sich die beiden auf jener Treppe unterhielten, aber wenn man die Frauen beobachtete, kam man zu dem Schluß, daß es Suzy war, die mit einer verbindlichen Autorität das Gespräch lenkte.

In diesem Augenblick erschien eine hübsche Frau von etwa dreißig Jahren, Concepción, Juanas Nichte. Sie besuchte ihre Tante für eine Woche in deren kleinem Bungalow. Als sie Suzy und mich sah, errötete sie, entschuldigte sich für die Störung und machte Anstalten, sich zurückzuziehen. Aber Suzy war damit absolut nicht einverstanden, zum einen hätte ihre natürliche Freundlichkeit das nicht zugelassen, zum anderen hielt Concepción ein kleines Mädchen von einigen Monaten in den Armen, von dem Suzy sofort begeistert war. Es dauerte nicht länger als fünf Minuten, und das Baby, das María de los Angeles hieß, wanderte von den Armen seiner Mutter zu Suzy, die es strahlend auf ihrem Schoß wiegte.

Zwischen den drei Frauen entwickelte sich ein ununterbrochener Redefluß, dessen Ergebnis ein Arrangement war, das Juana die Möglichkeit gab, mehr von der Anwesenheit ihrer Nichte zu profitieren. Statt im Bungalow der Tante zu bleiben, würde Concepción ihr bei der Zubereitung des Essens helfen und es auftragen, María de los Angeles sollte währenddessen in ihrem Laufstall an unserer Seite herumkrabbeln. Die Sache war schon so gut wie beschlossen, als Concepción, von plötzlichen

Skrupeln erfaßt, ihre Befürchtung zum Ausdruck brachte, daß ihre Anwesenheit mich vielleicht stören würde. Doch ohne zu zögern versicherte ich ihr, daß das in keiner Weise zutreffe, daß ich im Gegenteil entzückt sei.

Als meine Tochter Elsie Ariel zum ersten Mal sah, schlug ihr Herz, wie so oft in ihrem jungen Teenager-Leben, höher. »Diese Augen«, sagte sie, »und diese Wimpern! Er sieht so romantisch aus mit seinen dunklen Locken! Wie schade, daß er noch so jung ist.« Jonathan hingegen, der ein Jahr älter und einen Kopf größer als Ariel war, sah ihn mit kritischeren Augen. Ehe er ihm seine Freundschaft gewährte, unterzog er ihn zunächst einer Reihe von Mutproben. Er mußte auf das Dach von Yaraville steigen und dort oben herumlaufen, auf den höchsten Zweig der großen Eiche vor dem Haus klettern, in der Krone einer Buche schaukeln, unter Wasser die ganze Länge des Schwimmbads durchqueren und zuletzt eine Wespe mit der flachen Hand zerquetschen, ohne sich dabei stechen zu lassen. Auf Suzys Bitte hin griff ich nicht ein, und Ariel meisterte alle gestellten Aufgaben erfolgreich, außer einer: es war gegen seine Prinzipien, eine Wespe zu zerquetschen. »Aber wenn du willst, kann ich mich stechen lassen.« Und ohne eine Antwort abzuwarten, schritt er zur Tat. »Er ist zwar klein, aber zäh«, stellte Jonathan erstaunt fest.

Seine Verwunderung rührte daher, daß er, der mit seinen zehn Jahren kräftig gebaut war, nur mit Mühe alle Mutproben bestanden hatte, die er jetzt Ariel auferlegt hatte und die dieser scheinbar ohne Anstrengung erfüllte. Da er jedoch überhaupt nicht neidisch war, mochte er ihn dafür um so mehr, und so entstand zwischen den beiden eine vollkommen gleichberechtigte Beziehung. Vielleicht half ihnen ihre Verschiedenheit dabei: Ariels von Kopf bis Fuß südländischer Typ war das krasse Gegenteil von Jonathans blauen Augen, seinem blonden Haar, den Sommersprossen und dem kräftigen Körperbau.

Suzy flog Jonathans offenes Herz sofort zu. Während der ersten Mahlzeit, die er mit ihr in Yaraville einnahm, starrte er sie fasziniert mit weit aufgerissenen Augen an. Doch im Laufe der Zeit erkannte er ihr durchaus noch andere Verdienste als das der Schönheit zu. »Verstehst du, Papa, wenn man Juana bittet, einen

Knopf anzunähen, das ist eine Staatsaktion! Zuerst sagt sie dir, daß du nicht höflich genug gefragt hast. Dann hat sie keine Zeit! Wenn man drauf besteht, näht sie ihn ja auch schließlich an, aber welche Moralpredigt das nach sich zieht! Wenn sie fertig ist, bedankt man sich nie genug bei ihr. Bei Suzy ist das toll. Sie macht das gut und schnell und noch dazu mit einem freundlichen Lächeln!«

Schamhaft, wie er war, sagte er nichts dazu, und schon gar nicht seinem Vater, daß er anschließend einen dicken Kuß bekommen hatte.

Mit zwanzig Jahren mußte Juana mit ihren rabenschwarzen Haaren, ihren großen schwarzen Augen, den aufgeworfenen Lippen und dem zarten Teint ebenso hübsch gewesen sein wie Concepción heute. Natürlich war sie mit der Zeit ein wenig rundlicher geworden. Doch das tat weder ihrer Sinnlichkeit und ihrer Liebe zu ihrem Mann noch ihrem allgemeinen Interesse, das sie Männern entgegenbrachte, irgendeinen Abbruch. Kein einziger Mann, ob es nun Donald Hunt, Sheriff Davidson, der Briefträger, der Elektriker, der Klempner oder ich selbst war, betrat ihre Küche oder kam in deren Nähe vorbei, ohne zum Gegenstand ihrer leidenschaftlichen Aufmerksamkeit zu werden.

Da das Wetter noch schön war, badeten Juana und Concepción morgens immer gegen halb elf kurz im Schwimmbecken, Suzy und ich kamen gegen elf Uhr. Concepción errötete jedes Mal und senkte die Augen, nicht so sehr, um nichts zu sehen, als in der irrigen Hoffnung, so nicht angesehen zu werden. Juana hingegen ließ ihren aufmerksamen und gespannten Blick ohne Scham auf meinen männlichen Formen ruhen. Suzy lachte nur darüber. Ihr zufolge ließ Juana die Gefühle, die der Anblick anderer Männer in ihr auslöste, ausschließlich ihrem Ehemann zukommen.

Auch wenn Juana Englisch sprach, bezeichnete sie Pablo nie als *my husband*, statt dessen benutzte sie den spanischen Ausdruck *mio marido,* der für sie viel besser ihre Bewunderung für Pablo zum Ausdruck brachte. In all seiner Schönheit, Kraft und Würde kam er für sie gleich nach Gott Vater.

Für uns, die wir Pablo nicht mit den Augen der Liebe sahen,

schien er ein beleibter Mann mit buschigen Augenbrauen, einem kräftigen Schnurrbart und vollem graumeliertem Haar, das an den Schläfen und – was man seltener sah – auch im Nacken von Silberfäden durchzogen war. Für mich, seinen Arbeitgeber, war Pablo ein ausgezeichneter Schäfer und – was für mich in dieser abgelegenen Gegend von unschätzbarem Vorteil war – ein geschickter Handwerker.

Doch ebensoviel Geschick bewies er darin, sich Arbeitspausen einzurichten, sei es, um in seinem Bungalow einen »*cafecito*« zu trinken, sei es, weil er der Ansicht war, er habe kein Material mehr und müsse in die Stadt zum Einkaufen, oder einfach, indem er eine Arbeit, um die ich ihn bat, hinausschob.

Als ich aus Paris zurückkam, entdeckte ich Schlaglöcher in dem Weg, der zu meinem Grundstück gehörte, und ich sagte zu Pablo:

»Wir werden Schotter kommen lassen müssen, um die Löcher aufzufüllen.«

Pablo schüttelte den Kopf:

»Das ist nicht die richtige Zeit, Mr. Dale, es ist zu trocken. Der Schotter wird zu Staub zerfallen, und in einem Monat sind die Löcher wieder da. Es ist besser, wenn wir den ersten Regen abwarten.«

Doch wenn ich beim ersten Regen auf die Angelegenheit zurückkommen würde, würde Pablo mir antworten:

»Das ist nicht die richtige Zeit, Mr. Dale, der Schotter hat keine Zeit zu trocknen. Er wird weggeschwemmt werden.«

Für Elsie warf Suzys Ankunft ein ernsthaftes Problem auf: Sollte sie sie als Rivalin oder als Freundin ansehen?

Elsie hatte schon als Baby absolut feminine Züge gehabt. Schon mit einem Jahr – ich erinnere mich noch heute mit Erstaunen daran – wickelte sie mich um den Finger. Jetzt, mit dreizehn Jahren, sah sie mich als ihren Besitz an, zumal sie ihre Mutter sehr selten sah, und natürlich war ihr klar, daß auch Suzy Ansprüche anmelden würde. Andererseits fühlte sie sich als Mädchen recht allein auf Yaraville, mit Juana befand sie sich in einem ständigen Krieg und verabscheute deren Moralpredigten. Suzy spürte die Situation und hielt sich zunächst im Hintergrund.

Doch bald gelang es ihr, Elsie einige kleine Gefälligkeiten zu erweisen, ohne sich je aufzudrängen. Als Elsie sich den Daumen verletzt hatte, erbot sie sich, ihr die Haare zu waschen. Als Elsie zu einer Tanzparty eingeladen war, riet sie ihr, an diesem Abend auf ihre Zöpfe zu verzichten, und fönte ihr statt dessen wunderschön die Haare. Schmerzhafte Perioden behandelte sie mit speziellen Tabletten. Sie bügelte ihr zum zweiten Mal ein Kleid, das Juana, laut Elsie, »beim Bügeln sabotiert« hatte. Sie wechselte einen verklemmten Reißverschluß aus. Im Herbst fuhr sie mit ihr in die Stadt, um ihr neue Kleidung zu kaufen.

Elsie nahm diese kleinen Gefälligkeiten ohne offenkundige Dankbarkeit an. Sie verhielt sich weder feindselig noch betont freundschaftlich. Als ich mich darüber erstaunt zeigte, sagte Suzy mir: »Mach dir keine Sorgen! Das Wort Mutter ist in ihrem Kopf mit einer negativen Bedeutung belegt. Doch sie hat ein gutes Herz, sie braucht nur etwas Zeit, das ist alles.«

Suzys Energie erstaunte mich. Sie stand früh auf, ging spät zu Bett und arbeitete, dennoch stets freundlich, den ganzen Tag. Als ich sah, daß sie sich daran machte, methodisch und in chronologischer Reihenfolge meine wissenschaftlichen Veröffentlichungen zu lesen, glaubte ich, meinen Augen nicht zu trauen.

»Warum erlegst du dir eine solche Arbeit auf?«

»Das ist keine Arbeit, es ist höchst interessant. Außerdem will ich wissen, womit sich mein Mann beschäftigt.«

Als sie die Hälfte gelesen hatte, fragte sie:

»Worum geht es in deinem nächsten Buch?«

»Das ist ein wunder Punkt, ich weiß es nicht. Ich schwanke zwischen zwei oder drei Themen, aber eigentlich interessiert mich keines wirklich.«

»Du hast ein vorlesungsfreies Jahr! Findest du nicht, daß es schade wäre, es nicht zum Schreiben zu nutzen?«

»Ja sicher. Aber ich will mich nicht auf ein Thema stürzen, von dem ich mir nicht sicher bin, ob es mich wirklich interessiert.«

Diese Unterhaltung fand während unseres üblichen Spaziergangs statt, den wir jeden Morgen um acht Uhr machten und dessen Weg einer kleinen Erläuterung bedarf.

Yaraville ist auf einer Plattform erbaut, die in einen Berghang gegraben wurde, um ein Grundstück von ausreichender Größe zu bekommen. Auch der Feldweg, der den Bau erst ermöglicht hat, war im Berghang ausgehoben. Wenn man sich vom Haus entfernte und nach etwa hundert Metern nach links abbog, erreichte man eine kleine geteerte Straße, die auf der anderen Seite des Tals an Yaraville vorbeiführte.

Folgte man dieser Straße drei Kilometer, so kam man nach Beaulieu. Wollte man hingegen nach Yaraville zurückgehen, so nahm man zur Linken einen kleinen, steilen Pfad und erreichte das Tal. Es gehörte ebenfalls zu meinem Besitz und war freundlich, grün und baumbestanden. Das Schmuckstück dieses Tals war ein Teich, dessen Anlage nur eines geringfügigen Aufwands bedurfte, denn es gab bereits eine Vertiefung, in der mehrere Quellen ihren Ursprung hatten. Über die engste Stelle des Teichs spannte sich eine kleine Brücke, auf der man ihn überqueren und dann den gegenüberliegenden, ebenfalls sehr steilen Berghang nach Yaraville hinaufklettern konnte.

Wenn man aber, statt den Fußweg zur Linken zu nehmen, rechts von der geteerten Straße abbog, führte der Weg rund um einen mit schönen Tannen begrünten Hügel herum, der gegenüber von Yaraville lag. Wir nannten ihn den Wildschweinhügel, denn dort lebte ein altes Wildschwein, das in dieser Erzählung ohne sein Zutun eine unglückselige Rolle spielen sollte.

Suzy und ich hatten also bei unserem Morgenspaziergang die Wahl: entweder folgten wir der geteerten Straße, die den Vorteil hatte, eben zu sein, und kehrten dann um, oder wir stiegen gegenüber von Yaraville ins Tal hinab, um auf der anderen Seite wieder hinaufzuklettern.

Im allgemeinen zogen wir die erste Lösung vor, denn so gerieten wir nicht außer Atem, schließlich wollten wir uns ja auch unterhalten.

Wer sich jedoch körperlich ertüchtigen wollte, der konnte auf der einen Seite des Tals hinabsteigen, über die Brücke gehen und auf der anderen Seite wieder hinaufklettern. Der Weg war sehr steil, und am Wegrand gab es nichts als Felsen, karges Gras, Disteln und Dürre. Hob man den Blick, so sah man die Grundmauer des Schwimmbads. Oberhalb des Schwimmbads war der Abhang ebenso steil, aber wir hatten ihn durch breite, mit Platten gepflasterte Stufen etwas begehbarer gemacht. Rechts davon bildeten terrassenförmige Mauern kleine Beete, die ich mit Erde hatte aufschütten lassen. Dort hatte ich Lavendel, Thymian, Buddleias, Ehrenpreis und blühendes Eisenkraut angepflanzt.

Diese gefliesten Stufen führten zu einer großen Terrasse, auf die die verglasten Fronten des Wohnzimmers, des Eßzimmers und der Küche hinausging. Von dieser Terrasse aus, die südöstlich ausgerichtet war, blickte man auf das bunte Gewirr der kleinen stufenförmigen Gärten, das Schwimmbad, die Bäume im Tal, den Wildschweinhügel und dahinter auf die Berge. Die höheren Gipfel verloren sich in der Ferne und verliehen so dem Horizont mehr Perspektive.

Mein Vater verabscheute Zäune, Mauern, Gitter und Tore, und so war das Anwesen nicht eingezäunt. Seine Theorie war, daß die einzige Straße, über die man unser Haus erreichen konnte, durch das Dorf führte und insofern ein Besuch von Menschen mit unlauteren Absichten höchst unwahrscheinlich war. Ich habe seine Ansicht lange geteilt, genau bis zu jenem Tag, an dem mir zu meinem großen Bedauern die Ereignisse bewiesen, daß sie falsch war.

Unsere nächsten Nachbarn und besten Freunde waren die Hunts. Donald Hunt kam, zumindest am Anfang dieser Erzählung, eine entscheidende Rolle für ihren Verlauf zu.

Die Hunts bewohnten ein großes, eigenartiges Haus, das, etwa achthundert Meter von dem unseren entfernt, an der geteerten Straße lag. Alle Zimmer lagen auf unterschiedlichem Niveau. Der Grund dafür war, daß Donalds Eltern und Großeltern das Haus ständig durch Anbauten erweitert hatten. Das Resultat war im Inneren eine Unzahl von Treppen, Stufen, Ecken und Winkeln, außen ineinander verschachtelte Einzeldächer. Es war sicherlich sehr schön, dort zu leben, vor allem seit Donald einen großen Wintergarten eingerichtet hatte, der Suzy sofort begeisterte.

Die Hunts boten ansonsten ein bemerkenswertes Beispiel an Stabilität. Donald war Tierarzt, wie vor ihm schon sein Vater und sein Großvater, und er hatte in seinem Leben nur eine Frau geliebt, nämlich Mary, mit der er seit fünfzehn Jahren verheiratet war.

Donald gehörte zu jenen Menschen, bei denen, wenn man so sagen kann, die Verpackung nicht mit dem Inhalt übereinstimmte. Er war kräftig gebaut, ein wenig korpulent, mit rundlichen, derben Zügen, einem roten Gesicht und einem großen Mund. Sein Äußeres hätte sich hervorragend als Modell für ein Werbeplakat geeignet, wie sie die Türen der englischen Pubs zieren. Tatsächlich jedoch trank er nach Feierabend nur einen Whisky, aß recht wenig und rauchte mäßig. Man sah ihn oft in Stiefeln und nicht immer ganz sauber, doch das hing mit seinem Beruf zusammen. Es stimmte, daß er, selbst wenn er gerade geduscht hatte, einen strengen animalischen Geruch verbreitete und daß sein Vokabular bisweilen recht derb war. Oft begann er einen Satz mit der Bemerkung: »Ich, der ich meine Zeit damit verbringe, dem Arsch einer Kuh hinterherzurennen«, eine Ausdrucksweise, die ihm einen strafenden Blick von Mary einbrachte. Doch das äußere Bild täuschte. Donald war ein feiner, sensibler, phantasievoller Mensch, der sehr gebildet war, und zwar nicht nur auf seinem Sektor, der Zoologie, sondern auch in vielen anderen Bereichen, die nichts mit seinem Beruf zu tun hatten.

Was Mary betraf, so wußte ich nicht genau, wie ich sie einschätzen sollte, vor allem seit Suzy da war. Nicht, daß sie den Neuankömmling nicht freundlich aufgenommen hätte, aber warum mußte sie Suzy, schon zwei Wochen nachdem sie sie kennengelernt hatte, befragen, ob sie die Absicht hätte, ein Kind mit mir zu haben? Mary hatte alle möglichen Qualitäten: sie war mitfühlend, hilfsbereit, aufopfernd und verfügte über das, was man gemeinhin als gesunden Menschenverstand bezeichnet. Aber wie hatte sie, die auf ihre gute Erziehung hielt, eine solche Frage stellen können?

Seit dem Tod ihres Mannes wohnte auch Phyllis, Marys Schwester, bei den Hunts. Sie war älter als Mary, doch sie wirkte jünger. Marys Weiblichkeit kam in ihren Körperformen nicht besonders stark zum Ausdruck, an Phyllis hingegen war alles rund und feminin. Sie sprach ständig von ihrem verstorbenen Ehemann, den sie »mein armer Leopold« nannte, und vergoß jedesmal, wenn sie ihn erwähnte, eine Träne. In ihrem Zimmer hatte sie nach Elsies Aussage, die einmal einen kurzen Blick hineingeworfen hatte, die Wände mit unzähligen Fotos des Verstorbenen geschmückt.

Phyllis hatte rosige Wangen, runde, leicht vorstehende Augen, die an ein Eichhörnchen erinnerten, eine hübsche Nase, einen feingeschnittenen Mund und volles, blondgefärbtes Haar, das in großen Locken auf ihre Schultern fiel. Abgesehen von den Augenblicken, in denen sie eine Träne für den armen Leopold vergoß, war sie fröhlich und lachte viel. Selbst im Winter trug sie helle, farbenfrohe Kleider, oft mit Blumenmustern. Der »arme Leopold« hatte ihr eine beachtliche Rente hinterlassen, deren Zinsen sich anhäuften, denn außer für ihren Friseur und ihre Kleidung gab sie kein Geld aus. Sie schien glücklich zu sein, war stets freundlich und wurde von allen geliebt.

Seine einzige Tochter Evelyn, eine Schulkameradin und Vertraute von Elsie, bezeichnete Hunt als Genie. Es war schwer festzustellen, ob er recht oder unrecht hatte, denn sie machte kaum den Mund auf, außer um recht nachdrücklich darauf hinzuweisen, daß sie lieber Eileen genannt werden wollte, ein Name, den sie selbst gewählt hatte, da er ihr besser zu ihrer »Aura« zu passen schien. Im Gegensatz zu Elsie, die äußerlich nie unter der Pubertät zu leiden hatte, wirkte Evelyn plump und interessierte weder Jonathan, der es offen zeigte, noch Ariel, der diese Tatsache höflich kaschierte. Doch die beiden würden sicherlich ihre Meinung sofort ändern, wenn Evelyn plötzlich hübsch werden würde. Dann würden sie beflissen darum wetteifern, ihr das Schachspielen beizubringen, und innerhalb kürzester Zeit würde sie alle beide schlagen.

Wenn ich mich recht erinnere, war es der 5. November, ein Mittwoch, als uns die Hunts zum Abendessen eingeladen hatten. Die Einladung als solche war nichts Ungewöhnliches, der Tag allerdings sehr wohl, denn wir hatten seit langem beschlossen, die

Einladungen auf das Wochenende zu verlegen, damit sich die beiden Mädchen, die in einem Internat in der Stadt waren, auch sehen konnten. Während des Essens sprachen wir über die üblichen Themen. Donald erzählte von seinen Patienten, Mary von den letzten Neuigkeiten in Beaulieu, und Phyllis stellte auf ihre verschmitzte Art Fragen, auf die sie ohnehin keine Antwort erwartete. Der Abend war kühl und das Eßzimmer nicht ausreichend geheizt. Ich sah, daß Suzy erleichtert war, als Mary vorschlug, den Kaffee im Wintergarten zu trinken, denn wir wußten, daß die Temperatur dort wesentlich angenehmer war. Die Hunts waren um ihr eigenes Wohlergehen weniger besorgt als um das ihrer Pflanzen.

Ich fühlte mich wohl in diesem neuen Zimmer. Es war mit bequemen Weidensesseln möbliert, die rund um einen niedrigen Tisch standen, außerdem gab es eine kleine Bar, auf der die Kaffeemaschine thronte. Die exotische Vegetation reichte bis zur Decke, ohne jedoch erdrückend zu wirken. Kleine Lichter, die in dem Blattwerk versteckt waren, schufen eine angenehme Atmosphäre, und die weißen Vorhänge drängten den kalten, oft beängstigenden Eindruck zurück, den der Nachthimmel manchmal hinter großen verglasten Flächen haben kann.

Wir begaben uns in einem feierlichen Zug in den Wintergarten. Mary, die, weil sie älter und größer war, anscheinend davon ausging, Suzy unter ihren Schutz nehmen zu müssen, ergriff deren Arm und kündigte beim Gehen jeweils die Stufen an, die wir hinauf- oder hinabsteigen mußten. Dann folgte ich mit Phyllis am Arm, und zum guten Schluß kam Donald.

»Ed«, sagte Phyllis in ihrem naiv-freundlichen Ton, »du solltest mir ein wenig den Hof machen, das würde mir wirklich Freude bereiten.«

»Aber hör mal, Phyllis, ich tue doch nichts anderes.«

»Nichts anderes?« wiederholte Phyllis, als ob sie schon vergessen hätte, worum sie mich soeben gebeten hatte.

Donald fing hinter uns an zu lachen. Phyllis wandte anmutig den Kopf und sagte.

»Aber Donald, warum lachst du? Habe ich etwas Dummes gesagt?«

»Du sagst nichts anderes, meine Liebe«, entgegnete Donald. »Aber das macht nichts, du sagst es in einer so charmanten Art.«

»Ist er nicht reizend?« fragte Phyllis, während sie zu mir aufsah.

Und während sie sich anhänglich auf meinen Arm stützte, fügte sie hinzu: »Er macht mir dauernd Komplimente.«

Donald lachte wieder. Es war ganz offensichtlich, daß Phyllis ihn amüsierte und zugleich auch rührte, er hegte eine zärtliche Zuneigung für sie. Suzy behauptete spaßhaft, daß er sie mehr liebte als seine Frau. Auf alle Fälle fühlte er sich in ihrer Gesellschaft wohler als bei Mary. Bei ihr hatte ich immer den Eindruck, daß Don ständig in Verteidigungsstellung war.

Wir setzten uns im Wintergarten um den kleinen Weidentisch herum, Phyllis zu meiner Rechten, Suzy zu meiner Linken. Donald setzte sich neben Phyllis und Mary neben Donald. Zwischen Suzy und Mary blieb ein Sessel frei. Doch als sie sah, daß Donald seine Pfeife aus der Tasche zog, rückte Mary von der Seite ihres Mannes ab und auf den freien Sessel.

Donald sah mich an, während seine runden Finger auf der Pfeife trommelten. Er schien zu zögern. Doch ich konnte nicht glauben, daß er Skrupel hatte, seine Pfeife anzuzünden, denn gewöhnlich beachtete er Marys Kriegszug gegen seine Raucherei überhaupt nicht. Ich spürte Neugier in mir aufsteigen. Erstens hatte er uns mittwochs eingeladen, und zweitens schien er etwas auf dem Herzen zu haben und nicht zu wissen, wie er es sagen sollte.

»Meine Damen, darf ich rauchen?«

Suzy nickte lächelnd, und Mary sagte in einem schneidenden Ton: »Wenn es unbedingt sein muß.«

Doch ihre Vorbehalte wurden von Phyllis weggewischt, die begeistert rief:

»O ja, er muß rauchen! Ich sehe es so gerne, wenn er an seiner Pfeife zieht. Wie ein großes Baby.«

»Ich werde dicker, Ed«, sagte Donald. »Darum habe ich beschlossen, nicht aufzuhören zu rauchen. Ich habe Angst, daß ich zunehme.«

»Eine gute Ausrede!« rief Mary.

»Kurz und gut«, sagte Donald, als ob das, was er sagen wollte, eine Art Resümee alles Vorausgegangenen wäre, »ich habe dir einen Vorschlag zu machen.«

»Da bin ich gespannt.«

»Der Vorschlag kommt eigentlich vom Direktor des Zoos.«

»Ah, dieser Zoo!« warf Mary ein. »Er ist so weit entfernt, und er kostet dich soviel Zeit und bringt kein Geld ein. Warum brauchen sie dich eigentlich noch, sie haben doch selbst jemanden eingestellt?«

»Aber er ist noch jung und ziemlich unerfahren«, sagte Donald, »außerdem ist es manchmal besser, zu zweit zu sein.«

»Irgendwann«, sagte Mary kopfschüttelnd, »wird dich ein Löwe fressen.«

»O Gott, armer Donald«, rief Phyllis, die schon jetzt fast Tränen über den möglichen Tod ihres Schwagers zu vergoß.

»Nun, das ist doch nur ein Scherz«, beruhigte sie Donald. »Der Löwe wird vor der Untersuchung eingeschläfert. Kurz und gut«, fuhr er fort und wandte sich wieder an mich, »der Direktor meint, und ich bin seiner Ansicht, daß du der Richtige bist, um einen Schimpansen zu adoptieren und aufzuziehen.«

»Ich?« fragte ich lachend. »Und warum gerade ich?«

»Weil du letztes Jahr eine Vorlesung über Primaten gehalten hast.«

»Was ist ein Primat?« fragte Phyllis.

»Aber Phyllis«, sagte Donald mit einem Anflug von Ungeduld.

Ich wandte mich ihr zu: »Das sind große Affen ohne Schwanz, die den Menschen ähnlich sehen, wie der Schimpanse, der Gorilla oder der Orang-Utan.«

»O danke, Ed«, sagte Phyllis und legte ihre Hand auf meinen Arm. »Ich bin nicht sicher, daß ich es behalten werde, aber du bist so ein freundlicher, hübscher Junge. Du solltest dir einen Schnurrbart wachsen lassen.«

»Aber Don«, warf Suzy ein und ergriff zum ersten Mal das Wort, »warum braucht ihr jemanden, der ein Schimpansenbaby aufzieht? Hat es keine Eltern mehr?«

»O doch. Es wird im November geboren werden, und seine Mutter erfreut sich bester Gesundheit.«

»Aber dann ist es doch selbstverständlich, daß es von seiner Mutter aufgezogen wird.«

»Besser nicht! Vor vier Jahren hat sie ihr erstes Baby gleich nach der Geburt gefressen.«

»Wie entsetzlich«, sagte Suzy, »Warum hat sie das getan?«

»Man vermutet, daß es ein Schock für sie war, dieses lebende Wesen aus ihrem Körper herauskommen zu sehen. Sie ist selbst in Gefangenschaft geboren und hat nie die Gelegenheit gehabt, ein anderes Weibchen bei einer Geburt zu beobachten. Bei den höheren Säugetieren wird der Mutterinstinkt vor allem durch Nachahmung ausgelöst.«

»Davon bin ich vollkommen überzeugt«, sagte ich. »Aber in diesem Fall kann man doch sicherlich das Baby in einem anderen Käfig unterbringen und die Pflege einem Wärter anvertrauen.«

»Das ist unmöglich, denn der Zoo hat nicht genug Personal. Man hat ihm gerade ein Viertel des Budgets gestrichen.«

Für einen Augenblick breitete sich Schweigen aus.

»Und wie zieht man ein Schimpansenbaby in einer menschlichen Umwelt auf?« fragte schließlich Suzy.

»Genauso, wie Sie Ariel aufgezogen haben. Mit einer Flasche, Windeln und viel Liebe.«

»Ich finde das absurd«, warf Mary, die die Arme energisch auf die Lehnen ihres Sessels gestemmt hatte, mit kaum verhaltener Ungeduld ein. »Suzy, lassen Sie es nur nicht zu, daß Donald Ed diese alberne Idee aufschwatzt! In Wahrheit will er Ihnen diesen Schimpansen anhängen, weil ich mich strikt geweigert habe, zuzustimmen, daß er ihn hier aufzieht. Stellen Sie sich das nur vor! Ich zumindest will hier kein Monster haben, das meine Vorhänge attackiert, meine Möbel zerschlägt, alles verwüstet und überall seine Notdurft verrichtet. Und das alles, um das Vergnügen zu haben, ein wildes Tier zu zivilisieren!«

»Das ist ein Irrtum, meine Liebe«, sagte Donald mit gespielter Ruhe. »Man kann einen Schimpansen nicht zivilisieren. Er bleibt immer ein wildes Tier.«

»Was fängt man dann mit ihm an?« fragte Mary.

Ihr Ton war so schneidend, daß ich beschloß einzugreifen, um die Stimmung etwas zu entspannen.

»Was man mit ihm anfängt, Mary? Da gibt es eine ganze Reihe verschiedener Möglichkeiten. Man kann eine Verhaltensstudie durchführen wie Nadia Kohts oder die Kellogs. Man kann versuchen, ihn die englische Sprache zu lehren, man kann ihm eine Kunstsprache beibringen, oder man kann ihn in Ameslan, einer amerikanischen Gebärdensprache, unterrichten.«

»Phyllis hat so spät angefangen zu sprechen«, sagte Mary, »daß wir zunächst geglaubt haben, sie wäre stumm. Sie wurde deshalb in Ameslan unterrichtet. Sie war schon sechs Jahre alt, als sie ihr erstes Wort sagte. Ich selbst war damals fünf Jahre alt und werde mich immer an den Aufruhr in der Familie erinnern, als sie plötzlich ›Papa‹ sagte.«

»Noch einen Kaffee, Suzy?« fragte Donald.

»Nein, danke.«

Ich schüttelte den Kopf, ehe er dieselbe Frage auch an mich richten konnte.

»Ed«, sagte er, »angenommen – ich wiederhole, angenommen«, fügte er mit einem beruhigenden Seitenblick auf Mary hinzu, »du würdest das Schimpansenbaby aufnehmen, für welche Möglichkeit würdest du dich entscheiden?«

»Ich würde ihm Ameslan beibringen, so, wie es die Gardners mit ihrer Schimpansin Washoe gemacht haben. Ich hege große Bewunderung für die Gardners. Sie haben eine beachtenswerte Pionierarbeit geleistet, und ich fand es sehr bedauerlich, daß sie ihre Forschungen beenden mußten, weil man ihnen die Subventionen gestrichen hat. Allerdings würde ich, immer gesetzt den Fall, ich würde das Baby nehmen, auch versuchen, ihm die englische Sprache beizubringen.«

»Warum?«

»Aufgrund einer ganz einfachen Überlegung. Du erinnerst dich sicherlich daran, daß Gua, der kleine Schimpanse der Kellogs, siebenundneunzig englische Wörter verstand. Sie verstand sie, doch sie konnte sie nicht aussprechen. Wenn man sie mit Menschen vergleicht, die man in Ameslan unterrichtet, kann man sagen, daß sie stumm, aber nicht taub war.«

»Und was schließt du daraus?«

»Daß man einen Schimpansen nicht wie einen Taubstummen

behandeln darf. Da er stumm ist – das heißt in diesem Fall unfähig, die Sprache der Menschen zu artikulieren –, muß man ihm beibringen, sich durch Gebärden auszudrücken. Aber da er nicht taub ist, muß man auch dafür sorgen, daß er die menschliche Sprache verstehen lernt. Die Worte, die er verstehen wird, werden einen gewissen passiven Wortschatz bilden. Die Gebärden, die er erlernen wird, werden seinen aktiven Wortschatz ausmachen. Warum sollte man nicht beide nutzen, wenn die Möglichkeit dazu besteht?«

»Aber Ed«, sagte Mary verblüfft, »du klingst ja so enthusiastisch. Wenn man dir zuhört, könnte man glauben, daß du dich schon entschlossen hast, das Schimpansenbaby zu adoptieren.«

»Aber nein«, erwiderte ich mit leichter Verlegenheit, »absolut nicht. Ich habe überhaupt nichts entschieden. Wie könnte ich auch, ohne zuvor mit Suzy darüber gesprochen zu haben. Sie wäre ja schließlich bei einem solchen Unterfangen am meisten betroffen.«

»In diesem Fall hoffe ich doch«, sagte Mary, »daß Suzy so klug sein wird, dich an diesem Wahnsinn zu hindern. Glaub mir, Ed, es wäre die größte Dummheit deines Lebens.«

»Oh, ich weiß nicht«, entgegnete Suzy lächelnd. »Ich glaube, mir wäre es lieber, wenn Ed die Dummheiten begeht, die ihn interessieren, als die zu machen, die meinen Interessen entsprechen.«

»Das ist gut gesagt! Die ideale Ehefrau!« rief Donald lachend. Dann fuhr er ernsthafter fort:

»Warum sprechen wir überhaupt von Dummheit? Das wäre ein Experiment; ein ernsthaftes wissenschaftliches Experiment! Alles in allem würdest du die Nachfolge der Gardners antreten, Ed.«

»So ein Gedanke wäre wirklich vermessen. Außerdem gebe ich zu bedenken, daß die Sache einen Haken hat. Denn wie wir gesagt haben, kann man einen Schimpansen nicht zivilisieren, und wenn er einmal erwachsen ist, ist er zwei oder drei Mal so stark wie ein Mensch. Was würde geschehen, wenn wir ihn nicht mehr unter Kontrolle hätten?«

»Dann würde der Zoo sich einschalten: Er würde ihn jederzeit zurücknehmen, und zwar zum selben Preis, zu dem du ihn gekauft hast.«

»Was heißt gekauft? Ich soll ihn also kaufen? Du hast doch von einem Geschenk gesprochen.«

»Offiziell muß der Zoo ihn dir verkaufen. Was würde der Aufsichtsrat sonst sagen? Aber mach dir darüber keine Gedanken, der Preis würde sehr bescheiden sein.«

Dabei blieb es an diesem Abend. Donald, der spürte, daß die Sache mich interessierte, war zu taktvoll, um das Gespräch in diese Richtung weiterzutreiben. Ich hatte keine Lust, mich festzulegen. Suzy wahrte ein diplomatisches Schweigen, und Mary machte aus ihrer Enttäuschung keinen Hehl. Sie hatte den Eindruck, daß ich ernsthaft versucht war, das, was sie als eine Dummheit bezeichnete, zu begehen, und daß Suzy mich zwar in meinem Vorhaben weder unterstützte noch bestätigte, sich ihm allerdings auch nicht widersetzte. Wir sprachen über dieses und jenes, doch keiner von uns schien dem weiteren Gespräch besondere Bedeutung beizumessen. Wir verabschiedeten uns relativ früh, und Mary protestierte nur der Form halber dagegen. In dem Moment, als wir gingen, fand sie jedoch ihre gewohnte Herzlichkeit wieder und umarmte uns.

Mit dem Auto war der Weg von den Hunts zu unserem Haus zu kurz, als daß es sich gelohnt hätte, eine Diskussion über das Schimpansenbaby zu beginnen, dessen Leben wir vielleicht verändern würden, ebenso wie es das unsere verändern würde, wenn es in Yaraville aufwachsen würde. Ein solches Projekt würde eine doppelte Verantwortung bedeuten, einmal uns selbst gegenüber natürlich, aber auch ihm gegenüber. Ich konnte mir nicht vorstellen, es, nachdem es mehrere Jahre frei und glücklich bei uns gelebt hätte, in den Zoo zurückzuschicken, wo es in einem unmenschlichen Käfig dahinvegetieren müßte.

Ein oder zwei Sekunden bevor ich den Schlüssel in das Schloß der Haustür schob, hörten wir ein kurzes Bellen.

»Wir sind es, Roderick!«

Er war sofort still. Als das Licht aufflammte, blinzelte er uns an, wedelte mit dem Schwanz und kam auf uns zu, um an unseren Händen zu schnüffeln und den guten, gewohnten Geruch seiner

Herrchen wiederzufinden. Dann drehte er sich zufrieden um und ging wieder schlafen.

Es war Elsie gewesen – denn eigentlich war es ihr Hund –, die ihn, Gott weiß warum, Roderick genannt hatte. Daher war es mir völlig normal vorgekommen, unsere Katze Random zu nennen. Die kleine Katze schlief genüßlich, und als wir hereinkamen, begnügte sie sich damit, ein Auge halb zu öffnen und es sofort wieder zu schließen. Und sobald sich Roderick wieder hingelegt hatte, schmiegte sie sich an seine Flanke, um die Wärme und den Komfort seines Fells zu genießen. Sie schien der Ansicht zu sein, daß es keineswegs ihre Aufgabe war, das Haus zu bewachen. Der Wächter war der Hund, sie hingegen gehörte zum Inventar.

Erst als wir im Bett lagen – auch wir eng aneinandergeschmiegt – und ich die Lampe auf meinem Nachtschrank gelöscht hatte, kamen wir wieder auf Dons Vorschlag zu sprechen.

»Was hältst du davon?« fragte Suzy, während sie meinen Hals mit schnellen kleinen Küssen bedeckte.

»Die negativen Aspekte sind sicherlich Kosten, Sorgen, Probleme und Verluste. Vorbei ist es mit der Ordnung und der Ruhe! Und vor allem auch mit den Reisen! Wem könnten wir ein Schimpansenbaby überlassen, wenn wir wegfahren?«

»Alles in allem wäre es ebenso einengend wie ein Kind.«

»Mehr noch!«

»Der positive Aspekt wären viel Zuneigung, die wir geben und auch erfahren würden, viel Freude und eine wissenschaftliche Befriedigung.«

»Ich werde mir erlauben, Dr. Dale, einen oder zwei dieser Aspekte etwas genauer auszuführen. Wäre es nicht faszinierend – und ich meine wirklich faszinierend – für einen Anthropologen, bei sich zu Hause das ganze Jahr über einen Primaten beobachten zu können, der dem Menschen genetisch so nahe steht?«

»Und ihm Ameslan beibringen zu können, um mit ihm zu kommunizieren, und somit in die finsteren Gründe der Tierwelt eindringen zu können?«

»Und ein Buch über seine Fortschritte zu schreiben?«

»Genau das wollte ich sagen, Suzy, du hast mir das Wort aus dem Mund genommen.«

»Dann werde ich es dir zurückgeben.«

Sie beugte sich zu meinem Gesicht und küßte mich im Dunkeln auf die Stirn, die Nase, die Wangen und den Mund, was schließlich in einem allgemeinen Tumult endete.

Als wieder Ruhe eingekehrt und ich wieder zu Atem gekommen war, sagte ich:

»Und du? Was hältst du davon?«

»Es ist verrückt, aber wir machen es trotzdem!«

»Damit hast du nicht gesagt, was du davon hältst.«

»Ich denke all das, was wir eben gesagt haben. Ich bin auch sehr zufrieden, daß du für dein nächstes Buch ein Thema gefunden hast, das dich fasziniert.«

»Aber du, Suzy, was erwartest du persönlich von der Sache?«

»Das will ich dir sagen. Ich hoffe, daß unser Schimpansenbaby ebenso niedlich, liebevoll und rührend sein wird wie jenes, das wir im Jardin des Plantes gesehen haben. Erinnerst du dich, wie es sich amüsierte, alle viere in die Luft gestreckt, wie es versuchte, die langen Holzspäne um seinen Fuß zu wickeln? Wie es uns ansah, um uns aufzufordern mitzuspielen? Und die Augen! Rund, groß, hellbraun und so vertrauensvoll!

Emma Mathers kam am 14. November in Yaraville an, wir kannten zuvor nur ihren Lebenslauf und ihr Foto. Sie beherrschte die Gebärdensprache von Grund auf und sollte sie uns beibringen und uns dann helfen, das Schimpansenbaby darin zu unterrichten. Wir stellten sie zunächst für einen Monat ein, doch sie blieb zwölf Jahre. Sie war stumm, aber nicht taub, was den Lernprozeß, zumindest in den Anfängen, erheblich erleichterte. Sie war groß, dunkelhaarig, breitschultrig und hatte sehr ebenmäßige Züge und schöne schwarze Augen, die sie immer dezent mit einem Konturenstift umrandete.

Sie besaß eine ganze Reihe von Blusen, alle aus einem seidigen Stoff, zu denen sie stets eine Krawatte aus demselben Stoff und in derselben Farbe trug. Diese Krawatte knotete sie locker, mit einem breiten, weichen Knoten. Suzy nannte das eine Lavallière und behauptete, daß Anfang des Jahrhunderts in Frankreich viele Künstler solche Krawatten getragen hätten.

Die Lavallière und der feine Lidstrich waren die einzigen Koketterien, die Emma sich erlaubte. Ihre schwarzen Haare waren im Nacken zusammengebunden und verschwanden tagsüber in einem strengen Knoten. Sie trug gerade, schmucklose Röcke in gedeckten Farben und flache Schuhe, und weder auf ihren gerade abgeschnittenen Fingernägeln noch auf ihren Lippen habe ich je die geringste Spur von Rot entdeckt.

Sie war vierzig Jahre alt, doch wirkte sie fast zehn Jahre jünger. Sie war intelligent, aufmerksam und verlor nie die Ruhe. Ich habe es oft bedauert, daß sie stumm war, denn ihre Stimme wäre, im Einklang mit ihrer ganzen Persönlichkeit, sicherlich sanft, tief und klangvoll gewesen. Da sie jedoch stumm war, sprachen ihre Augen. Sie waren lebendig und warm, zeigten Interesse an ihren Mitmenschen und den rührenden Wunsch zu helfen. Wegen ihrer großen Güte behauptete Suzy, daß Emma sehr feminin sei. Ich hingegen war anderer Ansicht, denn ihr Gesicht und ihre ganze Person hatten eine Ausstrahlung, die an einen Mönch erinnerte, und sie vermittelte ein lauteres, fast übermenschliches Wesen, das mich sehr beeindruckte. Man hatte das Gefühl, daß sie das Leben als die Angelegenheit der anderen, nicht jedoch als ihre eigene betrachtete.

Als sie angekommen war, begannen Suzy und ich mit Eifer die Gebärdensprache zu lernen. Emma verwirrte uns anfänglich ebenso durch ihren reichen Wortschatz wie durch die Anmut und Geschwindigkeit ihrer Gesten. Sie sprach mit ihren Händen ebenso schnell wie wir mit unserer Zunge, und die Gebärden, die sie mit ihren Fingern vollzog, begleitete sie durch ein ausdrucksvolles Mienenspiel. Es war faszinierend anzusehen und sehr schön, sobald es uns gelang, sie zu verstehen. Wir baten sie, weniger Zeichen zu verwenden und sie langsamer auszuführen. Sie erwies sich uns gegenüber als sehr geduldig, auch wenn das Ungeschick und die Ungenauigkeit unserer Gesten sie oft in Gelächter ausbrechen ließen. Wahrscheinlich war es für sie ebenso komisch, wie es für uns gewesen wäre, einen Erwachsenen wie ein Baby sprechen zu hören.

Die Kinder wurden nur am Wochenende unterrichtet, doch auch sie machten sich mit Enthusiasmus an die Arbeit. Für sie war es eine Art Geheimsprache, die sie in der Schule vor der Nase ihrer Lehrer einsetzen konnten.

Die schöne Concepción hatte in der Stadt eine Stelle als Köchin gefunden und María de los Angeles der Obhut ihrer Tante überlassen. Diese hatte Suzy gebeten, das Baby tagsüber mit nach Yaraville bringen zu dürfen, da sie in ihrem Bungalow niemanden hatte, der auf das Kind aufpassen konnte. Seither stand Marías Laufstall also in unserem Wohnzimmer und ihr hohes Stühlchen an unserem Tisch.

Doch nach einiger Zeit begann Juana, sich Sorgen zu machen, die sie mir in einem Gespräch unter vier Augen mitteilte.

»Señor, ich muß Ihnen etwas sagen. Ich mache mir in meinem Kopf Sorgen um die Kleine. Ich stehe an meinem Herd, Sie, Señor, sind in Ihrem Büro, die Señora in ihrem, oder sie kauft ein, infolgedessen ist also María de los Angeles wesentlich mehr mit der Señorita Emma zusammen als mit irgend jemand anderem hier im Haus.«

»Juana«, sagte ich trocken, »haben Sie sich über Emma zu beklagen?«

»O Señor, in keiner Weise. Die Señorita Emma ist eine Seele von Mensch! Eine Perle! Eine Heilige des Herrn! Sie ist besser als wir alle, die wir Sünder sind.«

Diese Worte begleitete Juana mit ausdrucksvollen Augenaufschlägen, so als wolle sie ihren Ausführungen dadurch mehr Gewicht verleihen.

»Wo liegt dann das Problem?«

»Das Problem ist, daß die Señorita stumm ist, und wie soll die Kleine die Sprache der Christen lernen, wenn man nicht mit ihr spricht?«

»Juana«, sagte ich, »was verstehen Sie unter der ›Sprache der Christen‹, Englisch oder Spanisch?«

»Beides, die nützlichere zuerst. Die schönere danach.«

»Und welche ist die nützlichere?«

»Englisch, Señor.«

»Nun gut, Juana, ich verspreche Ihnen, daß María ab heute sehr viel Englisch hören wird.«

»O Señor«, sagte sie und ergriff meine beiden Hände und

drückte sie fest, »das würde mich wirklich beruhigen. Ich habe mir solche Sorgen gemacht, wenn ich das Essen servierte und Sie alle gestikulieren sah, als hätten Sie nicht alle Sinne beisammen. Manchmal habe ich mich wirklich gefragt, wo ich bin...«

Nachdem wir über die Frage des Schimpansenbabys entschieden hatten, mußten schnellstens einige Veränderungen in dem Kinderzimmer, in dem es wohnen sollte, vorgenommen werden. Wir ließen eine Verbindungstür zu Emmas Zimmer durchbrechen. Zu unserem Zimmer, das auf der anderen Seite lag, bestand schon eine Tür. Eine der beiden Türen, entweder Emmas oder unsere, sollte abwechselnd nachts geöffnet bleiben, damit eine der beiden Parteien etwaiges Weinen hören und sofort Abhilfe schaffen könnte, während die andere eine relativ ruhige Nacht verbringen könnte.

Ich ließ auch ein starkes Gitter vor dem einzigen Fenster des Kinderzimmers anbringen, um Glasbruch, der für das Baby gefährlich sein könnte, und eventuelle Fluchtversuche zu vermeiden.

Wenn man durch die Eingangstür kam und die gegenüberliegende Treppe zum ersten Stock hinaufging, wo sich die Schlafzimmer befanden, lagen links Emmas Zimmer und ihr Bad, das Kinderzimmer sowie unser Schlaf- und unser Badezimmer. Über die gesamte Front des Hauses erstreckte sich das Spielzimmer, das in der Höhe bis zu den Deckenbalken hinaufreichte. Ich erwähne es, denn dort gab es verschiedene wunderbare Dinge, die unseren kleinen Pensionsgast in der Folgezeit stark interessieren sollten: ein Tischbillard, ein Kindertischfußball, einen Punchingball, ein Rudergerät, einen Basketballkorb, der drei Meter über dem Boden angebracht war, und ein Seil, das mit einem soliden Haken an der Decke befestigt war. Dies war als Ausweichmöglichkeit bei Regen gedacht, wenn unser Baby zu aktiv werden sollte. Auf der rechten Seite des Ganges befanden sich die drei Zimmer der Kinder und ihre Bäder.

Am 29. November um zwei Uhr mittags, als wir gerade mit dem Essen fertig waren, rief uns der Direktor des Zoos an, um uns anzukündigen, daß das erwartete Ereignis bevorstand.

Mr. Hunt und Mr. Smithers waren schon dort und überwachten die Entbindung. Es war kalt. Wir zogen uns warm an und nahmen außer den Windeln und der Kleidung, die schon seit Wochen in einem Koffer bereitstand, auch eine alte Lammfelljacke mit, die Elsie früher getragen hatte. Als wir ins Auto stiegen, herrschte eisige Kälte, und wir warteten ungeduldig, daß die Heizung, die voll aufgedreht war, endlich funktionieren würde. Außer der Bemerkung, daß wir bei der Rückfahrt wahrscheinlich in ein Schneegestöber geraten würden, sprachen wir nicht viel. Die Kälte hatte Suzys Augen und ihren Wangen einen frischen Ausdruck verliehen, und mit ihrer Pelzmütze strahlte sie einen slawischen Charme aus, zu dem ich sie beglückwünschte. »Meine Finger sind auch slawisch«, sagte sie. »Sie sind völlig erfroren.« Etwas später begann man die Heizung zu spüren. Wir zogen unsere Handschuhe aus, und Suzy sagte: »Hast du dir schon einen Namen für das Baby überlegt?« Ich schüttelte den Kopf, und sie fuhr fort: »Ich denke, daß wir einen zweisilbigen Namen mit zwei hellen, klingenden Vokalen finden sollten. Ich habe für einen Jungen Leo und für ein Mädchen Chloé ausgesucht.«

»Warum müssen es zwei helle, klingende Vokale sein?«

»Damit das Baby sie leicht behalten kann.«

Ich wiederholte »Chloé, Leo, Chloé, Leo« und erklärte: »Eigentlich gefällt mir Chloé besser.«

»Mir auch«, erwiderte sie, »Chloé, das hat Klasse. Wenn man Chloé heißt, wird man es im Leben weit bringen.« Ich lachte und nahm eine Hand vom Steuer, um ihren Hals und ihr Gesicht zu streicheln. »Hör auf«, sagte sie, »das bringt mich zu sehr durcheinander.«

»Sie kommen zu früh, es ist noch lange nicht zu Ende«, sagte man uns im Zoo, »aber inzwischen können wir schon den Kaufvertrag aufsetzen, das wird eine Weile dauern, Sie werden sehen.«

Und das war tatsächlich der Fall. Das Dokument war äußerst ausführlich. Durch die offenkundige Bemühung, jeglichen Streitfall zwischen dem Verkäufer und dem Käufer auszuklammern, war es anstrengend zu lesen. Suzy, die über meine Schulter hinweg mitlas, fragte unbefangen, was geschehen würde, falls das Baby tot geboren werden sollte.

»Der Fall ist auch vorgesehen«, sagte der Beamte.

Er war ein farbloser Mann ohne Alter, bei dem alle Züge eine Tendenz nach unten aufwiesen: die Augen, die Nase, die Mundwinkel. Er fuhr fort:

»Paragraph 5, Artikel 3: der Akt wird annulliert und der Scheck zurückgegeben.«

»Warum sollen wir in diesem Fall den Vertrag und den Scheck unterschreiben, ehe das Baby das Licht der Welt erblickt?«

»Weil wir schließen«, sagte er mit einem Blick auf seine Armbanduhr. »Aber gleich morgen früh bekommen Sie den Scheck zurück, falls das Baby tot geboren werden sollte.«

»Das würde für uns drei Stunden Hin- und Rückweg bedeuten.«

»Es tut mir leid«, sagte der Beamte, ohne den Kopf zu heben.

»In diesem Fall«, sagte Suzy, »könnte der Zoo uns vielleicht einen komfortablen Käfig für die Nacht zur Verfügung stellen.«

»Tut mir leid, wir haben keine freien Käfige«, gab der Beamte trocken zurück.

»Entschuldigung«, sagte Suzy, »aber ich habe eben neben dem des Löwen einen freien Käfig gesehen.«

»Das stimmt. Da war der Leopard drin, aber er wurde verlegt, weil sein Geruch den Löwen störte.«

»Und nun haben Sie Angst, daß auch der unsere ihn stören könnte?«

Der Beamte hob den Kopf, sah Suzy an und fing plötzlich an zu lachen:

»Madame«, sagte er, »wenn wir Sie in den Käfig setzen würden, würde das die Zahl unserer Besucher verzehnfachen. Das wäre sicherlich gut für unsere Finanzen...«

In diesem Augenblick betrat der Direktor des Zoos, begleitet von einem Assistenten oder Stellvertreter, den ich nicht kannte, mit eiligem Schritt das Zimmer. Er reichte uns mit wichtiger Miene die Hand. Er wirkte frisch und gutgelaunt, nicht wie jemand, der die Lektüre eines dreiseitigen, engbedruckten Vertrages hinter sich hat.

»Die Entbindung dauert länger als vorgesehen«, sagte er jovial. »Inzwischen wird Ihnen mein Kollege, Mr. Sleet, zur Verfügung stehen, um Ihnen ein Pygmäen-Schimpansenpaar zu zeigen, das wir neu erworben haben. Wir sind sehr stolz. Ich meine, auf das Pygmäen-Schimpansenpaar«, sagte er mit einem leisen Lachen. »Obwohl wir auch auf Mr. Sleet stolz sein werden, denn er schreibt gerade eine Arbeit über... Mr. Sleet? Könnten Sie mir den Titel Ihrer Arbeit in Erinnerung rufen?«

»Die Rolle der Gestensprache der Pygmäen-Schimpansen während der verschiedenen Etappen der Paarung.«

»Genau!« sagte der Direktor lachend. »Ich bin sicher, Sie werden eine angenehme Zeit mit Mr. Sleet verbringen. Mrs. Dale, ich habe gehört, Sie sind Französin? *Mes Hommages*, wie man bei Ihnen sagt. Auf Wiedersehen, Mr. Dale. Und viel Glück mit dem Baby.«

Er verließ das Zimmer mit dem eiligen Schritt eines Mannes, der sich schnellstens an seinen Schreibtisch zurückziehen will, um dort bis Büroschluß nichts Wesentliches zu tun. Wir blieben mit Mr. Sleet allein. Er war jung, hatte schwarze, runde Knopfaugen, zwischen denen eine weiße, gebogene Nase saß, die an den Schnabel eines Raben erinnerte. Da er von Kopf bis Fuß schwarz gekleidet war und einen leicht hüpfenden Gang hatte, war die Ähnlichkeit mit diesem Tier wirklich frappierend, zumal sein Rücken leicht gebeugt war und er seine Nase vorschob.

Ich empfand ihm gegenüber sofort eine starke Antipathie. Während wir durch den Zoo zum Käfig der Pygmäen-Schimpansen gingen, versuchte er durch allerlei Manöver den Platz an Suzys Seite einzunehmen, während er ihr glühende Blicke zuwarf. Seine Stimme klang heiser, und er erklärte Suzy seine Heiserkeit durch die Tatsache, daß er aufgrund seiner Studie gezwungen sei, stundenlang im Freien zu sein, um die Paarungsszenen der Schimpansen zu beobachten. Während er sprach, strich er unablässig mit seiner rechten Hand über seine obszöne Nase.

»Kurz gesagt, Sie sind ein Opfer der Wissenschaft«, sagte Suzy lächelnd.

»Oh, Mrs. Dale!« sagte er mit seiner krächzenden Stimme, »Sie sind charmant.«

Ich war wütend. Wenn wir beide Primaten im Reservat von

Gombe Stream am Ufer des Tanganjika-Sees gewesen wären, hätte ich ihm mit einem Ast in der Hand schnell klargemacht, welches Männchen die Herrschaft über das Territorium hatte.

Die Pygmäen-Schimpansen waren sehr lebhaft, wenngleich das Paar nicht recht zusammenzupassen schien, da das Weibchen wesentlich größer und dicker war als das Männchen.

»Das ist kein Wunder«, sagte Sleet, »das Weibchen ist ungefähr vierundzwanzig Jahre alt, während das Männchen erst acht ist. Aber er kommt schon sehr gut mit ihr zurecht, um so mehr, als sie in ihrer rosa Periode ist.«

»Was ist die rosa Periode?« fragte Suzy.

»Der Analbereich des Weibchens ist geschwollen und rosig. Diese rosa Färbung ist, wenn ich so sagen darf, das grüne Licht für das Männchen.«

Er lachte und plusterte sich auf. Er schien äußerst stolz auf seinen Witz, so als hätte er ihn erfunden. Dabei war ich sicher, daß er seit Jahren zum Standardrepertoire des Zoos gehörte.

Keiner der beiden Schimpansen schien sich durch unsere Anwesenheit stören zu lassen. Etwa fünfzig Zentimeter vor dem Weibchen, das sich auf allen vieren niedergelassen hatte, hatte sich das Männchen auf die Hinterbeine aufgerichtet. Sie sahen sich an, als stünde der eine vollkommen im Bann des anderen.

»Beachten Sie bitte die Intensität und die Dauer des visuellen Kontakts«, sagte Mr. Sleet, während er über seine große Nase strich. »Sie ist nicht geringer als bei jedem menschlichen Paar«, fügte er hinzu, während er Suzy intensiv ansah.

»Außer, daß es bei den menschlichen Paaren auch einen verbalen Austausch gibt«, sagte ich.

»Aber Sie werden sehen, Dr. Dale, daß es beim Liebesspiel der Pygmäen-Schimpansen Gesten gibt, die so eindeutig sind, daß man sie in ihrem Fall als eine Art von Gebärdensprache werten kann.«

Diese Bemerkung interessierte mich, und zwar um so mehr, als es Suzy durch ein geschicktes Manöver, das völlig natürlich schien, gelungen war, sich an meine rechte Seite zu stellen, während Mr. Sleet zu meiner Linken blieb. Später erklärte sie, daß Mr. Sleets pubertäres Verhalten sie eher amüsiert als schockiert habe und daß sie nur auf die andere Seite getreten sei, weil sie meine Verärgerung gespürt habe.

»Das Männchen wird gleich die Initiative ergreifen«, kommentierte Sleet.

Und tatsächlich streckte das Männchen seinen endlos langen linken Arm aus und legte seine Hand auf die rechte Schulter des Weibchens.

Sleet fuhr fort:

»Normalerweise ist der Sinn dieser Geste der folgende: Er will das Weibchen auffordern, sich um einhundertachtzig Grad zu drehen und ihm das Hinterteil zuzuwenden.«

»Die Dame bewegt sich aber nicht«, bemerkte Suzy. »Sie scheint nicht einverstanden.«

»Irrtum«, sagte Sleet in einem schulmeisterlichen Ton, während er sich vorbeugte, um Suzy anzusehen. »Sie bewegt sich nicht, aber sie ist einverstanden. Man braucht nur ihren Gesichtsausdruck zu beobachten. Die Lippen sind bei halb geöffnetem Mund leicht geschürzt, und ihr Blick bleibt auf das Männchen geheftet. Das ist eine Mimik, die Einverständnis zum Ausdruck bringt.«

»Und wissen Sie, warum sie sich dann nicht bewegt?« fragte ich.

»Aber natürlich weiß ich es«, antwortete Sleet. »Ich beobachte sie schließlich nicht zum ersten Mal. Sehen Sie, das Männchen streckt wieder den Arm aus. Dieses Mal ist es der rechte Arm, mit dem er die Schulter seiner Gefährtin berührt. Gleichzeitig gibt er ihr mit der linken Hand ein Zeichen, sich vor ihn zu stellen und ihm den Rücken zuzuwenden. Beobachten Sie seinen Gesichtsausdruck. Er läßt den Augenkontakt nicht abreißen. Er preßt die Lippen zusammen und schiebt das Kinn vor. Er scheint vollkommen entschlossen, auch wenn seine Gesten sanft und geduldig sind.«

»Sie bewegt sich trotzdem nicht«, warf Suzy ein.

»Dann wird er sicher gleich eine andere Taktik versuchen. Er stellt sich auf die rechte Seite des Weibchens und legt ihm seine rechte Hand auf den Rücken, er schiebt es vorwärts, um es von der Wand wegzudrücken und hinter es zu gleiten.«

»Es widersetzt sich«, sagte Suzy.

»Sehen Sie«, führte Sleet aus und beugte sich erneut vor, um Suzy ansehen zu können, »er nimmt beide Hände und schiebt mit aller Kraft.«

»Erfolglos«, bemerkte Suzy.

»Natürlich«, sagte ich, »es ist zweimal so schwer wie er. Er kann sich als Männchen nicht durchsetzen.«

Suzy lachte:

»Das ist mehr als Widerstand! Sehen Sie, Mr. Sleet, es macht eine volle Drehung, um ihm wieder gegenüberzustehen. Das ist eine Rebellion!«

»Absolut nicht. Das ist eine Aufforderung zu einer anderen Vorgehensweise. Das Männchen versteht das sehr genau. Jetzt berührt es die Schulter mit der linken Hand, aber dieses Mal auf der Innenseite des Oberarms.«

»Hat diese Geste eine bestimmte Bedeutung?«

»Ja, sie bedeutet, daß es will, daß seine Partnerin sich auf die Hinterbeine aufrichtet. Und um noch genauer zu sein, berührt es die Innenseite des Arms und macht eine schnelle Bewegung zu seinem eigenen Bauch hin. Das bedeutet, daß es wünscht, daß sie sich auf die Hinterbeine aufrichtet, die Arme hebt und sich in dieser Position nehmen läßt. Und sehen Sie«, fügte er mit verhaltenem Triumph hinzu, »das Weibchen versteht, ist einverstanden und nimmt die angegebene Position ein.«

Ich setzte meine Stoppuhr in Gang.

»Das ist unnötig, Dr. Dale. Ich habe die Zeit wieder und wieder gestoppt. Acht Sekunden, nie mehr.«

»Vielen Dank, Mr. Sleet«, sagte ich. »Das ist sehr lehrreich. Es ist eindeutig, daß die angewandte, äußerst exakte Gebärdensprache von beiden Partnern sehr gut verstanden wurde. Jetzt wäre es interessant festzustellen, ob andere Paare sich derselben Sprache bedienen.«

»Im Moment«, sagte Sleet, »haben wir nur das eine Paar.«

»Was mir absolut außergewöhnlich erscheint«, warf Suzy ein, »ist die Tatsache, daß das Weibchen, obwohl es im Prinzip einverstanden war, seine Position durchgesetzt hat.«

»Diese Schlußfolgerung scheint eindeutig«, sagte Sleet, »es hat die dorso-ventrale Position abgelehnt und sich klar für die ventro-ventrale entschieden.«

»Damit hatte es sicherlich völlig recht«, sagte ich, »denn wenn man bedenkt, daß das Männchen wesentlich kleiner ist, ist es nicht sicher, daß die dorso-ventrale Position tatsächlich eine Vereinigung erlaubt hätte.«

»Aber ist denn die ventro-ventrale Position bei den Primaten häufig?«

»Eigentlich recht häufig«, sagte Sleet, »aber daneben wird immer die dorso-ventrale Position praktiziert. Außer bei den Orang-Utans. Der Grund dafür ist, daß die Orang-Utans sich nicht um die Fruchtbarkeitsperiode der Weibchen kümmern. Sie jagen und verfolgen sie, egal, ob sie brünstig sind oder nicht. Mit ihrem Gewicht zwingen sie sie in die ventro-ventrale Position und nehmen sie.«

»Aber das ist ja reine Vergewaltigung«, rief Suzy.

»Von einer Vergewaltigung spricht man im menschlichen Sprachgebrauch«, sagte Sleet, »bei den Orang-Utans spricht man eher von einem Beweis der männlichen Dominanz. Die Gorillas hingegen sind nur selten aggressiv. Und wenn das Weibchen fruchtbar ist, wird es selbst die Initiative ergreifen. Sie streckt ihr Hinterteil heraus und reibt sich am Bauch des Männchens, bis es sie nimmt.«

»Und das funktioniert?« fragte ich.

»Soweit ich weiß, schon.«

»Alles hängt vom richtigen Augenblick ab«, bemerkte Suzy.

Das hatte sie leise auf französisch gesagt. Wir gingen zurück zum Verwaltungsgebäude, und Sleet verabschiedete sich.

Eigentlich war dieser kleine Sleet gar nicht so übel. Er kannte sich in seinem Fach aus. Und er hatte es uns gut erklärt. Ich dankte ihm warm, und er entfernte sich mit gebeugtem Rücken und vorgestreckter Nase. Je weiter er sich von Suzy wegbewegte, desto mehr Verdienste erkannte ich ihm zu.

Das, was er uns gezeigt hatte, die Gestensprache der Pygmäen-Schimpansen, lüftete ein klein wenig den dunklen Schleier, der über der Tierwelt lag. Die Sprache zu einem typisch menschlichen Phänomen zu erklären beweist nur die Ignoranz und den lächerlichen Stolz des Menschen. Was weiß er wirklich darüber? Versteht er die Kommunikationsformen der anderen Tiere? Weiß er die Pfeifsignale der Delphine zu deuten? Vermag er die getanzte Sprache der Bienen, einige besondere Fälle ausgenommen, zu entschlüsseln?

Als wir gerade die Treppe, die zum Haus führte, hinaufgehen wollten, öffnete sich oben die Tür, und eine junge Angestellte mit sehr kurz geschnittenem Haar kam uns entgegen und sagte:

»Sind Sie Dr. Dale? Ich wollte Sie gerade suchen. Das Baby ist da. Es ist ein Mädchen.«

Ich war ihr dankbar, daß sie gesagt hatte »es ist ein Mädchen« und nicht »es ist ein Weibchen«. Später erfuhr ich, daß das bei jeder Geburt im Zoo ein traditioneller Ausspruch war, man sagte, es ist ein Mädchen oder es ist ein Junge, selbst wenn es sich um ein Nilpferd handelte.

Suzy drückte meine Hand und sagte leise auf französisch: »Es ist vielleicht idiotisch, aber ich bin wirklich gerührt.«

Eine Tür öffnete sich, und Hunt tauchte auf, gefolgt von Smithers, dem Tierarzt des Zoos. Sie trugen weiße, nicht mehr ganz saubere Kittel und sahen nicht gerade frisch aus.

»Ihr könnt reingehen«, sagte Hunt, »man hat die Mutter weggebracht. Es hat lange gedauert, aber das Baby ist da und erfreut sich bester Gesundheit, es hat nur einen Wunsch: es will leben. Man könnte sich fragen, warum, denn eigentlich ist es ja nicht sehr lustig, in einem Zoo zu leben, auch für ein Tier nicht. Aber dank eurer Hilfe hat dieses kleine Wesen...«

Er vollendete den Satz nicht, ergriff statt dessen Suzys Arm und zog sie durch eine Tür an einen Tisch.

»Das ist Ihre Tochter.«

Das Schimpansenbaby lag auf dem Rücken, mit angezogenen Hinterbeinen und überlangen Armen, ein Neugeborenes mit geschlossenen Augen, der vordere Teil des Körpers unbehaart, der hintere mit dichtem Fell überzogen. Das Gesicht war eine merkwürdige Mischung, nicht mehr das eines Tieres, aber auch noch nicht das eines Menschen. Ein kleines Mädchen namens Chloé.

Welch ein langer Weg lag hinter ihm! Kaum daß es aus dem feindlichen Leib geschlüpft war, mußte man es von seiner mörderischen Mutter trennen, die selbst im Zoo geboren war. Nur die Großmutter hatte noch die Spiele, die Tücken und die Freuden des Dschungels gekannt. Sie war gefangengenommen worden, um verkauft zu werden. Erschrocken und zitternd vor Kälte, nach einem Marsch durch viele Käfige, hatte sie schließlich in einem Flugzeug die Reise in die Vereinigten Staaten angetreten. Chloé wußte nichts von alldem und würde es auch nie erfahren. Sie kannte weder ihre Eltern noch ihre Großeltern, weder Onkel noch Tante, noch Cousins. Sie kannte niemanden von ihrer afrikanischen Familie. Sie war vollkommen entwurzelt. Die einzige Verbindung zur Familie der Primaten, die sie noch hatte und die unzerstörbar war und tief in ihren Zellen ruhte, war das Erbgut, das ihr ihre Reflexe eingeben würde.

Ein Beweis dafür waren beispielsweise die Schwierigkeiten, die Suzy beim Wickeln hatte. Chloé klammerte sich verzweifelt an die, die sie für ihre Mutter hielt, schmiegte sich an ihren Pelz und vergrub ihr Gesicht darin. Wir mußten sie gewaltsam zu zweit losreißen, um ihr die Windel umlegen zu können. Für sie bedeutete das Fell der Mutter Leben und Wärme. Sie wußte natürlich nicht, daß dieses Fell kein wahres Fell war und daß die großen weißen Affen, die sie umgaben, von der Geburt bis zum Tod unbehaart blieben und Pelze brauchten, um sich zu wärmen.

»Ich werde euch jetzt allein lassen«, sagte Hunt. »Ich habe Smithers versprochen, in der Stadt mit ihm zu Abend zu essen, um das Ereignis zu feiern.«

Die Rückfahrt nach Yaraville dauerte länger als vorgesehen, denn es schneite, seit wir den Zoo verlassen hatten, ununterbrochen, und ich mußte langsam fahren. Doch in dieser weißen Watte-Landschaft war auch das langsame Fahren angenehm. Die Scheibenwischer schoben unablässig die Flocken von der Windschutzscheibe, und die elektrischen Fäden, die das Rückfenster durchzogen, ließen sie zu Wasser zerlaufen.

Ich hatte die Heizung so weit aufgedreht wie möglich. Suzy hatte Chloé in die alte Lammfelljacke gewickelt, so daß man nur die Nase und den Mund sah. Bald war es so warm im Innenraum des Wagens, daß ich am Straßenrand anhielt, damit Suzy ihren Mantel ausziehen konnte. Ich nahm ihr Chloé ab, die den Wechsel mit blindem Vertrauen akzeptierte. Sofort schlang sie einen ihrer langen Arme um meinen Hals. Für sie war auch ich eine Mutter. Sie gab sich nicht damit zufrieden, auf meinen Mantel zu sabbern, sondern versuchte auch an einem meiner Knöpfe zu saugen. Suzy nahm sie mir aus den Armen, und auch ich zog meinen Pelz aus. Die Dämmerung verbreitete eine behagliche Stimmung im Auto, die durch die kleinen Lämpchen am Armaturenbrett verstärkt wurde. Der Motor brummte leise, und die Scheibenwischer glitten sanft und regelmäßig über die Scheibe. Im Licht der Scheinwerfer tanzten die Schneeflocken mit einer solchen Leichtigkeit, daß man sich fragte, ob sie schwer genug waren, um den Boden zu erreichen.

Trotz der Euphorie des Augenblicks spürte ich auch seine Tragweite. Heute, am 29. November war der Tag J des Projekts Chloé. Die Mannschaft, bestehend aus Suzy, Emma, Hunt und mir, würde jeden Tag über Chloés Gesundheit wachen, sie wiegen, sie messen, ihre Intelligenz testen, ihr Verhalten beobachten und sie gleichzeitig Englisch und die Taubstummensprache lehren, genauestens alle Erfolge und Mißerfolge festhalten. Ein bemerkenswertes Projekt, das über Jahre hinweg unsere ganze Kraft erfordern würde und das zu unternehmen ich ohne Suzy nie gewagt hätte.

Von Zeit zu Zeit warf ich einen Seitenblick auf Suzy. Jedesmal durchflutete mich ein Strom von Dankbarkeit, wenn ich sie ansah. Sie schien so zärtlich und konzentriert, wie sie da saß, die Augen auf Chloé gesenkt. Ihr feines Gesicht strahlte in der Dämmerung Wärme und Verständnis aus.

»Ich dachte«, sagte sie leise, »daß die Wolle meines Pullovers ihr genügen würde, aber das stimmt nicht. Sie hätte lieber wieder das Lammfell.«

»Glaubst du?«

»Ich bin sicher.«

Und tatsächlich, als sie die Lammfelljacke, die neben ihr lag, ergriff und sie zwischen Chloé und sich selbst schob, griff diese mit einem Seufzer der Erleichterung danach. Von Zeit zu Zeit schien eine vage Erinnerung an ihre Rasse sowie an jene Zeit, die sie doch nie gekannt hatte, in ihr aufzusteigen; jene Zeit, als im

Dschungel die Mütter mit ihren Jungen, die sich an ihrem Bauchfell festklammerten, im eiligen Galopp die Flucht ergriffen, sobald sie die Anwesenheit eines Leoparden im hohen Gras der Pampa witterten.

Dieses abgenutzte Lammfell sollte zum unabdingbaren Fetisch werden, ohne den Chloé abends, wenn ihre Mütter – Emma, Suzy und ich – sie in der Dämmerung der bedrohlichen Welt allein ließen, nicht einschlafen konnte.

Zwei Monate später jedoch würde sich Chloé, von einer systematischen Zerstörungswut getrieben, damit amüsieren, das Fell in kleine Stücke zu zerreißen. Trotzdem würde sie sich standhaft weigern, sich von den Fetzen zu trennen, und sie allabendlich beim Schlafengehen um sich herum ausbreiten, um sich eine Art Nest zu bauen.

Wir kamen spät in Yaraville an. Es war ein Dienstag, und die Kinder waren nicht da. Juana war schon in ihren Bungalow gegangen, nachdem sie uns ein kaltes Abendessen vorbereitet hatte. An der Tür begrüßte uns Roderick, der sehr beunruhigt von dem Wesen schien, das Suzy im Arm trug und dessen Geruch er nicht kannte. Random hingegen öffnete kaum ein Auge.

Emma kam uns auf der Treppe entgegen, als wir hinaufgingen. Sie gab uns durch Zeichen zu verstehen, daß sie schon gegessen hatte und daß sie auf das Baby aufpassen würde, während wir uns frisch machten. Dann begleitete sie uns ins Kinderzimmer, wo Suzy das Baby auszog, wickelte und ins Bett brachte.

»Wie hübsch sie ist«, signalisierte uns Emma, während sie das Baby betrachtete. Bei dieser Gelegenheit lernten wir, wie man »hübsch« in Gebärdensprache ausdrückt: man zeichnet einen Kreis um das eigene Gesicht, als wollte man es in einem Medaillon einrahmen. In den folgenden Jahren sollten wir dieses Zeichen noch häufig sehen. Denn dies war der Kosename, den Chloé später Suzy gab.

Im Eßzimmer rührten wir kaum das hervorragende Essen an, das Juana uns zubereitet hatte. Wir gingen gleich zurück ins Kinderzimmer.

»Emma, es ist spät«, sagte Suzy. »Gehen Sie schlafen. Sie können Ihre Tür zumachen, heute nacht wird unsere aufbleiben.«

Suzy und ich blieben allein vor Chloés Bett zurück und betrachteten sie im dämmrigen Schein einer Lampe mit blauem Schirm. Chloé schlief. Suzy hatte Emma nicht so schnell weggeschickt, weil es spät war, sondern weil sie allein mit mir sein wollte. Dies war der erste Abend, an dem Chloé bei uns schlafen würde.

Suzy schmiegte sich an mich und schob ihre Hand in meine.

»Ist es nicht merkwürdig, wenn man sich vorstellt, daß die kleine Chloé seit ihrer Geburt dazu vorbestimmt war, unter Menschen zu leben?«

»Ist sie deshalb zu bedauern?«

Suzy legte den Kopf auf meine Schulter.

»O nein«, sagte sie nach einer Weile.

»Wenn ihre Mutter eine gute Mutter gewesen wäre, hätte sie auch ihr ganzes Leben hinter Gittern verbracht.«

»Ich weiß. Aber ich habe trotzdem Mitleid mit ihr. Wer weiß, ob es besser für sie ist, mit uns zu leben.«

»Na hör mal. Yaraville ist doch besser als ein Käfig, und wir werden sie lieben.«

»Natürlich. Aber wer weiß, ob sie sich auf die Dauer in Yaraville nicht einsam fühlen wird.«

»Einsam, wo wir doch alle da sind? Du, ich, Emma, die Kinder?«

»Nein, so meine ich das nicht. Ich meine, daß ihr ihre Rasse fehlen könnte.«

3

Die Bewohner von Yaraville äußerten recht unterschiedliche Meinungen über Chloé, als sie sie zum ersten Mal sahen. Bei Juana war es sicherlich keine spontane Liebe, sondern reine Neugier, die sie am nächsten Tag aus ihrer Küche trieb, um das Baby anzusehen, das Suzy im Wohnzimmer herumtrug.

»Es scheint ja recht gesund«, räumte sie widerwillig ein. »Aber was wollen Sie, Señora, ein Affe ist eben doch nicht so hübsch wie ein Menschenkind.«

»Wer weiß, ob ein Affe nicht dasselbe über María sagen würde«, gab Suzy zu bedenken.

Diese Bemerkung ärgerte Juana und veranlaßte sie zu einer umfassenderen Kritik an unserem Unterfangen.

»Man kann ja sagen, was man will, Señora, aber es ist doch eine merkwürdige Idee, einen Affen bei sich zu Hause so zu erziehen wie einen Christenmenschen.«

»Wie meinen Sie das, Juana«, fragte Suzy, »wie einen Christenmenschen? Sie glauben doch nicht, daß wir versuchen werden, ihr Gebete beizubringen? Das wäre ja Ketzerei.«

Bei dem Wort Ketzerei fühlte sich Juana schuldig. Ohne eigentlich zu wissen, warum, gab sie sich geschlagen und kehrte in ihre Küche zurück. Wie hätte sie erklären sollen, daß das, was sie unter einem »Christenmenschen« verstand, nicht unbedingt ein Anhänger Christi war?

Pablo, der zwar sicherlich von seiner Frau vorgewarnt war, zeigte hingegen eine ganz andere Reaktion. Er nahm seinen Hut ab, fuhr sich mit der Hand durch sein volles, graumeliertes Haar, lächelte und sagte schließlich, daß er sie *sympatica* und *comica* fände.

Als die Kinder am Wochenende nach Hause kamen, stürmte Elsie sofort zu Emma, die Chloé gerade die Flasche gab, und rief begeistert aus:

»Ist die niedlich!«

Sie bat darum, ihr die Flasche weitergeben zu dürfen, was Emma ihr gerne erlaubte. Chloé bemerkte kaum, daß sie von einem Arm in den anderen glitt, so sehr war sie damit beschäftigt, mit geschlossenen Augen ihre Milch zu genießen.

»Sie hat eine Boxer-Nase«, stellte Jonathan fest.

»Und die Ohren!« sagte Ariel. »Was sie für Ohren hat! Wie ein Blumenkohl.«

»Ihr seid blöd«, entgegnete Elsie wütend. »Das ist dasselbe, als würdet ihr einer Katze vorwerfen, daß sie Barthaare hat.«

»Apropos Barthaare«, sagte Jonathan, »Chloé hat schon Haare auf dem Kinn! Und das in ihrem Alter!«

»Sie hat keine Stirn!« sagte Ariel. »Die Haare fangen gleich über den Augen an.«

In diesem Augenblick hatte Chloé ihre Flasche bis auf den letzten Tropfen ausgetrunken und öffnete die Augen. Die Jungen schwiegen fasziniert. Dabei hatte ich ihnen schon vorher erzählt, daß ein Schimpansenbaby sehr schöne Augen hat. Aber meine Beschreibung hatte offensichtlich nicht richtig zum Ausdruck bringen können, daß sie hellbraun, riesengroß, warm und von Licht erfüllt waren und daß sie einen so menschlichen, naiven und rührenden Ausdruck hatten. Die Jungen spürten sehr genau, daß diese Augen alles ausglichen: die platte Nase, die Blumenkohl-Ohren, den vorstehenden Kiefer und den Haarwuchs auf dem Kinn. Und wenn sie jetzt schwiegen, so bedeutete das nichts anderes, als daß sie nicht wußten, was sie sagen sollten. Doch am nächsten Abend fand Ariel, nachdem er wie Elsie am Vortag Chloé die Flasche geben durfte, die richtigen Worte. Wie so oft, brachte er sie in poetischer Form zum Ausdruck. Er sagte:

»Chloé ist ein schönes Baby, das eine böse Fee in die Haut eines Affen eingenäht hat.«

Am Anfang hatte Chloé drei Mütter, Suzy, Emma und mich, und erst im Laufe der Monate begannen sich die Beziehungen deutlich zu unterscheiden.

Auf alle Fälle war ihre Vorliebe für Suzy von Anfang an offensichtlich, vermutlich weil Suzy die erste Person gewesen war, die sie direkt nach ihrer Geburt in die Arme genommen hatte. Dabei kümmerte sich Emma weit mehr um sie, vor allem, was das Essen anging. Wenn Emma ihr die Flasche gab, bewegte sie sich nicht, solange sie trank. Doch sobald die Flasche leer war, streckte sie ihre Arme nach Suzy aus, wenn diese in der Nähe war. Dieselbe Reaktion zeigte sie, wenn sie krank war oder Angst hatte. Sie vergaß über der Amme nicht ihre Mutter.

Ich war lange Zeit der Ansicht, daß sie hingegen zwischen Emma und mir keinen Unterschied machte. Erst als sie schon laufen konnte, erkannte ich meinen Irrtum.

Chloé reagierte sehr empfindlich auf Lärm – nicht auf den, den sie selbst machte und der sie im Gegenteil um so mehr begeisterte, je lauter er war, sondern auf Geräusche, die von außen kamen, vor allem, wenn sie ungewohnt waren. Sie schreckte auf, wenn eine Tür zuschlug. Sie zitterte, wenn man laut mit ihr schimpfte. Ein bellender Hund, ein wieherndes Pferd oder eine muhende Kuh erschreckten sie. Selbst der Gesang der Vögel war ihr unangenehm. Später, als sie das Zeichen für Vögel in Ameslan gelernt hatte, benutzte sie dieses Zeichen als Schimpfwort.

Eines Nachmittags saßen wir alle zusammen im Wohnzimmer von Yaraville. Auch die Kinder und María waren da, letztere stand in ihrem Laufstall und hielt sich an den Gitterstäben fest. Plötzlich flog ein Militärflugzeug im Tiefflug mit ohrenbetäubendem Lärm über das Haus hinweg. Chloé, die gerade versuchte, auf allen vieren Marías Laufstall zu erreichen, schreckte auf, fiel auf ihr Hinterteil und stimmte ein lautes Geschrei an. Dann fing sie an zu laufen, und zwar schneller als je zuvor, stürzte auf mich zu und klammerte sich mit beiden Händen an meinem Hosenbein fest. Ich hob sie hoch und nahm sie in meine Arme. Sie schlang die ihren frenetisch um meinen Hals, klammerte die Beine um meinen Oberkörper und versteckte ihren

Kopf an meiner Brust. Ich wiegte sie, sprach ihr gut zu und klopfte ihr auf die Schultern. Als sie mich nicht loslassen wollte, ging ich mit ihr hinauf in den ersten Stock, um sie neu zu wickeln, denn die Angst, die sie geschüttelt hatte, hatte auch Auswirkungen auf ihre Blase gehabt. María begnügte sich hingegen damit zu weinen. Aber woher sollte man wissen, ob María wegen des Flugzeuglärms oder wegen Chloés Geschrei zu weinen begonnen hatte?

Suzy folgte mir in Chloés Zimmer, und während ich den Schaden behob, versuchten wir zu verstehen, was geschehen war. Als das Spektakel begonnen hatte, war Chloé viel näher bei Suzy gewesen als bei mir. Und doch war sie zu mir gekommen.

»Vielleicht weil sie dich als das beherrschende männliche Wesen der Gruppe ansieht«, vermutete Suzy.

»Nicht unbedingt als das beherrschende männliche Wesen, sondern als die stärkste unter den Müttern und infolgedessen diejenige, die sie bei Gefahr schützen kann.«

»Glaubst du, daß sie noch keinen Unterschied zwischen männlich und weiblich macht?«

»Durch die Tatsache, daß wir sie alle drei bemuttern, ist der Unterschied für sie sehr unklar. Im afrikanischen Dschungel fürchten die Schimpansenmütter die Männchen und übertragen diese Angst auf ihre Kinder. Sobald sich ein Männchen zu sehr dem Kind nähert, nimmt die Mutter ihr Kind und bringt es mit schrillem Gekreische in Sicherheit. So vermittelt sie ihrem Jungen, daß das Männchen als eine Gefahr anzusehen ist. Hier ist das nicht so. Chloé stellt zwar einen Unterschied zwischen dir und mir fest, aber dieser Unterschied bezieht sich auf Größe und Stimmvolumen und wird von ihr als Kraft gedeutet, allerdings als eine schützende, angenehme Kraft.«

»Oh«, sagte Suzy, »ich glaube, du hast recht. Bei kleinen Ängsten flüchtet sie sich vielleicht zu irgendeiner der drei Mütter. Bei den großen wie heute hingegen bist du zuständig.«

»Trotzdem ist es ein Rätsel. Chloé ist viel furchtsamer als María. Das geringste ungewohnte Geräusch läßt sie aufschrecken. Woher kommt diese Angst? Sie hat weder ihre Mutter noch irgendeinen anderen Schimpansen gekannt und schon gar nicht den afrikanischen Dschungel und die unzähligen Gefahren, denen ein Baby dort ausgesetzt ist.«

»Und was schließt du daraus?« fragte Suzy.

»Daß die Angst Teil ihrer genetischen Erbmasse ist. Eine unnütze Angst, da sie nur beim Überleben in der freien Natur ihre Berechtigung hat.«

Die Schimpansen stehen in dem Ruf, Angst vor Wasser zu haben. Aus diesem Grund hat man im Zoo von Burgers in Holland den Bereich, in dem eine Gruppe von Affen in halber Freiheit gehalten wird, mit einem Wassergraben umgeben. Dieses kleine Gewässer ist nicht sehr breit, und doch hält es die Schimpansen davon ab, auf die andere Seite zu gehen.

Wir hatten in Yaraville dagegen nie die geringste Schwierigkeit, Chloé zu baden. Die ersten Monate benutzten wir eine kleine Badewanne, später die große. Ihr Fell im Rücken wurde mit einer weichen, in Seifenwasser getauchten Bürste gereinigt, die Vorderseite des Körpers mit einem großen Schwamm. Sie schien in beiden Fällen erhebliches Vergnügen zu empfinden. Sobald sie den großen Schwamm spürte, bog sie sich vor Lachen, vermutlich weil er sie kitzelte. Das gleiche wiederholte sich beim Duschen.

Als Chloé größer wurde, war das Problem nicht, wie man sie in die Badewanne brachte, sondern, wie man sie wieder herausbekam. Denn außer dem Vergnügen, das die Reinigung mit Schwamm und Bürste ihr bereitete, spielte sie mit dem Seifenschaum und auch mit der Seife selbst. Sie amüsierte sich damit, das Seifenstück durch Zusammenpressen der Hand hervorspringen zu lassen. Sie klatschte auch mit der flachen Hand auf die Wasseroberfläche, um die jeweilige Mutter, die sie wusch, naßzuspritzen. Das entsprang keiner bösen Absicht, sondern dem selbstlosen Wunsch, uns unsere Dienste mit gleichen zu vergelten. Eines Tages, während ich ihr den Rücken wusch, sah ich, wie sie den großen, eingeseiften Schwamm ergriff und sich eifrig daranmachte, mein Hemd damit zu bearbeiten. Von diesem Tag an badete ich sie mit nacktem Oberkörper, doch diese einfache Abhilfe brachte ein anderes Problem mit sich. Sie klammerte sich nämlich mit aller Kraft mit beiden Händen an meinen Brusthaaren fest, so wie sie es in Afrika am Fell ihrer Mutter getan hätte. Als ich ihr eins auf die Finger gab, um sie zum Loslassen zu bewegen, wurde sie ärgerlich. Sie verstand nicht, daß ein so liebevoller Akt eine Bestrafung nach sich ziehen konnte.

Als sie eineinhalb Jahre alt war, beschlossen wir, einen warmen Julimorgen auszunutzen, um sie mit ins Schwimmbad zu nehmen. Wir trafen alle möglichen Vorkehrungen, damit diese Erfahrung kein Trauma bei ihr auslöste. Wir streiften ihr kleine Schwimmflügel über die Oberarme und brachten sie nicht sofort mit dem Wasser in Kontakt. Ich stieg die Stufen des Schwimmbads mit Chloé auf dem Arm hinab, ohne daß sie dabei die Wasseroberfläche berührte. Sie schien eher neugierig als erschrocken, und ihr Blick folgte den Schmetterlingen, die um uns herumflogen. Suzy, Emma und Elsie stiegen ebenfalls in das Becken hinab, und wie abgemacht verschränkten sie ihre Hände unter Chloés Körper. Ich legte sie vorsichtig in diese Wiege und verschlang meine eigenen Hände mit denen der anderen Mütter. Dann ließen wir sie, als wäre es ein Spiel, einige Zentimeter ins Wasser hinab und hoben sie sofort lachend wieder heraus. Auch Chloé lachte erstaunt und schien den Kontakt mit den kleinen Wellen als eine Liebkosung zu empfinden. Diesen Vorgang wiederholten wir einige Male und lösten dabei langsam die Verflechtung unserer Arme. Als ihre Beine unter die Wasseroberfläche tauchten, zeigte sie einen Anflug von Angst, der jedoch sofort verflog, als sie spürte, daß die Schwimmflügel sie über Wasser hielten und daß unsere Hände sie von allen Seiten berührten, ohne sie jedoch hochzuheben. Dann begann sie kräftig im Wasser zu strampeln, was ihr offensichtlich größtes Vergnügen bereitete. Doch bei diesem ersten Bad blieben unsere Hände die ganze Zeit über mit ihr in Kontakt.

Am Abend nach diesem denkwürdigen Ereignis kam uns Donald Hunt besuchen. Er untersuchte zuerst gründlich Chloé, was eine gewisse Zeit in Anspruch nahm, da diese die Berührung seines Stethoskops als Kitzeln empfand, in Lachen ausbrach und zu zappeln begann.

Als er fertig war, lud ich ihn zu einer kleinen Erfrischung auf der Terrasse ein. Die Tage waren noch lang, und wenn auch die

Sonne hinter Yaraville versank und wir keinen direkten Blick auf den Sonnenuntergang hatten, sahen wir doch den Reflex auf der Bergkette und den Wolken, die uns gegenüberlagen. Donald ließ sich mit einem Seufzer in einen Weidensessel fallen, der unter seinem Gewicht knarrte, und erklärte, daß er müde von seiner Tour sei; er nahm gerne den kleinen Whisky an und bat Suzy um die Erlaubnis, rauchen zu dürfen. Als er einmal das kühle Glas in der linken und die Pfeife in der rechten Hand hielt, seufzte er wieder, wenngleich zufriedener als beim ersten Mal, und streckte seine kräftigen Beine vor sich aus.

Dann erzählte ich ihm von Chloés erstem Bad im Schwimmbecken, und dieser Bericht erweckte in ihm, nachdem er bereits durch den Sessel, den Tabak und den Alkohol gestärkt war, wieder die Lebensgeister.

»Ed«, sagte er mit Enthusiasmus, »ich finde diesen Versuch sehr interessant, zumal er meines Wissens bis jetzt einmalig ist. Meine Meinung war schon immer, daß der Fortschritt bei den Primaten und den Menschen nicht durch irgendeine spontane Reaktion der Gruppe hervorgerufen wird, sondern durch ein außergewöhnlich kluges Individuum, das zunächst von einigen anderen, später von allen nachgeahmt wird. Hast du von den Rhesusaffen auf der Insel Koshima gehört?«

Ich schüttelte den Kopf, und er begann sofort seine Erzählung, denn offensichtlich brannte er darauf, uns etwas mitzuteilen.

»Koshima ist eine kleine Insel vor der Küste Japans. Auf dem hügeligen Teil der Insel lebten rund sechzig Rhesusaffen. Japanische Wissenschaftler beobachteten sie mit starken Ferngläsern. Da sie der Ansicht waren, daß die Affen nicht genügend Nahrung fanden, begannen sie Süßkartoffeln auf das sandige Ufer zu legen. Sobald die Forscher den Strand verlassen hatten, kamen die Rhesusaffen zum ersten Mal aus den Bergen. Um die Kartoffeln zu holen, liefen sie über den Sand und näherten sich dem Meer.

Sie nahmen die Kartoffeln und rieben sie, ehe sie sie aßen, zwischen den Handflächen, um den Sand abzustreifen. Dann führte plötzlich ein kleines Affenweibchen, das kaum zwei Jahre alt war, eine Neuerung ein. Sie lief an das Ufer eines Bachs, hielt die Kartoffel ins Wasser und wusch sie. Die japanischen Forscher beobachteten sie durch ihre Ferngläser und nannten dieses geniale Rhesusaffenweibchen Imo.«

»Es freut mich zu hören, daß es auch weibliche Genies gibt«, sagte Suzy. »Ich dachte immer, es wäre ein rein maskulines Wort. Erzählen Sie weiter, Donald. Wurde die geniale Imo nachgeahmt?«

»Im ersten Jahr nur von vier Rhesusaffen. Doch nach fünf Jahren hatten fast alle jungen Affen diese Gewohnheit angenommen, während die alten die Kartoffeln weiter trocken abrieben. Im Laufe der Zeit übernahmen alle Rhesusaffen, jung und alt, Imos Methode. Sie wurde sogar von ihrer Tochter weiterentwickelt. Statt die Süßkartoffeln weiter im Bach zu waschen, wuschen sie sie schließlich an Ort und Stelle im Meer. In jenem gefürchteten Meer, in das sie niemals einen Fuß zu setzen gewagt hatten.«

»Und sind sie weitergegangen?«

»Sie haben es erraten, Suzy. Ja, sie haben auch den letzten Schritt getan. Und das kam folgendermaßen zustande: Die Rhesusaffenbabys klammern sich ebenso wie die Schimpansenbabys beim Tragen am Bauchfell ihrer Mütter fest. Wenn sich nun die Mütter vorbeugten, um die Kartoffeln zu waschen, wurden die Babys ins Wasser getaucht. Sie gewöhnten sich an den Kontakt mit dem Wasser. Mit sechs Monaten tauchten sie sogar, um die Kartoffelstückchen zu holen, die beim Waschen abgebrochen waren. Nach und nach gaben die Rhesusaffen ihr Leben in den Bergwäldern auf und wurden zu Küstenbewohnern, die im Sand spielten und badeten.«

»Das ist unglaublich«, sagte Suzy. »Was würde die Wissenschaft nicht darum geben, mit ebensolcher Genauigkeit den Entwicklungsprozeß herauszufinden, den die Delphine, die ursprünglich auf dem Land lebten, durchlaufen haben, um sich zu Meeressäugetieren zu entwickeln.«

»Da wir einmal dabei sind, unsere Wünsche zu äußern«, fiel ich ein, »hier ist mein leider völlig utopischer Wunsch. Ich möchte den genauen Moment wissen, in dem ein genialer Menschenaffe von der Gebärdensprache zur gesprochenen Sprache überwechseln wird.«

Juana hatte darauf bestanden, daß man María de los Angeles in ihren Laufstall setzte, wenn sich Chloé gleichzeitig mit ihr im Wohnzimmer befand. Sie fürchtete, daß »mein kleiner Affe« ihrer Nichte etwas antun könnte. Da sie das Wort »monkey« gebraucht hatte, ärgerte sich Elsie über diese Beleidigung ihres Babys und machte Juana darauf aufmerksam, daß sie nicht »monkey«, sondern »ape« hätte sagen müssen, da es sich um einen Schimpansen handelte. Juana fühlte sich durch den überlegenen Ton verletzt und erklärte, daß »monkey« oder »ape« für sie »ein und dasselbe« sei und daß sie, falls dieses kleine Tier ihre Nichte beißen oder kratzen würde, nicht einen Tag länger in diesem Haus bleiben würde! Sie sagte nicht in diesem »Irrenhaus«, doch ihr Ton verriet nur allzu deutlich, daß sie genau das meinte.

Nachdem ich einen Blick mit Suzy gewechselt hatte, beschloß ich einzugreifen. Ich bat zuerst Elsie, in ihr Zimmer zu gehen, was sie mit beleidigter Miene auch tat. Dann wandte ich mich an Juana und sagte, ohne die Stimme dabei zu heben:

»Zunächst, Juana, könnte Chloé María niemals kratzen, da sie keine Krallen hat. Sie haben nicht genau hingesehen, Juana, sie hat Fingernägel wie wir auch, und wir schneiden sie sehr kurz.«

»Aber sie hat Zähne«, sagte Juana eigensinnig.

»Sicher hat sie Zähne. Und María auch. Von dem Augenblick an, da sie Zähne haben, bis etwa zum Alter von drei oder vier Jahren beißen Babys. Das wird Ihnen jeder Pädagoge bestätigen. María kann Chloé ebensogut beißen. Wir werden aufpassen, daß so etwas nicht passiert, und diejenige von beiden bestrafen, die damit anfängt.«

»Aber Sie und die Señora sind nicht immer zu Hause.«

»Eben darum ist ja Emma da. Emma wurde eingestellt, um sich um Chloé zu kümmern. Und da Sie nicht gleichzeitig an Ihrem Herd und im Wohnzimmer sein können, kümmert sich Emma auch um María. Wir können also nicht verhindern, daß die beiden Babys zusammen sind.«

»Natürlich, Mr. Dale«, sagte Juana übertrieben förmlich. »Ich bin Ihnen sehr dankbar, daß Emma sich um María kümmert, und dafür, daß Sie Emma eingestellt haben. Ich will ja nur sagen, daß es besser ist, wenn María in ihrem Laufstall bleibt.«

»Aber dieser Laufstall ist doch Unfug«, warf Suzy ein. »Chloé wird bald über das Gitter steigen können.«

»Mein Gott, was sollen wir denn dann machen«, rief Juana, und die Tränen schossen ihr in die Augen.

»Sie dürfen sich nicht soviel Gedanken machen, Juanita«, sagte Suzy, indem sie aufstand. Sie ging zu Juana und legte ihr die Hand auf die Schulter.

»Ich weiß, ich mache mich lächerlich«, sagte Juana und zog ein Taschentuch aus ihrer Schürzentasche, um sich die Tränen abzuwischen. »Aber ich mache mir nun mal furchtbare Sorgen. Ihr kleiner Affe ist letztendlich doch nur ein wildes Tier.«

»Juana«, sagte ich, »wenn Sie sich die Mühe machen würden, sie statt ›unser kleiner Affe‹ Chloé zu nennen und sie etwas genauer zu beobachten, hätten Sie wesentlich weniger Angst, daß sie María etwas antun könnte. Sie ist ein Baby, Juana, machen Sie doch die Augen auf.«

Das gelang Juana nur zur Hälfte. Dieses Gespräch beruhigte sie, ohne jedoch ihre grundsätzlichen Vorbehalte zu zerstreuen. Emma erzählte mir in der Folgezeit, daß Juana, wenn sie allein mit den beiden Babys war, häufig unter dem Vorwand, etwas aufräumen zu müssen, ins Wohnzimmer kam, aber eigentlich nur, um über María de los Angeles' Wohlergehen zu wachen. »Ein Beweis dafür«, sagte Emma, »daß sie weder mir noch der Vorsehung vertraut, um ihre Nichte zu beschützen.«

Es stimmte, daß Chloé mit einem Jahr María in ihrer körperlichen Entwicklung eingeholt hatte, obwohl diese einige Monate älter war. Hier muß ich anmerken, daß ein menschliches Baby, wenn es zu krabbeln beginnt, sich zunächst auf die Knie und die Ellenbogen stützt. Chloé hingegen stützte sich schon mit den Händen ab, wenn sie sich aufrichtete. Das erforderte eine sehr kräftige Armmuskulatur. Wenn sie in sich zusammensackte, was ihr zu Anfang recht häufig passierte, dann hatten nicht die Arme nachgelassen, sondern die Beine. Bei María ließ alles zu gleicher Zeit nach.

Zwar hatte ich Juana zu beruhigen versucht, doch auch ich selbst war ein wenig unruhig, denn schon mit einem Jahr war Chloé María so sehr an Kraft und Beweglichkeit überlegen, daß man befürchten mußte, daß sie ihr unabsichtlich hätte weh tun können. Doch diese Sorge erwies sich als vollkommen ungerechtfertigt.

Es war Chloé, die die ersten Annäherungsversuche unternahm. Seit sie alt genug war, um auf dem Teppich im Wohnzimmer zu sitzen und somit Bewegungsfreiheit zu haben, konzentrierte sich ihre Aufmerksamkeit auf María, die entweder in ihrem Laufstall saß oder stand. Chloés vorrangiges Ziel war es, sie zu erreichen. Das gelang allerdings erst nach zahlreichen erfolglosen Versuchen. Wer hätte geglaubt, daß diese zwei oder drei Meter so schwer zu überwinden wären?

Als es ihr endlich gelungen war, den Laufstall zu erreichen, betrachtete sie María voller Neugierde, streckte vorsichtig den Arm durch die Gitterstäbe und berührte sie. María, die sich mit ihren runden Händchen an den Stäben festhielt, zeigte keine Anzeichen von Furcht. Und wenn sie selbst Chloé nicht berührte, so nur deshalb, weil sie beide Hände brauchte, um ihr wackeliges Gleichgewicht zu halten.

Die beiden Babys ließen sich nicht aus den Augen. Keines von beiden hatte bisher sein eigenes Bild in einem Spiegel entdeckt und konnte also auch nicht wissen, wie sehr sich das andere von ihm selbst unterschied. Wahrscheinlich gingen sie beide, da sie die Kleinsten in der Familie waren, davon aus, daß sie völlig gleich waren. Chloé war sicher der Ansicht, daß sie wie María schwarze, sanfte, gefühlvolle, mandelförmige Augen hatte. Und María glaubte vielleicht, daß ihre Augen wie Chloés groß, rund, hellbraun, naiv und warm waren.

Dieses gegenseitige Mustern hätte lange dauern können, wenn nicht Marías Kräfte nachgelassen hätten, so daß sich ihr Griff lockerte und sie auf ihr Hinterteil plumpste. Chloé begann zu lachen. Dieses Lachen, das eigentlich eine Folge von geräuschvollen anschwellenden Lauten war, unterschied sich so sehr von einem menschlichen Lachen, daß María beunruhigt unseren Blick suchte. Wir saßen oder knieten in diesem Augenblick alle um den Laufstall herum, um dieses erste Treffen zu beobachten. Als María unser Lächeln sah, beruhigte sie sich. Sie hatte im übrigen einen ruhigen, vertrauensvollen, ein wenig passiven Charakter und ließ sich nicht wie das Schimpansenbaby zu plötzlichen Schreckensausbrüchen hinreißen. Auch sie fing an zu lachen, und das Erstaunliche daran war, daß sie versuchte, Chloés Hecheln nachzuahmen.

Glücklicherweise war Juana bei dieser Szene nicht anwesend, denn sonst hätte sie uns sicher getadelt, nicht weil wir »unseren kleinen Affen« wie einen Christenmenschen aufzogen, sondern weil wir nach ihrer Meinung aus ihrer kleinen Nichte einen Affen machten.

Als Chloé feststellte, daß María es ihr gleichtat, verdoppelte sich ihre Heiterkeit. Aber dann ließ ihre Konzentration nach, und gleichzeitig knickten ihre Beine ein. Sie fiel der Länge nach hin und drehte sich einmal um sich selbst. María fing aus vollem Halse an zu lachen, und Chloé, ermutigt durch den Erfolg bei ihrem Publikum, setzte ihre Vorführung fort.

In der darauffolgenden Woche stieg Chloé über die Gitterstäbe des Laufstalls. Emma war in diesem Augenblick allein mit den beiden Jungen und den Babys im Wohnzimmer. Die Jungen spielten auf dem Teppich Schach. Sie ließen sich absolut nicht stören, wenn man, um durchs Wohnzimmer zu gehen, über sie hinwegstieg. Ich habe nie verstanden, warum sie für ihre Schachpartien ausgerechnet das Gemeinschaftszimmer benutzten, statt sich in ihr ruhiges Spielzimmer zurückzuziehen. Vielleicht war es eine Angewohnheit, die sie im Winter, wenn im Kamin das Feuer prasselte, angenommen hatten.

Es war Ariel, der in mein Büro kam, um mich von der Neuigkeit zu unterrichten. Emma hatte Ariel als Boten gewählt, weil er besser die Gebärdensprache verstand. Der Grund dafür war vermutlich, daß er sich sehr anstrengen mußte, um im Englischunterricht das Niveau seiner Klassenkameraden zu erreichen, und sich im Zuge dieses Lerneifers auch mehr um die Gebärdensprache bemüht hatte und deshalb schneller Fortschritte machte als Jonathan.

Ich ging sofort ins Wohnzimmer, um diesem Ereignis beizuwohnen. Ich trat so leise wie möglich ein. Doch als sie mich sah, verstand Chloé sofort, warum ich gekommen war. Sie stieg wieder über die Gitterstäbe, kam schwankend auf mich zu, umarmte mich glucksend, machte sich aber gleich wieder daran, über die Gitterstäbe zu steigen, wobei sie sich zu mir umdrehte, als wolle sie sagen: »Siehst du, wie einfach das ist, wenn man ein wenig geschickt ist?«

Tatsächlich war ihre Technik sehr einfach. Sie warf ein Bein über das Gitter, legte sich lang auf die Oberkante und hielt sich mit beiden Händen fest, um sich dann auf der anderen Seite hinunterrollen zu lassen, wobei ihr Gewicht das andere Bein mitzog. Aber es stimmt, daß dieser Akt eines Muts und einer Geschicklichkeit bedurfte, die María noch nicht hatte.

Diese fragte sich offensichtlich, als Chloé in ihrem Laufstall saß, ob die Besucherin das Recht hatte, in ihr Territorium einzudringen. Sie stand mit dem Rücken an das Gitter gelehnt da und hielt sich mit einer Hand an den Stäben fest. Sie hatte den fragenden Gesichtsausdruck von jemandem, der sich nicht im klaren darüber ist, ob man ihm Böses will oder nicht. Sie fing zwar noch nicht an zu weinen, aber ihr Gesichtsausdruck zeigte deutlich, daß sie kurz davorstand. Als ich das sah, ging ich zum Laufstall, kniete mich hinter María und legte ihr die Hand auf den Rücken. Das gab ihr einerseits Sicherheit, mir andererseits die Möglichkeit, Chloés Gesicht besser zu beobachten. Tatsächlich fühlte sich María durch meine Anwesenheit sicherer, und Chloé, die gegenüber Marías abweisender Haltung schon ihre Kühnheit zu bereuen begann, faßte neuen Mut.

Ihr Gesicht war ein Foto wert. Einerseits konnte sie kaum ihr Verlangen zügeln, mit María in Kontakt zu treten, wie sie es schon so oft mit deren Billigung getan hatte, solange sie die Gitterstäbe trennten. Andererseits war es jetzt sie, die verunsichert war, da sie keine Ahnung hatte, wie María ihre Annäherungsversuche aufnehmen würde.

In diesem Augenblick bewies sie eine Diplomatie, die mich erstaunte. Sie hörte auf, María anzusehen, streckte sich lang auf dem Linoleum aus, das wir auf den Boden des Laufstalls gelegt hatten, und tat so, als sehe sie sich das Muster an. Dann drehte sie sich auf den Rücken, gähnte, lächelte und fing an, sich hin und her zu rollen. Dieses Spiel hatte María immer amüsiert, wenn Chloé es außerhalb des Laufstalls vollzog. Das war allerdings jetzt nicht ihr einziger Grund. Sie wollte sich vielmehr auf diese Art María nähern, was ihr auch gelang, denn nach einer Weile lag sie fast vor deren Füßen. Und wieder wandte Chloé mit gespieltem Desinteresse das Gesicht ab, hob aber langsam den Arm, streckte die Hand in Marías Richtung aus, und da sie keinen Widerstand spürte, berührte sie sie. María lachte leise, aber Chloé nutzte ihren Erfolg nicht weiter aus. Sie drehte sich wieder um sich selbst und rollte über den ganzen Boden des Laufstalls. Vielleicht wollte sie María nicht durch eine zu schnelle Annäherung erschrecken, vielleicht wollte sie aber auch nur beweisen, daß Marías Territorium ab jetzt auch das ihre war. Erst nachdem sie sich mehrmals durch den Laufstall gerollt hatte, stand sie auf. Mit einer Hand hielt sie sich an den Gitterstäben fest, den anderen Arm schlang sie um Marías Taille, dann bedeckte sie Marías Gesicht mit Küssen, und María ließ es sich gefallen.

Elsie hatte Chloé diesen Ausdruck der Zuneigung beigebracht. Man muß dazu sagen, daß der Kuß eines Schimpansen etwas viel Spektakuläreres hat als der eines Menschen. Denn eigentlich dienen die Lippen des Schimpansen zum Greifen und schieben sich dabei stark vor, etwa um einen Zweig vom Boden aufzuheben. Während die Lippen einer Mutter, die ihr Kind auf die Wange küßt, sich leicht in das Fleisch bohren und somit nicht mehr sichtbar sind, sprangen Chloés Lippen unverhältnismäßig weit vor, so als wollte sie ein winziges Objekt von der Oberfläche der Haut aufnehmen. Das vermittelt den Eindruck, als würde sie den Kuß von Ferne, sozusagen mit Hilfe eines Strohhalms genießen.

Genau in diesem Augenblick betrat Juana das Eßzimmer. Sie hatte genug Takt, nicht aufzuschreien, sondern wie wir alle still und unbeweglich stehenzubleiben. Vielleicht lähmte sie auch das Entsetzen, ihre Nichte und »unseren kleinen Affen« in demselben Laufstall engumschlungen wie zwei Schwestern zu sehen.

Zu jener Zeit begann ich mich zu fragen, wie Chloé reagieren würde, wenn sie bemerken würde, daß sie sich äußerlich von den anderen Mitgliedern ihrer Adoptivfamilie unterschied. Wie Ariel so treffend gesagt hatte, war sie ja »bei der Geburt von einer bösen Fee in die Haut eines Affen eingenäht worden«. Doch zumindest im Augenblick war Chloé ein glückliches Baby. Sie hatte hingebungsvolle Mütter, die um die Gunst wetteiferten, sie zu füttern, sie zu baden, zu bürsten, ihr die Nägel zu schneiden, sie zu wickeln, im Kinderwagen spazierenzufahren oder im Auto mitzunehmen. Bei ihnen fand sie jederzeit Sicherheit und Liebe. Ein Arzt kümmerte sich um sie und kam fast jeden Abend, überwachte ihre Atemwege, ihre Augen, ihre Ohren, ihre Zunge, ihren Magen, ihren Stuhl, ihren Urin. Und der Gipfel der Fürsorge war, daß er ihr auch noch Spielzeug mitbrachte. Schließlich hatte sie auch eine kleine Freundin, die in ihrem Alter war und einen sanften, fügsamen Charakter hatte.

Zu Juana, Pablo und den Jungen war ihre Beziehung etwas distanzierter. Pablo gegenüber, weil sie ihn wenig sah, Juana gegenüber, weil sie ihre Ablehnung spürte, und die Jungen waren ihr einfach zu laut.

Jonathan und Ariel zeigten, außer wenn sie Schach spielten, die Wildheit, die ihrem Alter und ihrem Geschlecht entsprach. Sie betraten ein Zimmer nicht, sondern sie tobten überfallartig herein. Beim Verlassen schlugen sie die Türen zu. Sie setzten sich auch nicht auf eine Couch, sondern sie ließen sich hineinfallen. Sie gingen nicht, sondern sie stampften die Treppen hinab. Ihre Bewegungen waren heftig und unvorhersehbar.

Dieser Lärm und die Aufregung ängstigten Chloé sehr. Ihre Nackenhaare sträubten sich, sie stieß Klagelaute aus und lief zu der Mutter, die ihr am nächsten war, um sich an sie zu schmiegen. Nur unter größten Schwierigkeiten war sie dazu zu bewegen, sich von den Jungen tragen zu lassen, und jedesmal mußte eine der Mütter dabeisein und sowohl mit der Hand als auch mit den Augen Kontakt mit ihr halten. Doch langsam begriff Chloé, daß das Gebell der Jungen kein Beißen ankündigte und daß sie im Grunde gute Kerle waren, von denen sie nichts zu befürchten hatte. Ab diesem Zeitpunkt schlug ihre Angst in Kühnheit um, und sie begann, die beiden bei jeder Gelegenheit zu necken.

Chloé war drei Jahre alt, als sie uns zum ersten Mal das ganze Repertoire eröffnete, das ihr zur Verfügung stand, wenn es darum ging, andere zu ärgern. Sie war mit Emma, die ihr in einer

Zeitschrift gerade Bilder von wilden Tieren zeigte, im Wohnzimmer. Im allgemeinen interessierte sich Chloé sehr für diese Bilder und versäumte es nie, entweder begeisterte oder abfällige Kommentare zu den abgebildeten Säugetieren abzugeben. Doch an diesem Nachmittag war sie durch eine Schachpartie abgelenkt, die die Jungen, vor dem Kamin am Boden ausgestreckt, spielten. Das Schachbrett, von dem einer der beiden bisweilen mit triumphierendem oder klagendem Aufschrei eine Figur nahm, faszinierte sie. Nach einer Weile wandte sie sich also von Emmas Bildern ab, um sich den Jungen zu nähern, die sie kannten und, sogleich das Schlimmste befürchtend, sie energisch mit Worten und Gesten zurückschoben. Chloé setzte sich also wieder neben Emma, wandte ihr den Rücken zu und begann, den rechten Daumen an die Nase gelegt, mit verträumtem Blick zu meditieren. Diese Art von Meditation, das wußten wir aus Erfahrung, verhieß nichts Gutes, aber vielleicht hatte Emma es nicht bemerkt, da sie zerstreut oder abgespannt war. Denn es gab tatsächlich nichts Anstrengenderes, als Chloé Bilder zu zeigen. Sie riß einem ständig die Zeitschrift aus der Hand, und wenn man nicht aufpaßte, zerfetzte sie die Seite mit dem Tier, das ihr nicht gefiel, etwa ein Krokodil.

Kurz gesagt, alles war ruhig. Emma genoß unschuldig einen Augenblick der Entspannung. Chloé meditierte. Die beiden Jungen nahmen sich gegenseitig Schachfiguren ab und wechselten halblaut Bemerkungen der Art: »Du gehst mir auf den Wecker mit deiner Königin.« – »Dazu ist sie ja schließlich da.« – »Ich kriege dich trotzdem, du Trottel.« Plötzlich sprang Chloé mit einem Satz auf die Kommode und von da aus auf das Schachbrett, warf alle Figuren um, ergriff den König, schob ihn in ihren großen Mund, hüpfte außerhalb der Reichweite der Jungen und sprang auf den Schrank. Dabei stampfte sie mit den Füßen und gluckste vor Lachen.

Durch das Wutgebrüll der Jungen alarmiert, lief ich ins Zimmer. Ich befahl, die Türen zu schließen, und bewaffnete mich nach den üblichen Aufforderungen an Chloé, brav zu sein, mit einem Besen, mit dem ich ihr mehrere Schläge auf das Hinterteil versetzte. Das brachte sie dazu, wieder auf die Kommode und von dort auf den Boden zu springen, wo sie heulend und jammernd den von Speichel durchnäßten König den Spielern zurückgab. Sodann nahm sie ihre unterwürfige Haltung ein, hielt mir mit zitterndem Arm die ausgestreckte Hand entgegen und bat um meinen Versöhnungskuß und den der Jungen, den diese ihr jedoch nur widerwillig gewährten.

Doch Chloés Neckereien gingen noch weiter, und die Jungen taten sich zusammen, verteidigten sich und starteten Gegenangriffe, die manchmal auch Erfolg hatten. Aus diesen Zankereien entstand zwischen ihnen eine Art geschwisterliche Zuneigung. Als Jonathan eines Tages beim Essen bemerkte, daß Chloé auf ihre Art »genauso eine Nervensäge sei wie Elsie«, begriff ich, wie stark die gefühlsmäßige Bindung zwischen den Jungen und ihr war.

Wenn Chloé auch von allen geliebt wurde und diese Liebe erwiderte, erfuhr sie doch immerhin eine große emotionale Enttäuschung, und zwar mit Random. Mit seinem flauschigen, beigefarbenen Fell, das er seinem Perser-Vater verdankte, seinem dunklen Kopf, den er von seiner Mutter, einer Siamkatze, geerbt hatte, und den wunderbaren Augen war er dazu geschaffen, ein großes Baby, das seine Puppen und Plüschtiere hingebungsvoll bemutterte, anzuziehen. Doch obwohl er noch jung war, war Random schon sehr auf seine Ruhe bedacht.

Außerdem hatte er einen Herrn, nämlich Jonathan, und er sah nicht ein, warum er einen zweiten haben sollte. Das Schlimmste für ihn war, gestört zu werden, wenn er auf der Fensterbank lag und schlief. Schon wenn er eine laute Stimme hörte, legte er die Ohren nach hinten an. Jonathans Stereoanlage ließ ihn, sobald sie eine gewisse Phonzahl überstieg, auf die Terrasse fliehen. Von dort aus sprang er auf das Fenstersims meines Arbeitszimmers, ließ sich das Fenster öffnen und machte es sich, nachdem er zum tausendsten Mal in allen Ecken und Winkeln geschnüffelt hatte, auf dem brüchigen, leicht durchgesessenen Ledersitz meines Sessels bequem. Da schlief er, oder besser er tat so, denn wenn ich den Kopf von meiner Arbeit hob, überraschte ich ihn dabei, wie er mich mit seinen undurchdringlichen blauen Augen musterte. Auf frischer Tat ertappt, schloß er die Augen sofort wieder.

Manchmal sprang er von dem Sessel, lief zu meinem Divan, wo es ihm gelang, sich unter die mexikanische Decke zu schieben, die darauf lag. Dort, in der warmen Dunkelheit, die ihm, wie ich vermute, die Sicherheit des mütterlichen Körpers vermittelte, fing er an zu schnurren.

Hätte Chloé all das gewußt, so hätte sie dieser Persönlichkeit gegenüber nie einen so ungeschickten Annäherungsversuch unternommen. Aber sie hatte so oft gesehen, wie Jonathan Random ohne Umschweife ergriff, ihn gegen seine Brust drückte, anfing, seinen Bauch zu kneten, und schallend lachte, wenn der Kater mit leichtem Beißen und Kratzen auf diese Angriffe antwortete. Woher sollte sie wissen, daß diese Privilegien einem einzigen Herrn vorbehalten waren? Arme Chloé! Welch eine Dummheit, sich so wie Jonathan zu verhalten. Dabei wurde sie sonst, weiß Gott, gelobt und belohnt, wenn sie das Verhalten der Menschen nachahmte. All unsere Erziehung basierte auf diesem Talent, das bei ihrer Rasse sprichwörtlich ist und bei ihr offenbar besonders gut entwickelt war.

Doch bald sah Chloé ihre Hoffnungen, mit Random wie mit einer Puppe zu spielen, dahinschwinden. Sobald die »Puppe«, die auf der Fensterbank über der Heizung schlief, spürte, daß sie von kräftigen Händen ergriffen, heftig umarmt und ihr Magen grauenvoll durchgeknetet wurde, spuckte sie und biß den Angreifer bis aufs Blut in den Daumen, fuhr ihm wütend mit den Krallen durchs Gesicht, nutzte sodann dessen Verwirrung, um der Umarmung zu entkommen, sprang in zwei Sätzen auf die Terrasse und verschwand. Chloé schrie, weinte und jammerte, wurde von allen Seiten bemitleidet, und noch Stunden später fing sie wieder an zu weinen, wenn sie auf ihren verbundenen Daumen sah.

Der Kater war verschwunden. Jonathan suchte ihn tieftraurig in einem Umkreis von zwei Kilometern und rief »Random! Random!«, und das Echo seiner Schreie hallte wider. Ich bin sicher, daß der Kater ihn tief in seinem Versteck hörte, doch er rührte sich nicht.

Er kam drei Tage später zu seiner gewohnten Zeit zurück und kratzte mit der Pfote an meinem Fenster. Ich öffnete ihm. Abgemagert, doch würdig sah er mich aus seinen unschuldigen blauen Augen an. Nach einer Weile hielt ich ihm einen Finger hin. Er leckte ihn mit seiner rauhen Zunge. Sicherlich hatte er während seiner Flucht zuwenig Salz bekommen. Ich kraulte ihn zwischen den Ohren, und er schnurrte kurz aus Höflichkeit. Dann sprang er vom Fenstersims in mein Arbeitszimmer, lief zu meiner Couch und schlüpfte unter die mexikanische Decke. Für ihn war also nichts weiter vorgefallen.

Das war, wie ich sofort begriff, ein wirklich weises Verhalten. Ich informierte die Familie, und wir taten alle so, als würden wir uns nicht an den unangenehmen Zwischenfall erinnern, der seine Flucht ausgelöst hatte. Alle außer Chloé, die die Sache weder vergaß noch verzieh. Solange Random lebte, ging sie nie an ihm vorbei, ohne ihn zu beschimpfen: »*Dreckige Katze*«, sagte sie jedesmal, ohne ihm auch nur die Gunst eines Blicks zu gewähren.

Es war ein stummer Fluch, da sie ihn durch Gebärden zum Ausdruck brachte. »Dreckig« sagt man in Ameslan, indem man mit der Unterseite des Kinns mehrmals die Hand berührt, und »Katze« durch eine Geste, als wolle man die Barthaare glattstreichen.

Bei Roderick hatte Chloé mehr Glück, wenngleich die Kontaktaufnahme anfänglich mehr Mut erforderte, da er schon seine volle Größe erreicht hatte und seine großen Zähne zeigte, wenn er gähnte. Chloé war etwas älter als vier Jahre, als sie den ersten Annäherungsversuch unternahm. Die Szene spielte sich an einem kühlen Frühlingsabend vor dem Abendessen im Wohnzimmer ab. Die Tage waren schon lang, und auf der Terrasse standen die Forsythien in voller Blüte. Ich hatte im Kamin Feuer gemacht, mehr um des Vergnügens willen als aus Notwendigkeit. Wir waren alle im Wohnzimmer versammelt außer Elsie, die, wenn ich mich recht erinnere, an diesem Abend mit Evelyn bei den Hunts zu Abend aß. Chloé hatte tagsüber mit María und Emma Verstecken gespielt und saß jetzt erschöpft auf dem Teppich, nicht weit von Roderick entfernt, der ausgestreckt vor dem Feuer lag, das er von Zeit zu Zeit fasziniert betrachtete.

Chloé beobachtete ihn lange Zeit, ehe sie es nach reiflicher Überlegung wagte, sich ihm zu nähern. Durch Schaden klug geworden, hatte sie dieses Mal eine sanftere Annäherungsform gewählt. Instinktiv wählte sie die hierarchische Form, der sich die jungen Schimpansen – Männchen und Weibchen – unterwerfen, wenn sie sich einem dominierenden Männchen nähern wollen. Sie nahm eine unterwürfige Haltung an und näherte sich Roderick zögernd, den Oberkörper leicht gedreht, um ihm gleichzeitig eine Hand bittend entgegenstrecken und ihm heimliche, ergebene Blicke zuwerfen zu können. Dabei war sie jederzeit bereit – falls sich sein Fell sträuben oder er knurren würde –, sogleich die Flucht zu ergreifen.

Roderick bemerkte dieses Manöver natürlich und schien äußerst erstaunt darüber. Weder seine Erfahrungen mit anderen Hunden noch mit den Menschen hatten ihn gelehrt, diese Annäherungsform zu verstehen. Doch Chloés Geruch gehörte zu den bekannten Gerüchen des Hauses und hatte nichts Verunsicherndes für ihn. Außerdem hatte er gelernt, sich nicht nur seinem Herrchen gegenüber sanft zu verhalten, sondern auch allen anderen Familienmitgliedern gegenüber. Als er sah, daß sich Chloés leicht zitternde Hand näherte, streckte er den Hals vor und leckte sie höflich.

Chloé setzte sich vor ihn, die kurzen Beine gekreuzt und die langen Arme um die Knie geschlungen. Sie dachte nach. Wenn sie wegen irgendeiner Dummheit gescholten wurde – was für sie immer sehr schlimm war, da sie jedesmal aufs neue glaubte, unsere Liebe verloren zu haben –, nahm sie meist diese unterwürfige Haltung an und streckte uns ihre Hand entgegen. Sobald wir sie ergriffen hatten, warf sie sich weinend in unsere Arme und erwartete einen Kuß, und sei es nur ein einziger, als Zeichen der Vergebung.

In diesem Augenblick konnte ich fast sehen, wie ihr Gehirn arbeitete. Ich sah, daß sie verwirrt war. Sie fragte sich, ob die Hand zu ergreifen oder sie zu lecken das gleiche bedeutete. Sie entschied sich schließlich für ja, da sie nichts am Ende von Rodericks Pfoten entdeckte, das einer Hand glich. Letztendlich tat das Lecken nicht weh, und man konnte es sogar als einen freundschaftlichen Akt bezeichnen, wenn kein unwilliges Knurren folgte.

Nachdem sie sich in diesem Sinn entschieden hatte, näherte Chloé langsam ihren Kopf Roderick, schob ihre wülstigen Lippen vor und drückte ihm einen Kuß auf die Schnauze. Roderick wußte, was ein Kuß auf die Schnauze war, seine kleine Herrin küßte ihn oft auf die Nase und lobte deren Frische und Farbe. Er fuhr also mit seiner Zunge von unten nach oben über Chloés Gesicht.

In Chloés großen hellbraunen Augen war zunächst Erstaunen zu lesen. Roderick machte nichts wie die anderen. Wenn man ihm die Hand reichte, leckte er sie, statt sie zu ergreifen, wenn man ihm einen Kuß auf die Nase drückte, leckte er das Gesicht. Immerhin hatte sie keinen Zweifel, daß es sich dabei um eine freundschaftliche Annäherung handelte. Sie wollte Roderick in keiner Weise nachstehen, setzte sich also neben seinen Rücken und machte sich daran, ihn zu entlausen.

Als Chloé sich so dicht neben ihn setzte, drehte Roderick zunächst den Kopf nach hinten, um ihren Bewegungen zu folgen. Doch als er spürte, wie sich die kleinen, festen Hände seiner neuen Freundin geschickt in seinem Fell vergruben, legte er den Kopf wieder auf den Teppich und schnaufte vor Wohlbehagen. Auch Chloé schien begeistert, wenigstens nach der Art zu urteilen, wie sie den Mund öffnete, um die unteren Zähne zu entblößen. Nicht die oberen, denn diese wurden, wie bei allen Primaten, nur im Zorn gezeigt.

Angesichts dieser Beobachtung habe ich oft bedauert, daß das bei den Menschen nicht ebenso gehandhabt wird: die unteren Zähne zeigt man bei Wohlwollen, die oberen bei Feindseligkeit. Damit wären die Dinge viel klarer, und es gäbe nicht mehr jene Menschen, die einem zulächeln, obwohl sie eigentlich viel mehr Lust haben zuzubeißen.

Da Chloé weder ihre Mutter noch andere Familienmitglieder dabei beobachtet hatte, wie sie sich gegenseitig entlausten, war die selbstlose, sorgfältige Toilette, die Chloé durchführte, ihrem genetischen Erbe zuzuschreiben. Ich warf den anderen einen begeisterten Blick zu. Wir waren alle sehr glücklich über diesen Freundschaftspakt zwischen Roderick und Chloé, der sicher ohne jenes unglückselige Abenteuer mit Random schon wesentlich früher geschlossen worden wäre. Chloé hatte sich ebenso verhalten, wie wir es nach einer gefühlsmäßigen Enttäuschung tun, sie hatte sie verallgemeinert. Alle Vierbeiner waren bösartig, auch wenn ihre Form unterschiedlich war.

Chloés Lächeln wurde breiter, und sie zog mit der rechten Hand einen Parasiten aus dem Fell, den wir nicht sehen konnten, da sie ihn zwischen Daumen und Zeigefinger hielt. Dann führte sie ihn ganz natürlich zu ihrem Mund.

Emma reagierte am schnellsten. Sie hob gebieterisch den Zeigefinger und den Daumen, die anderen Finger waren angewinkelt, was in Ameslan »nein« bedeutete. Suzy machte »Tss! Tss!«. Chloé hielt mitten in der Bewegung inne und schien erschrocken über unsere Mißbilligung. Und da sie zögerte und uns nicht zu verstehen schien, ergriff Emma mit bewundernswertem Reaktionsvermögen einen Aschenbecher, der auf dem niedrigen Tisch stand, setzte sich neben sie und hielt ihn ihr hin. Widerwillig legte Chloé ihre Beute hinein, es war im übrigen nicht, wie wir angenommen hatten, ein Floh, sondern etwas in menschlichen Augen noch viel Ekelhafteres, nämlich eine Zecke. Chloé teilte offensichtlich dieses Vorurteil nicht. Doch nachdem sie die Toilette beendet und etwa ein halbes Dutzend Zecken aus Rodericks Fell entfernt hatte, nahm Emma den Aschenbecher und warf seinen Inhalt ins Feuer.

»Warum haben wir sie eigentlich daran gehindert, sie zu essen?« fragte ich Suzy. »Eigentlich muß solche Mühe belohnt werden.«

»Sicher, aber was glaubst du, was Concepción sagen würde, wenn Chloé eines Tages María eine Zecke anbieten und María diese mit Genuß verspeisen würde?«

4

Auf den vorhergehenden Seiten habe ich einen kurzen Überblick über Chloés Entwicklung von der Geburt bis zum Alter von vier Jahren gegeben, um zu zeigen, daß sich auch ein »wildes« Tier einer menschlichen Gruppe anpassen kann und in der Lage ist, unterschiedliche und individuelle Beziehungen zu Menschen zu entwickeln.

Aber da das eigentliche Ziel des Projekts ja darin bestand, mit einem Primaten zu kommunizieren, muß ich jetzt wieder zurückgehen zu jenem Augenblick, da das Baby Chloé sich nur durch die Schreie, die seiner Rasse eigen sind, ausdrücken konnte.

Ein Kind beginnt gewöhnlich im Alter von einem Jahr mit den ersten Sprechversuchen, und so hatte ich zunächst geglaubt, auch bei Chloé so lange warten zu müssen, ehe ich sie in der Gebärdensprache unterrichten könnte. Doch bei meinen Studien fand ich heraus, daß man Schimpansen schon ab drei Monaten die Gebärden beigebracht hatte. Ich schloß daraus nicht, daß die Schimpansenbabys intelligenter wären als die menschlichen Babys, sondern daß ihre Fingerfertigkeit sich früher und schneller entwickelt als die Sprachfähigkeit unserer Säuglinge.

Die Unterrichtsmethode warf keine Probleme für uns auf, denn die Gardners hatten sie bereits meisterhaft entwickelt. Die wirkungsvollste Methode schien das »Modellieren« zu sein. Da jedes Wort einem Zeichen in der Gebärdensprache entspricht, nimmt man die Hände des Schimpansen und bringt sie in die Position, die das entsprechende Zeichen ausdrückt. Das Wort »kitzeln« etwa wird folgendermaßen gebildet: Man streckt die linke Hand, Handfläche nach unten, aus und streicht mit dem Zeigefinger der rechten Hand über den Handrücken. Dann läßt man die konkrete Handlung dem Zeichen folgen, indem man den Schimpansen kitzelt.

Chloé lernte dieses Zeichen sehr schnell, zum einen, weil es sehr bildhaft war und infolgedessen leicht zu merken; zum zweiten, weil Chloé den Vorteil erkannte, den ihr dieses Zeichen brachte, sie konnte darum bitten, gekitzelt zu werden.

Die Methode ist also klar, und ich werde später auf die Schwierigkeiten des Unterrichts und die Fortschritte unserer Schülerin zurückkommen. Zunächst fragte ich mich, welche Zeichen ich Chloé als erste beibringen sollte. Ich erinnere mich mit Vergnügen daran, während eines Essens bei den Hunts über dieses Thema diskutiert zu haben, und es war Phyllis, die bei diesem Gespräch einen wichtigen Vorschlag machte.

Chloé muß zu dieser Zeit etwa zwei Monate alt gewesen sein und lag, in die Fetzen der alten Lammfelljacke gewickelt, die sie in Suzys Abwesenheit als eine Art Ersatzmutter ansah, friedlich in ihrem Bett in Yaraville. Sie ahnte noch nichts von dem Komplott, das die großen weißen Affen schon vor ihrer Geburt geschmiedet hatten, um ihr Gehirn und ihre Hände zur Arbeit zu animieren.

Es war Februar, und draußen war es eiskalt. Als wir im *Nest* – ein Name, den Donalds Großeltern ihrem Elternhaus gegeben hatten – ankamen, trafen wir als erste Phyllis. Sie trug ein sommerlich geblümtes Kleid, das an eine Blumenwiese im Mai erinnerte. Sie fiel Suzy um den Hals, küßte sie, küßte auch mich und erklärte, daß Suzy unglaublich niedlich und ich ein hübscher Junge sei, daß ich allerdings noch besser aussehen würde, wenn ich mir... Kurz gesagt, sie liebte uns beide sehr. Don und Mary seien noch oben, aber inzwischen wolle sie uns gerne ihr kleines Nest – sozusagen ein Nest im Nest, wie sie lachend sagte – zeigen. Sie hatte, so erklärte sie uns, wegen ihres schwachen Herzens (das laut Don reine Einbildung war) ein Zimmer im Erdgeschoß. »Kommt doch herein, ist es nicht gemütlich? Auf den Fotos an der Wand, das ist mein armer Leopold.« – »Ein schöner Mann«, sagte Suzy, »und der Schnurrbart steht ihm so gut! Und das hübsche kleine Mädchen auf dem Sekretär, wer ist das?« – »Meine Tochter Leonore, sie ist mit einem Ingenieur verheiratet und lebt in Südafrika, wißt ihr, da, wo es auch die Neger gibt. Ich war gerade dabei, ihr zu schreiben.«

In diesem Augenblick erschien Mary im Türrahmen und schüttelte heftig den Kopf. Sie beendete den Besuch des Museums Leopold augenblicklich und dirigierte uns mit Entschlossenheit, vielleicht zu entschlossen, ins Eßzimmer, wo auch Don bald auftauchte und sagte, er sei ausgehungert, da er den ganzen Tag hinter dem...

»Don!« sagte seine Frau.

Und Donald setzte sich.

Man aß im *Nest* bei den Hunts nicht ganz so gut wie in Yaraville bei den Dales, wo Juanas erprobte Kochkunst und Suzys innovatives Talent zusammengenommen Spitzenleistungen hervorbrachten. Aber im *Nest* gab es solide amerikanische Kost, bei der Lammfleisch eine wichtige Rolle spielte. Das Essen wurde einfach und ohne großen Aufwand serviert. Die Atmosphäre war sehr angenehm, lediglich störte, daß das Zimmer zuwenig geheizt war. Ich fragte mich wirklich, wie Phyllis in ihrem Sommerkleid, das bis zum Brustansatz ausgeschnitten war, rosig und lächelnd dasitzen konnte, ohne zu frieren oder eine Lungenentzündung zu bekommen.

»Und wie geht es deinem kleinen Affen?« fragte Mary, als wir uns wenig später im Wintergarten niedergelassen hatten.

»Gut, gut, gut«, sagte ich.

Gleichzeitig bewegte ich meine Zehen in meinen Stiefeln, um sie zu erwärmen, und schob mit demselben Ziel meine Hände in die Taschen. Doch ich zog sie unter Marys tadelndem Blick sofort wieder hervor.

»Wir fragen uns gerade, welche Worte wir Chloé als erste beibringen sollen«, sagte Suzy.

Sofort ergoß sich eine Flut von Vorschlägen über uns, wobei Mary am hartnäckigsten auf dem ihren bestand. Sie war der Ansicht, daß die Worte »nehmen« und »geben« unabdingbar seien, da es sich dabei um Schlüsselworte des elementaren menschlichen Austauschs handele.

Diesmal widersprach ich ihr ohne Umschweife, denn ich hatte weder den Blick vergessen, den sie mir zugeworfen hatte, noch meine Schwäche, darauf zu reagieren. Welch ein Teufel! Wenn sie es für schlecht erzogen hielt, daß ich meine Hände in die Taschen steckte, dann sollte sie doch ihr Eßzimmer besser heizen. Und wenn sie eine so gute Christin war, warum wärmte sie dann nicht meine Füße mit ihren »schwesterlichen« Händen?

»Meine liebe Mary«, sagte ich lächelnd, »es ist völlig unnötig, Chloé das Wort ›nehmen‹ beizubringen, denn sie nimmt sich ohnehin alles, was sich in ihrer Reichweite befindet. Und das Wort ›geben‹ hat keinen Sinn für sie, da sie die Dinge nur zurückgibt, wenn man sie ihr entreißt.«

»Aber eure Chloé ist ja wirklich eine kleine Wilde!« sagte Mary empört.

»Das haben wir doch von Anfang an gesagt«, warf Donald ein, während er seine Pfeiffe stopfte und mir einen verschwörerischen Blick zuwarf.

Die Auflehnung der Männer gegen Mary war Suzy nicht entgangen, und da sie nicht daran teilhaben, sie aber auch nicht unterdrücken wollte, wandte sie sich an Phyllis:

»Nun, Phyllis, was denkst du denn darüber?«

»Ich habe nicht zugehört«, sagte Phyllis. »Ich habe dein Kleid bewundert. Ich finde es wirklich sehr hübsch, und es steht dir ausgezeichnet! Du bist so schlank, und doch sind deine Formen rund.«

»Nun, was die Rundungen angeht, so hast du dich doch auch nicht zu beklagen«, sagte ich.

»O danke, Ed!« sagte sie und warf einen zufriedenen Blick auf ihr Dekolleté. »Du hast immer ein nettes Wort für mich.«

Doch Suzy ging nicht auf diesen Scherz ein, der ihr ohnehin nicht besonders gefiel. (»Ich weiß wirklich nicht, warum du immer soviel Aufhebens um ihre Rundungen machst«, pflegte sie zu sagen. »Sie hat einen guten Büstenhalter, das ist alles.«) Sie wiederholte ihre Frage.

»Was ich denke«, sagte Phyllis, und ihre schönen, leicht vortretenden Augen waren ins Leere gerichtet, die Falten auf ihrer Stirn zeugten von der schmerzlichen Anstrengung, deren diese Konzentration bedurfte. »Was ich glaube, was man Chloé als erstes beibringen sollte? Nun«, sagte sie in triumphierendem Ton, »das ist ganz einfach. Man muß ihr beibringen, was gut und was schlecht ist.«

»Das hat Eva auch schon versucht, und es ist ihr nicht gelungen«, sagte Donald.

»Don!« tadelte Mary, die keine Scherze über dieses Thema liebte.

»Nun gut«, sagte Donald, »gehen wir die Frage ernsthafter an: Was ist für Chloé gut und was schlecht?«

»Aber das ist doch ganz einfach«, entgegnete Phyllis, »ich verstehe gar nicht, warum das ein Problem für dich zu sein scheint.«

»Diese Frage stelle ich nicht mir, sondern dir«, sagte Donald lachend.

»Oje, oje, diese Männer«, sagte Phyllis, indem sie einen entzückenden Schmollmund zog. »Was seid ihr kompliziert! Zum Beispiel«, dabei wandte sie sich an Suzy, »du setzt Chloé auf den *nursery-chair,* wie heißt das auf französisch, Suzy?«

Suzy sagte das französische Wort für Topf, »pot«.

»Le pot? Das ist lustig. Also, du setzt Chloé drauf, und sie macht ihr Geschäft. Das ist gut. Oder sie steht auf und macht es daneben, das ist schlecht! Im ersten Fall sagst du ihr: Du bist ein gutes Mädchen, und im zweiten sagst du: Du bist ein böses Mädchen. So habe ich es mit Leonore gemacht, und ich bin immer gut dabei gefahren. Und sie auch.«

Wir haben in jenem Augenblick sehr gelacht, doch nach reiflicher Überlegung kam ich zu dem Schluß, daß Phyllis uns allen mit ihrem offenkundigen Realismus überlegen war. Und tatsächlich stellten wir später fest, daß sie recht gehabt hatte. Als Chloé drei Monate alt war und wir anfingen, sie in Ameslan zu unterrichten, hatten wir den Eindruck, ihr als erstes die Worte »gut« und »schlecht« beibringen zu müssen.

Leider gab es zahlreiche Gelegenheiten, das letztere zu wiederholen, denn die arme Chloé hatte wenige schweißabsondernde Drüsen, sie trank sehr viel und schied infolgedessen auch viel Wasser aus; allerdings nur in den seltensten Fällen da, wo sie sollte, nämlich auf dem Topf.

Zumeist war es Emma, die die Finger ihrer rechten Hand auf ihr Kinn legen und sie dann heftig zur Seite wegdrehen mußte. Und da Emma sehr auf Sauberkeit bedacht war, wiederholte sie des öftern das Zeichen »schlecht«, das ich soeben beschrieben habe, und fügte die Geste »dreckig« (der Handrücken klopft unter das Kinn) und selbst das Wort »WC« (die geballte Faust dreht die Nasenspitze) hinzu. Diese Zeichen wurden von einem angewiderten und abgestoßenen Gesichtsausdruck, ja selbst gut imitierter Übelkeit begleitet. Das führte zu einem sehr ausdrucksvollen Mienenspiel, das, wenn man es in die gesprochene Sprache überträgt, erheblich an Eindringlichkeit verliert: »*Schlecht! Dreckig! WC!*«

Als Chloé ein Vokabular von etwa zehn Wörtern in der Ameslan beherrschte, versuchten wir zwar, ihr neue Wörter beizubringen, ließen sie aber auch jeden Tag die alten wiederholen. Das ging nicht ohne Schwierigkeiten vonstatten, denn sie sah absolut nicht die Notwendigkeit ein, immer wieder die Zeichen, die sie schon kannte, durchzugehen.

Dabei wurde mir klar, daß die Arbeit wirklich eine typisch menschliche Angewohnheit ist. Und wenn es selbst unseren Kindern schwerfällt, sich diese Angewohnheit anzueignen, dann trifft das um so mehr auf ein wildes Tier zu.

Selbst die große Tasche, in der sich die bunten Bilder befanden, die sie uns anschließend benennen sollte, betrachtete sie mit Abneigung. Wir zogen eines nach dem anderen aus dem unseligen Quersack und fragten gleichzeitig in Ameslan und Englisch: *Was das?* Sie mußte dann das Zeichen machen, das dem Tier, der Person oder dem Gegenstand entsprach, die abgebildet waren. Wenn sie sich an das Zeichen erinnerte, war ihre Mühe noch nicht beendet, denn wir versuchten, ihre Gesten zu korrigieren, da sie oft sehr ungenau waren.

Es war besser, diese Stunden zu zweit abzuhalten. Der eine konnte ihr die Bilder zeigen und Fragen stellen, der andere mußte sie am Weglaufen hindern.

Oft zeigten wir ihr zuerst das Bild und dann den Gegenstand

selbst, dann sollte sie uns sagen, welcher von den beiden »wahr« und welcher »falsch« war. Zumeist machten wir das am Ende der Stunde mit einem Apfel. Wenn Chloé die richtige Antwort gegeben hatte, gaben wir ihr die Frucht. Sie war ein solches Leckermaul, daß sie sich nur einmal irrte, und zwar beim ersten Mal, weil sie die Frage nicht richtig verstanden hatte.

Was die Intelligenz angeht, so gibt es sicherlich ebenso viele Unterschiede bei den Schimpansen wie bei den Menschen. Wir hatten von Anfang an den Eindruck, daß wir mit Chloé ausgesprochenes Glück gehabt hatten, was sich bei den Tests, die wir später mit ihr machten, bestätigte. Doch wenn ich sie mit Kindern dieses Alters verglich, war Chloé trotz ihres regen Geistes eine schwierige, ja manchmal sogar schlechte Schülerin.

Dafür gab es drei Gründe: ihr übersteigerter Bewegungsdrang, ihre extreme Emotionalität und ihr kapriziöser, spitzbübischer Charakter.

Chloé konnte nicht stillsitzen. Sie war ein absolutes Nervenbündel und Muskelpaket. Sie war zumindest ebenso unersättlich gierig nach Bewegung wie der wildeste Junge. Wenn sie sich austobte, hatten wir das Gefühl, es mit einem Wirbelwind zu tun zu haben, der jeden Moment in einen Orkan umschlagen konnte. Wie sollte sie sich unter diesen Bedingungen mehr als einige Minuten konzentrieren können?

Was ihre Hypermotivität angeht (Wut und Angst), so werde ich auf den kommenden Seiten noch reichlich Gelegenheit haben, darüber zu sprechen. Doch für ihren kapriziösen Charakter möchte ich jetzt gleich einige Beispiele anführen.

Sie lernte gerade die Frageform. Wir stellten ihr unablässig Fragen: »Wer das? Was das? Wo das?«

Dann stellte sie uns Fragen. Außerdem lernte sie auch die Verneinung (nein und nicht), da die menschliche Welt um sie herum von Verboten gespickt war: *Chloé nicht nehmen! Chloé nicht anfassen! Chloé nicht beißen!* So unangenehm dieses Zeichen auch für sie war, da wir es fortwährend ihr gegenüber anwendeten, gewöhnte sie sich doch daran und gebrauchte es auch selbst, was uns in grammatikalischer Hinsicht außerordentlich beglückte. Aber natürlich setzte sie es auch gegen uns ein.

Aus unserem Wundersack (dessen Bestand wir mit Chloés wachsendem Vokabular auffüllten) zog ich eines Tages ein Bild, das eine Frau mit einem Baby auf dem Arm zeigte. Chloé machte ganz richtig die Zeichen *Frau* und *Baby*. Das nächste Bild zeigte eine Frau, die ein etwa zehnjähriges Kind an der Hand hielt. Chloé machte dieselben Zeichen wie zuvor: *Frau* und *Baby*.

»Nein, Chloé«, sagte ich Amesian, »*nicht Baby, Kind.*«

Das bedeutete für sie keinerlei Schwierigkeit, denn sie kannte das Wort sehr gut. Dann sah ich einen boshaften Schimmer in ihren Augen aufleuchten, den ich nur allzugut kannte. Mit sanfter Beharrlichkeit wiederholte sie:

»*Frau, Baby.*«

Ich zeigte ihr also die beiden Bilder gleichzeitig:

»*Das Baby. Das Kind!*«

Ich erklärte:

»*Baby klein. Kind groß!*«

Mit einem energischen Lächeln legte Chloé ihren Finger auf den Jungen und sagte:

»*Das Baby.*«

»*Nein, Chloé. Das Kind!*«

»*Nein*«, entgegnete sie, »*das groß Baby.*«

Sie warf den Kopf zurück und fing an, ihr grunzendes Lachen von sich zu geben. Sie hatte das Zeichen für *Kind* aus ihrem Wortschatz gestrichen und hielt dies auch bis zum Ende der Stunde durch.

Diese Feststellung verwirrte uns. Seit Chloé sauber war, vermieden wir körperliche Strafen, vor allem während des Unterrichts. Sie hätte ansonsten eine Abneigung gegen die Stunden entwickelt. Jetzt hingegen mußten wir eine solche Möglichkeit in Erwägung ziehen, denn es war vorauszusehen, daß ihre Dickköpfigkeit eines Tages bis zur völligen Verweigerung führen würde.

Die Unterrichtsstunden wurden in meinem Arbeitszimmer abgehalten. Ein Ort, an dem sie als Baby oft gespielt hatte, der jetzt jedoch für sie – ausgenommen während des Unterrichts – infolge der Verwüstungen, die sie dort während eines Wutanfalls angerichtet hatte, verboten war. Das nur, um zu sagen, wie sehr sie dieser verbotene Ort, den sie jeden Tag mit uns für eine Stunde betreten durfte, um die Sprache der Menschen zu lernen, hätte beeindrucken müssen. Das war zu Anfang vielleicht der Fall. Doch Chloé war im allgemeinen nicht ehrfürchtig, und Respekt dauerte bei ihr nie lange an. Und tatsächlich, drei Tage nachdem sie das Zeichen für »Kind« gestrichen hatte, versuchte Chloé nach besten Kräften, den ganzen Kurs zu sabotieren.

Mir schien sie eigentlich unnormal gefügig, als Suzy an diesem Tag die Kordel des Sacks mit den Bildern öffnete und das Bild einer Katze herauszog.

»*Katze*«, antwortete Chloé, indem sie das Zeichen in Ameslan perfekt formte.

Chloé hatte zu jener Zeit noch nicht ihre Schwierigkeiten mit Random gehabt, sonst hätte sie zweifellos »dreckige Katze« statt »Katze« gesagt.

Suzy zeigte ihr anschließend ein anderes Bild, auf dem ein Elefant abgebildet war. Chloé betrachtete es eine Weile verträumt, doch ihre Hände blieben unbeweglich auf ihren Knien liegen.

»*Was das?*« beharrte Suzy.

Chloé sah wieder den Elefanten an, richtete dann ihren unschuldigen Blick auf Suzy und antwortete:

»*Katze.*«

»Aber nicht doch«, sagte Suzy lebhaft auf englisch, »das ist doch keine Katze, du weißt doch genau, das ist ein...«

»*Katze*«, sagte Chloé.

»Suzy«, fiel ich ein, »versuch es mit einem anderen Bild.«

Die Stimmung war leicht angespannt, als Suzy ein anderes Bild aus dem Sack zog, das ein Pferd zeigte, und es Chloé hinhielt. Wieder sah sie es aufmerksam an und sagte:

»*Katze.*«

»Das ist keine Katze«, sagte Suzy wütend, »und du weißt es ganz genau, das ist ein...«

»*Katze*«, sagte Chloé.

»*Chloé ungezogen*«, sagte Suzy in Ameslan.

»*Chloé nicht ungezogen*«, antwortete Chloé.

Eine Antwort, die bewies, daß sie, falls sie ihre Zeichen vergessen haben sollte, zumindest die Verneinungsform behalten hatte.

»Sie macht sich über uns lustig«, sagte Suzy.

Ich lehnte mich vor, legte meinen Arm um Suzys Hals, und wir wechselten mit leiser Stimme einige Worte. Das beunruhigte Chloé, die jedoch ihrer verhängnisvollen Entscheidung treu blieb und keine Frage stellte. Suzy wühlte lange in dem Sack und fand schließlich, was sie suchte. Sie hielt Chloé das Bild eines Apfels entgegen. Jetzt zögerte Chloé. Diese Frucht, die sie sehr liebte, spielte eine so wichtige Rolle in ihrem Leben, daß sich zweifellos in ihrem Kopf ein wilder Kampf zwischen dem Engel der Wahrheit und dem Teufel der Lüge abspielte. Doch schließlich blieb sie bei ihrer einmal gefaßten Entscheidung und antwortete unerschütterlich:

»Katze.«

Suzy schwieg eine Weile, tauschte einen vielsagenden Blick mit mir, legte das Bild in den Sack zurück, zog die Kordel zu und verknotete sie. Dann wandte sie Chloé den Rücken zu und sprach auf englisch mit mir. Die meisten Worte, die sie verwendete, waren Chloé bekannt. Zu jener Zeit, später steigerte er sich erheblich, betrug Chloés passiver englischer Wortschatz rund einhundert Wörter. Das war nicht außergewöhnlich. Manche Hunde, mit denen ihre Herren viel sprechen, sind in der Lage, bis zu fünfzig Wörter zu behalten und zu verstehen. Und selbst Pferden schreiben manche Wissenschaftler einen fast ebenso großen Wortschatz zu.

»Ed«, sagte Suzy, ohne sich weiter um unsere Schülerin zu kümmern, die allein neben dem zugebundenen Sack mit den Bildern saß, »die Stunde ist beendet. Chloé weiß nichts. Chloé hat alles vergessen. Wir können ihr nach der Stunde auch keinen Apfel geben. Sie wird glauben, daß es eine Katze ist.«

Der Erfolg dieser klar ausgesprochenen Worte war durchschlagend. Mit hechelndem Knurren stürzte sich Chloé auf den Sack, öffnete ihn, verstreute seinen Inhalt auf dem Teppich und suchte fieberhaft nach dem Bild mit dem Apfel.

»*Apfel*«, sagte sie in Ameslan.

Ich würde sogar fast sagen, daß sie das Wort schrie, so heftig und emphatisch war das Zeichen, das sie mit den Händen machte.

»Laß uns sehen, ob sie jetzt auch die anderen Zeichen kennt«, sagte Suzy ruhig.

Die Stunde ging weiter, und außer zwei oder drei Fehlern, die unabsichtlich waren, verlief sie vorbildlich.

Doch Chloé spielte ihren Lehrern nicht nur Streiche, sondern machte ihnen auch viel Freude, vor allem, als sie begann, die erlernten Zeichen selbst in schöpferischer Weise einzusetzen. Die ersten Erfolge auf diesem Gebiet zeigte sie, als sie Namen für die Menschen in ihrer Umgebung erfand.

Wenn sie mit Familienmitgliedern sprach, so genügten ihr das »du« und das »ich«, zwei Zeichen, die sie sehr schnell zu unterscheiden wußte. Die Namen waren unwichtig. Allerdings gewannen sie an Bedeutung, wenn die Person, von der sie sprechen wollte, nicht da war.

Darum schlugen wir ihr zur Benennung dieser Personen Zeichen vor, die mit ihrer Beschäftigung zu tun hatten. Vier davon übernahm sie, doch für die anderen erfand sie selbst Namen.

Was sie annahm, war *Küche* für Juana, *Briefe* für den Briefträger, *Brot* für den Bäcker, *Doktor* für Donald.

Hingegen lehnte sie das Wort *Pflegerin* für Emma kategorisch ab, wahrscheinlich, weil das Zeichen in Ameslan dem Zeichen für Spritze glich, das für sie in Donalds Bereich gehörte. Sie nannte Emma lieber *Knoten* in Anlehnung an die Krawatte, die diese trug und die Chloé sehr schnell zu öffnen gelernt hatte, indem sie an einem der beiden Enden zog.

Pablo wollte sie nicht *Schaf-Mann* nennen, sondern lieber *Hut*, da er sommers wie winters einen verbeulten, speckigen Hut trug, mit dem sie gerne spielte. Außerdem war das Zeichen sehr einfach, es reichte, sich mit der flachen Hand auf den Kopf zu klopfen.

Mich selbst nannte sie *Groß* und behielt diesen Namen auch dann noch bei, als Jonathan einen Kopf größer war als ich selbst.

Suzy nannte sie tatsächlich zunächst *Mama*, doch als diese ihr eines Tages einen Blumenstrauß zeigte, der auf der Kommode stand, und ihr erklärte, wie hübsch er war, gefiel ihr das Zeichen so gut, daß sie ab sofort Mama aufgab (nur wenn sie krank war, verwendete sie es merkwürdigerweise wieder) und Suzy fortan *Hübsch* nannte.

Elsie rief Chloé ganz spontan, und ohne daß wir ihr einen Namen vorgeschlagen hätten, *Zöpfe*, und dieser Name blieb ihr auch, selbst als sie ihr Haar nicht mehr zu Zöpfen geflochten trug. Ariel und Jonathan, mit denen sie sich in beständigem Kleinkrieg befand, nannte sie, sobald sie das Wort gelernt hatte, *Teufel*, Jonathan *gelb Teufel* und Ariel *schwarz Teufel*.

Ehe ich noch mehr von dem innovativen Sprachgebrauch unserer Schülerin berichte, muß ich anmerken – denn dies war nicht ohne Folgen auf ihre Sprachentwicklung –, daß Chloé trotz all unserer Bemühungen recht schlecht im Rechnen blieb und nie lernte, weiter als bis fünf zu zählen.

Man kann sich leicht vorstellen, wie sehr das ihre Fähigkeit, in der Zukunft oder in der Vergangenheit zu sprechen, beeinträchtigte. Damit will ich nicht sagen, daß ihre Vorstellungskraft nicht weiter als fünf Tage reichte, aber da sie es nicht ausdrücken konnte, war es genauso, als könnte sie es sich auch nicht vorstellen.

In der Vergangenheit beschränkte sich ihre Ausdrucksfähigkeit auf *gestern* und *gestern lange*, im Futur waren es dieselben Zeichen, *morgen* und *morgen lange*. Von diesen vier zeitlichen Aussageformen konnte man nur *gestern* und *morgen* wirklich ernst nehmen, denn *gestern lange* und *morgen lange* konnten sich ebensogut auf eine lange zurückliegende Zeit als auch auf eine in naher Zukunft liegende Zeit beziehen.

»Was willst du!« sagte mir Suzy, als sie meinen Unwillen über diese Ungenauigkeit bemerkte. »Chloé ist eben literarisch veranlagt, die Maße sind nicht ihre starke Seite, aber dafür erfindet sie, sie ist schöpferisch!«

Als ich Suzy hörte, dachte ich, daß sie eine gute Mutter war, die ihr Baby zu sehr liebte, denn als solches sah sie Chloé an, und so würde es auch immer bleiben, selbst wenn sie erwachsen und kräftig genug wäre, ihre Mama mit einem leichten Stoß zu Boden zu werfen, was sie allerdings nie tun würde.

Zu behaupten, daß Chloé literarisch veranlagt war, war sicherlich eine mütterliche Übertreibung, aber es stimmte, daß sie ebensoviel Freude daran hatte, mit ihren Zeichen zu spielen wie ein aufgewecktes Kind mit Worten. Ein Beispiel dafür war, daß Chloé ihrer kleinen Spielgefährtin María de los Angeles, die sie sehr liebte, mehrere Namen gab. *Baby* war der erste. Doch als sie feststellte, daß das Baby laufen konnte und stehend einen halben Kopf größer als sie selbst war, nannte sie sie *Baby Groß*. Später dann, als sie das Wort *Kind* wieder in ihr Vokabular aufgenommen hatte, sagte sie *Kind* und schließlich *Hübsch*. Doch da dies auch der Name für Suzy war, entschied sie sich schließlich wieder für *Baby Groß* und dann wieder für *Baby*, als sie bemerkte, daß María schwächer als sie war und ihren Schutz suchte. Dafür liebte Chloé sie um so mehr und erfand schließlich durch den Zusammenschluß zweier Zeichen einen neuen Namen.

Baby sagt man in Ameslan, indem man die Hände vor der Brust kreuzt, als würde man ein Baby tragen, und *Liebe* (oder lieben), indem man beide Fäuste vor der Brust kreuzt. Diese beiden Zeichen, die an sich schon ähnlich sind, führte Chloé schnell hintereinander aus. *Baby* kam zuerst und dann *Liebe*.

Wir nahmen zuerst an, daß sie ausdrücken wolle *lieben Baby*, eine Erklärung, die sie oft abgab. Aber in diesem Fall war die Wortfolge nicht dieselbe, denn *Chloé* kam zuerst, dann *lieben*, dann *Baby*. Das war ein richtiger Satz mit Subjekt, Prädikat und Objekt: *Chloé lieben Baby*.

Bei *Baby Liebe* hatte ich den Eindruck, daß es sich nicht um einen Satz, sondern um einen Namen handelte. Außerdem machte sie die Zeichen nicht auf dieselbe Weise, sie verband sie mit solcher Geschwindigkeit, daß ihre Hände kaum Zeit genug hatten, die Geste des Babytragens zu vollziehen, ehe sie sie zu Fäusten ballte und mit Eifer vor der Brust kreuzte.

Wir zögerten allerdings anzunehmen, daß Chloé ein zusammengesetztes Wort oder, besser gesagt, ein zusammengesetztes Zeichen erfunden hatte. Doch dann sahen wir sie mehrmals die folgende Aussage wiederholen:

»*Chloé lieben Baby Liebe.*«

Jetzt gab es keinen Zweifel mehr. Da *Baby Liebe* das Akkusativ-Objekt des Verbs lieben war, handelte es sich durchaus um einen Namen, den Chloé selbst gebildet hatte.

Sobald wir sicher waren, fühlten wir uns berechtigt, unseren Stolz und unsere Rührung gebührend zum Ausdruck zu bringen, denn wir fanden, daß *Baby Liebe* oder, wie Suzy auf französisch sagte, *Baby Amour*, hervorragend zu María de los Angeles paßte, die nicht nur ein schönes, sondern auch ein sanftes Kind war. Suzy fand diese Erfindung bezaubernd. Wir teilten sie freudig den Hunts mit, den Kindern, als sie am Wochenende kamen, und auch Concepción, die ihre Tochter besuchte. Für sie übersetzten wir es ins Spanische: *néné-amor*, für die Hunts ins Englische: *baby-love*. Doch in Yaraville übernahmen wir Suzys französische Übersetzung: *Baby Amour*, da uns der Klang so gut gefiel. Die arme Chloé konnte freilich diesen Klang niemals hervorbringen, denn ihre geschickten Finger spielten auf einem Klavier ohne Töne.

Wenn wir ein fünfjähriges Kind dabei überraschen, daß es in seinem Zimmer baut und dabei mit sich selbst spricht, um sich zu erzählen, was es gerade tut, sind wir nicht weiter überrascht. Dabei sollten wir es durchaus sein und das Kind für seinen Monolog bewundern, denn es beweist damit, daß es die Sprache, die wir ihm beigebracht haben, soweit verinnerlicht hat, daß es sie spontan einsetzt, um zu überlegen, sich zu korrigieren und neue Lösungen zu finden, kurz, um nachzudenken. Alles in allem vollzieht es in kurzer Zeit die Entwicklung von Millionen von Jahren nach. Denn der *homo habilis* hat sich nicht nur zum überlegenen Menschen entwickelt, indem er mit seinen geschickten Händen einige Steine bearbeitete, sondern vor allem, indem er dank der Sprache an seiner Intelligenz arbeitete. Sie war sein wichtigstes Werkzeug.

Darum war ich außerordentlich glücklich, Chloé eines Tages, als ich gerade das Kinderzimmer betrat, dabei zu überraschen, wie sie vor dem vergitterten Fenster stand und sich selbst Zeichen in Ameslan machte. Ich zeigte mich nicht, denn ich fühlte, daß etwas Neues, Faszinierendes vor sich ging. Chloé führte Selbstgespräche.

»*Hübsch weggehen*«, sagte sie in Ameslan.

Und tatsächlich beobachtete sie aus dem Fenster Suzys Auto, das zurücksetzte, um ins Dorf zu fahren. Sie gab sich nicht damit zufrieden, es zu sehen, sie teilte es sich selbst mit. Danach seufzte sie tief und erzählte sich selbst die Gefühle, die diese Abfahrt in ihr auslöste.

»*Chloé traurig.*«

Das Zeichen für traurig ist besonders eindrucksvoll: Man führt die Handflächen mit gespreizten Fingern an den Kopf und läßt sie dann in derselben Position nach vorne zurückfallen.

Nachdem Chloé sich gesagt hatte, daß sie traurig war, zog sie daraus den einzig möglichen Schluß, sie legte beide Zeigefinger unter die Augen und ließ sie zum Kinn hinabgleiten.

»*Chloé weinen*«, sagte sie.

Bei ihr war dieses Zeichen ein wenig paradox, denn ein Schimpanse, der weint, vergießt keine Tränen. So weinte Chloé lautstark, aber mit trockenen Augen. Doch plötzlich unterbrach sie sich, um ihre Einsamkeit in einer pathetischen Schlußfolgerung zusammenzufassen:

»*Hübsch weggehen. Chloé traurig. Chloé weinen.*«

Ich war so von Bewunderung über ihre linguistischen Fortschritte erfüllt und zugleich so gerührt von der großen Liebe, die sie Suzy entgegenbrachte, daß ich fast ins Zimmer gelaufen wäre, um sie in den Arm zu nehmen. Doch der Wissenschaftler behielt die Oberhand über den Menschen, und so blieb ich hinter der angelehnten Tür versteckt, um zu sehen, wie Chloé mit ihrem Kummer fertig werden würde. Traurig und weinend ging Chloé zu ihrem Bett, ergriff den größten Fetzen der alten Lammfelljacke – ein ganzer Ärmel mit einem Stück des Vorderteils – und legte ihn um ihren Hals. Dann setzte sie sich mit dem Rücken an die Heizung und, getröstet durch die Wärme und ihren Fetisch, hörte sie nach einigen Minuten auf zu weinen und schlief ein.

Als Chloé sich zum ersten Mal verliebte, warf das für uns angesichts der Tatsache, daß sie noch ein kleines Mädchen war, lediglich linguistische Probleme auf. Der Auserwählte war der Klempner, ein schöner Mann von etwa dreißig Jahren, der sich bewegte und kleidete wie die Cowboys in Wildwestfilmen. Es fehlten nur noch die Sporen an seinen Cowboy-Stiefeln und der Colt am Gürtel, der allerdings durch einen großen Schraubenschlüssel ersetzt wurde.

Er hieß Bill Thorn, doch Chloé nannte ihn tiefgründig *Schlüssel*.

Chloé nuancierte inzwischen ihr Verhalten gegenüber Menschen deutlich. *Küche* (Juana) vergaß sie manchmal die Hand zu geben, weil sie spürte, daß sie nicht sonderlich geliebt wurde. *Brot*, der Bäckersfrau, deren Lieferwagen normalerweise eine Schatztruhe für sie hätte sein können, wenn nur die Dame etwas freigebiger gewesen wäre, reichte sie kaum die Fingerspitzen. Gegenüber *Briefe* blieb sie eiskalt, einzig und allein aus dem Grund, weil sein Gesicht traurig und verschlossen war. Daß *Schlüssel* sie bezaubert hatte, lag nicht nur an der Tatsache, daß er Tiere liebte und sich für sie interessierte, sondern auch daran, daß er fröhlich, lebensfreudig und lustig war. Außerdem war er im Lauf der Zeit ihr gegenüber sehr aufmerksam und großzügig geworden. Jedes Mal brachte er Chloé Schokolade mit. Also war es nicht weiter verwunderlich, daß sie von einer ängstlichen Berührung der Hand zu einem herzlichen Händeschütteln, vom Händeschütteln zur Umarmung und von der Umarmung zu wiederholten Küssen übergegangen war.

Bei diesem Thema zog Chloé uns ins Vertrauen:

»*Chloé lieben Schlüssel geben Schokolade.*«

Dieses Geständnis hatte sie Suzy anvertraut, und sobald diese es mir wiederholte, fiel uns auf, daß es ein syntaktisches Problem aufwarf. Man konnte den Satz auf zwei Arten verstehen:

Erstens: Chloé liebt Schlüssel, und er gibt ihr Schokolade.

Zweitens: Chloé liebt Schlüssel, weil er ihr Schokolade gibt.

Am selben Abend kam Donald, um Chloé Tropfen gegen einen kleinen Schnupfen zu verabreichen. Bei Schimpansen ist es sehr wichtig, solche Arten von Krankheiten sofort zu behandeln, weil sie sich sehr schnell verschlimmern können. Wenn morgens die Nase läuft, kann man abends mit einer Bronchitis rechnen. Wir erzählten ihm von Chloés Liebeserklärung und von ihrer doppelten Bedeutung.

»Kümmert euch nicht um die Linguisten«, sagte Donald. In solchen Fällen folgte er seinem gesunden Menschenverstand. »Sie verteidigen nur ihre Sprache gegen die Primaten. Wie versteht ihr selbst denn Chloés Satz?«

»Chloé liebt Schlüssel, und er gibt ihr Schokolade.«
»Warum?«
»Sie hat ihn schon geliebt, ehe er anfing, sie zu verwöhnen.«
»Na also! Der Sinn macht die Syntax eines Satzes aus.«

Von meinem letzten Besuch in Paris hatte ich einen Schrank aus der Normandie mitgebracht, von dem bereits die Rede war. Auf diesen Schrank war Chloé geflohen, nachdem sie den Jungen beim Schachspiel den König entwendet hatte. Es war ein Nußbaumschrank im Stil des 18. Jahrhunderts, den ich sehr liebte: seine Größe, seinen warmen Nußbaumton und die geschnitzten Leisten, die von der Arbeit geduldiger und geschickter Hände zeugten. Juana, die das Erbe einer iberischen Kultur in sich trug, teilte meine Bewunderung, und es verging kaum eine Woche, ohne daß sie ihn nicht sorgfältig, ja ich würde beinahe sagen, liebevoll mit Bienenwachs polierte.

Sie war es auch, die mir, nicht ohne Hintergedanken, an dem wertvollen Schrank zerbissene und halb abgerissene Leisten zeigte. In ihren Augen bestand kein Zweifel daran, wer der Übeltäter war. Weder Roderick noch Random hatten sich je an einem Möbelstück vergangen. Random hätte man höchstens vorwerfen können, seine Krallen an einem Weidensessel geschärft zu haben, und Roderick, in ein altes Teppichstück gebissen zu haben, das ihm als Bett diente. Chloés kräftige Zähne hingegen hatten mehrmals die Mauern und ihre Bettpfosten attackiert.

Es war zehn Uhr morgens. Suzy war zum Einkaufen gefahren. Ich wartete also nicht ihre Rückkehr ab, um die Angeklagte vor das corpus delicti zu bringen und sie mit ihrer Untat zu konfrontieren. Sogleich beschuldigte ich sie:

»Chloé beißen.«

Normalerweise verlief in einem solchen Fall alles nach festen Regeln. Wenn sie dem traurigen Ergebnis ihrer Unternehmungen gegenüberstand, gab Chloé ihre Schuld zu, wimmerte und jammerte und nahm sofort eine unterwürfige Haltung an. Dieses Mal stritt Chloé zu meinem großen Erstaunen die offenkundigen Fakten kaltblütig ab.

»Chloé nicht beißen.«

Auf englisch sagte ich in fragendem, drohendem Ton:
»Chloé nicht beißen Holz?«
»Chloé nicht beißen Holz«, behauptete sie mit Nachdruck.
Ich ging wieder zu Ameslan über:
»Wer beißen Holz?«

Diese Frage war eine Falle, denn um ihre Lüge glaubhafter zu gestalten, mußte sie jemand anderen beschuldigen. Und eigentlich war ich neugierig, ob sie den nächsten Verdächtigen nach sich selbst beschuldigen würde: Roderick.

Sie zögerte, dann sagte sie:
»Katze beißen Holz.«

Ich hatte Lust, sie für diese kindliche Lüge zu umarmen. Ihre Freundschaft zu Roderick hatte gesiegt. Ich begnügte mich damit, die Schultern zu zucken.

»Katze kleine Zähne. Große Zähne beißen Holz.«

Darauf antwortete sie nicht, und ich fuhr fort:
»Chloé lügen.«
»Was das?« fragte sie, da sie das Zeichen nicht kannte.

Wieder legte ich die Finger meiner rechten Hand an die Handfläche und schob dann, ohne die Position der Hand zu verändern, durch eine Drehung des Ellenbogens die Hand an meine rechte Schulter. Nachdem ich diese Geste vollzogen hatte, wiederholte ich sie und erklärte: *»Das lügen, nicht Wahrheit sagen.«*
Ich wiederholte das Zeichen, damit sie es sich besser einpräge (wieder einmal hatte der Pädagoge die Oberhand), und sagte:
»Chloé lügen.«
»Nein«, sagte sie, da sie das Zeichen, das sie verurteilte, nicht wiederholen konnte oder wollte.

»Chloé lügen«, sagte ich und machte äußerst energisch das Zeichen. *»Chloé beißen Holz.«*

»Chloé nicht beißen Holz«, signalisierte sie mit eiligen, verzweifelten Zeichen.

Ich sah ihr streng in die Augen. Sie wandte den Blick ab, und nach einem langen Schweigen sagte sie mit einem so unglücklichen, traurigen Gesicht, daß ich sie wieder am liebsten in die Arme genommen hätte:
»Chloé beißen.«

Ich versetzte ihr um des Prinzips willen zwei kleine Klapse auf das Hinterteil, und das Vergebungsritual verlief wie immer: jammern, unterwürfige Haltung, ausgestreckte Hand, ausgestreckte Hand angenommen, inständige Bitte um Friedenskuß, Wiederholung desselben. Schließlich schlang sie ihre langen Arme um meinen Hals, und ich trug sie ins Kinderzimmer, um sie Emma zu übergeben, denn natürlich hatten die durchlaufenen Gefühlswallungen den üblichen Effekt gehabt.

Ich sah auf die Uhr und entschloß mich, Suzy zu Fuß entgegenzugehen. Doch zuvor betrachtete ich noch von der Terrasse aus die stufenförmigen Blumenbeete, die wie immer meinen Blick anzogen. Ich ging sogar über die gepflasterte Treppe bis zum Schwimmbad hinunter, um sie beim Hinauf- und Hinabgehen jedesmal aus einer anderen Perspektive bewundern zu können. Es befriedigte mich, wenn ich daran dachte, daß ich durch den Bau der kleinen Mauern und das Auffüllen mit guter Humuserde das Wachstum dieser Blumen an jener Stelle ermöglicht hatte, wo früher nichts als ein karger Hang mit unnützen Steinen gewesen war.

Bevor Suzy zum Einkaufen gefahren war, hatte sie die Blumen gegossen. Den Schlauch in der rechten Hand, stand sie aufrecht, mit hocherhobenem Kopf da. Sie stand inmitten einer Wolke bunter Schmetterlinge, die die malvenfarbenen Rispen der Buddlejas umflatterten. Sie wandte mir den Rücken zu, doch sie mußte meinen Blick auf ihren Schultern gespürt haben, denn sie drehte sich zu mir um und lächelte mich an. Welch ein Lächeln, so warm, so großzügig!

Das lag jetzt eine Stunde zurück, doch ich hatte das Bild beständig vor Augen, während ich den kleinen Feldweg hinunterging, der uns mit der Asphaltstraße nach Beaulieu verband. Als ich sie erreicht hatte, verlangsamte ich meinen Schritt. Ich wollte nicht am *Nest* vorbeigehen und eventuell von Mary aufgehalten werden, die um diese Zeit sicherlich in ihrem Garten arbeitete.

Doch die Gefahr war gebannt, Suzys Auto tauchte gerade in der Kurve auf, und ich stellte mich an den Straßenrand und hob den Daumen. Sie hielt an, doch sobald sie wieder angefahren war, sagte sie in vorwurfsvollem Ton:

»Fremder, ich nehme Sie als Anhalter mit, und kaum sitzen Sie in meinem Auto, schon legen Sie die Hand auf meine Brust. Ist das vielleicht korrekt?«

»Oh!« sagte ich. »Das war leichtfertig, wirklich vorwitzig.«

»Eben«, gab sie zurück, »das Leichtfertige, wirklich Vorwitzige hat mich nicht kaltgelassen! Ich werde es mir merken. Aber warum siehst du so glücklich aus? Hast du mir etwas zu sagen?«

Ich erzählte ihr von Chloés Lüge, ohne irgend etwas auszulassen. Doch Suzy nahm meine Geschichte nicht so enthusiastisch auf, wie ich erwartet hatte. »Das erinnert mich an Roderick, wenn er eine von Pablos Tauben gefangen und gefressen hat. Erinnerst du dich an seinen Gesichtsausdruck, wenn wir die Federn als Beweis seiner Untat vor ihm hin- und herschwenkten? Er tat so, als würde er sie nicht sehen. Nein, er verstand wirklich nicht, warum wir mit diesen Dingern vor seiner Nase herumwedelten... Seine Augen sahen uns unschuldig an.«

Sie parkte ihr Auto vorbildlich, und bei dem Wort »unschuldig« zog sie die Handbremse an.

»Aber das hat doch nichts miteinander zu tun. Roderick hat, wie alle anderen Tiere, durch sein Verhalten gelogen. Bei Chloé geht es um etwas ganz anderes. Sie hat die Sprache eingesetzt. Sie hat sie gebraucht, um zu lügen.«

»Ja, das stimmt«, sagte Suzy und lehnte sich in den Sitz zurück. »Dieser Aspekt der Sache ist mir gar nicht aufgefallen. Chloé hat einen wichtigen Schritt auf ihrem Weg zum menschlichen Verhalten vollzogen: sie hat die Sprache benutzt, um zu lügen. Weißt du, Ed«, fügte sie hinzu, »wenn du dein Buch über Chloé schreibst, mußt du das in Kursivdruck setzen, so wie manche Schlüsselhinweise in den Romanen von Agatha Christie. Etwa: *Die Tür, die zur Terrasse hinausführte, war von innen verschlossen.*«

Der Frühlingstag war ausgesprochen schön und warm. Suzy und ich hielten eine kleine Mittagsruhe, nach der wir, wie Suzy zu sagen pflegte, schliefen. Ich wachte gegen drei Uhr auf, da ich ein schlechtes Gewissen hatte, denn ich hatte vormittags wenig gearbeitet und wollte mich wenigstens bis zum Tee noch an meinen Schreibtisch setzen.

Ich war noch keine Stunde in meinem Arbeitszimmer, als es an der Tür klopfte, nicht zweimal, wie Suzy es zu tun pflegte, sondern einmal, eher schüchtern. Es war Emma, sie erschien mir unruhig und außer Atem. Ich bat sie, sich zu setzen und das Tempo ihrer Zeichen zu mäßigen, wenn sie wollte, daß ich sie verstand.

Sie hatte Chloé in Suzys Obhut gelassen und war auf deren Wunsch hin zu mir gekommen, denn die Sache war wichtig, sonst hätte sie mich natürlich nicht gestört. Sie war mit Chloé im Kinderzimmer gewesen, und Chloé hatte den Daumen in die Nase gesteckt.«

»Den Daumen, Emma?«

»Ja, Mr. Dale, den Daumen. Wenn Chloé überlegt, setzt sie sich normalerweise mit dem Rücken an den Heizkörper, sofern er warm ist, und legt den Daumen *an* die Nase. So weit, so gut. Doch heute nachmittag hat sie den Daumen, statt ihn *an* die Nase zu legen, *in* die Nase gesteckt. Ich sah es und sagte ihr: ›Chloé, nimm den Daumen aus der Nase.‹ Sie knurrte und reagierte nicht. Ich bestand darauf, und sie zeigte mir die Zähne.«

»Den Oberkiefer?«

»Ja, den Oberkiefer! Es ist unglaublich! Sie hat mich bedroht! Ich ließ mich nicht einschüchtern und wiederholte: ›Chloé, nimm den Daumen aus der Nase!‹ In diesem Augenblick bekam sie einen Wutanfall. Sie stand auf, stampfte mit den Füßen, zeigte die Zähne, knurrte und stürzte auf mich zu.«

»Hat sie Sie gebissen?«

»Nein, sie ist einen Meter vor mir stehengeblieben. Sie hat mit dem Zeigefinger auf mich gedeutet und Zeichen gemacht. Mr. Dale, ich schäme mich, diese Zeichen zu wiederholen«, sagte Emma bewegt.

»Wiederholen Sie sie trotzdem.«

»Sie zeigte mit dem Zeigefinger vor jedem Wort auf mich und signalisierte: *Du dreckig. Du schlecht. Du stinken. Du WC.*«

»Alles in allem«, sagte ich und unterdrückte eine plötzliche Lust aufzulachen, »sie hat Sie…«

»Ja, Mr. Dale, genau. Sie hat mich beschimpft. Ich fürchte, daß ich jetzt meine Autorität ihr gegenüber verloren habe.«

»Absolut nicht, Emma. Sie hat Sie beschimpft, um Sie nicht

beißen zu müssen. Sie hat die verbale Aggression der physischen Aggression vorgezogen. Das ist ein Fortschritt. Ich würde sogar sagen, daß Chloé anfängt, zivilisiert zu werden. Sie dürfen diesen Schimpfworten keine Bedeutung beimessen. Sie sind kindlich und unschuldig. Und vor allem, bestrafen Sie sie nicht. Es ist immer noch besser, als WC beschimpft, als gebissen zu werden.«

»Keins von beidem wäre am besten«, antwortete Emma, nur halb überzeugt.

Danach wurde sie rot, so als hätte sie nicht das Recht, mir zu widersprechen, entschuldigte sich noch einmal für die Störung und verließ mein Zimmer.

Danach erwartete ich zwei Klopfzeichen an meiner Tür. Aber Suzy rief mich über das Haustelefon an. Ob ich einverstanden wäre, den Tee in meinem Arbeitszimmer zu trinken. Wenn ja, würde sie ihn bringen.

Ich öffnete meine Tür schon vorher, und wenige Minuten später kam Suzy herein, lebhaft und geschäftig.

»Die arme Emma«, sagte sie. »Sie war völlig verstört. Wo soll ich das Tablett hinstellen? Hier auf die Ecke? Findest du es nicht angenehm, eine kleine Sklavin zu haben, die dich zu Hause bedient?«

»Wenn ich mit meiner kleinen Sklavin nicht zufrieden wäre«, sagte ich, während ich sie um die Taille faßte, »hätte ich sie schon lange zu den Muränen geworfen.«

»*Qué mentaliadád!*«, sagte sie und gab mir einen Kuß in den Nacken. Dann fuhr sie fort: »Nun, was hältst du von der Sache?«

»Das ist wirklich sensationell!«

»Warte«, sagte sie, »ich werde dir sagen, was du denkst. Diese Worte, dreckig, WC, stinken, schlecht, hört beziehungsweise sieht Chloé seit ihrer frühesten Kindheit von Emma. Zum Beispiel, wenn ihr neben dem Topf ein Malheur passierte. Und heute hat sie genau diese Worte zum ersten Mal gegen Emma eingesetzt und daraus Schimpfworte gemacht. Damit hat sie den schöpferischen Aspekt der Sprache ausgenutzt. Das ist ein geistiger Vorgang, der bei einem menschlichen Wesen nicht weiter erstaunlich wäre, aber bei einem Primaten...! Wirklich, ich bin stolz auf Chloé.«

Das war auch meine Empfindung. Ich küßte Suzy, und sie küßte mich. Wir waren ebenso stolz, wie es wahrscheinlich Einsteins Eltern waren, als sie entdeckten, daß ihr Sohn ein Genie war.

Meines Erachtens kann man die menschliche Lüge nur als eine Art Fortsetzung des Instinkts ansehen, der die Tiere dazu treibt, sich zu verstecken, um einem Angreifer oder einer Gefahr zu entgehen oder, wenn sie wie der Schimpanse in einer Gesellschaft leben, der Strafe eines Übergeordneten. Eine List, die passiv sein kann, aber auch aktiv, denn für ein Tier kann sich aus einem gut angelegten Täuschungsmanöver ein Vorteil ergeben. Das Versteck der Tiere entspricht der List des Jägers, der sich auch unsichtbar zu machen versucht, allein schon durch seine Kleidung.

Bei einem jungen, von seiner Umgebung so sehr behüteten Tier wie Chloé war der Instinkt, sich zu verstecken, ehe sie nicht die Kunst der menschlichen Lüge entdeckte, spielerisch. In meinem Arbeitszimmer setzte sie sich zu der Zeit, als sie es noch betreten durfte, gerne leere Bücherkartons auf den Kopf. Immer wenn sie Pablo traf, lieh sie sich seinen Hut aus und stülpte ihn bis zum Hals über ihren Kopf. Wenn sie ein Laken oder eine Decke erwischte, versteckte sie sich darunter. Sie versteckte sich hinter Möbelstücken und Vorhängen, bevor sie sich später daranmachte, sie zu zerreißen. Sie konnte stundenlang Verstecken spielen, sofern sie diejenige war, die sich versteckte, denn das Verschwinden ihrer »Eltern«, und sei es auch nur kurzfristig, beängstigte sie. Natürlich war sie nicht schwer zu finden. Sie stieg immer wieder in den gleichen Baum, und der Gipfel ihres Einfallsreichtums bestand darin, sich die Hände vor die Augen zu legen, weil sie sicher war, so nicht gesehen zu werden.

Am Abend jenes Tages, an dem Chloé ihre sprachliche Gewandtheit bewiesen hatte, indem sie gelogen und einen Artgenossen beleidigt hatte – denn als solche sah sie sicherlich Emma und ihre anderen Mütter an –, kamen die Hunts mit Phyllis und Evelyn zu uns zum Abendessen. Elsie, die an diesem Wochenende zu Hause war, freute sich sehr darüber; und auch wir waren hocherfreut, Donald die Fortschritte unserer Schülerin mitteilen zu können.

Von unserem Schlafzimmer aus, wo Suzy und ich uns gerade anzogen, sahen wir das Auto der Hunts auf dem Parkplatz ankommen, und aus den vier Türen drängten die Bewohner des *Nests*. Wir machten ihnen freudige Zeichen durch die geöffneten Fenster – dieser Abend war sehr mild –, während wir mit leiser Stimme amüsierte, liebevolle Kommentare auf französisch austauschten. Denn Evelyn und Phyllis trugen Miniröcke, die sehr kurz und sehr eng waren, und als Kontrast oder Reaktion hatte Mary ihren mageren Körper in einen langen, sehr weiten bunten Rock mit Blumen und Papageien gehüllt.

»Für Evelyn mag es ja noch angehen, aber Phyllis im Minirock! In ihrem Alter!«

»Aber er steht ihr gar nicht schlecht«, sagte ich, ungeschickt um Objektivität bemüht. »Sie hat hübsche Beine, die sie durchaus noch zeigen kann.«

»Hör zu, du alter Schmeichler«, sagte Suzy mir leise ins Ohr. »Falls du dieser Schnattergans das geringste Kompliment über ihren Mini machen solltest, bringe ich dich um, das ist ganz einfach.«

Ich konnte nicht antworten, denn in diesem Moment begann Chloé im Kinderzimmer zu schreien. Ich öffnete die Verbindungstür, um ihr einen väterlich-strengen Blick zuzuwerfen. Als sie mich sah, hörte sie sofort auf und forderte erschöpft durch heftige Zeichen, daß sie Don begrüßen wolle. Wahrscheinlich hatte sie durch ihr vergittertes Fenster gesehen, wie er aus dem Auto gestiegen war. Da eine Szene in dem ohnehin schwierigen Moment des Zubettgehens sowohl Emmas als auch unsere Nachtruhe hätte verderben können, erlaubte ich es. Ich nahm sie bei der Hand und ging mit ihr, gefolgt von Suzy, die Treppe hinab. Es stimmte, daß sie alles an Donald liebte: seine andauernden kleinen Geschenke, das Abhorchen, das ihr wie ein Kitzeln schien, und auch seine medizinische Pflege, denn sie erwies sich nicht nur dadurch als mustergültige Kranke, daß sie alle Arten der Behandlung hinnahm, selbst die schmerzhaftesten, sondern auch durch ihre Dankbarkeit.

Im Wohnzimmer stürzte sie auf Donald zu, sobald sie ihn entdeckt hatte, kletterte mit Händen und Füßen an seinem Bein hoch, klammerte sich an den Arm, den er ihr entgegenhielt, und zog sich bis zu seinem Hals hinauf, den sie mit ihren langen Armen umschlang. Dann schob sie die Lippen vor und überhäufte ihn mit Küssen, die von einem wilden »Hou! Hou!« begleitet waren.

Sie hätte sich mit dieser Demonstration zufriedengegeben, wenn nicht Emma, die immer auf gute Manieren bedacht war, sie aufgefordert hätte, allen die Hand zu geben. In dieser Situation war das allerdings eine unglückselige Aufforderung.

Chloé streckte zuerst Evelyn und Phyllis die Hand entgegen, während sie deren Miniröcke neugierig musterte. »*Du baden Schwimmbad?*« fragte sie Phyllis, die die Gebärdensprache, die sie in jungen Jahren gelernt hatte, offensichtlich völlig vergessen hatte, denn sie verstand kein Wort. Das größte Interesse brachte Chloé jedoch Mary entgegen. Offensichtlich faszinierten sie die Weite und der majestätische Faltenwurf des Rocks ebenso wie das Papageien- und Blumenmuster.

»Dein Rock gefällt ihr«, sagte Donald.

Doch es war mehr als Gefallen. Chloé fragte sich auch, was sie damit anfangen könnte. Sie bückte sich, ergriff den Volant, der den Saum zierte, und zog ihn so nah zu sich heran, daß es aussah, als wolle sie ihn unterwürfig küssen. Doch statt dessen hob sie mit ausgestrecktem Arm plötzlich den Rock hoch, verkroch sich darunter und fing an wie verrückt zu lachen.

Marys Erschütterung war beeindruckend. Sie wurde erst rot, dann blaß, stieß einen spitzen Schrei aus und versuchte, ohne dabei den Rock zu heben, Chloé mit beiden Händen zurückzustoßen, während sie schrie:

»Suzy, helfen Sie mir! Nehmen Sie das kleine Monster weg, es klammert sich an meinen Beinen fest.«

»Schreien Sie nicht«, sagte Suzy. »Je mehr Sie schreien, desto mehr Angst hat Chloé. Sie klammert sich nur an Ihnen fest, weil sie Angst hat.«

Donald fand die Szene amüsant, er fing an laut loszulachen, und die beiden Mädchen und Phyllis taten es ihm ungeniert gleich, wobei sich letztere, von einem Lachkrampf geschüttelt, in ihrem Sessel rollte und beide Hände vors Gesicht hielt.

»Mary, um Himmels willen, hören Sie auf zu schreien!«

Schließlich griff Suzy ein, kniete sich hin und schob ebenfalls ihren Kopf unter Marys Rock (das Lachen steigerte sich), und es gelang ihr, Chloés Griff zu lösen, die, von panischer Angst erfaßt, ebenfalls zu kreischen angefangen hatte. Ich hatte mich aus Anstand gegenüber Mary umgewandt, beobachtete aber, über meine Schulter hinweg die Szene. Als es Suzy schließlich gelungen war, sich unseres »kleinen Monsters« zu bemächtigen, trug sie es eilig in den ersten Stock hinauf. Ich drückte Mary in einen Sessel und gab ihr ein großes Glas Wasser.

»Danke, Ed«, sagte sie noch zitternd, »du hast dich als einziger wie ein Gentleman benommen. Du und Suzy.« Und während sie einen strengen Blick auf die anderen warf, fügte sie hinzu: »Das kann man von den anderen nicht gerade behaupten.«

Diese verärgerte Haltung brachte die Lacher zum Schweigen, außer Phyllis, die sich offensichtlich nicht mehr unter Kontrolle hatte.

»Du hättest nicht schreien dürfen, das ist alles«, sagte Donald. »Was mußtest du so losbrüllen? Was hattest du denn schon zu befürchten? Hast du vielleicht geglaubt, daß Chloé dich vergewaltigen würde?«

»Du bist ein Mann«, sagte Mary mit würdiger Miene, »was verstehst du schon von Scham.«

Dieser Bemerkung folgte ein verblüfftes Schweigen, das Phyllis' Lachen noch lauter erscheinen ließ.

»Hör auf, Phyllis!« sagte Mary gereizt. »Hör auf, dich aufzuführen, als wärst du dumm!«

Phyllis nahm die Hände vom Gesicht, und plötzlich verzog sich ihr Mund, der zum Lachen weit geöffnet war, zu einem Viereck, das an die Masken in der griechischen Tragödie erinnerte. Auf ihrem Gesicht spiegelte sich der Ausdruck kindlichen Leidens, und übergangslos ging ihr Lachen in Weinen über, und ihre auf Mary gerichteten Augen füllten sich mit Tränen.

»Ich weiß«, sagte sie mit tränenerstickter Stimme, »daß ich dumm bin! Du brauchst mich nicht noch daran zu erinnern!«

Mary schien wie vor den Kopf geschlagen und saß steif auf ihrem Stuhl, unfähig, sich zu bewegen oder auch nur zu sprechen. Wir spürten alle diese Unfähigkeit, und sie steigerte das Unbehagen, das uns Phyllis' Tränen bereiteten, die augenscheinlich nach Trost verlangten. Schließlich beugte sich Donald zu seiner Schwägerin hinüber, legte ihr die Hand auf die Schulter und sagte:

»Weißt du, Phyllis, unter Schwestern kommt es manchmal vor, daß man Dinge sagt, die...« Doch er hatte keinen Erfolg.

Jetzt ging auch Evelyn zu ihr, umarmte sie und sagte, sie solle nicht weinen, die Tränen würden ihr Make-up verderben und das wäre schade, weil sie gerade heute abend so hübsch sei, und der Minirock stehe ihr so gut.

»Stimmt das, Ed?« fragte Phyllis und warf mir einen Blick aus ihren tränengefüllten Augen zu.

»Es stimmt, Phyllis, er steht dir ausgezeichnet, und ich wollte es dir auch schon sagen.«

»Es tut mir leid, Phyllis«, sagte Mary schließlich mit kalter Stimme, ohne sich von ihrem Platz zu rühren.

Doch ihre Blässe und der Ausdruck ihrer Augen vermittelten mir das Gefühl, daß sie, trotz des Anscheins, den unser oberflächliches Mitleid vielleicht erwecken mochte, von den Tränen ihrer älteren Schwester viel mehr betroffen war als wir anderen.

In diesem Augenblick öffnete Suzy die Tür, sah sofort Phyllis' Tränen, faßte sie am Arm und führte sie, während sie halb französisch, halb englisch auf sie einredete (Phyllis liebte dieses Kauderwelsch), nach oben ins Badezimmer, um »den Schaden zu beheben«.

Der Abend verlief dann wesentlich angenehmer, als zunächst zu vermuten war. Chloé bekam ein Schlafmittel verabreicht, und Mary gab ihrer Schwester, als diese frisch gepudert mit Suzy wieder die Treppe herabkam, einen Versöhnungskuß, den sie gerührt zurückgab. Als die jungen Leute sich ins Spielzimmer zurückgezogen hatten, um dort Musik zu hören, und wir im Wohnzimmer den Kaffee tranken, erzählte ich Don von Chloés Leistungen im sprachlichen Bereich.

»Ich will Chloés Verdienst in keiner Weise herunterspielen,

sie ist ein intelligentes und unternehmungslustiges kleines Mädchen...«

»Zu unternehmungslustig«, warf Mary mit einem Anflug von Humor ein.

»Aber«, fuhr Don fort, »die Schimpansin der Gardners, Washoe, und das Gorillaweibchen von Penny Patterson, Koko, haben beide die Sprache dazu benutzt, um zu lügen und ihre Erzieher zu beschimpfen. Die Spitzenleistung an Frechheit kommt dabei nach wie vor Koko zu, der Miss Patterson vorwarf, sie gebissen zu haben. Nicht nur daß Koko in der Gebärdensprache die Tatsache leugnete, als ihre Lehrerin ihr die Narbe zeigte und sagte, diese rühre von einer Schürfwunde her, vielmehr behauptete Koko sogar: ›*Koko keine Zähne!*‹«

Wir lachten, und Suzy bemerkte:

»Es ist nicht nur lustig, es ist kindlich und rührend bei diesem großen Gorilla. Im Grunde genommen schämte sie sich, ihre kleine Herrin gebissen zu haben. Doch statt es zuzugeben, leugnete sie lieber ihr hervorragendes Gebiß.«

»Schon lange ehe deine Chloé angefangen hat zu lügen«, sagte Donald, »haben einige Linguisten behauptet, daß Washoe keine richtige Sprache spreche, weil sie die Sprache nicht gebrauche, um die Wahrheit zu verschleiern. Eine unvorsichtige Behauptung, die durch die Tatsachen widerlegt wurde.«

»Meiner Meinung nach«, entgegnete ich, »hätten die Linguisten diesen Irrtum vermeiden können. Da Verhaltenslügen im Tierreich absolut üblich sind, hätten sie sich vorstellen müssen, daß einen Primaten eine Sprache lehren auch bedeutet, ihm ein neues Mittel zur Lüge zu geben.«

»Wie«, fragte Mary schockiert, »Tiere lügen auch?«

»Du brauchst dir nur deine Katze anzusehen, meine Liebe«, antwortete Donald. »Wenn sie eine Maus gefangen hat, tut sie so, als würde sie sich nicht mehr um sie kümmern, gibt ihr also die Illusion der Freiheit, aber sowie diese verschwinden will, schlägt sie mit der Pfote zu.«

»Welch ein Monster«, sagte Phyllis, »aber sie ist so niedlich, wenn sie so was macht.«

Ich wandte mich zu ihr um und legte meine Hand auf ihren

Arm, zog sie jedoch sofort zurück, als ich in Suzys Augen ein leichtes Glitzern bemerkte: »Meine liebe Phyllis, du findest deine Katze niedlich, aber wie findest du die zügellosen Tricks mancher Pavianweibchen, die Hans Krummer in der Natur beobachtet hat?«

»Oh, ist das eine schmutzige Geschichte?« sagte Phyllis beunruhigt. »Aber es war so nett von dir, Ed, mir ein Kompliment über meinen Minirock zu machen. Wie gut, daß du da bist, um dich um mich zu kümmern und mich daran zu erinnern, daß ich eine Frau bin.«

»Das wirst du so leicht nicht vergessen«, sagte Mary halb scherzhaft.

»Das ist eigentlich keine schmutzige Geschichte«, sagte ich und vermied es, Suzy anzusehen. »Es handelte sich um Mantelpavianweibchen, und bei den Pavianen ist das dominierende Männchen ausschließlicher Herr über einen Harem, den es eifersüchtig im Auge behält.«

»Soll das heißen«, fragte Phyllis, »daß die anderen Männchen nicht das Recht haben...«

»Genau das.«

»Das ist nicht sehr gerecht«, warf Phyllis mit einem traurigen Schmollmund ein.

»Das finde ich auch. Aber um auf das Pavianweibchen zurückzukommen, es entfernte sich eines Tages unmerklich von dem beherrschenden Männchen und setzte sich hinter einen Felsen, so daß ihr Herr und Meister nur noch den Kopf und die Schultern sah. Und was taten seine Hände währenddessen? Sie machten einem Männchen die Toilette, das völlig hinter dem Felsen verborgen war.«

»Ah, ich bin enttäuscht«, sagte Phyllis, »ich dachte, es wäre weitergegangen.«

»Dabei ist das doch schon ganz beachtlich«, sagte Don. »Sie war in der Lage, genau zu berechnen, wie sie es anstellen mußte, um in den Augen ihres Herrn ganz unschuldig zu erscheinen, während sie gleichzeitig etwas Verbotenes tat. Das ist eine durchaus beachtliche Verhaltenslüge.«

»Ehrlich gesagt«, warf Mary leicht gereizt ein. »Ich habe langsam eure Themen etwas satt. Ich will euch eines sagen, Don und Ed, jawohl, auch du, Ed, wenn es um Primaten geht, seid ihr vollkommen verrückt. Und auch Sie, Suzy, entschuldigen Sie bitte, aber auch Sie haben sich anstecken lassen! Das geht doch eigentlich zu weit, wenn man darüber nachdenkt! Chloé lügt, daß sich die Balken biegen, und ihr seid alle hochzufrieden. Sie flucht und beschimpft Emma, und ihr seid überglücklich!«

5

Da Juana nicht in ihrem Bungalow auf María de los Angeles aufpassen konnte, mußte sie sie jeden Morgen mit nach Yaraville bringen. Dieser Umstand warf einige Probleme auf. Ein kleines Beispiel haben wir schon gesehen, da Juana in der beständigen Angst lebte – halb war es ihr ernst, halb gespielt –, daß ihre kleine Nichte von einem wilden Tier gebissen oder daß ihr die Arme ausgerissen werden könnten, daß sie gar gefressen werden könnte. Ganz zu schweigen von dem Risiko, daß sie vielleicht nicht die christliche Sprache erlernen oder durch den Kontakt mit einem Primaten auf dessen Niveau zurücksinken könnte.

Da jedoch nichts von alldem eintrat und sich die beiden kleinen Freundinnen hervorragend verstanden, revanchierte sich Juana dafür, indem sie, wann immer sie konnte, Vergleiche zwischen den beiden Gefährtinnen anstellte. Diese fielen jedesmal für die eine hochlöblich, für die andere vernichtend aus. Solche

Parteinahme ärgerte Suzy sehr, und so versäumte sie es nie, ohne Übertreibungen Chloés Qualitäten hervorzuheben. Zu den Zankereien zwischen den beiden Kindern kam also die blinde Rivalität der »Mütter«.

»Señora«, sagte eines Tages unschuldig Juana, »sagt man nicht ›nachäffen‹, wenn man ausdrücken will, daß etwas imitiert wird?«

»Ja, das stimmt, man sagt ›nachäffen‹.«

»Wie kommt es dann, daß Ihr kleiner Affe«, sie sagte nie Chloé, »die Tiere weniger gut nachmachen kann als María? María weiß das ›Kock-Kock-Kock‹ der Hühner, das ›Miau‹ der Katze, das ›Muh‹ der Kuh und das ›Määh‹ der Schafe sehr gut zu imitieren, während Ihr kleiner Affe lediglich den Hund nachmachen kann. Und das ist kein großes Verdienst, da ihr eigenes ›Ouah‹ sich nicht sehr von dem ›Wau-Wau‹ eines Hundes unterscheidet.«

Diese Bemerkung sprach für Juanas Beobachtungsgabe, und Suzy sah sich gezwungen zuzugeben, daß sie recht hatte, selbst wenn sie damit einen sensiblen Punkt berührte.

»Das stimmt, Juana«, sagte Suzy. »Wenn Chloé die Schreie der Tiere ebenso nachmachen könnte wie María, dann könnte sie auch die von uns artikulierten Laute imitieren. Das heißt, sie könnte auch sprechen. Und wie Sie wissen, Juana, spricht sie nicht.«

»Ja, ja, Señora!« sagte Juana, und mit einem Seufzer wiederholte sie: »Ja, ja!«

»Trotzdem ist sie intelligent«, fuhr Suzy fort.

»Glauben Sie, Señora?«

»Ja, Juana«, sagte Suzy mit sanfter Stimme, »sie ist intelligent. Der Beweis dafür ist, daß sie sauber ist…«

»Außer wenn sie sich aufregt«, erwiderte Juana hartnäckig.

»Aber das kommt nicht jeden Tag vor und schon gar nicht mehrmals am Tag.«

Bei María de los Angeles hingegen war das der Fall. Ihre Schutzengel waren offensichtlich in diesem Bereich nicht aufmerksam genug, dabei war sie drei Monate älter als Chloé. Allerdings schien dieser kleine Fehler, verglichen mit der sprachlichen

Unzulänglichkeit unserer Schülerin, äußerst verzeihlich. Doch Juana nahm die Sache nicht auf die leichte Schulter und schien es als eine Art Beleidigung für die menschliche Rasse zu empfinden, daß María in bezug auf die Sauberkeit einem kleinen Affen unterlegen war.

Kurze Zeit später schenkte Concepción María ein kleines Tretauto zu ihrem Namenstag. Sie brachte es an einem Freitagnachmittag in ihrem alten klapprigen Ford mit, und da sie es eilig hatte, ihre Tante und vor allem ihre kleine Tochter zu umarmen, war sie so unvorsichtig, das Geschenk auf der Terrasse von Yaraville auszupacken. Eigentlich ein idealer Ort, um ein solches Gefährt auszuprobieren.

Das tat María auch sogleich, und sehr schnell lernte sie mit Hilfe ihrer Tante und Concepcións, mit den Füßen auf die Pedale zu treten, um vorwärts zu kommen. Ganz Yaraville begab sich auf die Terrasse, um ihre Erfolge zu bewundern. Auch Chloé war mit von der Partie, ich hielt sie an der Hand, und sie beobachtete die Szene unbeweglich und nachdenklich.

Doch ihre Passivität, das hätte ich voraussehen müssen, war nicht von langer Dauer. Sobald sie sah, daß María, ermüdet von ihren Anstrengungen, das Auto stehenließ, riß sie sich von meiner Hand los und lief schnell hin, um ihren Platz einzunehmen. Ich spürte sogleich, daß ein Schicksalsschlag über uns hereinbrechen würde, der zwar kein Blut, wohl aber Tränen und Geschrei mit sich bringen würde.

Sofort erhoben die beiden Mexikanerinnen, halb auf englisch, halb auf spanisch, ein heftiges Protestgeschrei: »Oh, ich bitte Sie, um der Liebe Christi willen, Señor, verbieten Sie Ihrem Affen, Marías Auto anzurühren. Er wird es sofort in Einzelteile zerlegen, das neue, schöne Auto! Er wird das Lenkrad kaputtmachen, die Räder abreißen und das Blech verbeulen! Ihr Affe macht absolut alles kaputt! Der Señor weiß es doch nur allzugut, was er anfaßt, geht kaputt! Man muß nur an Ihre Vorhänge und Ihren schönen Schrank denken! Meine arme Nichte hat wie eine Wahnsinnige in der Stadt gearbeitet, um ihrer Tochter dieses schöne Spielzeug zu schenken. Es wäre doch eine Schande, wenn Ihr Affe es in einer Viertelstunde kaputtmachen würde, noch dazu genau an dem Tag, an dem es die arme Kleine gerade erst als Geschenk zu ihrem Namenstag bekommen hat.«

Dieser Wortschwall des Duos ging in unvermindertem Tempo weiter, auch als ich Chloé, die heulte und um sich trat, schon hinter dem Lenkrad weggezogen hatte und versuchte, sie mit Emmas Hilfe von dem fatalen Spielzeug zu entfernen. Als wir ins Haus gingen, bohrte Juana noch einen rhetorischen Pfeil in Suzys Rücken: »Und genau jetzt wird sie sich wieder naßmachen!«

Die Vorhersage erwies sich als richtig. Ich ließ Chloé mit ihren beiden Müttern in Emmas Badezimmer und ging wutentbrannt hinüber, um Concepción Vorwürfe zu machen. Was mußte sie auch das Spielzeug von Yaraville unter Chloés Augen auspakken? Konnte sie nicht warten, bis sie im Bungalow ihrer Tante war? Das hätte uns all die Tränen und das Geschrei erspart!

»Concepción!« sagte ich streng, als ich auf die Terrasse trat.

In diesem Augenblick beugte die junge Frau ihren hübschen Körper über das Auto ihrer Tochter, und ihr langes, rabenschwarzes Haar verhüllte ihr Gesicht zur Hälfte. Als sie hörte, wie ich sie etwas streng beim Namen rief, warf sie das Haar zurück und richtete sich mit einer geschmeidigen, anmutigen Bewegung auf. Dabei sah sie mich durch ihre langen schwarzen Wimpern so rührend an, daß ich mich wie gelähmt fühlte, und sagte mit ihrer schmeichelnden Stimme:

»Si, Señor?«

Meine Rüge gefror mir auf den Lippen. Als Concepción das sah, gab sie zwar ihre gespielte ehrerbietige Haltung nicht auf, doch ein kleines, schelmisches Lächeln zeichnete sich um ihren Mund ab, als wolle sie sagen: »Du siehst ja selbst, daß du nur sanft und freundschaftlich mit mir reden kannst.«

Und tatsächlich fielen meine Worte so sanft und freundschaftlich aus, wie ich es nicht vorgehabt hatte.

»Concepción«, sagte ich, »ich wäre Ihnen dankbar, wenn Sie das Auto so schnell wie möglich verschwinden und es in Zukunft im Bungalow Ihrer Tante lassen würden.«

»Si, Señor«, sagte sie mit dem Gebaren einer Königin, die jemandem eine Gunst gewährte.

Ich wandte mich ab. Ich war wütend auf Concepción und auf

mich selbst und natürlich auch auf Juana, die die ganze Szene von der Schwelle ihrer Küchentür aus beobachtet hatte, mit einem Lächeln, das einiges über die Schwäche der Männer aussagte.

Am Freitag der darauffolgenden Woche fuhr Suzy mit dem Auto in die Stadt, um die Kinder für das Wochenende abzuholen. Wie immer nutzte sie die Gelegenheit, um einige Einkäufe zu erledigen, und sie brachte Chloé ein Tretauto mit: eine mütterliche Reaktion, mit der ich hätte rechnen müssen.

Wir versteckten es bis zum nächsten Morgen nach dem Frühstück. Dann enthüllten wir es in seiner vollen Pracht vor Chloé. Es war nicht rot wie Marías, sondern blau, das war die Lieblingsfarbe unserer Schülerin.

Sie war entzückt. Doch wir waren enttäuscht. Denn sie wollte zwar gerne auf der Terrasse herumfahren, indem sie sich mit den Füßen vom Boden abstieß, doch trotz all unserer geduldigen Vorführungen konnte oder wollte sie die Pedale nicht benutzen. Alles in allem zeigte sie sich María de los Angeles in dieser Hinsicht sehr unterlegen, und wenn Juana dagewesen wäre, hätte sie wieder einmal allen Grund gehabt zu triumphieren.

Da ich sah, daß Suzy sehr betrübt über diesen Mißerfolg war, schlug ich vor, das Auto und die Fahrerin bei unserem Spaziergang mitzunehmen. Die beiden Jungen und Elsie schlossen sich sogleich an. Ich befestigte zwei solide Kordeln an der vorderen und hinteren Stoßstange des Autos, die erste, um ihr zu helfen, wenn es bergauf ging, die zweite, um zu verhindern, daß sie den Abhang hinuntersauste, der bis zur Haarnadelkurve steil am Straßenrand abfiel.

Die beiden Jungen boten sich an, abwechselnd die Kordel zu halten, und alles verlief sehr gut, solange es bergab ging. Da Chloé sich nicht mit den Füßen abstoßen mußte, stellte sie sie auf die Sitzbank neben sich, und sehr schnell lernte sie, das Lenkrad nach rechts oder links zu drehen, um die Richtung zu halten. Doch nach der Haarnadelkurve – dem einzigen Teil unseres Weges, der feucht, von einem Blätterdach bedeckt und vor Blicken geschützt war – begann die Straße anzusteigen. Chloé war es bald leid, sich auf dem steinigen Gelände mit den Füßen vorwärts zu schieben, blieb stehen und fing an zu jammern.

Als Jonathan, der die vordere Kordel hielt, das sah, zog er sie. Das Auto bewegte sich vom Fleck, Chloé setzte zufrieden die Füße auf die Bank und konzentrierte sich ganz auf ihr Lenkrad. Doch als wir wieder auf die geteerte, ebene Straße zurückkamen, gab Jonathan seine Anstrengungen auf, drehte sich um und sagte auf englisch:

»So, Chloé, jetzt nimmst du wieder deine Füße!«

Chloé tat so, als würde sie nichts verstehen. Emma wiederholte ihr die Aufforderung in Ameslan, und da auch dies erfolglos war, nahm Suzy Chloés Füße und setzte sie auf die Straße. Diese zog sie sofort zurück auf die Bank.

Die Situation war irgendwie komisch: Wir standen alle sechs – Suzy, Emma, Elsie, die beiden Jungen, ich selbst und der Hund – um das Auto herum und versuchten, Chloé zu überzeugen. Wenn Roderick auch stumm war, so bezeugte er Chloé, da er spürte, daß sie sich in einem Konflikt mit der Autorität befand, doch seine Sympathie, indem er ihr über das Gesicht leckte. Anschließend blieb er neben ihr stehen und sah sie aus seinen großen braunen Augen an. Schließlich sagte ich in bestimmtem Ton:

»Chloé, setz die Füße auf die Erde und schieb dich voran!«

Ich wiederholte den Befehl in Ameslan, doch nichts geschah. Wie Suzy es zuvor getan hatte, ergriff ich ihre Füße und setzte sie auf den Asphalt. Chloé zog sie sofort auf die Bank zurück. Augenscheinlich verstand sie nicht, warum sich ihr Auto nicht von selbst bewegen konnte wie das meine.

»Nun gut«, sagte ich, »lassen wir Chloé also hier. Es kommt sowieso nie jemand vorbei, wir nehmen sie auf dem Rückweg wieder mit.«

Es war nicht nötig, ihr diesen Satz in Ameslan zu übersetzen. Chloé verstand ihn sofort und fing an zu schreien. Ihre Schreie schwollen an und wurden länger, als sie sah, daß unsere kleine Gruppe sich – wenn auch recht langsam – entfernte. Roderick folgte uns nur widerstrebend und drehte sich von Zeit zu Zeit zu Chloé um, die allein in ihrem blauen Tretauto saß.

Zu meiner großen Überraschung stieg Chloé jedoch nicht aus dem Auto, um uns zu folgen. Sie stampfte mit den Füßen, jammerte, heulte und weinte, blieb dabei aber auf ihrem Sitz.

»Roderick!« rief Elsie.

Roderick war auf halbem Weg zwischen uns und Chloé zurückgeblieben. Er, der normalerweise so zuverlässig seiner Herrin gehorchte, zögerte jetzt. Als ich sein Zögern bemerkte, drückte ich Elsies Arm und flüsterte ihr ins Ohr:

»Ruf ihn nicht mehr!«

Doch Roderick hatte sich schon langsam und traurig mit gesenktem Kopf und Schwanz in Bewegung gesetzt, um uns zu folgen.

»Ouah!« machte Chloé.

Dieses Bellen, die einzige Tierimitation, die sie beherrschte, ähnelte tatsächlich mehr einem Affen als einem Hund. Doch für Roderick war es, als würde er gerufen, denn er blieb stehen und sah Elsie an. Als er feststellte, daß diese ihren Befehl nicht wiederholte und ihm gar den Rücken zuwandte, schloß er daraus, daß dieser Befehl, wie so viele andere, die ihm die Menschen gaben, vergessen war und daß er ihn also guten Gewissens auch vergessen konnte.

»Ouah«, machte Chloé wieder in jenem klagenden Ton, den sie auch uns gegenüber einsetzte, um Baby zu spielen und uns zu rühren.

Dem hielt Rodericks weiches Herz nicht mehr stand. Er winselte und lief mit hochgestrecktem Schwanz, so schnell er konnte, zurück zu Chloé. Diese seufzte vor Glück auf, und ein Austausch von Küssen und Lecken folgte.

Während dieses Gefühlsausbruchs blieben wir etwa zehn Meter von den beiden entfernt stehen und tauschten mit leiser Stimme Kommentare aus.

»Jetzt wird sie sich in Bewegung setzen und zu uns kommen«, sagte ich.

»Das glaube ich nicht«, entgegnete Suzy.

Jonathan zuckte die Schultern.

»Ich ziehe sie auf alle Fälle nicht. Sie macht sich doch bloß über uns lustig.«

Ariel lächelte, ohne etwas zu sagen und ohne daß man genau wußte, worüber er sich innerlich mehr amüsierte, über Chloés Weigerung oder über Jonathans Empörung. Emma hingegen war äußerst bewegt, die »große Liebe« zwischen Roderick und Chloé rührte sie.

Als Chloé die Umarmungen mit dem Hund dadurch beendete, daß sie aus dem Auto stieg, glaubte ich, die Wette gewonnen zu haben. Doch ich irrte mich. Chloé hob die Kordel auf, die an seiner vorderen Stoßstange befestigt war, und band das andere Ende an Rodericks Halsband fest. Dann stieg sie wieder in ihr Auto, legte die Hände auf das Lenkrad und sagte, diesmal in befehlendem Ton:

»Ouah!«

Roderick begriff sofort, was sie von ihm wollte. Er stemmte sich mit seinen Pfoten auf den Boden, schob den Hals vor und zog an. Es gab keinen Grund einzugreifen, denn die Straße war an dieser Stelle ungefährlich, der steile Abhang war in eine leichte Steigung übergegangen, die noch dazu durch Ginstersträucher geschützt war. Das Gespann näherte sich unserer Gruppe, die auf beide Seiten der Straße zurücktrat, um Platz zu machen, und das blaue Auto, gezogen von Roderick, fuhr an uns vorbei. Chloé, beide Hände auf dem Lenkrad, lächelte strahlend.

»Also so was«, sagte Ariel. »Die schlägt wirklich alle Rekorde an Faulheit.«

»Was du als Faulheit bezeichnest«, sagte Suzy heftig, »ist nichts anderes als Intelligenz. Als der Höhlenmensch genug davon hatte, zu Fuß zu gehen, hat er begonnen, sich auf sein Pferd zu setzen. Und Chloé ist auf dem besten Weg, seine Entwicklung nachzuvollziehen. Sie hatte die Idee, die Arbeitskraft eines anderen Tiers zu nutzen. Wenn sie sich auch im Augenblick noch nicht der Pedale bedienen kann, hat trotzdem kein Mensch das Recht, sie als dumm zu bezeichnen.«

Als Donald hörte, wie geschickt Chloé Roderick eingesetzt hatte, empfahl er mir, ihr zu ihrem fünften Geburtstag ein Pony zu kaufen. Donald meinte, daß Chloés schwache Seite ihre Neigung zur Anarchie sei, ein Pony würde sie disziplinieren. Zum einen, da sie lernen würde, darauf zu reiten und es zu lenken, zum anderen, weil sie die tägliche Pflicht hätte, ihm zu fressen und zu trinken zu geben, es zu striegeln und es jeden Abend mit Stroh abzureiben. Er selbst hatte diese Erfahrung mit Evelyn gemacht, und das Ergebnis war ausgezeichnet gewesen. Ganz zu schweigen von der Freude, die Evelyn daran gehabt hatte, mit ihrem Pony auszureiten. Außerdem hatte die Tatsache, daß sie sich jeden Tag, auch wenn sie nicht ausritt, um das Tier kümmern mußte, sie verantwortungsbewußter gemacht.

Als ich mit Suzy darüber sprach, schien uns Donalds Kritik an Chloés Charakter gerechtfertigt. Es stimmte, daß sie, egal wo oder mit wem, immer das tat, wozu sie gerade Lust hatte. Ihr undiszipliniertes Verhalten war die bedeutendste Klippe, an der unsere Bemühungen, ihr Ameslan und ein zivilisiertes Verhalten beizubringen, scheiterten. Wenn die Anschaffung eines Ponys wirklich dazu beitragen würde, diesen Kardinalfehler zu korrigieren, so wäre dies für unser Vorhaben äußerst positiv.

Ich wählte ein weißes, dreijähriges Shetlandpony, das siebzig Zentimeter bis zum Widerrist maß und nicht nur zugeritten, sondern auch dressiert war. Donald lieh mir den kleinen texanischen Sattel, den er für Evelyn gekauft hatte, als sie mit dem Reiten anfing. Er war wunderschön, die Sitzfläche war aus schwarzem und die Seitenblätter aus blaßrotem Leder, alles mit Gravuren verziert. Wie bei allen texanischen Sätteln waren der vordere Sattelknauf und der Hinterzwiesel sehr hoch, so daß sich in der Mitte ein tiefer Sitz bildete, der Anfängern eine gewisse Sicherheit verlieh.

Chloés Geburtstag war am 29. November, und wie vorgesehen fuhr ich am Vorabend mit dem Lieferwagen zu dem Züchter, um das Pony zu holen. Es war ein Samstag, und Pablo bat, mich begleiten zu dürfen. Seiner Ansicht nach gab es nur zwei wirklich edle Beschäftigungen im Leben, den Reitsport und die Jagd. Außerdem hatte er eine Idee im Hinterkopf, die er mir allerdings erst auf dem Rückweg vortrug: Könnte er, wenn Chloé nicht auf Tiger reiten sollte – das war der Name des Shetlandponys, das wir nach Hause brachten –, María das Reiten beibringen?

»Ich weiß sehr wohl, Señor, daß meine beiden Frauen Sie, um Streitigkeiten zu vermeiden, gebeten haben, daß Chloé nicht Marías Tretauto anfassen solle. Ich hoffe sehr, daß Señor diese Bitte nicht als Unhöflichkeit aufgefaßt hat. Meine Frauen haben viel Hochachtung vor ihm, aber...«

Er unterbrach sich, und aus den Augenwinkeln sah ich, wie er mit seiner gebräunten Hand über seinen dicken, graumelierten Schnauzbart strich und beim besten Willen nicht wußte, wie er seine Vorbehalte gegenüber dem weiblichen Charakter zum Ausdruck bringen sollte, nachdem es sich um Mitglieder seiner eigenen Familie handelte.

»Aber«, fuhr er fort, »es stimmt doch, Frauen sind nun mal Frauen...«

Ich nickte verständig mit dem Kopf, obwohl mir seine Schlußfolgerung nicht offensichtlich schien.

»Kurz, Señor, ich wäre sehr geehrt, wenn Sie mir die Erlaubnis, um die ich gebeten habe, gewähren würden.«

Meine Hände schlossen sich fester um das Lenkrad.

»Ich werde darüber nachdenken, Pablo«, sagte ich in zurückhaltendem Ton.

Ich hatte das Gefühl, daß meine Antwort von der Person abhing, die die Frage stellte. Hätte ich, wenn mich Juana um dasselbe gebeten hätte, mit »ja« geantwortet? Das schien mir sehr fraglich. Angenommen, das Pony hätte Pablo gehört, hätte er zugestimmt, daß Chloé darauf ritt? Das war nicht sicher.

Zum Glück für alle Beteiligten gehörte das Pferd mir, und ich war es auch, dem Pablo die Frage gestellt hatte. Pablo hatte auch nie von unserer kleinen Schülerin als »Ihr kleiner Affe« gesprochen. Für ihn war sie weder anonym noch namenlos: er nannte sie Chloé und fand sie »*cómica y sympática*«. Er ließ sie mit seinem Hut spielen, ohne deshalb ärgerlich zu werden oder Ungeduld zu zeigen. Er reparierte ihr Spielzeug. Deshalb sagte ich ihm, als wir in Yaraville ankamen, daß ich mit seinem Vorschlag einverstanden sei. Er sagte mir ein würdevolles »*gracias*«, das von Dankbarkeit erfüllt war, denn mit seinem bäuerlichen Scharfsinn hatte er sofort begriffen, daß dieses »ja« keineswegs selbstverständlich war.

Ich stieg auf dem Parkplatz von Yaraville aus, und Pablo fuhr weiter bis zu der Box, die wir für das Pony vorbereitet hatten und die dicht neben seinem Bungalow lag. Ich blieb nicht lange im Dunkeln, denn sogleich ging das Außenlicht an, und Suzy trat aus dem Wohnzimmer, um mir entgegenzukommen. Sie freute sich, mich zu sehen, doch sie hatte auch eine traurige Nachricht: Chloé hatte eine kleine Bronchitis. Nichts wirklich Ernsthaftes, hatte Donald versichert, doch sie müßte für eine gute Woche das Bett hüten.

So kam es, daß ich am nächsten Tag mit Pablo, María de los Angeles und Tiger an unserer Reitbahn stand und äußerst neugierig war, ob der Züchter mich nicht belogen hatte, als er mir versicherte, das Pony sei hervorragend dressiert.

Den Teich im Tal, den Tennisplatz und die Reitbahn verdankt Yaraville meiner Initiative. Zur Zeit meines Vaters gab es an dieser Stelle gute Weiden, weitaus besser als die auf den Hügeln, wo wir unsere Schafe weideten. Früher hielten wir dort Kühe, die genug Milch gaben, um den Bedarf von Beaulieu und unseren eigenen zu decken. Diese Kühe hatten viel Arbeit gemacht und wenig Geld eingebracht, doch mein Vater sah es als eine Art sozialer Verpflichtung an, das Dorf mit Milch zu beliefern. Sobald aber der Drugstore am Rande des Dorfes eröffnet wurde, dies geschah noch zu Lebzeiten meines Vaters, zogen die undankbaren Bürger die industrielle, pasteurisierte Milch vor. Eigentlich verloren sie bei diesem Tausch, denn die unsere war besser, ganz zu schweigen von der Tatsache, daß sie meinen Vater oft nicht bezahlt hatten und er von sich aus nie etwas eingefordert hatte.

Ich blieb als Zuschauer am Zaun der Reitbahn stehen. Pablo war dabei, María auf das Pferd zu setzen. Ich beobachtete sie aufmerksam. Sie war zu diesem Zeitpunkt fünf Jahre und sieben Monate alt. Sie schien auf dem Rücken eines Tiers von solcher Größe eher Unbehagen als Freude zu empfinden. Als Pablo die kleinen Füße in die Steigbügel schob und die Länge anpaßte, biß sie sich auf die Lippe, beugte sich zur Seite, um auf ihren Fuß hinabzusehen und die weite Entfernung, die sie vom Boden trennte, abzumessen. Trotzdem hörte sie mit großer Aufmerksamkeit den Erklärungen ihres Onkels zu. Er zeigte ihr, wie ihre Hände die Zügel halten mußten, Zügel nach rechts, Zügel nach links. Mir fiel auf, daß Pablo seine Erklärungen in englischer Sprache gab, wahrscheinlich wollte er auch mit dem Pony in dieser Sprache reden, da er davon ausging, daß der Züchter das Pferd in englischer Sprache dressiert hatte.

Marías hübsches Gesichtchen verriet steigende Unruhe, als sich das Pony unter ihr in Bewegung setzte, nachdem Pablo ihm den Befehl dazu gegeben hatte, der dadurch unterstrichen wurde, daß er mit der Reitpeitsche hinter dem Tier auf den Sand knallte. Doch ihr Onkel, zu dem sie häufig hinsah, ging neben ihr und schien ihr Sicherheit zu geben. Dann begab sich Pablo in die Mitte der Reitbahn und rief: »Zügel nach links!« María gehorchte mit einer leichten Verzögerung. Das gab dem Pony, das den Befehl vor ihr verstanden hatte, die Gelegenheit, sich nach links zu drehen, noch ehe sie den Zügel in Bewegung gesetzt hatte. »Es stimmt, daß es dressiert ist«, sagte Pablo, während er den Kopf zu mir umwandte.

Als das Pony auf Pablos Befehl hin zu traben begann und María durchgeschüttelt wurde, wurde sie ein wenig blasser und schien einen Augenblick lang zu fürchten, sie würde das Gleichgewicht verlieren. Sie hielt sich am Sattelknauf fest, ließ ihn jedoch los, als Pablo es ihr befahl, und hielt sich gerade.

Der Unterricht dauerte eine halbe Stunde, während der María zwar leicht angespannt, aber folgsam war.

»Bravo, María«, rief ich, als sie beim Verlassen der Reitbahn, immer noch auf dem Rücken des Ponys, an mir vorbeikam, und ich hatte den Eindruck, daß sie nicht unzufrieden war, die Sache hinter sich gebracht zu haben.

Sie legte den Kopf anmutig auf die Schulter und lächelte, während sie mich ansah. Bei ihr konnte man, was Koketterie betraf, voll auf ihr Erbe bauen. Hier war Erziehung nicht mehr nötig.

Juana erwartete die beiden an der Box, um María mit in den Bungalow zu nehmen, doch Pablo bestand darauf, daß María zuvor auf einen kleinen Holzschemel, den er gebaut hatte, stieg und Tiger mit Stroh abrieb.

Ehe ich ging, wechselte ich einige Worte mit Pablo. Er schien sehr zufrieden, sowohl mit dem Pony als auch mit der Reiterin. »Sehen Sie, Señor, sie ist so eifrig, daß sie vergessen hat, Angst zu haben.« Diese Bemerkung beeindruckte mich, da sie von guter Beobachtungsgabe zeugte.

Am darauffolgenden Sonntag, als Chloé wieder gesund war, war die ganze Familie Dale am Zaun der Reitbahn versammelt, auf der ich mit dem gesattelten Pony stand. Wir warteten nur auf Chloé, die Emma gegen drei Uhr bringen wollte.

Schließlich sahen wir Emma, die Chloé auf dem Arm trug. Auf allen vieren wäre sie sicherlich schneller gewesen, einer Person allein gab sie nicht gerne die Hand, denn in diesem Fall war ihr Gang auf zwei Beinen so unsicher, daß sie sich in regelmäßigen Abständen mit der freien Hand auf dem Boden abstützen mußte. Ich vermute, daß Emma sie trug, damit ihr ihre Schülerin nicht entwischte, sobald sie auf der Höhe des Teichs waren, um blitzschnell in die Krone einer Birke zu klettern, die sie sehr liebte. Die Baumkrone war so biegsam, daß Chloé nach Lust und Laune darin schaukeln konnte, und Lust und Laune konnten bei ihr lange andauern. Dann halfen weder Bitten noch Drohungen, um sie zum Herunterkommen zu bewegen.

Als Chloé uns sah, ließ sie sich aus Emmas Armen auf den Boden gleiten, umrundete den Tennisplatz und lief auf allen vieren, so schnell sie konnte, auf uns zu.

Als sie Tiger entdeckte, blieb sie wie versteinert stehen. Wir hatten sie auf das Geschenk, das sie bekommen würde, vorbereitet, indem wir ihr das Pony als ein kleines Pferd beschrieben, auf dessen Rücken sie sich setzen konnte, während Roderick dies aufgrund ihres Gewichts nicht zuließ.

Trotzdem gewann beim Anblick des Pferdes die in ihren Genen veranlagte Vorsicht die Oberhand. Im Urwald gilt jedes Tier, das größer ist, zunächst als potentieller Feind, da es sich als Räuber erweisen könnte. Wenngleich Tiger ein kleines Pferd war, so übertraf er Chloé doch erheblich an Größe und Breite.

Ich rief Chloé zu mir. Sie setzte sich in Bewegung, allerdings langsam und vorsichtig. Als sie einige Schritte von dem Pony entfernt war, richtete sie sich zu ihrer vollen Größe auf, so als wolle sie größer wirken, um Tiger zu beeindrucken. Gleichzeitig sträubte sich ihr Fell, ihre Augen glänzten, und sie atmete zweimal tief ein, als wolle sie Tigers Geruch einfangen. Es schien ihr zu gelingen, und der Geruch – der in ihrem Gedächtnis keine unangenehmen Erinnerungen wachrufen konnte – schien sie zu beruhigen, denn ihr Fell glättete sich wieder, und ihre Oberlippe, die die Zähne entblößt hatte, schob sich wieder vor.

Tiger seinerseits wandte sanft den Kopf, sah Chloé an und schnupperte. Er schien zu bemerken, daß ihr Aussehen und ihr Geruch sich leicht von unserem unterschieden, doch es beunruhigte ihn nicht. Da sich dieses Wesen auf zwei Beinen hielt und ihn unverwandt ansah, war es eigentlich eine Art Mensch. Im übrigen hatte Tiger wie viele Ponys einen phlegmatischen, ja fast sorglosen Charakter.

Ich zog Chloé zur Seite, gab ihr ein Zuckerstück und sagte ihr, daß sie es Tiger auf der flachen Hand hinhalten sollte. Chloé betrachtete den Zucker, und einen Augenblick lang glaubte ich, daß sie ihn in den Mund stecken würde. Doch ausnahmsweise gelang es ihr dieses Mal, ihre Naschhaftigkeit zu zügeln. Sie hielt mir die andere Hand hin, und ich ergriff sie. Von mir beschützt, wagte sie es, sich Tiger zu nähern, und mit ihrem langen Arm, die Hand weit geöffnet, hielt sie ihm das Zuckerstück entgegen.

In der Zucht, in der er geboren war, dürfte Tiger nicht oft solche Leckerbissen bekommen haben. Er schnupperte an der dargebotenen Gabe, schnappte mit seinen geschickten Lippen danach – die, was die Beweglichkeit angeht, Chloés in nichts nachstanden – und zermalmte sie genußvoll.

»*Klein Pferd lieben Zucker*«, sagte Chloé, während sie sich zu mir umwandte.

Sie machte die Zeichen mit freudiger Miene, so als lasse die Tatsache, daß Tiger Zucker zu lieben schien, auf gute Instinkte schließen, die ihr die Angst nahmen.

Jetzt war es an der Zeit zu handeln. Ich ergriff Tigers Zügel und führte ihn im Schritt einmal rund um die Manege. Chloé ging zwischen Tiger und mir und hatte die rechte Hand auf die Schulter des Ponys gelegt. Meine erste Idee war es gewesen, Chloé auf den Arm zu nehmen und sie ohne Umstände auf den texanischen Sattel zu setzen. Doch bei näherer Überlegung befürchtete ich, ihr die Sache zu verleiden, wenn ich jetzt überstürzt handelte. Chloé gab mir recht, denn nachdem sie zwei Runden auf dem weichen Boden der Manege, der ihr das Laufen auf zwei Beinen erschwerte, gemacht hatte, zog sie mich am Hosenbein und sagte:

»*Chloé klein Pferd reiten.*«

Das war gesunder Menschenverstand, und nachdem Chloé das von einem Hund gezogene Auto erfunden hatte, wunderte es mich nicht, daß sie ihn auch hier bezeugte. Ich streckte Chloé den Arm entgegen, sie kletterte an mir hinauf, und ich setzte sie in den Sattel. Da ich die Steigbügel erheblich kürzen mußte, wurde mir bewußt, daß ihre Beine im Vergleich zu Marías wesentlich kürzer waren. Als ich fertig war, setzte ich ihren rechten Fuß in den rechten Steigbügel, ging um das Pferd herum und wiederholte das gleiche mit dem linken Fuß. Dann ging ich wieder zurück und zog den Sattelgurt fest. In diesem Augenblick fingen die Zuschauer, die sich auf den Zaun stützten, an zu lachen. Ich hob den Kopf und sah, daß Chloé die Füße wieder auf den Sattel gezogen hatte und damit beschäftigt war, ihr Schuhband aufzubinden und Schuhe und Strümpfe auszuziehen. Da ich annahm, daß sie barfuß vielleicht besseren Halt in den Steigbügeln hätte, ließ ich sie gewähren. Doch sie hatte etwas ganz anderes im Sinn. Sobald ihre Füße nackt waren, streckte sie sie vor sich aus und klammerte sich mit den Zehen am Sattelknauf fest. Der Halt war um so fester, als sie mit ihren Füßen greifen konnte. Wieder kam bei den Zuschauern Gelächter auf.

»Und was soll ich jetzt machen?« fragte ich.

»Das ist nicht gerade die Haltung, die man zu Pferde haben sollte«, sagte Elsie, die immer ein wenig puristisch war. »Sie sieht eher aus wie ein Tuareg auf seinem Kamel.«

»Überhaupt nicht, das ist absolut genial«, warf Jonathan ein. »Ich frage mich ohnehin, wie sie mit ihren kleinen Füßen Halt in den Steigbügeln finden konnte.«

»Was hältst du davon, Suzy?« fragte ich.

»Laß sie, wie sie ist! Sie hat die Haltung gefunden, die ihrem Knochenbau am besten entspricht.«

Zwei Wochen zuvor hatte ich ihr in der Box von Daisy, der kleinen Stute, die Elsie gehörte, gezeigt, wie man die Zügel hielt. Ich wiederholte es kurz, und nachdem ich während der ersten Schritte neben ihr hergegangen war, stellte ich fest, daß sie den Befehlen, die ich ihr auf englisch gab, folgte.

»Fertig, Chloé?«

Sie nickte und hielt die Zügel, wie vorgeschrieben, zwischen

Daumen und dem ersten Glied des Zeigefingers. Ich versetzte Tiger einen kleinen Klaps auf die Kruppe, und er setzte sich in Bewegung, allerdings ging er im Schritt, ohne sich sonderlich anzustrengen, denn offensichtlich hatte er gelernt, in der Welt der Menschen seine Kräfte zu schonen. Nach der ersten Runde war Chloé offensichtlich der Meinung, daß sie oben auf ihrem Pferd nicht genug schaukelte, und gab ihm selbst einen Klaps aufs Hinterteil, der sicherlich kräftiger war als der meine. Tiger verfiel in einen langsamen Trott, doch Chloé war anscheinend noch immer nicht zufrieden. Sie schien das Schaukeln des breiten Rückens, auf dem sie saß, nicht als so berauschend zu empfinden wie die Schwingungen des obersten Zweigs ihrer Birke, auf den sie sich so gerne setzte. Sie wandte sich halb um und versetzte Tiger zwei kräftige Schläge auf die Kruppe. Diesmal verstand das Pony. Es hatte es nicht mit María de los Angeles zu tun, dieser Reiter war aus anderem Holz geschnitzt. Er sauste im Galopp davon. Chloé entblößte die Zähne des Unterkiefers und fing an, ihr hechelndes Lachen auszustoßen. Je mehr sie durchgeschüttelt wurde, desto mehr lachte sie.

Ich bewunderte ihren festen Sitz. Doch unglücklicherweise begann sie genau in dem Moment, als ich sie bewunderte, sich schändliche Capricen zu erlauben.

Zunächst nahm sie beide Zügel in die rechte Hand und streckte den linken Arm in die Luft, eine Haltung, die sie oft, vielleicht um sich zu entspannen, einnahm, wenn sie sich auf dem Rücken ausgestreckt hatte. Dann klammerte sie sich nur noch mit einem Fuß am Sattelknauf fest und legte den anderen auf die Brust. Schließlich ließ sie sich ganz nach hinten gleiten, legte den Kopf auf den Hinterzwiesel, betrachtete die Wolken am Himmel und hatte folglich keinerlei Kontrolle mehr über ihren Weg. Dann interessierten sie die Zügel überhaupt nicht mehr, und sie ließ sie zu Boden gleiten. Glücklicherweise waren sie zu kurz, als daß Tiger sich mit den Hufen darin hätte verfangen können. Das Pony spürte im übrigen, daß sich auf seinem Rücken merkwürdige Dinge abspielten, und wechselte von selbst vom Galopp zum langsamen Trott. Ich stellte mich in seinen Weg, und es ging im Schritt. Ich ergriff die Zügel und führte es, ohne ein Wort zu sagen, zu seiner Box. Chloé, die auf seinem Rücken saß, machte heftige Zeichen, doch ich tat so, als würde ich sie nicht verstehen.

Als wir in der Box angekommen waren, verliefen die Dinge nicht zum besten. Ich machte Chloé Vorwürfe und zählte auf englisch und in der Taubstummensprache alle Fehler auf, die sie gemacht hatte. Sie weinte, und als ich sie von Tigers Rücken hob, fing sie an zu schreien. Nachdem ich dem Pony die Zügel und den Sattel abgenommen hatte, sagte ich ihr, sie solle es mit Stroh abreiben, doch sie wandte mir den Rücken zu.

Emma und Suzy brachten sie ins Haus, die Kinder folgten schweigend, und ich blieb allein zurück, um das schweißüberströmte Pony abzureiben.

Nach einer Weile stützte sich jemand auf die halbhohe Tür der Box. Es war Pablo. Er hatte von seinem Bungalow aus alles beobachtet und erbot sich, Tiger an meiner Stelle abzureiben. Dieses Angebot rührte mich, vor allem, da es von Pablo kam. Ich verstand, daß er auf seine Art versuchte, mich über meine Enttäuschung hinwegzutrösten. Trotzdem lehnte ich seine Hilfe ab, da es sein freier Tag war. Er blieb an der Tür stehen und sah mir zu. Ich beendete meine Arbeit, gab Tiger zu trinken und hielt ihm ein Zuckerstück unter die Nüstern, nach dem er sofort schnappte. Dann verließ ich die Box. Pablo stand vor mir, seinen verbeulten Hut hatte er zurückgeschoben und fuhr sich mit der Hand über den Schnauzbart.

»Señor«, sagte er, »ich will Ihnen etwas sagen. Chloé ist wirklich eine Athletin. Sie fühlte sich auf dem Pony, das im Galopp dahinsauste, ebenso sicher wie ich in meinem Fernsehsessel. Aber sie hat einen großen Fehler, sie macht die Dinge, wie es ihr gefällt.«

Die Kinder hatten Evelyn angerufen, da sie ein Tennis-Doppel spielen wollten, und ich machte mit Suzy einen kleinen Spaziergang. Um das Schweigen zu brechen, fragte Suzy mich nach einer Weile, wie die Reitstunde am letzten Sonntag bei María de los Angeles verlaufen war.

»Ganz anders als bei Chloé. María hat gegenüber dem Tier eine Haltung der Überlegenheit und Beherrschung gezeigt. Sie hatte keine Angst, sich dem Pony zu nähern, hingegen bereitete es ihr keinerlei Freude, auf seinem Rücken zu sitzen. Und sie hatte Angst, als sich das Tier in Bewegung setzte. Doch es ist ihr gelungen, ihre Angst durch Eifer zu bezähmen, zum großen Teil übrigens, um ihrem Onkel eine Freude zu machen. Genauso wie Elsie bei ihrer ersten Reitstunde ihre Angst überwunden hat, um ihrem Vater zu gefallen. Chloé hingegen hatte vorher Angst, aber nicht hinterher. Als sie feststellte, daß das Pferd ungefährlich war – du hast es ja selbst gesehen –, empfand sie das Reiten als äußerst angenehm und vergnüglich. Darüber vergaß sie jeglichen Eifer und Disziplin. Wir haben Chloé das Pferd geschenkt, damit sie verantwortungsbewußt und diszipliniert wird. Das mindeste, was man feststellen kann, ist, daß unser Versuch bisher absolut kein Erfolg war.«

»Bisher«, sagte Suzy. »Aber schließlich ist es auch ihre erste Stunde.«

Die Voraussage erwies sich als richtig, Chloés Verhalten besserte sich wirklich während der folgenden Stunden ein wenig. Hingegen mußte man sie ständig daran erinnern, daß Tiger auch an den Tagen, an denen sie nicht ritt, trank, aß, ein Stück Zucker bekam, gestriegelt werden mußte und ganz einfach ein wenig Gesellschaft brauchte. Was mich am meisten an ihrer ständigen Unaufmerksamkeit erstaunte, war, daß sie das Pony gern hatte, wenngleich sie zu ihm keine so tiefe Bindung hatte wie zu Roderick.

Doch es gab Schlimmeres. Eines Tages – wenn ich mich recht erinnere, war es im April – war ich mit Chloé auf dem Weg zu Tigers Box, um ihr zu helfen, ihn zu satteln, als Suzy mich vom Fenster aus rief, weil ich am Telefon verlangt wurde. Ich ließ Chloé allein und sagte ihr, daß sie zu Tigers Box gehen und ihn striegeln solle, während sie auf mich wartete. Als der Anruf, der länger gedauert hatte als vorausgesehen, beendet war, ging ich zu der Box. Die halbhohe Tür stand offen, und die Box war leer. Chloé und Tiger waren nicht zu sehen, während der Sattel und das Zaumzeug an ihrem gewohnten Platz hingen.

Ich lief ins Haus, um mein Fernglas zu holen, und stieg auf den Hügel, der sich hinter Yaraville erhob. Von dort aus hatte man einen guten Blick über die ganze Gegend, und ich konnte Chloé und ihr Pferd auf der roten Straße ausmachen, die zu meinem Anwesen gehörte. Ich stellte das Fernglas schärfer ein und erkannte dann deutlich Chloé, die auf Tigers Rücken ausgestreckt lag, die Füße in seiner dicken Mähne festgekrallt, eine Hand hinter ihren Kopf geschoben, mit der sie sich am Schwanz des Ponys festhielt. Der andere Arm war waagerecht ausgestreckt, wie sie es liebte. Ich beobachtete sie eine ganze Weile, und mein Interesse konzentrierte sich auf ihre Füße, um festzustellen, ob sie versuchte, Tiger nach rechts oder links zu lenken. Doch davon konnte keine Rede sein. Außerdem kümmerte sie sich, auf dem Rücken ausgestreckt, die Augen zum Himmel gerichtet, ebensowenig um den Weg wie die kleinen weißen Wolken, denen sie so gerne mit den Augen folgte.

Als Suzy zu mir auf den Hügel kam, auf dem man mich vom Haus aus gut sehen konnte, reichte ich ihr wortlos das Fernglas und deutete mit dem Finger in die Richtung der Straße. Sie beobachtete Chloé und fing gerührt an zu lachen.

»Sie ist wirklich komisch.«

»Komisch?« sagte ich leicht verärgert. »Sie macht, was ihr gerade in den Sinn kommt. Sie öffnet Tigers Box, reitet ohne Sattel und Zaumzeug, sie weiß nicht, wohin sie will, und ist allein mitten auf der Straße!«

»Um diese Zeit fahren dort keine Autos.«

»Eine Ausnahme genügt. Außerdem ist sie dabei, Tiger jeglicher Dressur zu entwöhnen. Ich werde mindestens eine halbe Stunde in der Manege mit ihm arbeiten müssen, um das wieder aufzuholen.«

Suzy griff wieder zum Fernglas.

»Weißt du, wo sie jetzt sind? Auf der großen Wiese hinter der Haarnadelkurve. Er grast, und sie gähnt und schaut in den Himmel.«

»Komm«, sagte ich, »jetzt ist Schluß mit diesem Theater.«

Ich wußte schon im voraus, was nun kommen würde. Und im voraus war ich ihres Jammerns, ihrer unterwürfigen Haltung, der Friedensküsse und der endlosen Gefühlsausbrüche, die folgen würden, überdrüssig. Ah! Natürlich! Auch dieses Mal würde ich mich wieder von ihren schönen hellbraunen Augen erweichen lassen, in denen, wenn sie sich in unsere versenkten, leidenschaftliche Zuneigung lag.

Alles ging wieder seinen gewohnten Gang. Ich sattelte Tiger, setzte Chloé auf seinen Rücken und erlegte beiden, und infolgedessen auch mir selbst, eine halbe Stunde Arbeit in der Manege auf. Nach dieser tristen Routine brachte ich Tiger wieder in seine Box und Chloé, nicht ohne daß die Übeltäterin ihn zuvor mit Stroh abreiben mußte, zu Emma. Ich machte mit Suzy einen kleinen Spaziergang. Sie schob ihren Arm unter meinen, »um mich zu besänftigen«, wie sie sagte.

»Das kann ich jetzt brauchen. Letzten Samstag habe ich Pablo erlaubt, das Pony zu nehmen, und weißt du, was ich gesehen habe? Pablo ritt mit seinem Pferd auf der Straße, und María folgte ihm auf dem Pony! Auf der Straße! Er muß sich ihrer wirklich sicher sein! Nie würde ich so etwas mit Chloé wagen. Gott weiß, welche Dummheiten sie hinter meinem Rücken anstellen würde.«

»Man kann das nicht vergleichen«, sagte Suzy. »María ist älter.«

»Nein, nein, mein Liebling, María ist nicht älter. Nach Jahren ist sie zwar ein Jahr älter, aber man muß die Sache anders sehen. Eigentlich ist sie weniger reif, und zwar aus dem Grund, da die Entwicklung, die in Chloés Genen angelegt ist, schneller vonstatten geht. Chloé ist erst fünf Jahre alt, aber sie hat schon ihre Milchzähne verloren, María noch nicht. Mit sieben Jahren kommt Chloé in die Pubertät. María nicht, ehe sie zehn oder zwölf Jahre alt ist. Chloé hat eine Lebenserwartung von fünfundvierzig Jahren, Marías ist fünfundsiebzig Jahre.«

»Trotzdem«, bemerkte Suzy, »und ich sage das nicht, weil ich ihre Mutter bin...«

Sie unterbrach sich und fing an zu lachen.

»Trotzdem?« fragte ich.

»Trotzdem scheint mir Chloé in ihrer individuellen Entwicklung María überlegen zu sein.«

»Inwiefern?«

»In bezug auf die Lebendigkeit ihres Geistes und ihren Erfindungsreichtum.«

»Zugegeben«, erwiderte ich. »Aber sobald María die gesprochene Sprache wirklich beherrschen und Lesen, Schreiben und Rechnen lernen wird, wird ihre genetische Überlegenheit Chloés Überlegenheit im individuellen Bereich überflügeln.«

»Das ist ungerecht«, sagte Suzy und zog die Augenbrauen zusammen, »findest du nicht?«

»Ungerecht? Ja, aber was können wir daran ändern? Ist es vielleicht unser Fehler, daß unsere Rasse und die ihre vor drei Millionen Jahren einen unterschiedlichen Weg eingeschlagen haben?«

Suzys Gesicht verfinsterte sich.

»Trotzdem finde ich es traurig.«

»Ich habe das Gefühl, ich muß dich trösten.«

»Nein, nein, das kannst du nicht! Die arme Chloé! Sie ist dazu verdammt, die arme Verwandte in einer allzu reichen Familie zu sein.«

Drei oder vier Tage später kam es zu einem Zwischenfall, der mir wieder eine bessere Meinung von Chloé gab.

Es fing damit an, daß Juana krank wurde. Das geschah Gott sei Dank nicht allzu oft, denn sie hatte eine irritierende Art zu leiden. Sie lehnte es ab, sich ins Bett zu legen, Medikamente zu nehmen oder auch nur ihre Temperatur zu messen. Innerlich lehnte sie die Krankheit ab, in der mehr oder weniger bewußten Hoffnung, sie so zu überwinden. Als Suzy ihre Blässe, ihre Kurzatmigkeit und ihre langsamen Bewegungen bemerkte, bat sie sie inständig, in ihren Bungalow zu gehen, sich auszuruhen und einen Arzt zu holen. Pablo, der gerade da war, unterstützte diesen Vorschlag nach besten Kräften.

»Ich werde mich doch nicht wegen eines kleinen, nichtigen Unwohlseins ins Bett legen«, sagte Juana mit schwacher Stimme. »Außerdem geht es mir schon viel besser.«

Kaum hatte sie den Satz ausgesprochen, bewies sie das Gegenteil, indem sie ohnmächtig auf den gekachelten Küchenboden sank, wobei der mit Wasser gefüllte Topf, den sie in der Hand hielt, auf sie fiel. Glücklicherweise hatte sie noch nicht die Zeit gehabt, ihn auf den Herd zu stellen. So wurde sie zwar naß, verbrühte sich aber zumindest nicht.

Wir hoben Juana auf und trugen sie in ihr Haus. Pablo und Suzy zwangen sie, sich ins Bett zu legen, und riefen einen Arzt. Er stellte eine starke Grippe fest. Als er das Spielzeug sah, das herumlag, sagte er:

»Wenn ein Kind im Haus ist, würde ich dringend raten, daß es Ihnen nicht zu nahe kommt.«

Und so mußte sich Suzy um Yaraville und um ein Kind mehr kümmern, außerdem hatte Juana sie mit Tränen in den Augen gebeten, María nicht eine Sekunde mit Chloé allein zu lassen.

»Wenn man sie hört, könnte man annehmen, daß Chloé gefährlicher wäre als der Grippevirus«, sagte Suzy.

Die Gefahr ging jedoch weder von Chloé noch von dem Grippevirus aus, sondern von Pablos Schäferhund Gringo.

Dieser Hund wachte ausgezeichnet über die Schafe, doch das war auch seine einzige Tugend. Von Yaraville bis Beaulieu fand man kaum einen Kläffer, der grauenvoller und bissiger war als dieser Gringo. Er war ungeheuer aggressiv, und sein Haß richtete sich gegen alle Tiere, Zweibeiner eingeschlossen, und besonders gegen Frauen und Kinder. Kurz, dieser Gringo war ebenso schwer zu ertragen wie häßlich anzusehen, also hatte ich Pablo, als das Tier ein Jahr alt war, vorgeschlagen, ihn kastrieren zu lassen, in der Hoffnung, so seine Aggressivität zu verringern. Doch Pablo hielt viel von dem Prinzip der Männlichkeit, wie sie Gott gegeben hat, und nahm meinen Vorschlag sehr schlecht auf.

Dieser Gringo durfte nicht eine Pfote in das Haus von Yaraville setzen, doch da er seinem Herrn wie ein Schatten folgte, durfte er auf der Terrasse auf ihn warten. Und dort stand er eines Tages, als Pablo mit mir im Haus arbeitete, María gegenüber, die im Wohnzimmer gespielt hatte und, als sie ihn sah, durch die Glastür auf die Terrasse hinausgegangen war, um ihn aus der Nähe zu betrachten. In ihrer Unschuld glaubte sie, ihn gut zu kennen, da sie einen Tag zuvor die Erlaubnis bekommen hatte, eine Stunde mit ihrem Onkel bei dessen Herde zu verbringen.

Unglücklicherweise sah Gringo jeden Ort, an den ihn sein Herr setzte, als sein Terrain an, sei es die Weide, wo er die Schafe hütete, der Schafstall, wo er nachts schlief, oder diese Terrasse, auf der sein Herr ihm befohlen hatte zu warten.

Als er María sah, erhob er sich, sein Fell sträubte sich, er fletschte die Zähne und fing an zu knurren, während er sie aus funkelnden Augen anblitzte. Die arme María war völlig verblüfft. Vor zwei Tagen hatte sie den Hund in Pablos Anwesenheit streicheln dürfen. Und jetzt stand dieses Wesen vor ihr und knurrte! María war unfähig, sich zu bewegen. Vor Schreck wie gelähmt, legte sie die Hände vors Gesicht und fing an zu schreien. Ihre Schreie zogen Elsie an das Fenster im ersten Stock. Auch sie fing an zu schreien und rief Gringo frenetische Befehle zu, die jedoch keinerlei Erfolg hatten. Gringo kannte nur Pablo.

In diesem Augenblick griff Chloé ein. Sie sprang auf die Terrasse, brüllte, zeigte ihre Zähne, schlug mit der Hand auf den Boden, richtete sich auf die Hinterbeine auf, stampfte und schlug sich mit der Hand auf die Brust. Sie stellte ihre Stärke und ihre Entschlossenheit in einem solchen Maße zur Schau, daß Gringo, ohne dabei aufzuhören, zu knurren und die Zähne zu fletschen, ein Stück zurückwich. Chloé sah ihre Chance und war darauf bedacht, sie nicht zu vertun. Sie ergriff Marías Arm, zog sie schnell mit sich ins Wohnzimmer und schloß die Terrassentür hinter sich. Gringo knurrte noch einige Sekunden, bellte mehrmals die Terrassentür an und legte sich dann wieder mitten auf die Terrasse.

Als Suzy Juana, die noch immer im Bett lag, diese Geschichte erzählte, war sie von der Reaktion enttäuscht: »Natürlich«, sagte Juana, »ich war ja nicht da.«

»Stell dir vor, Ed, nicht ein Wort des Lobes für Chloé. Ihr Vorurteil gegen Affen ist stärker als ihre Dankbarkeit! Dabei hat Chloé in diesem Fall wirklich viel Altruismus und Mut bewiesen.«

»Vor allem, wenn man bedenkt, daß sie im täglichen Leben vor so vielen Menschen, Tieren und Dingen Angst hat«, sagte ich. »Dieses Mal hat sie, um María zu schützen, all ihre Vorsicht überwunden.«

»Du bist also der Ansicht, daß sie keine Chance gegen Gringo hatte?«

»Im Moment nicht die geringste, und das wußte sie. Sie hat nur geblufft.«

»Wie ein Schimpansenmännchen, das einen Angriff simuliert?«

»Ja. Und der Mensch macht es genauso. Die Kunst eines Dompteurs besteht darin, den Tiger davon zu überzeugen, daß der Stärkere von beiden nicht der Tiger, sondern er selbst ist.«

In unserem großen Bett, das vor meiner Geburt auf Drängen meiner Mutter angeschafft wurde, kam es häufig vor, daß Suzy und ich, wenn wir noch nicht müde waren, uns lange unterhielten. Suzy liebte diese vertrauten Unterhaltungen sehr und nannte sie »unser Schwätzchen«, obwohl sie zumeist sehr ernsthaft waren. Wenn ich dem glauben darf, was mein Vater erzählte, so hatte meine Mutter dieselbe Angewohnheit. In der Dunkelheit der Nacht begann sie flüsternd das, was mein Vater scherzhaft als Gespräche hinter dem Vorhang bezeichnete, eine Anspielung auf die Betten des letzten Jahrhunderts, die von einem Vorhang umgeben waren.

Meistens war es Suzy, die die Initiative zu unserem »Schwätzchen« ergriff. An eines erinnere ich mich besonders gut, denn es ging um zwei Themen – die im Grunde miteinander verbunden waren –, über die sie zuvor nie mit mir gesprochen hatte und die ihr am Herzen zu liegen schienen. Ich glaube, daß diese Unterhaltung etwa zwei Wochen nach Chloés Eskapade mit Tiger stattfand, denn der Vorfall war uns noch gut in Erinnerung, und wir spielten beide darauf an.

»Ed«, sagte Suzy mit merkwürdig zögernder Stimme, »bereust du es, kein Kind mit mir zu haben?«

Meine Nachttischlampe brannte noch, aber ich stützte mich trotzdem auf die Ellenbogen, um ihre Augen besser sehen zu können, denn die Frage erstaunte mich sehr.

»Aber mein Liebling, absolut nicht«, sagte ich lebhaft. »Nicht einen Augenblick. Wenn du dich erinnerst, haben wir über diese Frage schon bei unserem dritten Treffen in Paris, in der Rue Dupetit-Thouars gesprochen. Ich fand deine Gründe absolut gerechtfertigt, und damit war die Sache klar.«

»Aber Ed, hast du nicht auch Chloés Adoption unter dem Blickwinkel gesehen, meinen mütterlichen Instinkt zu befriedigen?«

»Aber nein, das habe ich nie gedacht.«

»Und bereust du es jetzt nicht, das Projekt Chloé begonnen zu haben?«

»Absolut nicht! Du erstaunst mich. Warum fragst du das?«

»Du scheinst manchmal so enttäuscht von Chloé.«

»Das bin ich auch. Aber das ist die Reaktion des Vaters. Das hat nichts mit dem Projekt an sich zu tun. In wissenschaftlicher Hinsicht sind die Niederlagen, ebenso wie die Erfolge, Teil des Unternehmens. Im einen Fall sowohl als auch im andern kann man daraus Schlußfolgerungen ziehen.«

»Und überwiegen deiner Meinung nach die Erfolge die Mißerfolge?«

»Absolut. Auf der Seite der Erfolge ist zu verzeichnen, daß Chloé weiterhin neue Zeichen lernt, sie in schöpferischer Weise einsetzt und bereits Sätze mit vier Worten bildet. Auf der Seite der Mißerfolge steht ihre bedauerliche Tendenz, immer das zu tun, was ihr gerade einfällt.«

»Es wird ihr wohl gelingen, diesen Fehler zu überwinden.«

»Eben das ist die Frage, die ich mir zur Zeit stelle. Wird die Tatsache, daß sie sich immer besser ausdrücken kann, ihr erlauben, sich in einer mehr oder weniger nahen Zukunft auch besser zu kontrollieren?«

Nach kurzem Schweigen fuhr Suzy fort:
»Ed, bist du froh, daß ich mit dir an diesem Projekt arbeite?«
»Ich bin sehr froh darüber«, sagte ich enthusiastisch. »Du weißt, daß das Projekt ohne dich nie stattgefunden hätte. Allein schon deine Zustimmung...«
»Meine begeisterte Zustimmung!« sagte Suzy, warf sich in meine Arme und drückte mich heftig an sich.
»Warte«, sagte ich lachend und befreite mich aus ihrer Umarmung, »laß mich ausreden. Ohne deine Zustimmung und deine Hilfe hätte ich es nicht einmal versucht. Man muß zu zweit sein, wenn man einen Schimpansen aufziehen will, und zwar zugleich als Kind und als Studienobjekt. Das wurde übrigens in der Vergangenheit bewiesen. Alle amerikanischen Wissenschaftler, die ein solches Projekt erfolgreich zu Ende gebracht haben, waren Ehepaare: die Kellogs, die Hayes, die Gardners, die Premacks, die Rumbaughs.«
»Es freut mich, das zu hören«, sagte Suzy gerührt. »Ich hatte das Gefühl, daß du dich wegen der Dummheiten, die Chloé manchmal macht, langsam von ihr entfremdest.«
»Nein, ich war nur verwirrt und beunruhigt. Aber im Grunde bin ich noch immer genauso fasziniert von unserem Unterfangen. Für mich ist Chloé wie ein Spiegel, in dem ich unsere gemeinsamen Vorfahren in der Urzeit unsere Entwicklung einschlagen sehe.«
Suzy sah mich an, ihr Gesicht wurde fröhlich, und sie wechselte plötzlich das Thema, kam vom Ernsthaften zum Albernen.
»Apropos Spiegel«, sagte sie. »Deine zweite Frau Gemahlin scheint nicht sehr eitel gewesen zu sein. In ganz Yaraville gibt es nicht einen einzigen großen Spiegel.«
»In diesem Zimmer gab es einen alten Standspiegel, den ich geerbt habe, aber sie hat mich gebeten, ihn zu entfernen.«
»Warum?«
»Es ärgerte sie, daß ich mich im Spiegel ansah, wenn ich meine Hantelübungen machte.«
»Und du bist darauf eingegangen?«
»Es war kein sehr großes Opfer. Ich habe Pablo gebeten, ihn auf den Dachboden zu bringen.«

»Was heißt hier nicht groß?« sagte Suzy lachend. »Narzißmus bei einem der beiden Ehepartner ist ein Zeichen für eine gute moralische Gesundheit. Man darf ihn nicht unterdrücken, sondern muß ihn im Gegenteil fördern. Ed, könntest du Pablo bitten, den Spiegel wieder herunterzuholen? Auch ich sehe mich gerne von Kopf bis Fuß.«

Aus demselben Grund wie zur Küche und zu meinem Arbeitszimmer war Chloé auch der Zutritt zu unserem Schlafzimmer verboten, denn hier gab es zahlreiche empfindliche Gegenstände. Doch da nichts das Verlangen so sehr stimuliert wie ein Verbot, schlich sich Chloé gerne, sobald sie sich unbeobachtet fühlte, in den verbotenen Tempel. Dann mußte man sie vertreiben, was immer mit Schreien, Weinen und Zähneknirschen verbunden war, ganz zu schweigen von den Flüchen in der Taubstummensprache. Ich muß hier einfügen, daß ein Hund, dem man dasselbe Verbot auferlegt hätte, es sicherlich auch übertreten hätte. Aber im Unterschied zu Chloé hätte er sich, ohne Widerstand zu leisten, mit angelegten Ohren und eingeklemmtem Schwanz, mit unterwürfiger und reuiger Miene zur Tür führen lassen. Chloé kannte zwar den Unterschied zwischen – wie Phyllis es bezeichnet hätte – gut und böse, doch nahm sie ihn nicht an und zeigte auch keineswegs Schuldbewußtsein oder Reue. »Es ist wirklich schwierig, ihr unsere Moral beizubringen«, sagte Suzy.

Zwei oder drei Tage nach dem oben geschilderten »Schwätzchen« waren Suzy und ich am späten Vormittag in unserem Schlafzimmer, als sich die Klinke der Tür, die unser Zimmer vom Kinderzimmer trennte, senkte. Die Tür öffnete sich vorsichtig, und Chloés unschuldiges Gesicht schob sich durch den Türspalt. Sie sah uns und legte sofort ihre Hände vor die runden Augen, um somit unsichtbar zu werden. Nichts amüsierte uns mehr als dieses Verhalten, und Suzy gab mir ein Zeichen, das Spiel mitzuspielen. Ich war einverstanden, und wir setzten unsere Unterhaltung fort, als wäre nichts geschehen.

Es ist möglich, daß Chloé ein wenig mogelte und die Hände nicht vollständig vor die Augen legte. Sie kam zielsicher ins Zimmer, wenngleich ihr Gang ein wenig ungeschickt war, da ihre

Hände beschäftigt waren und sie sich also auf zwei Beinen halten mußte. Sie machte einen großen Umweg, um nicht an uns vorbeigehen zu müssen, und ging ohne Zögern zum Toilettentisch. Ihr Anliegen war klar: Sie wollte sich die Schmuckschatulle holen.

Sie enthielt nur Modeschmuck, doch für Chloé, die zwischen Metall und Gold keinen Unterschied machte, bedeutete das, was sie an sich bringen würde, einen wertvollen Schatz. Wie sie es bei Suzy gesehen hatte, würde sie damit ihre Ohren, ihren Hals, ihre Finger und die Handgelenke schmücken, ganz zu schweigen von dem Vergnügen, das es ihr bereiten würde, sie in den Mund zu nehmen und zu lutschen, vielleicht sogar zu kauen, wenn wir ihr nur Zeit genug ließen.

Suzy griff also ein, ehe Chloés lange kräftige Finger sich der Schmuckschatulle bemächtigen konnten. Doch als Chloé am Spiegel vorbeikam, sah sie ihr Bild. Sie vergaß sofort ihr ursprüngliches Ziel und blieb erstaunt stehen. Dann begannen ihre Augen zu glänzen, sie lächelte und streckte ihrem Spiegelbild die Hand entgegen. Auch dieses schob die Hand vor, doch in dem Augenblick, als Chloé sie hätte erreichen müssen, berührte sie eine harte kalte Wand, die sich zwischen der Fremden und ihr aufrichtete. Diese Tatsache schien sie vollkommen zu verwirren, doch da auch die Unbekannte verwundert schien, nahm sie all ihren Mut zusammen und entschied sich für eine herzlichere Begrüßungsform. Sie näherte ihrem Gegenüber den Kopf, um ihm einen Kuß zu geben. Auch die Unbekannte bewegte ihren Kopf auf Chloé zu, doch in dem Moment, als ihre Lippen sich hätten treffen müssen, spürte Chloé wieder dieselbe harte Fläche ohne Wärme und Geruch zwischen den beiden. Augenblicklich zog Chloé ihr Gesicht zurück und stieß ein wütendes und zugleich klagendes »Hou! Hou!« hervor. Danach erinnerte sie sich offensichtlich an die große Scheibe, die das Eßzimmer und das Wohnzimmer in Yaraville trennte und dieselbe Art von Hindernis bedeutete. Sie ging um den Spiegel herum, um dahinter den kleinen Schelm zu entdecken, der zweimal ihre Annäherungsversuche vereitelt hatte. Da sie nichts fand, kam sie wieder zurück, und im selben Augenblick erschien auch die andere wieder. Das war zuviel! Chloé fing an mit den Füßen zu stampfen, klopfte sich mit den Händen auf die Brust und entblößte in einem Wutanfall die Zähne des Oberkiefers. Die Unbekannte schien keinesfalls eingeschüchtert und tat es ihr gleich.

Nun vollzog Chloé mit erstaunlicher Geschwindigkeit ihr Repertoir an Flüchen in Ameslan. »*Dreckig, schlecht, Teufel, WC.*« Doch ebenso schnell, wie sie die Zeichen vollzog, imitierte sie der Teufel, der ihr gegenüberstand. Jetzt war der Krieg unausweichlich: Chloé hob die Hand und schlug der Unbekannten kraftvoll ins Gesicht. Auf halbem Weg kam ihr die Hand der Unbekannten entgegen, doch weder in Liebe noch im Haß schienen sie sich berühren zu können.

Chloés kleine Beine gaben nach, und sie ließ sich auf ihr Hinterteil fallen, zog die Beine an und legte den Kopf auf die Knie. Nachdem sie ihr Gesicht so versteckt und geschützt hatte, fing sie an zu weinen. Chloés Weinen war unterschiedlich, je nachdem, ob sie sich weh getan oder Angst hatte, ob sie wütend über ein Verbot war, uns rühren wollte oder ob sie, wie in diesem Moment, wahren Kummer empfand.

Weder Suzy noch ich irrten uns bei der Deutung. Suzy stand auf, trat hinter Chloé, beugte sich zu ihr hinab und legte beide Hände auf ihre Schultern. Chloé erkannte sofort die Berührung und den Geruch. Sie hörte auf zu jammern. Doch als sie den Kopf hob und sich umsah, erfaßte sie ein maßloses Entsetzen, als sie sah, daß sich die Unbekannte von *Hübsch* streicheln ließ! Sie wurde von wahnsinniger Eifersucht erfaßt. Nicht genug damit, daß sie sie täuschte, nun versuchte die Unbekannte auch noch, ihr die Mutter zu nehmen. Sie stürzte sich erneut auf den Spiegel und begann auf ihn einzuschlagen.

Chloé war zu jener Zeit noch nicht stark genug, um einen Spiegel mit der flachen Hand zerschlagen zu können. Doch ich hatte Angst, daß sie sich in ihrer Wut an anderen Sachen vergreifen könnte, und beschloß einzugreifen. Da Elsie und Emma, angezogen durch Chloés Schreien und Weinen, ins Zimmer gekommen waren, bat ich eine von ihnen, in die Küche zu gehen und einen Apfel, die andere, den Sack mit den Bildern aus dem Kinderzimmer zu holen.

Aus dem Sack zog ich ein Bild, das einen Apfel zeigte, hervor und hielt es Chloé hin, die sich in Suzys Arme geflüchtet hatte. Ich fragte sie, was das sei.

»*Apfel*«, sagte sie mit Abscheu, und sie fügte, da sie zweifellos annahm, daß ihr morgendlicher Unterricht anfing, hinzu: »*Arbeit WC.*«

»*Wahr Apfel?*« fragte ich.

Diese Frage gehörte zu einer Routine, die Chloé bestens kannte. Sie mußte antworten »*Falsch Apfel*«. Und auf die nächste Frage »*Warum falsch?*« mußte sie antworten: »*Bild Apfel.*« Doch da sie aufgrund der Ereignisse und der zusätzlichen Arbeit, die ich ihr abverlangte, schlechter Laune war, beschloß sie, sich dumm zu stellen, und antwortete, nachdem sie das Bild eine Weile betrachtet hatte:

»*Wahr Apfel.*«

»*Also*«, sagte ich, »*ich essen.*«

Ich kehrte ihr das Profil zu, öffnete den Mund weit und tat so, als würde ich das Bild verschlucken, dabei schob ich es natürlich auf der Chloé abgewandten Seite an meinem geöffneten Mund vorbei. Das hatte ich Roger Fouts abgesehen, der dasselbe mit seiner Brille machte, um seinen Schimpansen zum Lachen zu bringen.

Chloé lachte laut und bat mich, wie sie es in solchem Fall immer zu tun pflegte, um das Bild, um die Sache nachzumachen. Ich lachte, und die drei »Mütter« taten es mir gleich. Der Erfolg gab Chloé die gute Laune zurück. Inzwischen hatte Emma mir den Apfel, den sie aus der Küche geholt hatte, in die Hand geschoben. Ich legte beide Hände, die eine hielt den Apfel, die andere das Bild, hinter den Rücken und zeigte sie Chloé gleichzeitig. Dabei fragte ich: »*Wo wahr Apfel? Wo falsch Apfel?*«

»*Wahr Apfel*«, sagte Chloé und zeigte auf die Frucht.

Sofort signalisierte sie mit eiligen Zeichen:

»*Groß geben Apfel essen.*«

Ich hielt den Apfel außer Reichweite und sagte:

»*Chloé antworten. Groß geben Apfel.*«

Ich faßte Suzy um die Taille und zog sie vor den Spiegel. Chloé klammerte sich an ihrem Hals fest und versteckte das Gesicht an ihrer Schulter. Doch nachdem Suzy ihr einige zärtliche Worte ins Ohr geflüstert und ihr einen Kuß gegeben hatte, willigte sie ein, den Spiegel anzusehen. Ich tippte einmal kräftig mit dem Finger auf Suzys Spiegelbild, dann legte ich den Zeigefinger sanft auf Suzys Wange und fragte:

»*Wo falsch Hübsch? Wo wahr Hübsch?*«

»*Wahr Hübsch hier*«, signalisierte Chloé eilig und küßte stürmisch die Wange, die mein Zeigefinger berührt hatte. Dann hob sie zur Rache den Finger und zeigte auf das Spiegelbild:

»*Falsch Hübsch da.*«

Ich fragte sofort:

»*Warum falsch?*«

»*Bild Hübsch.*«

Doch diese Entwicklung stellte mich noch nicht vollkommen zufrieden. Ich hatte den Eindruck, Chloé, zumindest teilweise, die Antworten vorgegeben zu haben. Ich setzte die Demonstration mit *Knoten*, *Zöpfe* und meiner eigenen Person fort. Die Antworten waren alle richtig. Doch der Hauptbeweis, der meiner Ansicht nach den Test, den Chloé durchlaufen hatte, als erfolgreich klassifizieren würde, war noch zu erbringen.

Ich klopfte mit dem Zeigefinger auf Chloés Spiegelbild, dann strich ich mit demselben Finger über ihre Wange und fragte:

»*Wo falsch Chloé? Wo wahr Chloé?*«

Merkwürdigerweise zögerte Chloé. Ich habe erst später den Grund ihrer Verwirrung erkannt. Sie hatte so viele Gefühle in dieses Bild gelegt, Freude, Enttäuschung, Wut, Eifersucht, daß es ihr jetzt schwerfiel zu glauben, daß es falsch war. Doch die Logik siegte, und sie sagte:

»*Falsch Chloé.*«

Mit erregten Zeichen fügte sie hinzu:

»*Schlecht, dreckig, Teufel, WC.*«

Dann spuckte sie auf das Gesicht. Und sie hatte so gut gezielt, daß sie mitten in das Gesicht des Teufels traf. Ihr Speichel bespritzte genau an dieser Stelle den Spiegel. Ich ließ ihn einige Sekunden herunterlaufen, dann bat ich Suzy, zwei Schritte zur Seite zu treten, um Chloé zu zeigen, daß ihr Spiegelbild nicht beschmutzt war. Und ich fragte:

»*Warum falsch?*«

Sie sah auf den Speichel und auf das unbefleckte Spiegelbild und sagte:

»*Bild Chloé.*«

Suzy und ich küßten sie und gaben ihr den Apfel. Dann bat Suzy Emma, sie neu zu wickeln. Doch Chloé verstand die Bitte, nahm den Apfel aus dem Mund und fing an zu schreien. Sie wollte, daß Suzy sie wickelte. Normalerweise beachteten wir solche Launen nicht, doch nach der Anstrengung, die sie hinter sich hatte, und der Arbeit, die wir außerhalb ihrer normalen Unterrichtsstunden von ihr verlangt hatten, hatten wir das Gefühl – und sie offensichtlich auch –, daß ihr eine kleine Belohnung zustand.

Aber natürlich verlangte sie, sobald sie gewickelt war, nach dieser Belohnung eine andere: Sie wollte im Spielzimmer Billard spielen. Mit jemandem spielen zu wollen hieß bei Chloé, daß der Partner den Queue nicht in die Hand nehmen und keine Kugel berühren durfte. Alles, was der andere tun sollte, war, nach jedem Stoß zu schreien »Bravo, Chloé!«, auch dann, wenn sie nicht eine einzige Kugel in ein Loch gebracht hatte.

Nachdem Emma und Chloé so beschäftigt waren, kam Suzy in mein Arbeitszimmer und fragte mich, ob es schon früher etwas Ähnliches wie Chloés Begegnung mit ihrem Spiegelbild gegeben habe.

»Aber sicher. Der Wissenschaftler G. G. Gallup hatte die Idee, im Käfig seines Schimpansen einen Standspiegel aufzustellen. Nach etwa zwanzig Stunden hatte der Schimpanse den Unterschied zwischen sich und seinem Spiegelbild begriffen.«

»Wie konnte man das feststellen?«

»Ganz einfach, man hatte ihm, ohne daß er es merkte, einen Farbfleck auf die Stirn gemalt. Als er den Flecken im Spiegel sah, begann er sofort auf seiner Stirn zu reiben und nicht auf der seines Spiegelbildes.«

»Was hätte er anderes machen können?«

»Er hätte versuchen können, den Fleck auf dem Spiegel wegzuwischen, wie es Kinder in seinem Alter tun.«

»Was hast du gesagt, wie lange er gebraucht hat, um den Un-

terschied zwischen seinem Spiegelbild und sich selbst aufzudecken?«
»Etwa zwanzig Stunden.«
»Chloé hat nur zehn Minuten gebraucht.«
»Das waren die Früchte unseres Unterrichts. Wir haben Chloé von Anfang an beigebracht, zwischen einem Apfel und dem Bild eines Apfels zu unterscheiden.«
»Trotzdem«, sagte Suzy, »es ist eine Leistung, so schnell seine eigene Identität zu erkennen.«
»Ich glaube, das ist übertrieben. Meiner Ansicht nach ist sie noch nicht soweit.«

Etwa eine Woche später – ich nehme an, es war ein Wochenende, denn Elsie hatte sie gebadet – signalisierte Chloé folgende Bitte:
»*Chloé sehen Bild Chloé.*«
Ich antwortete nicht sofort. Ihr Anliegen erstaunte mich. Es schien zu zeigen, daß Chloé, nach einer Woche der Überlegung, ihre Feindseligkeit und die darauf folgende Gleichgültigkeit gegenüber ihrem Spiegelbild aufgegeben hatte und jetzt eine gewisse Neugierde ihm gegenüber empfand. Jedoch war der Augenblick ihrer Bitte erstaunlich, denn normalerweise bereitete das Bad Chloé viel Vergnügen.
Da ich nicht antwortete, wiederholte Chloé in forderndem Ton, in ihrem Fall durch energische Gesten, ihre Bitte:
»*Chloé sehen Bild Chloé!*«
Schließlich verstand ich, warum sie die Bitte ausgerechnet in einem so angenehmen Augenblick vorbrachte. Um sie abzutrocknen, hatten Elsie und ich sie auf den Badezimmerhocker gestellt, und von dort aus konnte sie in dem kleinen runden Spiegel über dem Waschbecken gerade den oberen Teil ihres Kopfes sehen. Doch sie wollte nicht in diesem Spiegel ihr Bild sehen, sondern in dem großen Standspiegel in unserem Schlafzimmer.
»*Groß fragen Hübsch*«, sagte ich.
Ich ging ins Schlafzimmer. Eigentlich wollte ich nur Zeit gewinnen, um Suzy vorzuwarnen und einige empfindliche Gegenstände verschwinden zu lassen, die das Verlangen unserer Schülerin hätten erwecken können.

»Das ist ja eine interessante Frage!« sagte Suzy.

Dann nahm sie ihre Schmuckschatulle und reckte sich auf Zehenspitzen, um sie in das oberste Regal des Schranks zu stellen. Dabei fragte sie mich:

»Gefalle ich dir?«

Ehe ich ihr antwortete, nahm ich mir die Zeit, sie eine Weile zu betrachten. Sie war noch immer ebenso frisch und duftend wie früher, ihre Haut war faltenlos und fest, die Augen glänzten, und die kleinen schwarzen Locken fielen ordentlich in ihre Stirn, während den Nacken widerspenstige Strähnen umspielten. Dieser Gegensatz von Ordnung und Unordnung gefiel mir, die Ordnung befriedigte meine angelsächsische Seite, die Unordnung entsprach meiner südländischen Sympathie.

»Ja, sehr.«

»Du mir auch, Ed. Ich finde dich gar nicht schlecht, ob nun mit oder ohne Schnurrbart!«

»Nein, ohne. Du tust so, als müßtest du dein Terrain verteidigen, ehe es okkupiert wird, Suzy!«

»Okkupiert nein, angegriffen ja.«

»Ich kann keinen Angriff erkennen.«

»Du scheinst blind zu sein! Diese Dame bietet dir unaufhörlich die Früchte ihres spätherbstlichen Gartens an.«

»Suzy! Eine Szene! Und das um diese Zeit! Und das alles nur, weil ich dich bewundert habe, als du dich auf Zehenspitzen gereckt hast!«

»Ich will die einzige sein, die du bewunderst. Und ich will auch nicht, daß du Concepción gegenüber sanft wie ein Lamm wirst, wenn du ihr eigentlich Vorwürfe machen willst!«

»Du packst ja richtig aus«, sagte ich.

»Ich bin fertig! Und jetzt mußt du mir schwören, daß ich die einzige bin, die du bewunderst und liebst.«

Halb lachend, halb gerührt sagte ich:

»Du bist die einzige, die ich bewundere und liebe.«

»Was, so kalt sagst du das? Ohne Kuß?«

Die Küsse folgten und wären sicherlich weitergegangen, wenn Chloé nicht plötzlich wie eine Wahnsinnige an die Tür des Kinderzimmers getrommelt hätte. Ich öffnete ihr.

»*Chloé kommen.*«

Das ließ sie sich nicht zweimal sagen! In der Eile lief sie auf allen vieren durch die Tür bis in die Mitte unseres Zimmers. Dort angekommen, richtete sie sich wieder auf die Hinterbeine auf und ging, wie immer in diesem Fall eher ungeschickt, zum Spiegel. Das Gewicht ihres Körpers war dabei auf die Außenseiten der Füße verlagert, und ihre Beine waren so krumm wie die eines Mannes, der den größten Teil seines Lebens auf dem Rücken eines Pferdes verbracht hat. Suzy und ich waren absichtlich in der Tür stehengeblieben, die sich in einer Ecke des Zimmers befand, die Chloé nicht im Spiegel sehen konnte. Wir waren nicht erstaunt, als sie sich selbst sagte, nachdem sie ihr Bild gesehen hatte:

»*Chloé sehen Bild Chloé.*«

Dann begann sie, Grimassen zu schneiden, ein Bereich, in dem sie María weit überlegen war, da ihr Gesicht wesentlich beweglicher war. Sie lachte, zog die Augenbrauen hoch, schob die Lippen weit vor, zog sie zurück, um ihre Zähne zu zeigen. Dann spreizte sie erst den linken, dann den rechten Arm seitlich ab und schob die rechte Hand hinter ihrem Nacken entlang, um sich das linke Ohr zu kratzen. Anschließend machte sie zuerst mit einem Arm, dann mit beiden Windmühle, drehte sich halb zur Seite und betrachtete sich anschließend im Profil und von hinten, wobei sie den Kopf über die Schulter wandte, und fing an zu lachen. Als sie sich wieder frontal vor den Spiegel stellte, schnitt sie eine bedrohliche Grimasse, entblößte die Zähne des Oberkiefers und fing an zu knurren, schlug sich mit beiden Händen auf die Brust und sprang auf der Stelle, so als wolle sie angreifen. Schließlich lächelte sie sich hochzufrieden zu.

Als sie auf einem Stuhl Suzys Bademantel liegen sah, ergriff sie ihn und warf ihn um ihre Schultern. Sie trat einen Schritt zurück, ging dann wieder zum Spiegel vor und setzte sich in Positur. Doch als sie merkte, daß der Bademantel zu lang war und hinter ihr über den Teppich schleifte wie eine Schleppe, beugte sie sich hinab und legte ihn nach römischer Manier in ihre Armbeuge. Mit derselben würdevollen Miene streckte sie ihrem Spiegelbild die Hand entgegen, tat so, als würde sie die der anderen berühren, und schüttelte sie fast gekünstelt. Danach setzte sie sich hin, öffnete ihre Schuhbänder und band sie wieder zu. Sie hatte große Schwierigkeiten gehabt, das Knoten der Schuhbänder zu lernen, und war stolz auf ihren Erfolg. Anschließend entledigte sie sich des Bademantels, warf ihn aufs Bett und ließ sich auf alle viere gleiten. Sie schlug einen Purzelbaum und gleich noch einen. Diese Übung brachte ihr im allgemeinen die Bewunderung von María de los Angeles ein, die noch nicht in der Lage war, es ihr gleichzutun. Nach dem dritten Purzelbaum, richtete sie sich wieder auf die Hinterbeine und applaudierte heftig, denn dank ihrer Doppelgängerin im Spiegel war sie zugleich Akteurin und Publikum.

Ich nahm an, daß die Vorstellung ihrem Ende zugehen würde, doch mitnichten. Chloé sah ihrem Spiegelbild fest in die Augen und begann in Ameslan eine Lobeshymne auf sich selbst.

»*Chloé gut, freundlich, höflich.*«

Und da sie anscheinend der Ansicht war, daß der Lobgesang in Ermangelung des nötigen Vokabulars ein wenig knapp ausgefallen war, erweiterte sie ihn durch Negationen:

»*Chloé nicht schlecht, Chloé nicht WC, Chloé nicht dreckig.*«

Da sie nun einmal in Schwung war, schloß sie ihre Ansprache mit anderen, absolut nicht der Wahrheit entsprechenden Negationen ab:

»*Chloé nicht kaputtmachen, Chloé nicht beißen.*«

Und am Ende behauptete sie, was der Gipfel der Unverfrorenheit war:

»*Chloé nicht lügen.*«

Entweder war sie selbst erstaunt über diese kühne Behauptung, oder sie war des Spiels, das sie soeben erfunden hatte, überdrüssig geworden. Vielleicht hatte sie auch einfach Hunger, auf alle Fälle beendete Chloé plötzlich ihren Auftritt und lief auf allen vieren ins Kinderzimmer, wo Emma sie erwartete, um sie zum Frühstück ins Erdgeschoß zu bringen.

Als sie verschwunden war, fing Suzy an zu lachen.

»Sie hat uns ja eine richtige Vorstellung geliefert, Grimassen, Verrenkungen, Pseudo-Angriffe, Mannequin, Schuhbänder binden, Purzelbäume, sie hat ihr ganzes Repertoire aufgefahren.«

»Mit einer Neuerung, der Lobgesang auf sich selbst.«

»Ja, das war erstaunlich. Wie deutest du das?«

»Als Bezugnahme auf die mustergültige Chloé, die sie nicht ist.«

»Aber das ist doch merkwürdig«, fuhr Suzy lebhaft fort, »der erste Teil ihrer Vorstellung – der pantomimische Teil – war eine Art Demonstration ihres Könnens. Doch sobald sie angefangen hat, sich der Zeichensprache zu bedienen, fing sie an zu lügen und zeigte das Bild einer idealen Chloé.«

»Genau, denn in dem Moment, in dem sie begann, sich in Ameslan auszudrücken, fing sie auch an, sich auf unsere Werte zu beziehen. Sie zeigte eine Chloé, die unseren Wünschen entsprach.«

»Und du meinst, daß sie immer noch nicht anfängt, ihre eigene Identität zu erkennen?«

»In gewisser Weise schon, nämlich insofern, als sie weiß, daß sie nicht die mustergültige Chloé ist, die gut, höflich und freundlich ist, nichts kaputtmacht und nie lügt.«

Während der nächsten Tage setzte Chloé ihre täglichen Vorführungen vor dem Spiegel fort. Man muß allerdings sagen, daß sie sie deutlich abkürzte, wenngleich sie nie die Lobeshymne auf sich selbst vergaß.

Diese Angewohnheit war schon ein fester Bestandteil ihres Lebens geworden, als wir einen überraschenden Telefonanruf von Mr. Sleet bekamen, dem Assistenten, der uns am Tag von Chloés Geburt im Zoo das Liebesspiel der Pygmäen-Schimpansen gezeigt hatte. Er sagte, daß er am kommenden Samstagnachmittag in der Nähe von Beaulieu vorbeikäme und daß er, wenn es uns recht wäre, gerne einen Abstecher machen würde, um uns guten Tag zu sagen und zu sehen, was aus Chloé geworden sei. Außerdem habe er uns etwas zu übergeben, von dem er annehme, daß es uns interessiere.

Wir luden ihn zwischen vier und fünf Uhr zum Tee ein.

»Chloé sehen!« sagte ich zu Suzy, nachdem sie aufgelegt hatte. »Ich denke, daß eher du es bist, die er sehen will.«

»Das würde mich wundern«, entgegnete Suzy. »Man kann

nicht gerade behaupten, daß er mich in den letzten fünf Jahren mit seinen Aufdringlichkeiten verfolgt hätte. Ich bin neugierig, von welchem Dokument er spricht.«

»Oh, sicher will er uns ein Exemplar seiner Arbeit schenken.«

»Erinnerst du dich an den Titel?«

»Absolut. Die Rolle der Gestensprache der Pygmäen-Schimpansen in den verschiedenen Etappen der Paarung.«

Sie lachte.

»Ich stelle mir gerade vor, daß man auch eine sehr interessante Studie betreiben könnte über die Rolle der Gestensprache bei Mr. und Mrs. Dale in den verschiedenen Etappen…«

»Ja«, sagte ich und lachte jetzt auch, »aber wer sollte sie schreiben, wir können nicht zugleich die Beobachter und die Beobachteten sein.«

Der Chevrolet von Mr. Sleet fuhr genau um sechzehn Uhr mit beängstigendem Geklapper auf unseren Parkplatz. Der Besitzer schien darüber jedoch in keiner Weise beunruhigt, denn er stieg lächelnd aus seinem rostigen Gefährt. Dann kam er, eine Aktentasche unter dem Arm, mit krummem Rücken, leicht vorgebeugt, so als würde ihn das Gewicht seiner Nase vornüberziehen, auf uns zu.

Wir baten ihn auf die Terrasse. Suzy reichte ihm sogleich eine Tasse Tee, und er teilte uns mit, daß er zu seinem großen Bedauern nicht lange bleiben könne. Diese Vorrede ließ mich das Schlimmste befürchten, doch meine Vorahnungen erwiesen sich als unberechtigt, denn er hielt Wort.

Er wollte gerne Chloé sehen, sagte er, im übrigen habe er meinen interessanten Artikel über sie im *New Scientist* gelesen.

Was seine Arbeit angehe, so fuhr er fort, so habe er sein Rigorosum hinter sich gebracht, und die Arbeit sei veröffentlicht. Ja, ja, es sei alles sehr gut verlaufen, die Jury sei sehr interessiert gewesen, vor allem an den Fotos. Er sei jetzt stellvertretender Direktor des Zoos, doch er erhoffe sich bald, sehr bald schon, etwas viel Besseres. »Chloé, aber das ist ja Chloé! Guten Tag, Chloé!«

Er erhob sich mit der Tasse in der Hand.

»*Wer das?*« fragte Chloé in Ameslan und deutete mit dem Finger auf Mr. Sleet.

»*Freund*«, sagte Suzy.
»*Lange Nase*«, sagte Chloé. »*Warum lange Nase?*«
»*Weiß nicht*«, sagte Suzy.
»Mr. Sleet, verstehen Sie die Taubstummensprache?«
»Absolut nicht.«
»*Lange Nase nett?*« fragte Chloé.
»*Sehr nett*«, sagte Suzy.
Zu Mr. Sleet gewandt, fügte sie hinzu:
»Sie fragt, ob Sie nett sind.«
»Sie ist entzückend«, sagte Sleet.
»Darf ich Ihnen Emma Mathers, unsere Assistentin, vorstellen? Sie ist stumm.«
»Sie ist auch entzückend«, sagte Sleet.
Emma errötete.
»Mr. Sleet«, erklärte Suzy, »ich glaube, Sie haben mich nicht richtig verstanden. Emma ist stumm, aber nicht taub, sie hat Sie sehr wohl gehört.«
»Oh, pardon, Miss...«
»Mathers«, ergänzte Suzy.
»Entschuldigung, Miss Mathers.«
»*Das macht nichts*«, sagte Emma in Ameslan.
»Oh, natürlich, sie ist stumm, darum macht sie sich mit Zeichen verständlich.«
Emma errötete erneut.
»Verzeihen Sie«, wiederholte Sleet, »ich bin ein wenig konfus.«
»*Lange Nase freundlich*«, sagte Chloé, die Mr. Sleet von Anfang an aufmerksam betrachtet hatte.
Sie fuhr fort:
»*Chloé lange Nase Hand geben.*«
»Mr. Sleet«, sagte Suzy, »geben Sie mir Ihre Tasse, Chloé möchte Ihnen die Hand schütteln.«
Als Sleet die Hände frei hatte, erhob er sich und streckte Chloé die Hand entgegen, die diese ergriff und kräftig schüttelte.
»Also«, sagte Sleet, »damit habe ich nicht gerechnet. So viel Kraft! Bei ihr ist ein Händeschütteln wirklich noch ein Händeschütteln.«

»Kräftiges Handschütteln bedeutet bei ihr, daß sie jemanden mag«, sagte ich.

»Bitte setzen Sie sich doch wieder, Mr. Sleet«, forderte ihn Suzy auf. »Hier ist Ihre Teetasse. Möchten Sie einen Keks?« fuhr sie fort, indem sie ihm den Teller hinhielt.

»Nein danke, nie zwischen den Mahlzeiten.«

Er setzte sich, trank seine Tasse in einem Zug aus und ergriff eine Initiative, die ich nie von ihm erwartet hätte.

»Ich möchte Ihnen etwas geben«, sagte er, während er nach seiner Aktentasche griff, die neben ihm am Boden stand.

»Ihre Arbeit vielleicht?« fragte Suzy.

»Nein«, sagte er, während er die Tasche öffnete. »Es ist eine Fotografie, die ich aufgenommen habe. Ich glaube, sie wird Ihnen gefallen. Ich lasse sie Ihnen natürlich da, es ist die Mutter von...«

Mit bewundernswerter Geistesgegenwart unterbrach ihn Suzy:

»Ah, das Foto, das sie uns versprochen haben! Wie interessant!«

Sie stand auf, legte ihm die Hand auf die Schulter und flüsterte: »Zeigen Sie es nicht!«

»Gut, gut«, sagte Sleet und schloß die Tasche leicht verwirrt wieder.

»Emma, würden Sie bitte mit Chloé ins Spielzimmer gehen und mit ihr Billard spielen. Wenn Chloé es schafft, alle Kugeln in die Löcher zu bringen, geben Sie ihr ein Stück Schokolade.«

Chloé sprang sofort auf die Füße, ergriff Emmas Hand und zog sie hinter sich her ins Haus.

»Wie?« fragte Mr. Sleet erstaunt. »Chloé hat diesen langen Satz verstanden?«

»Sie hat nicht den Satz verstanden, sie hat die Wörter verstanden, die sie kennt: *Billard, Kugeln, Löcher* und *Schokolade*. Ausgehend von diesen Wörtern, rekonstruiert sie den ganzen Satz. Es gibt Linguisten, die auf die Syntax schwören. Sie sehen, daß sie sich täuschen.«

»Verzeihen Sie, daß ich Sie eben unterbrochen habe, Mr. Sleet«, sagte Suzy, »doch Chloé glaubt, daß ich ihre Mutter bin.«

»Natürlich, natürlich!« sagte Sleet verwirrt. »Wie könnte es auch anders sein! Sie waren die erste Person, die sie gleich nach der Geburt in die Arme genommen hat.«

Dann fuhr er fort:

»Sie haben es erraten, es geht um Chloés Mutter.«

Während er sprach, zog er das Foto aus seiner Aktentasche und reichte es Suzy. Ich stand auf und sah ihr über die Schulter.

»Ein wunderbares Tier«, sagte ich. »Wieviel wiegt sie?«

»Fünfzig Kilo. Nichts als Muskeln. Ich würde nicht gerne mit ihr in Streit geraten.«

Suzy bot ihm eine zweite Tasse Tee an, doch er lehnte ab, erhob sich und verabschiedete sich. Wir begleiteten ihn zum Parkplatz. Er schien erleichtert, die Mission, die er sich auferlegt hatte, hinter sich gebracht zu haben. Doch ehe er ging, zeigte er eine Art von Gefühlsregung:

»Mr. Dale, es hat mich sehr gefreut, daß Sie in Ihrem Artikel im *New Scientist* meine Forschungsarbeit über die Pygmäen-Schimpansen erwähnt haben.«

»Aber sie verdient diese Erwähnung absolut, Mr. Sleet. Wenn die Schimpansen keine spontane Gestensprache hätten, wie hätten sie dann eine menschliche Sprache erlernen können?«

Als der klapprige Wagen sich entfernte, stieß Suzy einen Seufzer der Erleichterung aus und sagte:

»Eigentlich ist er ein netter Junge. Er war gerührt, daß du ihn in deinem Artikel erwähnt hast, also hat er dieses Foto von Chloés Mutter aufgenommen und es uns gebracht. Doch man kann nicht behaupten, daß er besonders feinfühlig ist. Beinahe hätte er Chloé das Foto ihrer Mutter gezeigt!«

Suzy ergriff meinen Arm, und ohne nachzudenken machten wir einige Schritte auf dem Feldweg, so als würden wir zu unserem üblichen Spaziergang aufbrechen.

»Ich bin trotzdem der Ansicht, daß man Chloé das Foto zeigen sollte. Natürlich ohne ihr zu sagen, daß es sich um ihre Mutter handelt.«

Suzy blieb stehen, ließ meinen Arm los und sah mich erstaunt an.

»Ist es nicht gefährlich, wenn ihr bewußt wird, daß sie nicht zur menschlichen Rasse gehört«, sagte Suzy und sah mich bestürzt an.

»Man könnte die Frage auch umdrehen: Ist es nicht gefährlich, daß sie es nicht weiß?«

Suzy schwieg so lange und ihr Gesicht war so bedrückt, daß ich schließlich meinen Arm um ihre Schulter legte, sie an mich zog und sagte:

»Wenn du dagegen bist, tun wir es nicht. Aber denk gut darüber nach. Setz dich selbst mit der Frage auseinander und sag mir morgen, wie du dich entschieden hast.«

»Danke, Ed«, sagte sie nach einer Weile.

Dann fuhr sie fort:

»Du findest, daß ich Chloé zu sehr beschütze, nicht wahr?«

»Nicht unbedingt. Es ist schwer zu sagen, wann man ein Kind zu sehr beschützt. Meistens merkt man es erst später. Außerdem geht es nicht nur um Chloé selbst, sondern auch um das wissenschaftliche Interesse. Natürlich will ich nicht das eine dem anderen opfern, aber man muß beides im Auge behalten.«

An jenem Tag sprachen wir nicht mehr über dieses Thema, doch am nächsten Morgen, als wir zusammen auf der Terrasse frühstückten, sagte Suzy:

»Ich habe lange über die Sache nachgedacht. Ich schlage dir folgendes vor: Wir legen das Foto mit anderen Fotos zusammen, die sie kennt, in den großen Sack: ein Foto von dir, von mir, von Juana, von Emma, Tiger, María, Random, Roderick und von Chloé selbst. Und wir sagen ihr, sie soll die Dinge oder Personen, die sie mag, auf die rechte Seite legen und die, die sie nicht mag, auf die linke. Natürlich soll sie uns ihre Wahl erklären. Aber eigentlich bin ich, so wie ich sie kenne, sicher, daß sie das ganz spontan tun wird.«

Das war eine ausgezeichnete Idee, die den Vorteil hatte, daß dem Foto des Schimpansen, wenn man es unter die anderen mischte, keine außergewöhnliche Bedeutung zukam.

Als es Zeit für den Unterricht war, verstand Chloé sehr schnell, was sie tun sollte. Sie faßte das Ganze als ein Spiel auf, und für uns waren ihre Entscheidungen, ausgenommen hinsichtlich des Fotos ihrer Mutter, keine besondere Überraschung.

Alle Katzen wurden auf die linke Seite gelegt *(dreckig, stinken, WC)*, denselben Weg nahmen auch die Schlangen und die Krokodile. Der Hund, das Pferd, das Schaf und selbst die Kuh, vor der sie anfänglich Angst gehabt hatte, wurden auf der rechten Seite abgelegt. Ebenso *Hut* (Pablo) und *Doc* (Donald). Küche (Juana) kam mit einem knappen »schlecht« auf die linke Seite, denselben Weg gingen *Brot* (die Bäckersfrau) und *Briefe* (der Briefträger). *Groß*, *Zöpfe*, die beiden *Teufel* und *Knoten* kamen mit löblichen Kommentaren auf die rechte Seite. Bei *Baby Amour* und *Hübsch* waren die Kommentare gar überschwenglich, das Foto von Hübsch küßte sie wiederholt. Bei den Bildern von verschiedenen Objekten, die wir in letzter Minute dazugelegt hatten, um das Spiel etwas zu erweitern, kamen nur zwei auf die linke Seite: *Schloß*, weil es sie hinderte, die Tür zu öffnen, und *Besen*, denn sie erinnerte sich noch gut daran, daß ich sie mit dem Besen vom Schrank vertrieben hatte, auf dem sie mit einer Schachfigur im Mund gesessen und sich über die Jungen lustig gemacht hatte. Was das Gemüse anging, so wurden nur die *Pilze* auf der linken Seite abgelegt. Vor ihrem eigenen Porträt ließ sie sich zu denselben Lobeshymnen hinreißen wie gegenüber ihrem Spiegelbild, dann legte sie es sorgsam auf den rechten Stapel. Als sie das Porträt ihrer Mutter in der Hand hielt (ich behandele es hier als letztes, doch in Wirklichkeit kam es etwa nach einem Drittel des Spiels zutage), fragte sie:

»*Was das?*«

»*Affe*«, sagte Suzy.

Sie wiederholte das Zeichen, doch Chloé weigerte sich, es nachzumachen. Sie sah das Foto angewidert an und sagte: »*Das dreckig, schlecht, stinken, häßlich, WC.*«

Dann legte sie es auf die linke Seite.

Als wir alleine waren, konnte Suzy ihren Triumph nicht mehr verbergen. Das bestätigte meinen Eindruck: sie war bei diesem Versuch emotional sehr stark engagiert, es war nicht nur für Chloé, sondern auch für sie ein Test.

»So«, sagte sie, »nun ist es also klar! Chloé betrachtet sich selbst als der menschlichen Rasse zugehörig.«

Ich habe viel Achtung für Suzys Intelligenz, aber in diesem Fall hatte ich den Eindruck, daß ihr Urteil von ihrem mütterlichen Instinkt getrübt wurde.

»Das ist eine Möglichkeit«, sagte ich, »aber es gibt auch andere. Chloés Antwort war nicht eindeutig. Sie hat das Bild ihrer Mutter sehr lange angesehen, ehe sie es heftig zu den unsympathischen Dingen gelegt hat. Aber dieses negative Urteil ist vielleicht nicht ehrlicher als das falsche Eigenlob, das sie vor dem Spiegel proklamiert. Wenn ihre Mutter wie sie selbst menschliche Kleidung getragen hätte, hätte Chloé sie dann auch so heftig zurückgewiesen? Bedeutet diese Verdammung wirklich, daß sich Chloé der menschlichen Rasse zugehörig fühlt, oder verrät sie nur ihren Wunsch nach Integration?«

»Du komplizierst alles«, sagte Suzy, und die Art, wie sie es sagte, deutete auf schlechte Laune hin.

»Ich kompliziere nichts«, sagte ich kurz angebunden. »Die Dinge sind eben nicht einfach.«

Da ich spürte, daß es ihr schwerfiel, meine These zu widerlegen, sagte ich ihr einige freundliche Worte und schloß mich in meinem Arbeitszimmer ein.

Eine Stunde später klopfte es an die Tür, und Suzy bat mich zu öffnen. Dann kam sie mit einem Tablett in der Hand herein.

»Ich dachte, du würdest vielleicht gerne eine Tasse Tee mit mir trinken, damit der Vormittag nicht ganz so lang ist«, sagte sie mit einem bezaubernden Lächeln.

Am nächsten Tag wurde Juana wieder krank, dieses Mal war es eine Bronchitis mit einem Asthmaanfall. María de los Angeles wurde uns also wieder anvertraut. Wir stellten ihr kleines Bett zuerst in Emmas Zimmer, doch María und Chloé stimmten ein solches Heulkonzert an, um die Nacht, ebenso wie den Tag, zusammen zu verbringen, daß wir schließlich Marías Bett ins Kinderzimmer stellten, um unsere Ruhe zu haben.

Die Sache verlief besser, als wir zunächst gedacht hatten. Am nächsten Morgen fand Emma die beiden, die noch schliefen, engumschlungen in Chloés Nest – ich sage Nest und nicht Bett.

Dieses späte Aufwachen war allerdings eine Ausnahme, und deshalb hatten wir seit langer Zeit ein Gebot erlassen, um unsere morgendliche Ruhe zu sichern. Chloé durfte auf keinen Fall in unser Zimmer kommen, ehe wir nicht gewaschen und angezogen waren, das heißt also nicht vor acht Uhr. Diese Regel galt natürlich auch für María, solange sie in Chloés Zimmer schlief.

Chloé erwartete dieses »Sesam öffne dich« immer voller Ungeduld. Einerseits wollte sie sich versichern, daß wir noch immer da waren und daß sie ihre Eltern nicht über Nacht verloren hatte, andererseits wollte sie sich im Spiegel ansehen, eine Beschäftigung, die immer eine gewisse Zeit in Anspruch nahm und die sie sich selbst mit folgenden Zeichen ankündigte:

»*Chloé sehen Bild Chloé.*«

So entdeckte María, die Chloé überallhin folgte und sie in allem imitierte, an diesem Morgen ein – mangels eines großen Spiegels im Haus ihrer Tante – bisher unbekanntes Vergnügen: nämlich jenes, sich selbst zu betrachten.

Chloés erste Reaktion war, ihr den Zugang zu einer Freude zu verwehren, die sie für sich allein genießen wollte. Als sie sah, daß María vor den Spiegel trat, faßte sie sie hart beim Arm und führte sie wieder zur Zimmertür. María fing an zu weinen, und Suzy flüsterte mir ins Ohr: »Lassen wir sie, sie sollen allein sehen, wie sie klarkommen.«

Das war ein guter Rat, denn nachdem Chloé nach Herzenslust und mit Begeisterung ihre Grimassennummer genossen hatte, ging sie wieder zu María, die immer noch auf der anderen Seite der Tür quengelte, faßte sie beim Arm und tröstete sie mit Küssen, einem zärtlichen »Hou! Hou!« und durch Kitzeln. Danach ließ sie sie los und erklärte:

»*Chloé lieben Baby Amour.*«

Nachdem sie einmal mehr ihre Gefühle zum Ausdruck gebracht hatte, führte sie Baby Amour vor den Standspiegel. In diesem Augenblick saß Suzy auf dem Bett und ich neben ihr in einem kleinen Lehnsessel. Wir beobachteten die Szene schweigend, ganz darauf bedacht, nicht ihre Aufmerksamkeit zu erregen. Die beiden Mädchen wandten uns den Rücken zu, doch wir konnten sie im Spiegel von vorne sehen.

María hatte ihr hübsches Gesichtchen sicher schon im Spiegel gesehen, wahrscheinlich in dem, der über dem Waschbecken im

Haus ihrer Tante hing. Doch die Tatsache, sich von Kopf bis Fuß zu sehen, schien sie sehr zu faszinieren. Sicher, sie machte keine Possen und Paraden, keine Akrobatik und keine Komödie wie Chloé bei ihrem zweiten Treffen mit ihrem Spiegelbild. Doch auch sie betrachtete sich im Halbprofil, im Profil und von hinten, wobei sie ebenfalls den Kopf über die Schulter wandte.

Das war der einzige Punkt, in dem die beiden Freundinnen gleich reagierten, denn nachdem María sich ausgiebig von allen Seiten betrachtet hatte, begann sie sozusagen eine Bestandsaufnahme ihres Charmes zu machen, indem sie sich sanft wiegte und graziöse Gesten machte, begleitet von einem allerliebsten Mienenspiel. Damit bewies sie, daß sie, auch wenn sie Chloé an Beweglichkeit und Erfindungsreichtum nachstand, ihr doch in verführerischem Verhalten weit überlegen war.

Doch die Faszinierte von beiden war nicht María, sondern Chloé. Sie vergaß sogar, sich selbst zu betrachten, um mit nachdenklichem Blick im Spiegel den Koketterien von Baby Amour zu folgen. Einen Augenblick lang dachte ich, daß sie, wie es oft geschah, von einer Lust zu Nachahmung erfaßt, María imitieren und ihre Nachahmung so weit treiben würde, daß sie zur Farce wurde. Doch dem war nicht so. Was in der darauffolgenden Sekunde geschah, kam für uns völlig unvermittelt. Chloés nachdenklicher Blick wurde traurig, und plötzlich sank sie auf den Boden, rollte sich zusammen und fing an zu weinen.

Suzy setzte sich im Schneidersitz Chloé gegenüber und sagte auf englisch:

»Was ist los, Chloé?«

Das jämmerliche Weinen wurde stärker, Suzy beugte sich vor und nahm sie in die Arme. Chloé ließ es geschehen, doch ohne die Hände von den Augen zu nehmen oder zu antworten.

Solche Stummheit entsprach ihrem Charakter so wenig, daß ich begann, mir Sorgen zu machen. Was hatte sie nur so sehr verletzen können? Suzy muß, ebenso wie mir, bewußt geworden sein, daß Chloé ohne die Hilfe ihrer Hände nicht sprechen konnte, und zog sie sanft von ihren Augen. Chloé legte den Kopf auf Suzys Schulter und sah sie an. Ihr Gesicht war von unendlicher Traurigkeit erfüllt.

»*Warum Chloé weinen?*« fragte Suzy in Ameslan.
»*Ich nicht sehen Bild Baby Amour.*«

Ihre Zeichen waren hastig und verwirrt, so als spräche jemand mit stockender Stimme. Suzy warf mir einen fragenden Blick zu.

»Wenn ich recht verstanden habe«, sagte ich, »will sie nicht Marías Bild im Spiegel sehen.«

Suzy wandte sich wieder zu Chloé und sagte:

»*Du nicht sehen Bild Baby Amour?*«
»*Ich nicht sehen.*«
»*Warum?*«
»*Baby Amour hübsch.*«
»*Na und?*«
»*Chloé häßlich.*«

Nachdem sie das gesagt hatte, legte sie wieder ihre Hände vor die Augen und stieß kleine verzweifelte Schreie aus. Ich sah an Suzys Gesichtsausdruck, daß sie betroffen war. Also ging ich zu ihr, setzte mich neben sie auf den Teppich und begann Chloé zu streicheln. Nach einer Weile nahm sie von selbst die Hände von ihrem Gesicht und sah mich an. In ihren Augen lag ein solcher Ausdruck von Verzweiflung, daß sich mein Herz zusammenkrampfte. Sie sagte:

»*Baby Amour hübsch. Chloé häßlich.*«
»*Nein*«, sagte ich. »*Chloé anders.*«

Das sagte ich zweimal, einmal in Ameslan und einmal mit viel Überzeugung auf englisch. Normalerweise war Chloé sehr beeindruckt, wenn ich in bestimmtem Ton auf englisch mit ihr sprach. Doch dieses Mal verfehlte die Magie ihren Zweck. Sie antwortete mir nicht, sondern wandte sich zu Suzy um und sah sie an, als hätte sie sie nie zuvor gesehen. In ihrem Blick lagen zugleich Kummer und Aufmerksamkeit, und sie fuhr mit ihrer langen, behaarten Hand so vorsichtig über Suzys Gesicht, als wolle sie jeden Zug einzeln erfassen.

Dann sagte sie: »*Mutter Chloé hübsch. Warum Chloé anders?*«

Dieser Satz verwirrte uns vollkommen, und wir wußten nicht, was wir antworten sollten. Wenn Chloé wirklich geglaubt hatte, Suzy sei ihre Mutter, wie hatte sie es dann angestellt, nicht früher zu bemerken, daß sie ihr absolut nicht ähnelte? Schließlich fand ich eine Antwort, die mir selbst wenig überzeugend schien:

»*Chloé nicht häßlich. Mutter Chloé anders.*«

Doch was besser wirkte, ich nahm sie in meine Arme, küßte sie, streichelte sie und wiederholte in allen Tonlagen »*Groß lieben Chloé.*« Langsam beruhigte sie sich. Um sie auf andere Gedanken zu bringen, kündigte ich an, daß ich nach dem Frühstück einen Spaziergang mit ihr machen würde. Zu meinem Erstaunen lehnte sie ab. Sie wollte lieber mit Emma Billard spielen. Ich legte sie in Suzys Arm. Sie ließ es geschehen, als wäre sie ein Baby. Dann ging ich ins Kinderzimmer und erklärte Emma leise, was geschehen war. Sie war so gerührt, daß sich ihre großen schwarzen Augen mit Tränen füllten.

»Emma«, sagte ich, »weinen Sie nicht und vor allem nicht vor Chloé. Kommen Sie in fünf Minuten in unser Schlafzimmer und holen Sie die beiden Mädchen ab.«

Ich ging zurück ins Schlafzimmer und stellte fest, daß wir in der Aufregung María ganz vergessen hatten. Sie saß, mit dem Rücken an unser Bett gelehnt, auf dem Teppich, machte sich ganz klein und sagte kein Wort. Beunruhigt beobachtete sie Chloé. Sie konnte vermutlich nicht genug Gebärdensprache, um zu verstehen, was hier vorgegangen war, aber sie spürte, daß mit Chloé etwas nicht in Ordnung war, und das machte sie traurig. Ich bückte mich und küßte sie. Um meinen Kuß zu erwidern, schlang sie den Arm um meinen Hals und drückte mich fest an sich, was sie normalerweise nicht tat.

Schließlich kam Emma herein, und Chloé bestand mit traurigem »Hou! Hou!« darauf, getragen zu werden. Sie spielte Baby, um sich in ihrem Schmerz in einen kleinen Kokon zu flüchten. Sie sah María nicht an, und María, die sich plötzlich sehr allein fühlte, folgte Emma, wobei sie sich an deren Rock festhielt, was für ein sechsjähriges Mädchen mehr als erstaunlich war.

Ich schloß die Tür und ging zu Suzy. Sie saß auf dem Bett, die Schultern an das gepolsterte Kopfteil gelehnt, und lächelte mich traurig an.

»Auch ich brauche jetzt dringend ein wenig Trost.«

Ich setzte mich neben sie aufs Bett.

»Chloé ist nicht häßlich«, sagte sie defensiv. »Warum muß sie unsere Schönheitsideale übernehmen?«

»Weil sie mit uns lebt.«

»Ed, erinnerst du dich an den ersten Tag, als wir Chloé, in das alte Lammfell gewickelt, aus dem Zoo geholt haben? Ich habe sie damals bedauert, die einzige ihrer Rasse auf Yaraville zu sein.«

»Ja, ich erinnere mich.«

»Und jetzt, nach fünfeinhalb Jahren, wird es ihr bewußt.«

»Was mich wundert, ist die Tatsache, daß sie diese Entdeckung so spät gemacht hat.«

»Nein, Ed, das ist nicht verwunderlich. Wir sind zu groß, als daß sie sich mit uns hätte vergleichen können. María ist in ihrem Alter und hat ihre Größe. Und als sie sich mit María im Spiegel gesehen hat, ist ihr der Unterschied aufgefallen. María und der Spiegel haben ihn enthüllt.«

»Vielleicht auch das Foto ihrer Mutter.«

»O Ed«, sagte Suzy. »Ich verstehe überhaupt nichts mehr. Das ist alles so konfus, so widersprüchlich. Wie kann sie zugleich ihre Schimpansenmutter zurückweisen und am nächsten Tag entdecken, daß sie ganz anders ist als wir?«

7

Es stimmte, darin lag ein Widerspruch: Was hatte die arme Chloé im Sinn gehabt, als sie von sich sagte, daß sie »häßlich« sei? Wollte sie damit sagen, daß sie weder mit *Baby Amour* noch mit *Hübsch*, noch mit *Groß*, noch mit irgend jemandem von uns Ähnlichkeit hatte, daß sie also rein äußerlich nichts mit einem menschlichen Wesen gemein hatte?

Und dennoch hatte sie tags zuvor das Bild ihrer Schimpansenmutter – deren Ähnlichkeit mit ihrem eigenen Aussehen sie zutiefst erschüttert haben mußte – auf die linke Seite gelegt. Und was noch erstaunlicher war: Am selben Tag, an dem sie vor dem Spiegel ihre eigene »Häßlichkeit« entdeckte, hatte sie, zusammen mit dreißig anderen Fotografien, erneut das Bild ihrer Mutter vorgelegt bekommen, und wieder hatte Chloé es abgelehnt.

Wir waren den ganzen Tag über äußerst besorgt. Wir fürchteten, daß der Verlust ihrer Eigenliebe, der sich bei Chloé vor dem Spiegel gezeigt hatte, sie traumatisch verfolgen und damit sogar das Forschungsprojekt, dessen Gegenstand sie war, gefährden könnte; und zwar deshalb, weil sie durch die gefühlsmäßige Bindung an ihre menschliche Familie dazu motiviert worden war, die Gebärdensprache zu lernen. Chloé schien uns an jenem Tag während des Unterrichts tatsächlich niedergeschlagen, abwesend und unaufmerksam zu sein. Sie zeigte kein sonderliches Interesse an den Spielen; selbst wenn es sich um Obst oder Schokolade handelte, machte sie nur unwillig die entsprechenden Zeichen, um diese Dinge zu bekommen.

Das war verblüffend: Chloé lehnte ihre Mutter ab, da sie ein Tier war, und sich selbst auch, da sie entdeckt hatte, daß sie kein menschliches Wesen war. Mit Sicherheit war diese Situation sehr schmerzlich für sie. Sie lebte in zwei verschiedenen Welten, ohne sich entscheiden zu können, zu welcher sie eigentlich gehörte.

Die Art und Weise, mit der Chloé vom folgenden Tag an einen Ausweg aus diesem Dilemma fand, erstaunte mich sehr: Als sie um acht Uhr in unser Schlafzimmer kam, um uns guten Morgen zu sagen, blieb sie prompt an der Stelle im Zimmer stehen, von der aus sie sich im Spiegel hätte sehen können. Als ich diesen Trick bemerkte, nahm ich sie in die Arme und drehte mich so herum, daß sie sich im Spiegel ansehen mußte. Sofort drückte sie sich die Hände vor die Augen. Standhaft behielt sie in den darauffolgenden Tagen und Wochen dieses Verhalten bei. Ich stellte ihr Fallen, damit sie sich doch noch einmal im Spiegel ansah. Sie durchschaute alle meine Tricks.

Ihr Entschluß war offensichtlich: Weil ihr ihr Spiegelbild »gesagt« hatte, daß sie »häßlich«, also nicht menschlich sei, beseitigte sie es. Als wir ihr an jenem Tag zum dritten Mal das Foto ihrer Mutter zeigten, war ihre Reaktion noch radikaler: Noch ehe ich eingreifen konnte, hatte sie das Bild auch schon zerrissen. Kurz und gut, sie hatte ihr Problem mit der Vogel-Strauß-Politik gelöst – einer Methode, die auch bei unserer Gattung keineswegs unbekannt ist und die verhältnismäßig gut funktioniert; zumindest so lange, bis irgendein unglückseliger Zwischenfall den Schleier der freiwilligen Blindheit zerreißt.

An jenem denkwürdigen Tag erklärten wir schließlich den Spiegel für tabu. Wir waren sichtlich erleichtert und küßten uns alle immer wieder. Dann ging Chloé allein und vergnügt die Treppe hinunter, um auf der Terrasse zu frühstücken. Dort traf sie die Kinder, und sofort machte sich Chloé daran, sie ohne Unterlaß mit Fragen zu bombardieren. Dabei sprach sie vor allen Dingen mit Jonathan, ihrem erklärten Liebling. Doch als Jonathan, der gerade in eine hitzige Debatte mit Ariel verstrickt war, ihren Gebärden nicht die geringste Aufmerksamkeit schenkte, fegte sie seinen Becher vom Tisch und wiederholte äußerst nachdrücklich:

»*Gelb Teufel dreckig schlecht WC geben Frucht Getränk Chloé bitte!*«

Endlich reagierte Jonathan, und sie lachte. Ihr Sinn für Späße schien an diesem Morgen besonders ausgeprägt zu sein, und sie hatte offensichtlich ihre Lebensfreude wiedergefunden. Als sie das Auto des Postboten auf der Auffahrt stehen sah, schwang sie sich munter von ihrem Stuhl und lief dorthin. Eigentlich mochte sie *Briefe* nicht besonders. Sie zählte ihn zu den unerwünschten Dingen. Aber sie mußte ihre Arbeit erledigen. Es war Chloés Aufgabe, von *Briefe* Post und Pakete anzunehmen und sie mir anschließend auszuhändigen. Wie immer erledigte sie ihren Auftrag gewissenhaft. Während ich die Post durchsah, hockte sie die ganze Zeit über neben mir. Stirnrunzelnd »las« sie die Umschlagaufschriften. Nur wegen ihr war ich darauf bedacht, die Umschläge behutsam zu öffnen, anstatt sie einfach aufzureißen. Wenn ich die Post gelesen hatte, klebte ich die Umschläge wieder zu und gab sie ihr. Chloé tat dann so, als würde sie die Post lesen.

Alles war in bester Ordnung; ich hatte meine Post, und sie hatte ihre. Es gab eine Zeit, in der sie sich nach der »Lektüre« ihre Briefe in den Mund stopfte und zu Brei verarbeitete. Aber auf meine eindringlichen Ermahnungen hin ließ sie diesen Unsinn: sie begriff, daß ein Brief dazu da war, gelesen und nicht zerkaut zu werden.

Doch diesmal war bei der Post ein Brief, den ich – natürlich nur bildlich gesprochen – wieder- und wiederkäute, so sehr erstaunte und verlockte mich sein Inhalt. Es war eine Einladung nach Paris zu einem Kolloquium über Primaten. Die Namensliste der Teilnehmer, die bereits zugesagt hatten, beeindruckte mich. Sie waren alle mehrfach in meiner Bibliothek vertreten.

Ich zeigte Suzy den Brief, die hoch erfreut war.

»O Ed!« sagte sie. »Wir beide eine Woche lang in Paris, in meinem Appartement in der Rue Dupetit-Thouars!«

»Tja«, meinte ich lachend, »und wir nehmen an einem Kolloquium teil, das bestimmt nicht länger als zwei Tage dauert.«

Ich erzählte Don die gute Nachricht. Er freute sich sehr für mich und versprach, während unserer Abwesenheit zweimal täglich nachzusehen, wie Emma allein mit Chloé zurechtkäme.

»Dein Artikel und die Fotos im *New Scientist* haben dir diese Einladung eingebracht«, sagte er. »Du hättest ihn schon viel früher schreiben sollen. Das Projekt Chloé steht früheren Forschungsprojekten wirklich in nichts nach, doch du hast dich einfach zu lange damit begnügt, allein in diesem Dorf vor dich hin zu arbeiten, ohne irgend jemand um etwas zu bitten.«

»Aber ich habe auch nichts verlangen wollen«, meinte ich, »weder Renommee noch Forschungsgelder.«

»Da kannst du dich aber glücklich schätzen! Zumindest, was die finanziellen Hilfen angeht, denn Premack sind die Gelder nur sehr widerwillig gewährt worden, und den Gardners wurden sie ganz gestrichen.«

Wie hätte mein Vater so schön gesagt, wenn er Professor Salomon, der das Kolloquium im Centre National de la Recherche Scientifique in Paris organisiert hatte, gesehen hätte? »Nun, der ist von der Natur ja nicht gerade verwöhnt worden.« Professor Salomon war von kleiner Statur, kahlköpfig, und er hatte einen Buckel. Sein Anzug schlotterte ihm dermaßen um die Glieder, daß man sich fragte, wie seine Muskeln es überhaupt zuwege brachten, daß er sich aufrecht halten, gehen oder sich setzen konnte – also, wie er all das zustande brachte, was ein Lebewesen gemeinhin auszeichnet. Darüber hinaus mußte man sich fragen, ob sein Kreislauf überhaupt funktionierte, denn sein Gesicht war schneeweiß und seine Lippen blaß und blutleer. Dennoch strahlten einen aus diesem farblosen Antlitz zwei glänzende schwarze Augen an, die lebhaft, scharfsinnig, neugierig und schelmisch zugleich blickten. Als der Professor das Wort ergriff, waren wir von der Kraft, der Lautstärke, dem tiefen Klang und der deutlichen Aussprache seiner Stimme überrascht. Er hatte ganz sicher die schönste Baßstimme, die je aus einem derartig gebauten Körper erklungen war.

Als er ans Rednerpult trat, hatte ich bereits Platz genommen. Links neben mir saß Suzy und zu meiner Rechten ein hochdekorierter Herr von etwa fünfzig Jahren. Er grüßte mich liebenswürdig, als er sich neben mich setzte. Der größte Teil der Wissenschaftler aber stand noch, und Professor Salomon warf ihnen beklommene Blicke zu, während er den Sprungdeckel seiner Taschenuhr auf- und zuschnappen ließ. Niemand schien es besonders eilig zu haben und anfangen zu wollen. Hier und da drängten sich die Leute zu Grüppchen von drei oder vier Personen zusammen, um miteinander zu fachsimpeln. Diese Gruppen lösten sich ständig wieder auf, um sich an anderen Stellen neu zu formieren. Es hatte den Anschein, als hätte jeder der hier Anwesenden den Ehrgeiz, möglichst viele der Teilnehmer in möglichst kurzer Zeit zu sprechen. Dieses Ritual erinnerte mich an das Verhalten der Wölfe aus dem Rudel von Seeonee, das Kipling so treffend beschrieben hat: Bevor sie mit ihrem Treffen begannen, beschnüffelten sie einander, um ganz sicher zu sein, daß sie sich auch wiedererkannten. Zu unserem größten Bedauern kam niemand in unsere Ecke, um uns – Suzy und mich – zu beschnuppern. Mein Name war zwar in dem Programm aufgeführt, das am Eingang verteilt wurde, aber bis jetzt kannte mich noch niemand persönlich.

Ich wollte gerade zum ersten Mal die Unbekanntheit meiner Person bedauern, als mein Nachbar rechts von mir, der hochdekorierte Herr, sich zu mir wandte und mich fragte:

»Ich lese hier im Programm, daß ein gewisser Dr. Dale uns von seiner Schimpansin berichten wird. Kennen Sie ihn?«

»Das bin ich.«

»Oh, entschuldigen Sie!« sagte er. »Ich habe Sie für einen Franzosen gehalten. Haben Sie nicht gerade mit der Dame neben Ihnen Französisch gesprochen?«

»Das ist meine Frau. Sie ist Französin.«

Suzy beugte sich vor und lächelte. Mein Gesprächspartner war sehr erfreut und stellte sich vor. Doch wie so oft im Leben entging mir unglücklicherweise sein Name, und ich wagte nicht, den Herrn zu bitten, ihn zu wiederholen. Ich hörte nur seinen Vornamen und seinen Beruf. Er hieß Pierre und war Professor an einer Pariser Universität.

Während er mit seinen schwarzen durchdringenden Augen den ganzen Saal überblickte, äußerte Professor Salomon erste Anzeichen von Ungeduld. Ich sage absichtlich »äußerte« und nicht »zeigte«, denn wenn man ihn genau beobachtete, setzte er diese bewußt. Ich hatte Verständnis für sein Problem. Die Wissenschaftler, im allgemeinen sehr pünktliche Menschen, waren durchaus rechtzeitig erschienen. Doch jetzt waren sie so damit beschäftigt, sich gegenseitig zu beschnuppern, daß sie zehn Minuten nach Beginn noch immer überall im Saal verstreut standen. Ostentativ, ich würde sogar sagen, mit geradezu dramatischer Geste – aber vielleicht machte er sich auch selbst über seine Darbietung lustig – hielt Salomon seine Taschenuhr am ausgestreckten Arm und betrachtete sie mit Stirnrunzeln, als ob der schnelle Lauf der Zeiger ihn beunruhige. Doch diese pantomimische Einlage blieb ohne jede Wirkung. Er hustete, aber sein Husten ging im Stimmengewirr und Getuschel dieses Debattierklubs unter. Er klopfte mit dem Zeigefinger vor sich auf das Mikrofon, was immerhin drei oder vier Grüppchen dazu veranlaßte, ihre Plätze einzunehmen. Er ließ die Uhr am Ende der Kette, mit dem Zifferblatt zur Zuhörerschaft, hin und her baumeln, was einiges Gelächter auslöste und sechs »Schuldbewußte« dazu bewegte, sich hinzusetzen. Doch alles in allem stand noch die Hälfte der Teilnehmer herum. Also erhob sich Salomon, was an sich noch keine große Aufmerksamkeit erregte, denn sein Körper beanspruchte ja nicht besonders viel Raum. Aber diejenigen, die ihn – wie ich – beobachteten, erkannten an seinem Blick, daß er einen Entschluß gefaßt hatte. Zwischen der Befürchtung, als jemand dazustehen, der seine Kollegen herumkommandiert, und dem Wunsch, den Zeitplan einzuhalten, hatte er sich entschieden. Er umklammerte mit einer Hand, die kaum größer war als die eines zehnjährigen Kindes, das Mikrofon und sagte:

»Meine Damen und Herren, würden Sie sich bitte setzen. Wir wollen endlich anfangen.«

Das Volumen und die Kraft seiner schönen Baßstimme, die durch das Mikrofon noch verstärkt wurde und die paradoxerweise dieser zarten Erscheinung entsprang, riefen größte Verblüffung bei seinen verwirrten Schafen hervor. Schnell nahmen sie ihre Plätze ein.

Salomon betrachtete seine gelehrte Herde mit zufriedener Miene und lenkte dann, ohne lange Vorrede, die Aufmerksamkeit aller auf das heikle Problem der Sprache bei den Primaten.

»Meine Damen und Herren, obwohl ich Ihre Wiedersehensfreude teile und durchaus Verständnis dafür habe, daß Sie Ihre freundschaftlichen Verbindungen auffrischen möchten, wird es wohl trotzdem niemandem entgangen sein, daß dieses Kolloquium eher die Ursache als der Grund für diese Begegnung ist (Gelächter). Ziel unserer Zusammenkunft nämlich ist es, eine heikle Frage zu erörtern, die die Gemeinschaft der Wissenschaftler in zwei Lager spaltet und vielleicht sogar dauerhaft spalten wird. Diese Frage ist die folgende: Sind Primaten fähig, eine Sprache zu sprechen, oder sind sie es nicht?

Ich hoffe, Sie unterstellen mir keinen Chauvinismus, wenn ich Sie daran erinnere, daß die Idee, einem Primaten eine Gebärdensprache beizubringen, von einem Franzosen stammt: von dem Naturforscher La Mettrie. Aber La Mettrie begnügte sich damit, diese brillante Idee formuliert zu haben (Gelächter). Es waren amerikanische Wissenschaftler, die sich – nicht ohne Anstrengungen, Rückschläge, Tränen, Schweiß und Zähneknirschen hinnehmen zu müssen – bemühten, diese Idee in die Tat umzusetzen.

So versuchten zum Beispiel die Hayes, ihrem Affenweibchen Vicki Englisch beizubringen. Sie scheiterten, aber selbst dieser Fehlschlag war fruchtbar, denn er ließ die Forscher zu der Überzeugung gelangen, daß Primaten nie in der Lage waren oder sein würden, artikuliert sprechen zu lernen.«

An dieser Stelle hatte es vereinzelt Beifall gegeben, was Professor Salomon zu überraschen schien, denn er sah über den Rand seiner Brille hinweg ins Auditorium und sagte mit gutmütiger und zugleich hinterlistiger Miene:

»Wenn ich die Unfähigkeit der Primaten, eine Sprache zu sprechen, hier in Erinnerung gerufen habe, so deshalb, um dies zu bedauern, und nicht etwa, um mich deswegen zu beglückwünschen.« (Lachen und Beifall)

Als der Beifall nicht enden wollte, tippte mich mein Nachbar zur Rechten, Pierre, am Ellenbogen und sagte mit gesenkter Stimme:

»Ohne auch nur den Eindruck zu machen, sie angegriffen zu haben, hat der Alte es ihnen aber gehörig gegeben.«

»Wem?«

»Den Feinden der Aufklärung.«

»Wen meinen Sie damit?«

»Die Leute, die es für eine Beleidigung des Menschen halten, wenn ein Affe sprechen kann, und sei es nur eine Zeichensprache.«

»Und diese Einstellung ist sogar hier verbreitet?«

»Gewiß. Selbst unter Wissenschaftlern von höchstem Niveau gibt es Kleingeister.«

Pierre hatte zwar mit gesenkter Stimme gesprochen, aber nicht so leise, daß Suzy es nicht hätte hören können. Sie fing an zu lachen. Inzwischen war wieder Ruhe eingekehrt, und eine alte Dame drehte sich mit mißbilligendem Gesichtsausdruck zu Suzy um, den sie auch beibehielt, als Suzy ihr ein freundliches Lächeln schenkte.

Salomon fuhr fort:

»Nach den Hayes konnte die Fachwelt mit verfolgen, wie zum ersten Mal versucht wurde, einem Schimpansen die Gebärdensprache beizubringen. Der ganze Ruhm dieses Projekts gebührt den Gardners, die auf diesem Gebiet Pionierarbeit leisteten (Beifall). Unglücklicherweise wurde ihre Arbeit nicht einhellig geschätzt, und sie waren gezwungen, ihr Projekt einzustellen, weil ihnen keine weiteren Gelder bewilligt wurden. Ich für meinen Teil bedaure dies in Anbetracht ihrer Forschungsergebnisse unendlich (lebhafter Beifall).

Die Wissenschaftler, die zum gegenwärtigen Zeitpunkt Primaten Ameslan beibringen – wie etwa Francine Patterson dem Gorillaweibchen Koko oder Dr. Dale der Schimpansin Chloé –, finanzieren ihre Projekte aus eigener Tasche. (Pierre drehte sich zu mir und lächelte.)

Doch die Gebärdensprache war nicht die einzige Sprache, mit der man Primaten konfrontierte. Andere Forscher – etwa die Premacks mit ihrer Schimpansin Sarah und die Rumbaughs mit der Schimpansin Lana – zogen es vor, ihre Affen jeweils eine von ihnen entwickelte Kunstsprache zu lehren.«

In diesem Augenblick hörte man am Eingang des Saales Lärm. Salomon unterbrach seinen Vortrag, und ein Rollstuhl tauchte im

Mittelgang auf. In ihm saß eine Dame mit einem unglaublich faltigen Gesicht und feuerrotem Haar. Der Mann, der den Rollstuhl schob, war lang und dünn. Er wirkte unbeholfen und schlaksig wie ein Halbwüchsiger, obwohl er, seinen Gesichtszügen nach zu urteilen, um die Sechzig sein mußte.

Er schob den Rollstuhl bis in die erste Reihe, und als er für sich keinen freien Platz mehr fand, setzte er sich auf den Rand des Podiums. Seine Haltung drückte sowohl Aufmerksamkeit als auch Resignation aus.

»Marcel, wo sind Sie?« rief die Dame sehr deutlich mit durchdringender Stimme.

»Neben Ihnen, meine Liebe.«

»Und wer steht am Rednerpult?«

»Professor Salomon.«

»Guten Tag, Salomon«, sagte die Dame mit fast königlichem Gebaren.

»Guten Tag, Madame«, erwiderte Salomon.

»Ich bitte Sie, Salomon, fahren Sie fort!«

»Ich wartete nur auf Ihre Erlaubnis«, sagte Salomon.

Vereinzeltes Gelächter. Ich beugte mich zu meinem Nachbarn zur Rechten.

»Wer ist das?«

»Madame de Furstemberg, die ehemalige Rektorin der Akademie von Paris. Sie ist seit zwanzig Jahren gelähmt.«

»Warum trägt sie diese Brille mit den blauen Gläsern?«

»Sie ist blind.«

»Lieber Gott, das ist aber nun hoffentlich alles!«

»Nein, sie ist auch noch halb taub. Aber wie Sie sehen, ist sie keineswegs stumm. Und sie hat eine eiserne Disziplin.«

»Sie scheint Professor Salomon ja sehr gut zu kennen«, meinte Suzy, die sich zu uns herüberbeugte.

»Salomon ist ein ehemaliger Schüler von ihr.«

»Um wieder auf die Premacks zurückzukommen«, sagte Salomon, »sie entwickelten, wie ich bereits erwähnte, eine künstliche Sprache, um mit ihrer Schimpansin Sarah zu kommunizieren. Die Elemente waren kleine Plastikmarken von willkürlicher Form und Farbe. Ihre Rückseiten waren metallisch und konnten auf einer Magnettafel befestigt werden. Jede Plastikmarke stand für ein Wort. So bezeichnete zum Beispiel ein blaues Dreieck einen Apfel, ein rosa Viereck eine Banane.«

»Ich sehe nicht, welchen Vorteil diese künstliche Sprache gegenüber der Gebärdensprache haben soll«, meinte plötzlich Madame de Furstemberg mit ihrer durchdringenden Stimme. »Erstens spricht der Schimpanse ja nicht wirklich, sondern er bedient sich seiner Hände. Er schreibt. Zweitens kann er nur in einem speziellen Raum mit Plastikmarken auf eine Magnettafel schreiben. Drittens kann ihn nur sein Lehrer verstehen, wohingegen Ameslan immerhin von mehreren Millionen Menschen verstanden wird. Und schließlich und endlich gibt es bei der Gebärdensprache, wie übrigens auch in der gesprochenen Sprache, häufig eine Ähnlichkeit zwischen dem Zeichen und dem Wort einerseits und dem Gegenstand, den es bezeichnet, andererseits. Genau an diesem Punkt wird deutlich, daß diese Sprachen menschlicher Natur sind. Salomon, wie, sagten Sie, wird das Wort ›Banane‹ in der künstlichen Sprache von Mr. Premack dargestellt?«

»Durch ein rosa Viereck.«

»Ein rosa Viereck! Ich bitte Sie! Warum nicht ein rosa Dreieck wie für die Homosexuellen in den Konzentrationslagern der Nazis? Wenn Sie das Wort ›Banane‹ aussprechen – egal, ob in Französisch oder Englisch –, so weisen Sie ganz sicher nicht auf einen harten Gegenstand mit Ecken, wie zum Beispiel ein Viereck, hin. Sie rufen einen länglichen, weichen Gegenstand ins Bewußtsein.« (Gelächter)

»Selbstverständlich ist das Symbol von Mr. Premack rein willkürlich festgelegt worden«, entgegnete Salomon. »Es handelt sich ja um eine künstlich entwickelte Sprache.«

»Und genau da liegt für mich der Hund begraben«, sagte Madame de Furstemberg mit Nachdruck. »Wenn der Mensch einem Primaten eine Sprache beibringen will, so sollte er eine Sprache wählen, die zu einem guten Teil menschliche Natur transportiert, wie zum Beispiel die Taubstummensprache. Salomon«, fuhr sie im gleichen autoritären und vertraulichen Ton fort, den sie vermutlich schon vor vierzig Jahren, als er noch ihr Schüler war, angeschlagen hatte, »Salomon, wissen Sie, wie man ›Baby‹ in Ameslan ausdrückt?«

»Ja, Madame«, antwortete Salomon mit einem amüsierten Lächeln. Er legte seine kurzen Arme so vor seinen schmächtigen Brustkorb, als wiege er ein Baby in den Schlaf (Lachen).

»Sie werden zugeben«, erwiderte Madame de Furstemberg mit ihrer klangvollen Stimme, »daß diese Geste sehr viel aussagekräftiger und viel menschlicher ist als ein rosa Viereck, das eine Banane symbolisiert. Könnte Mr. Premack vielleicht etwas dazu sagen?«

»Er konnte leider an diesem Kolloquium nicht teilnehmen«, entgegnete Salomon. »Wie übrigens auch Mr. und Mrs. Rumbaugh nicht, deren Arbeiten ich nun kurz zusammenfassen werde, wenn Sie gestatten, Madame«, meinte er zu Madame de Furstemberg mit einer Mischung aus Respekt, Wohlwollen und Ironie.

»Ich bin es, mein lieber Salomon, die sich entschuldigen muß, Sie unterbrochen zu haben«, sagte Madame de Furstemberg. »Ich tue dies mit aufrichtiger Reue, aber so wie ich mich kenne, kann ich Ihnen nicht versprechen, daß ich nicht wieder rückfällig werde.« (Gelächter)

»Sie ist unbezahlbar«, sagte Suzy und beugte sich vor, um meinen Nachbarn zur Rechten ansehen zu können. »Aber warum färbt sie sich die Haare rot?«

»Sie sagt, daß es ihr Spaß macht, wenigstens etwas Farbe auf dem Kopf zu haben, jetzt, wo sie selbst keine mehr erkennen kann.«

»Verzeihen Sie, Madame«, meinte die alte Dame neben Suzy, »aber Sie würden mir eine Freude machen, wenn Sie schweigen würden. Ich würde gerne zuhören.«

»Sie überraschen mich«, entgegnete Suzy, »Sie möchten zuhören, noch bevor Mr. Salomon erneut das Wort ergriffen hat?«

Kaum hatte sie diesen Satz vollendet, als Salomon wieder zu sprechen begann. Da legte ich meine Hand auf Suzys Oberschenkel; nicht etwa, um sie zu trösten, sondern um ihre Nachbarin zu schockieren. Ich vermied es jedoch, die Dame anzusehen, und so erfuhr ich nicht, ob ich damit Erfolg hatte.

»Die Rumbaughs«, fuhr Salomon fort, »erfanden eine andere künstliche Sprache und bedienten sich auch einer neuen Unterrichtsmethode. Die Symbole, die bestimmte Worte repräsentierten, standen auf den Tasten einer speziellen Schreibmaschine. Wenn nun die Schimpansin Lana auf eine Taste drückte, leuchtete diese auf, und das entsprechende Symbol erschien auf einem Bildschirm vor ihren Augen und gleichzeitig auf einem zweiten Bildschirm in einem Nebenzimmer, in dem sich der Lehrer aufhielt. Alle Gespräche zwischen dem Lehrer und Lana wurden automatisch von einem Computer erfaßt.«

Nachdem das Wort »Computer« gefallen war, hielt Salomon inne und sah Madame de Furstemberg an. Da sie keinen Ton von sich gab, meinte er mit ebenso ernsthafter wie vorgetäuschter Ehrfurcht:

»Wollten Sie etwas sagen, Madame?«

»Ganz und gar nicht«, erwiderte sie etwas ungehalten. »Man muß sich ja etwas zusammenreißen können, wenn man nicht möchte, daß dieses Kolloquium zu einem reinen Zwiegespräch oder gar zu einem Monolog ausartet.« (Gelächter)

»Da habe ich mich wohl in Ihren Absichten getäuscht«, sagte Salomon.

»Salomon«, meinte sie tadelnd, »versuchen Sie ja nicht, mich hinters Licht zu führen! Sie wissen ganz genau, was ich an solchen Experimenten auszusetzen habe! Es ist die Tatsache, daß diese arme Schimpansin Lana ein Versuchstier ist, das sich nur dank hochentwickelter technischer Apparaturen mit seinem Lehrer unterhalten kann; und zwar in einer Sprache, die künstlich geschaffen wurde und die nur ihr Lehrer versteht. Die Auswirkungen sind Ihnen bekannt! Sie brauchen dieses kleine, unglückliche Geschöpf nur aus dem Versuchsraum herauszulassen, es von den sperrigen und komplizierten Apparaten fernzuhalten, und schon ist es nicht mehr in der Lage, auch nur irgend etwas irgend jemandem mitzuteilen.«

»Madame«, griff Salomon ein, »ich weiß nicht, ob es den Regeln des Fair play entspricht, diese Kritikpunkte in Abwesenheit der Premacks und der Rumbaughs zu formulieren.«

Da meldete sich eine große, junge Frau zu Wort, deren Gesicht von langen, blonden Haaren umrahmt wurde, und Salomon sagte:

»Miss Francine Patterson, glaube ich? Sie haben das Wort!«

»Ich möchte dazu folgendes sagen: Angesichts der Kritik, mit der sich die Rumbaughs in den Vereinigten Staaten konfrontiert sahen und die weitaus weniger berechtigt war als die Einwände, die wir hier gerade gehört haben, haben die beiden manchmal ihre Forschungsergebnisse verteidigt, aber ebensooft heruntergespielt. Und was Premack betrifft, so hat er nicht einmal versucht, seine Resultate zu rechtfertigen. Er bezeichnete die sprachliche Befähigung der Primaten als ›trivial‹.«

»Was heißt in diesem Zusammenhang ›trivial‹?«

»Unbedeutend«, erklärte Madame de Furstemberg. »Außerdem«, fuhr sie fort, »hat sich Premack mittlerweile von seinen Versuchen mit Menschenaffen distanziert. Als er das letzte Mal in Paris war, um eine der begehrtesten wissenschaftlichen Auszeichnungen in Empfang zu nehmen, verwendete er das Wort ›Primat‹ so gut wie gar nicht. Statt dessen hielt er eine Rede, die vor allen Dingen wegen ihrer Unverständlichkeit äußerst bemerkenswert war.« (Lachen)

Als das Gelächter verstummt war, ertönte mitten aus der Zuhörerschaft eine kräftige Stimme. Doch weil die Person, zu der sie gehörte, nicht aufstand, konnte ich sie nicht erkennen.

»Sehr geehrter Herr Vorsitzender«, erklärte die Stimme, vor Entrüstung bebend, »wäre es möglich, eine gewisse Ordnung in die Debatte zu bringen? Die Art und Weise, in der die Dinge sich hier abspielen, hat nur sehr entfernt mit meiner Vorstellung von einem Kolloquium zu tun.«

»Mir geht es nicht anders«, erwiderte Salomon gutmütig, »aber der Mensch vermag nichts gegen die Kräfte der Natur... Möchten Sie dem noch etwas hinzufügen, Monsieur?«

Der Betreffende bedeutete offenbar, daß er das nicht wolle, denn Salomon fuhr fort und kündigte an, daß er der Reihe nach die Gardners, Francine Patterson und Dr. Dale ans Rednerpult bitten werde. »Alle diese Wissenschaftler haben eines gemeinsam: Sie wählten die Gebärdensprache, um ihre jeweiligen Forschungsprojekte durchzuführen.«

Als die Gardners ans Rednerpult traten und heftigen Beifall von allen Zuhörern erhielten, beugte sich Pierre zu mir herüber und fragte:

»Kennen Sie sie?«

»Ich kenne ihre Arbeiten, aber sie selbst sehe ich, wie Sie, heute zum ersten Mal.«

»Zwei gutmütige Amerikaner«, meinte Pierre.

Diese Bemerkung amüsierte Suzy. Sie beugte sich vor und fragte leise:

»Was verstehen Sie darunter?«

»Ernsthaft, aufrichtig und bescheiden.«

»Genauso ist es«, sagte Suzy.

Da der Leser ja schon ausführlich das Projekt Chloé kennengelernt hat und auch weiß, daß dabei das gleiche Medium und die gleichen Methoden wie bei den Gardners und Francine Patterson angewendet werden, verzichte ich darauf, den Inhalt der nun folgenden Vorträge wiederzugeben.

Madame de Furstemberg unterbrach keinen der drei Vorträge und machte auch keinerlei Bemerkung, als wir fertig waren. Vielmehr begnügte sie sich damit, unsere jeweiligen Ausführungen lebhaft zu beklatschen. Das überraschte mich nicht, denn sie hatte uns ja vorhin deutlich zu verstehen gegeben, daß sie es strikt ablehnte, mit Primaten über künstliche Sprachen zu kommunizieren, und statt dessen der Verwendung einer menschlichen Sprache, wie der Gebärdensprache, den Vorzug gab. Suzy war der Ansicht, daß sie sich vielleicht durch den Aufruf zur Ordnung dazu entschlossen hatte, sich in ihren Zwischenbemerkungen zu mäßigen. Aber Pierre sagt kopfschüttelnd: »Sie kennen Sie nicht! Sie und sich mäßigen? Sie läßt keine Gelegenheit aus! Sie werden schon sehen...!«

Ich trat als letzter ans Rednerpult, und als ich fertig war, ging Professor Salomon noch einmal auf die einzelnen Vorträge und Filme ein. Er bedankte sich bei den Gardners, Francine Patterson und mir für unsere Beiträge und freute sich über das Interesse, das sie bei den Zuhörern gefunden hatten. Er erinnerte jedoch daran, daß die Schlußfolgerungen, die die Gardners aus dem Projekt Washoe und Francine Patterson aus dem Projekt Koko gezogen hatten, von Professor Mulberry heftig angegriffen worden waren. Zum Projekt Chloé hatte er noch nichts sagen können, da er erst kürzlich etwas darüber durch einen Artikel von Dr. Dale im *New Scientist* erfahren hatte.

»Professor Mulberry selbst hat das Projekt Roy geleitet«, fuhr Salomon fort. »Roy ist ein junger Schimpanse. Mr. Mulberry und seine Mitarbeiter versuchten, ihm die Gebärdensprache beizubringen. Nach vier Jahren verweigerte Roy jedoch seinen Lehrern jegliche Aufmerksamkeit, und so mußte Professor Mulberry sein Unternehmen beenden. Die Schlußfolgerung, die Mr. Mulberry daraus zog, war negativ: Obwohl ein Primat in der Lage ist, Wörter zu erlernen, läßt sich daraus nicht ableiten, daß er wirklich lernt, eine Sprache zu gebrauchen.

In einer ganzen Reihe von Artikeln äußerte Mr. Mulberry seine Kritik zu dem Projekt Washoe der Gardners, dem Projekt Koko von Francine Patterson, dem Projekt Sarah der Premacks und dem Projekt Lana der Rumbaughs. Seine kritischen Bemerkungen basierten auf den Veröffentlichungen, Fotos und Filmen, die diese Forscher der Fachwelt zur Verfügung gestellt hatten. Die Gardners und Francine Patterson verteidigten ihre Projekte mit einiger Entschiedenheit. Dem folgte eine stark polemisch gefärbte Auseinandersetzung, die tiefe Spuren hinterlassen hat und die auch heute noch weit davon entfernt ist, sich erschöpft zu haben. Ich erteile Professor Mulberry das Wort.«

Ich gebe zu, daß Suzy und ich sehr gespannt diesen gefährlichen Inquisitor betrachteten, als er schnellen Schrittes das Podium betrat. Aber, um ehrlich zu sein, sein Äußeres verriet uns gar nichts. Er war ein groß gewachsener Mann mit einem blonden Bart. Ich werde an dieser Stelle nicht seine Ausführungen wiedergeben, und zwar deshalb nicht, weil seine Gegner – um seinen Standpunkt zu widerlegen – fast Wort für Wort auf das eingehen werden, was er im Verlauf dieses Kolloquiums berichten würde.

Als Mulberry seinen Vortrag beendet hatte, schwang sich Francine Patterson mit großer Kühnheit zu einem Gegenangriff auf, der allerdings in akademische Termini verpackt war. Sie wies darauf hin, daß das Projekt Roy von Mr. Mulberry nur über einen relativ kurzen Zeitraum hinweg durchgeführt worden war. Mulberry sei »methodischen Schwierigkeiten« ausgesetzt gewesen, die so schwerwiegend gewesen seien, daß sie seine Ergebnisse beeinträchtigt hätten. Sie verglich wiederholt ihre jeweiligen Ergebnisse, besonders im Hinblick auf die Anzahl der Zeichen, die die beiden Versuchstiere spontan, das heißt ohne Einmischung des Lehrers, ausführten. Die Häufigkeit dieser spontan geäußerten Zeichen betrug bei Roy nur 12%. Bei Koko lag die Quote bei 41%.

»Diese Differenz ist sehr bezeichnend«, sagte nun Madame de Furstemberg, »vor allem dann, wenn man berücksichtigt, daß bei Mr. Mulberry der überwiegende Teil der Antworten des Primaten quasi durch die Frage des Lehrers ›souffliert‹ wurde. Ich habe den Eindruck, Miss Patterson, daß Sie diesen Unterschied in der Spontaneität der beiden Versuchstiere nicht auf eine intellektuelle Überlegenheit von Koko gegenüber Roy zurückführen, sondern auf das, was Sie als ›methodische Schwierigkeiten‹ des Projekts Roy bezeichnet haben.«

»Ja«, sagte Miss Patterson, »genau das meine ich.«

Doch mehr sagte sie nicht dazu, was mancherorts Unruhe hervorrief und unsere Neugier anstachelte.

Nun trat Beatrice Gardner ans Rednerpult und brachte die Dinge noch sehr viel genauer auf den Punkt, besonders hinsichtlich der Methoden des Projekts Roy.

»Wenn Mr. Mulberry es sich zum Ziel gesetzt hatte«, sagte sie, »einen Vergleich zwischen dem Schimpansen Roy und einem Kind gleichen Alters anzustellen, so war seine Verfahrensweise ausgesprochen schlecht gewählt. Der größte Teil von Roys Unterricht wurde in einer fensterlosen Kammer von zweieinhalb Meter Länge durchgeführt. Es gab in ihr keinen einzigen Gegenstand, der Roy von seinem Unterricht hätte ablenken können. Und genau diese Situation war es«, fügte Beatrice Gardner mit rachsüchtiger Ironie hinzu, »die Mr. Mulberry nach eingehender Betrachtung der Videoaufzeichnungen zu dem Schluß kommen ließ, daß es Roys Gebärden an jeglicher Spontaneität mangelte...!

Außerdem schärfte Mulberry seinen Assistenten nachdrücklich ein, niemals zu vergessen, daß Roy ein Versuchstier und kein Kind sei. Diese Anweisung ging sogar so weit, daß er seinen Mitarbeitern verbot, Roy zu trösten, wenn er nachts weinte...«

»Wenn ich Sie recht verstehe«, unterbrach sie Madame de Furstemberg, die – wie Pierre so treffend bemerkt hatte – »keine Gelegenheit ausließ«, »so meinen Sie, daß man, wenn man einen Schimpansen eine menschliche Sprache lehren möchte, ihn auch menschlich behandeln sollte. Glauben Sie, daß die karge und unmenschliche Umgebung die Ursache dafür war, daß das Projekt Roy nur von so kurzer Dauer war?«

»Ich finde«, sagte Suzys Nachbarin zur Linken, »daß Madame de Furstemberg denjenigen, der gerade spricht, nicht unterbrechen sollte. Außerdem halte ich ihre Fragen für hinterhältig.«

»Ihre Fragen sind nicht hinterhältig«, entgegnete Salomon, »sie sind polemisch. Und Mr. Mulberry sollte sich deswegen nicht beklagen, denn schließlich war er es ja selbst, der diese Kontroverse, die wir hier diskutieren, aufgebracht hat. Andererseits haben Sie das Recht, Madame, die Störerin zu stören, und von diesem Recht haben Sie, wenn ich mich nicht täusche, gerade Gebrauch gemacht (Lachen). Im übrigen sehe ich Mr. Mulberry eifrig Notizen machen, und ich bin sicher, daß er beabsichtigt, diesen Vorwürfen vehement zu begegnen.«

»Seien Sie dessen gewiß!« sagte Mulberry.

»Wie ich bereits dargelegt habe«, fuhr Mrs. Gardner fort, »ist die karge und wenig anregende Umgebung eine Erklärung für das Fehlen spontaner Reaktionen von Roy. Aber das Scheitern dieses Projekts hat eine andere Ursache. Gut sechzig Mitarbeiter wurden Roy in kurzer Zeit nacheinander präsentiert, und man schätzt die Zahl der Personen, die zwei oder drei Unterrichtsstunden lang mit ihm arbeiteten, auf das Zwei- bis Dreifache. Nur eine Handvoll von ihnen beherrschte Ameslan so gut, um eine Unterhaltung in der Sprache, die sie ihm doch eigentlich beibringen sollten, führen zu können. Nach vier Jahren verkraftete Roy den ständigen und immer schnelleren Wechsel seiner Lehrer zunehmend schlechter. Er begann, dem Unterricht jegliche Aufmerksamkeit zu verweigern. Das bedeutete das Ende des Experiments.«

»Im Grunde genommen«, bemerkte Madame de Furstemberg, »war es ein Vorlesungsstreik. Roy setzte dem Projekt Roy selbst ein Ende.«

Obwohl ihre Bemerkung sehr treffend war, löste sie kaum Gelächter aus. Die Zuhörer waren sichtlich von ihren Einwürfen gelangweilt. »Das ist kein Kolloquium mehr«, meinte Pierre leise zu mir, »sondern eine One-man-Show. Sogar Salomon ist etwas gereizt.«

»Fahren Sie fort, Mrs. Gardner«, sagte Salomon.

»Ich möchte einen weiteren Aspekt hervorheben«, sagte Beatrice Gardner. »Mulberry berichtete uns, daß jedesmal, wenn er die Videoaufnahmen von Roy Leuten zeigte, die die Taubstummensprache beherrschen, diese davon überzeugt waren, daß Roy sie tatsächlich konnte, wenn auch auf sehr kindliche und behelfsmäßige Art. Mulberry setzte seine Untersuchung fort und kam auf die Idee, die gleichen Videobänder im Zeitlupentempo vorzuführen. Dabei entdeckte er, daß mit zunehmender Verlangsamung die von Roy signalisierten Gebärden den eigentlichen Gebärden der Gehörlosensprache immer unähnlicher wurden. Aber auch die gesprochene Sprache wird, wenn man die Geschwindigkeit des Wiedergabegerätes drosselt, immer weniger identifizierbar und klingt allmählich nicht mehr menschlich...«

Beatrice Gardner erntete großen Beifall. Daraufhin melde ich mich zu Wort.

»Sie fragen sich vielleicht«, begann ich, »warum ich das Bedürfnis habe, Professor Mulberry zu antworten, denn er hat ja meine Forschungsergebnisse mit der Schimpansin Chloé nicht in Frage gestellt. Doch da Professor Mulberry recht heftige Kritik an den Projekten Washoe, Koko, Sarah und Lana geübt hat, wäre es sehr anmaßend von mir zu glauben, daß das Projekt Chloé als einziges seinen Angriffen entkäme.« (Gelächter)

»Dr. Dale«, warf Madame de Furstemberg sofort ein, »sind Sie der Ansicht, daß Mulberry – weil sein Projekt mit Roy gescheitert ist – sein eigenes Mißlingen auf alle anderen Projekte verallgemeinernd überträgt?«

»Nein, Madame«, erwiderte ich mit Nachdruck, »das glaube

ich nicht. Ich denke, der Grund dafür, daß Mr. Mulberry zu dieser negativen Beurteilung der Verwendung von Gebärdensprache bei Primaten gekommen ist, liegt vielmehr an seinem Verständnis von Sprache.

Von den beiden Elementen, die Sprache ausmachen – dem Wort und dem Satz – erscheint ihm allein der Satz als spezifisch menschlich, weil er eine Grammatik aufweist. Das ist eine einleuchtende apriorische Erkenntnis. Einige Linguisten gehen sogar noch weiter. Noam Chomsky ist zum Beispiel der Ansicht, daß der Mensch genetisch mit einer syntaktischen Struktur ausgestattet ist, die ihm, unabhängig von seinen intellektuellen Fähigkeiten, innewohnt. Man muß sich fragen, auf welchen Fundamenten, wenn nicht metaphysischen, eine solch willkürliche Vorstellung basiert! Der Linguist Brown behauptet zum Beispiel, daß ein Kind ›ein angeborenes Empfinden für die Wortstellung‹ besitze. Ich weiß nicht, ob Mr. Mulberry auch so weit geht, aber die Vorrangstellung der Syntax als ein rein menschliches Element der Sprache ist in seinem Denken wohl fest verankert. Aus seiner Sicht sprechen die Primaten, die wir unterrichtet haben, nicht wirklich. Sie kennen Wörter, aber die Syntax ist ihnen unbekannt. Stellt meine Antwort Sie zufrieden, Madame?«

»Voll und ganz«, meinte Madame de Furstemberg mit ihrer durchdringenden Stimme. »Setzen Sie Ihre Ausführungen nur fort, junger Mann, (Gelächter) und haben Sie keine Angst davor, noch einmal von mir unterbrochen zu werden.«

»Danke. Meiner Ansicht nach verfügen die Primaten, die wir unterrichtet haben, durchaus über Rudimente einer Syntax. In einem Aufsatz von Beatrice Gardner habe ich eine Bildfolge von vier Fotos gesehen, die Washoe mit ihrer Lehrerin zeigen, die eine kleine Katze auf dem Arm hat. Washoe sagte zu ihr in Taubstummensprache: *Ich umarmen Katze.* Alles ist vorhanden: Subjekt, Prädikat, Objekt. Man kann in diesem Fall auch nicht behaupten, daß die Lehrerin der Schimpansin ›souffliert‹ habe, denn sie hat ja nichts gesagt. Sie hat nur eine Katze im Arm gehalten.

Ebenso bedeutsam scheint mir die Tatsache zu sein, daß die Primaten durchaus schöpferisch mit Sprache umgehen können.

Mr. Mulberry kritisierte die allgemein bekannte Geschichte von der Schimpansin Washoe und dem Schwan. Ihr Lehrer, Roger Fouts, ging mit ihr an einem See spazieren. Er deutete auf einen Schwan und fragte sie, was das sei. Washoe antwortete mit zwei aufeinanderfolgenden Zeichen: *Wasser-Vogel*. Ein schönes Beispiel für die Gardners für die Neuschöpfung eines zusammengesetzten Wortes.

Mr. Mulberry bezweifelt, daß es sich hier um eine Neuschöpfung gehandelt habe. Washoe, so behauptet er, war schon seit langem an die Frage: *Was ist das?* gewöhnt, die man ihm stellte, wenn man auf einen Gegenstand deutete. Sie hat das Wasser gesehen, deshalb sagte sie: *Wasser*, und sie hat den Schwan gesehen, also äußerte sie: *Vogel*. Diese Reaktion, so folgerte Mulberry, lasse noch nicht darauf schließen, daß sie eine Beziehung zwischen dem Wort *Wasser* und dem Wort *Vogel* hergestellt habe.

Aber diese Erklärung wäre nur dann stichhaltig, wenn Roger Fouts zwei Fragen gestellt hätte. Einmal hätte er: *Was ist das?* fragen müssen, als er auf das Wasser deutete, und ein weiteres Mal, als er ihr den Schwan zeigte. Nun hat er aber nur eine einzige Frage gestellt, und zwar die zweite.

Und die einfachste Erklärung für die Antwort *Wasser-Vogel* ist die, daß Washoe – die zum ersten Mal einem Schwan begegnet – darüber erstaunt ist, einen Vogel zu sehen, der sich auf dem Wasser anstatt in der Luft bewegt.

Mr. Mulberry lehnt es ab, allein aufgrund dieser Anekdote – die er als ›Einzelfall‹ betrachtet – ein Beziehungsverhältnis zwischen *Wasser* und *Vogel* festzustellen. Doch diese Episode ist keinesfalls einzigartig. Es gibt andere Beispiele für selbständig geschaffene Ausdrücke von Schimpansen, sowohl in Taubstummensprache als auch in künstlichen Sprachen. Sie wurden von Duane M. Rumbaugh 1977 auf einem Kolloquium anläßlich des hundertsten Geburtstags von Dr. Yerkes anschaulich aufgelistet.

Die Schimpansin Lana wußte zum Beispiel nicht, wie sie die Orangenlimonade Fanta nennen sollte, und bezeichnete sie dann als: *Coca, die orange ist*. Wohlgemerkt, sie sprach nur von der Farbe Orange, denn sie kannte nur die Farbe und nicht den Namen der Frucht. Deshalb bezeichnete sie auch die Frucht als *Ap-*

fel, der orange ist. Etwas später bildete sie einen Ausdruck für eine überreife Banane. Sie sprach von einer *Banane, die schwarz ist.*

Die Schimpansin Lucy nannte Orangen und Zitronen *Riech-Obst*. Rettiche, die sie nicht mochte, wurden zu *Weinen-Schmerz-Essen*. Die Wassermelone, die sie besonders gern aß, bezeichnete sie als *Trinken-Frucht*. Mit anderen Worten, sie beurteilte die Frucht nach ihrer für sie auffälligsten Eigenschaft.

Zum Abschluß seiner Kritik hat Mr. Mulberry erklärt, daß ›die Primaten nicht eindeutig bewiesen haben, daß sie fähig sind, die semantischen und syntaktischen Aspekte einer Sprache zu beherrschen‹. ›Jedoch‹, das hatte er bereits früher festgestellt, ›gelang es ihnen, eine Vielzahl einzelner Wörter zu erlernen, genauso wie Hund, Pferd und andere Tiere.‹

Dieser Vergleich mit Hunden und Pferden ist derart verniedlichend, daß es schwerfällt, ihn ernst zu nehmen. Man kann die sprachliche Leistung des Primaten nicht mit der von Hunden und Pferden gleichsetzen. Diese sind in der Lage, den Sinn von circa fünfzig Wörtern zu erfassen. Aber es besteht doch zweifellos ein großer Unterschied zwischen dem passiven und dem aktiven Wortschatz, also zwischen dem Verstehen dessen, was einem jemand sagt, und der Möglichkeit, das in Worte zu fassen, was man ausdrücken will.

Wenn ich in Gegenwart meines Hundes Roderick das Wort ›Spaziergang‹ benutze, dann geht er, um seine Leine zu holen. Aber er hat mich noch nie in Ameslan aufgefordert, mit ihm eine Runde ums Haus zu gehen. Meine Stute Vanessa begreift sofort, was ich meine, wenn ich zu ihr sage: ›Und nun laß uns nach Hause reiten.‹ Sie beschleunigt sogar ihren Schritt. Aber sie hat mich noch niemals aufgefordert, sie zur Tränke zu führen, indem sie sich auf ihr Hinterteil gesetzt und mit den Hufen ihrer Vorderläufe die entsprechenden Zeichen gemacht hätte (Gelächter).

Zum Abschluß möchte ich noch kurz zusammenfassen, was ich an den Arbeiten meiner beiden Vorredner und meiner eigenen für wesentlich halte:

Die Menschenaffen – Schimpansen und Gorillas –, die wir beobachtet haben, haben es geschafft, sich einen aktiven Wortschatz von 180 bis 400 Wörtern anzueignen. Sie haben gezeigt, daß sie Frage- und Verneinungsformen verwenden können und daß sie imstande sind, zwischen dem Subjekt eines Verbs und seinem Objekt zu unterscheiden. Darüber hinaus sind sie fähig – ausgehend von ihnen bereits bekannten Wörtern –, neue Begriffe zu bilden und sie durch Sinnveränderungen als Beleidigungen einzusetzen oder damit ihre kleinen Missetaten durch kindliche Lügen zu vertuschen. Sie benutzen Sprache, um mit sich selbst zu reden oder um sich an andere Personen in ihrer Umgebung, aber auch an Artgenossen zu wenden. Mit anderen Worten, die Primaten, die wir unterrichtet haben, haben ohne jeden Zweifel die elementaren Grundkenntnisse der menschlichen Sprache erworben.

Diese Fähigkeiten sind überaus bemerkenswert, auch wenn ich sie jetzt etwas vereinfacht habe. Die sprachliche Verständigung des Menschen mit einer Tierart wirft ein völlig neues Licht sowohl auf das Verhältnis des Menschen zur Natur als auch auf sein Verhältnis zu seiner ureigensten Vergangenheit.«

Ich bekam anhaltenden Beifall, ohne daß ich hätte sagen können, ob die Zuhörer meine Ausführungen beklatschten oder mir nur für den lebendigen Stil meines Vortrags danken wollten. Professor Salomon ergriff wieder das Wort und dankte mir herzlich. Angesichts der vorgerückten Stunde hielt er es für besser, die weiteren Vorträge des Kolloquiums auf den nächsten Tag um neun Uhr zu verschieben. Dann würden Mr. Mulberry und andere Redner sicherlich ihre Standpunkte zu dieser Frage ebenso »engagiert wie fesselnd« vortragen.

Als wir den stickigen Saal verließen, schlug mir diese einzigartige Pariser Luft entgegen; diese so erfrischende und stimulierende Luft, die einem immer so erschreckend klarmacht, daß man sonst abseits vom Puls der Zeit lebt.

»Suzy, wo möchtest du heute abend essen?«

»Zu Hause, oder?« entgegnete sie eher fragend.

»Da ist nicht zufällig irgendein Hintergedanke mit im Spiel, den du mir gerne verraten möchtest?«

»Es ist das vernünftigste«, sagte sie, »wenn wir zu Hause essen.«

»Ach was! In Paris? Wo es so viele gute Restaurants gibt!«

»Also gut, wohin?« meinte sie und gab jeden Anschein von Widerstand auf.

»In die *Closerie des Lilas?*«

»In die *Closerie?* In Erinnerung an Hemingway? Das ist nicht gerade eine Empfehlung! Soweit ich weiß, stand sein Sinn mehr nach flüssiger als nach fester Nahrung.«

»Man ißt dort aber sehr gut.«

»Da ist es doch immer so eng. Und dann kann man sich dort so schlecht unterhalten.«

»Und du möchtest reden?«

»Und wie! Ich sprudele nur so. Die ganze Zeit über konnte ich doch nichts sagen.«

»Na gut, dann gehen wir eben ins *Bon Aventure.* Das ist auch sehr gut, und man kann dort in einem schönen kleinen Garten sitzen.«

Als wir im Taxi saßen, kuschelte sie sich an mich.

»Du warst großartig, und alle haben begeistert geklatscht.«

»Ja, aber was haben sie beklatscht? Das Stück oder den Darsteller?«

»Beides.«

»Ich weiß nicht recht. Ich bin ein bißchen niedergeschlagen.«

»Und momentan hast du nicht die geringste Lust zu reden.«

»So ist es.«

»Das kommt, weil du Hunger hast. Es ist merkwürdig: Sobald du hungrig bist, wirst du ganz besorgt. Als wenn du Angst hättest, nichts mehr zu essen zu bekommen.«

Im *Bon Aventure* angekommen, führte uns ein leutseliger Oberkellner an einen Tisch im Garten. Alles war klein hier: der Tisch und auch der Garten.

Sobald der Kellner unsere Bestellung aufgenommen hatte, brachte er Brot, Butter und kleine Häppchen an den Tisch. Ich machte mir sofort eine Schnitte und schlang sie hinunter.

»Fühlst du dich jetzt besser?« fragte Suzy.

»Sehr viel besser.«

»Darf ich dich jetzt fragen, warum du vorhin so niedergeschlagen warst?«

»Ich bin enttäuscht. Eigentlich ist es nicht der Mühe wert, an der morgigen Sitzung teilzunehmen. Das Wesentliche ist bereits gesagt worden. Morgen kann eigentlich nur das wiederholt werden, was wir heute schon gehört haben. Und dann war eigentlich alles für die Katz...«

»Was heißt hier für die Katz? Die Widerlegung von Mulberrys Behauptungen schien mir überzeugend.«

»Das Schlimme dabei ist nur: Mulberry hat gewonnen.«

»Er hat gewonnen? So hat sich das aber für mich während des Kolloquiums nicht angehört.«

»Er hat in Paris vor einer Handvoll Wissenschaftler verloren. In den Vereinigten Staaten aber hat er gewonnen.«

»Warum?«

»Weil sich seine Schlußfolgerungen auf ein ganz tief verwurzeltes Vorurteil mit einer langen Tradition stützen: Der Mensch ist eine Art kleiner Gott. Es gibt keine Verbindung zwischen ihm und dem Tier. Der Mensch ist von anderer Wesensart, von anderer Beschaffenheit. Du hast doch gesehen, wie sich Mulberry am Schluß bemüht hat, den Schimpansen wieder auf eine Stufe mit den Tieren zu stellen, nach dem Motto: Sicher, er versteht Wörter, aber auch nicht besser als Hunde, Pferde und andere Tiere.«

Wir wurden vom Kellner unterbrochen, der uns das Essen servierte. Der Fisch, den wir bestellt hatten, duftete köstlich. Suzy und ich widmeten uns voll und ganz dem hervorragenden Menü, und so war während des Essens jede weitere Fortsetzung unserer fruchtbaren Unterhaltung unmöglich.

Um in die Rue Dupetit-Thouars zu kommen, nahmen wir ein Taxi. Ich kannte diese Strecke gut und hätte nicht so viel Vergnügen daran gehabt, aus dem Fenster zu schauen, wenn Suzy nicht ganz dicht neben mir gesessen hätte. Als wir die Place de la Concorde überquerten, machte ich Suzy darauf aufmerksam, daß es doch ziemlich verwunderlich sei, daß ausgerechnet der Platz diesen Namen trage, auf dem Louis XVI. hingerichtet worden war. Dabei galt er doch als die Symbolfigur der Bürgerkriege. Diese Bemerkung ärgerte Suzy, und sie erwiderte:

»Ach, ich dachte immer, die Amerikaner verstehen am meisten von Bürgerkriegen, oder etwa nicht?«

»Sind Sie Amerikaner, Monsieur?« fragte der Taxifahrer und sah dabei in den Rückspiegel.

»Ja.«

»Also, ich liebe Amerikaner!« sagte er eigentlich eher angriffslustig.

»Na, und ich erst!« meinte Suzy lachend.

Wir waren bester Laune, als wir zu Hause ankamen. Aber gerade als ich aufschließen wollte und nach den vier Treppen noch etwas außer Atem vor der Tür stand, öffnete unser Etagennachbar, ein Bahnbeamter in Pension, seine Wohnungstür. Er steckte seinen Kopf mit dem weißen, struppigen Haar durch den Türspalt und sagte keuchend und schnaufend, weil er kaum Luft bekam:

»Heute nachmittag ist ein Telegramm gekommen. Ich dachte, es ist besser, wenn ich es annehme. Dann brauchen Sie nicht zur Post zu gehen, um es abzuholen.«

»Das haben Sie gut gemacht!« sagte Suzy. »Vielen herzlichen Dank!«

»Ich dachte, es ist wohl was Dringendes«, sagte der Rentner. Er fing wieder zu keuchen an:

»Wenn schon ein Telegramm kommt...«, meinte er beharrlich.

»Ja, ja, sicher«, sagte Suzy. »Das ist ganz reizend von Ihnen.«

»Warten Sie, ich hole es.«

Er ging in die Wohnung zurück und schloß die Tür hinter sich ab, als fürchtete er, daß man ihm folgen und seine Wohnung ausrauben würde. Ich schloß die Tür zu unserem Appartement auf und schaltete das Licht im Flur an. Die Beleuchtung im Treppenhaus war nur sehr schwach.

Es dauerte eine Weile, bis der Rentner wiederkam, in den Flur trat und Suzy das Telegramm überreichte. Dort blieb er wie angewurzelt stehen und wartete darauf, daß sie das Telegramm öffnete. Anscheinend war er der Ansicht, daß er ein Recht darauf habe, den Inhalt zu erfahren, denn schließlich hatte er uns ja die Mühe erspart, das Telegramm am nächsten Tag von der Post abzuholen. Suzys Finger zitterten leicht, als sie es auseinanderfaltete. Sie warf kurz einen flüchtigen Blick auf die Zeilen und las sie dann tonlos vor:

»Chloé schwer erkrankt. Rate euch, sofort zurückzukommen. Donald.«

»Wer ist Chloé?« wollte der Rentner wissen.

»Eine Verwandte«, sagte ich.

Ich schob ihn sanft zur Tür hinaus und bedankte mich noch einmal bei ihm.

Dann schloß ich die Tür und ging ins Wohnzimmer. Suzy saß auf dem Sofa und hatte die Hände vors Gesicht geschlagen. Sie weinte.

Als ich Pablo am Flughafen entdeckte, studierte ich aufmerksam seinen Gesichtsausdruck, aber er wirkte nicht so, als ob er Katastrophenmeldungen für uns hätte. Und genau das machte mich, paradoxerweise, noch nervöser. Doch als ich ihn fragte: »Und wie geht es Chloé?«, antwortete er etwas ausweichend: »Das kann ich Ihnen nicht sagen, Señor, ich habe sie nicht gesehen. Niemand, außer Emma und Mr. Hunt, hat sie gesehen.«

Als Pablo den angespannten und besorgten Ausdruck auf Suzys Gesicht bemerkte, zögerte er noch einen kurzen Augenblick, bevor er mißmutig hinzufügte:

»Mr. Hunt sagt, es ist der Kopf. Er befürchtet, daß sich ihr Zustand verschlechtern könnte.«

Mehr sagte er nicht. Und da wir davon ausgingen, daß er nicht mehr wußte, stellten wir ihm auch keine weiteren Fragen. Auf der ganzen langen Fahrt sprachen wir kein einziges Wort. Pablo erzählte uns von sich aus nur noch, daß es den Kindern gutgehe und daß María de los Angeles sich große Sorgen um Chloé mache.

Kurz vor Yaraville bat ich Pablo, zuerst zu den Hunts zu fahren. Als Mary den Chevrolet erkannte, kam sie aus dem Haus, steckte den Kopf durch das Autofenster auf Suzys Seite, umarmte sie herzlich und sagte uns, daß wir David in Yaraville an Chloés Krankenlager finden würden. Sie sagte »Chloé« und nicht wie sonst »euer kleiner Affe«.

»Wie geht es ihr?« fragte Suzy.

»Schon wesentlich besser als zu dem Zeitpunkt, als Donald euch das Telegramm geschickt hat.«

In Yaraville, wo wir gegen Mittag eintrafen, wurden wir von Juana mit besorgter Miene empfangen. Ja, sie *sah* zwar besorgt aus, aber sie *fühlte* nicht so. Die »Kinder« waren im Internat in der Stadt, wir würden sie erst am Wochenende wiedersehen.

»Mr. Hunt bittet Sie«, sagte Juana, »nicht sofort ins Kinderzimmer hinaufzugehen. Er möchte erst mit Ihnen sprechen.«

»Ich sehe María de los Angeles gar nicht.«

»Ich habe sie zu einer Freundin gebracht. Mr. Hunt meint zwar, daß ohne Kontakt auch keine Ansteckungsgefahr besteht, aber man kann ja nie wissen...«

Ich setzte mich ins Wohnzimmer, Suzy sich mir gegenüber. Mit einem Mal fühlte ich mich sehr erschöpft. Wir sagten nichts und warteten. Donald hatte sicherlich das Auto kommen hören. Warum kam er dann nicht endlich herunter?

Als er schließlich ins Zimmer trat, sah auch er ziemlich erschöpft aus. Ich erfuhr später von Emma, daß er – trotz der vielen Patienten, die er zu betreuen hatte – zweimal täglich gekommen war, um nach Chloé zu sehen.

»Suzy«, sagte er, »könnten Sie mir bei Juana einen Scotch besorgen? Ich werde auch nicht anfangen, bevor Sie wieder da sind.«

Er ließ sich in einen Sessel fallen und stopfte seine Pfeife. Normalerweise trank er nie vor acht Uhr abends und auch dann nur sehr wenig. Nachdem Suzy ihm den Scotch gebracht hatte, hielt er das Glas sichtlich zufrieden in der Hand und nahm einen kräftigen Schluck.

»Es ist eine Hirnhautentzündung. Bei dieser Krankheit gibt es mindestens so viele verschiedene Formen wie bei Grippe. Das vermittelt euch vielleicht einen Eindruck. Der Krankheitsverlauf bei Schimpansen ist der gleiche wie bei uns Menschen. Nur, sie verkraften die Erkrankung nicht so gut. In den meisten Fällen ist die Hirnhautentzündung tödlich.«

»Warum?« fragte Suzy aufgeregt.

»Weil man sie nicht rechtzeitig erkennt. Ich spreche von Schimpansen, die im Käfig gehalten werden. Sie sitzen in einer Ecke des Käfigs, halten den Kopf zwischen den Händen, essen wenig, und im letzten Stadium stehen sie auf, drehen sich um die eigene Achse, fallen hin, stehen wieder auf und fallen wieder hin. Dann weiß man, daß sie diese Krankheit haben, aber dann ist es zu spät.«

»Und Chloé?« fragte Suzy mit erstickter Stimme.

»Chloé kann sich ja mitteilen. Sie konnte rechtzeitig sagen, wo es ihr weh tat. Wenn sie überlebt, verdankt sie das der Taubstummensprache. Und natürlich auch Emma, die so aufmerksam und gewissenhaft ist. Sie hat mich sofort gerufen. Das Krankheitsbild war typisch: Kopfweh, steifer Nacken, leichtes Schielen und Verlust des Gleichgewichts, wenn ich sie auf die Hinterbeine stellte.«

»Und jetzt?« fragte ich.

»Jetzt behandle ich sie, und glücklicherweise ist sie eine wahre Musterpatientin. Sie läßt alles mit sich geschehen und nimmt brav ihre Medikamente ein. Der Haken dabei ist ihr Gemütszustand: Sie wehrt sich nicht gegen die Krankheit.«

»Ist sie defätistisch?«

»Weder defätistisch noch optimistisch. Ich würde ihr Verhalten eher als passiv, als ein Sich-Abkapseln bezeichnen. Ich verspreche mir viel von eurer Anwesenheit. Vielleicht findet sie so ihre Ausgeglichenheit wieder. Sie hat oft nach euch verlangt.«

»Können wir sie nun sehen?« fragte Suzy etwas ungeduldig.

»Einen Augenblick noch, Suzy«, meinte Donald. »Ihr müßt wissen, daß das nicht ohne Risiko ist. Affen können ihre Krankheiten auf den Menschen übertragen. Für diese Erkenntnis haben wir leider einige Opfer bringen müssen. Es werden also ein paar Vorsichtsmaßnahmen getroffen werden müssen. Und dann möchte ich euch noch darauf vorbereiten, daß ihr sie völlig verändert finden werdet. Sie ist in ein kindliches Stadium zurückgefallen. Sie will nicht mehr auf den Topf. Wir mußten ihr wieder Windeln verpassen. Emma hat da ganz schön improvisieren müssen, bei Chloés Größe! Chloé macht nur noch wenige und sehr ungenaue Zeichen. Und manchmal versteht sie auch nicht mehr die Zeichen, die man ihr macht. Emma kümmert sich wirklich aufopfernd um sie. Sie war quasi Tag und Nacht bei ihr, und niemand hat ihr geholfen.«

»Was ist mit Juana?«

Donald zuckte mit den Achseln:

»Das kann man Juana nicht zum Vorwurf machen, daß sie Angst hat, sich anzustecken.«

»Als Elsie und Jonathan noch klein waren«, sagte ich, »hat sie das mehr als einmal mitgemacht. Bei Chloé denkt sie sich wahrscheinlich, daß das nicht der Mühe wert ist. Ein Affe ist eben doch nur ein Affe.«

»Ich halte es für besser, wenn die Kinder am Wochenende nicht nach Yaraville kommen«, sagte Donald. »Um Emma zu entlasten, schlage ich vor, eine Krankenschwester kommen zu lassen; wenn man eine findet, die bereit wäre, sich um einen Schimpansen zu kümmern.«

»Das ist nicht nötig. Ich bin ja da«, sagte Suzy bestimmt. »Don, tausend Dank für alles, was Sie getan haben.«

»Ich habe es für Chloé genauso wie für euch getan«, erwiderte Donald etwas verlegen. »Ich liebe Chloé, sie ist ein braves Mädchen.«

Suzy stand auf und sagte entschlossen:

»Gut, dann laßt uns jetzt zu ihr gehen!«

»Ich warte hier auf euch«, sagte Donald. »Ihr könnt sie ja auch ohne mich begrüßen.«

Chloé hatte sich wirklich sehr verändert. Die Gitter vor ihrem Fenster waren momentan mehr als überflüssig: Sie dachte nicht im Traum daran davonzulaufen, geschweige denn, sich auch nur aus ihrem Bett zu erheben.

Im ersten Moment freute sie sich, uns wiederzusehen, aber es war eine kraftlose Freude. Sie machte Zeichen in Taubstummensprache, aber derart fahrig und schlecht, daß ich mehr erriet als verstand, daß sie von mir in den Arm genommen werden wollte. Mit ihren langen Armen, die früher so kräftig gewesen waren, konnte sie kaum meinen Hals umschlingen. Sie war ja so schwach..., mein Herz krampfte sich bei ihrem Anblick zusammen. Und dann dieser verstörte und leidende Ausdruck in ihren Augen!

Dann schloß Suzy Chloé in die Arme. Erst in diesem Augenblick bemerkte ich Emma, die hinten im Zimmer saß. Sie war schmaler und blaß geworden, aber in ihren großen dunklen Augen war noch immer dieser einfühlsame und ausgeglichene Ausdruck zu erkennen, der mich schon immer an ihr überrascht hatte. Wie war es nur möglich, daß jemand so herzensgut war, ohne sich dessen überhaupt bewußt zu sein?

Sie teilte uns noch einmal den Verlauf der Krankheit mit, aber ihre Geschichte enthielt nichts Neues. Zunächst hatte sich Chloé über Kopfschmerzen beklagt. Emma hatte ihr ein Aspirin gegeben, und als sie merkte, daß die Schmerzen nicht nachließen, hatte sie nach und nach die Dosis erhöht. »Da«, sagte sie, »wirkte Chloé bereits völlig niedergeschlagen. Sie aß nur mehr widerwillig und klagte noch immer über Schmerzen.« Schließlich hatte Emma Donald kommen lassen.

Chloé weinte ein wenig vor sich hin, als Suzy sie wieder ins Bett legte. Aber es lagen Welten zwischen diesem schwachen Schluchzen und den Klagelauten, die sie sonst von sich gegeben hatte, als sie noch gesund gewesen war. Normalerweise hatte sie ihr Klagen hin und wieder für ein paar laute Protestschreie unterbrochen. Jetzt hatte man den Eindruck, daß schon das Weinen sie zu sehr anstrengte.

Doch sie sah uns die ganze Zeit über an und machte Zeichen, als wollte sie uns etwas sagen.

»Bitte, Emma«, sagte Suzy mit gepreßter Stimme, »versuchen Sie doch zu verstehen, was sie uns sagen will.«

Emma beugte sich über das Bett und machte ein paar Zeichen. Chloé antwortete unkontrolliert und für uns kaum verständlich.

»Nun, Emma?« fragte Suzy.

Emma übersetzte es uns, aber wir waren beide so angespannt, daß wir selbst ihre Zeichen nicht sofort verstehen konnten. Wir baten sie, die Sätze zu wiederholen.

Sie sagte:

»*Chloé schlimm Kopf. Groß wegnehmen schlimm.*«

Sie schien mich wirklich für allmächtig zu halten.

»Sagen Sie ihr, daß Don und ich sie wieder gesund machen werden.«

Ich wußte wirklich nicht, warum ich Emma brauchte, um das zu sagen, aber mir schwirrte der Kopf, und irgendwie hatte ich das Gefühl, keine Gebärdensprache mehr zu können. Kurz darauf wirkte Chloé wesentlich entspannter. Sie sah aus, als ob sie schliefe.

»Sie scheint nicht sehr zu leiden«, sagte Suzy zu Emma gewandt.

»Mr. Hunt hat ihr ein Beruhigungsmittel gegeben. Es beginnt zu wirken.«

»Emma«, meinte Suzy, »wir müssen uns gegenseitig ablösen. Sie können sich unmöglich allein um Chloé kümmern. Das halten Sie körperlich doch nicht durch!«

»Es hat keine Eile«, sagte Emma.

Aber eigentlich wirkte sie ziemlich erschöpft.

Wir gingen wieder hinunter und zurück zu Donald, der noch im Wohnzimmer saß. Er rauchte. Als wir hereinkamen, erhob er sich mit schuldbewußter Miene.

»Suzy, entschuldigen Sie bitte die Pfeife.«

»Aber bleiben Sie doch sitzen, Don! Ich bitte Sie!« sagte sie nervös. »Ihre Pfeife tut jetzt doch wirklich nichts zur Sache! Wie lautet nun Ihre Prognose?«

»Ich bin da etwas zurückhaltend.«

»Was soll das denn jetzt heißen: ›zurückhaltend‹?« erwiderte sie geradezu aggressiv.

»Suzy!« sagte ich mit gesenkter Simme.

»Laß sie, Ed!« meinte Donald. »Mit ›zurückhaltend‹ meine ich, daß für Chloé in ihrem jetzigen Stadium gute Heilungschancen bestehen; aber dennoch kann ein tödlicher Ausgang der Krankheit nicht ausgeschlossen werden.«

»Kurz gesagt, Sie wissen gar nichts.«

»Sie haben den Nagel auf den Kopf getroffen, Suzy«, erwiderte Donald mit ruhiger Stimme. »Im Grunde genommen kann ich nicht das geringste über diese Krankheit sagen. Niemand kann das. Ihr Verlauf ist nicht vorhersehbar, und sie befällt die Zentrale aller lebenswichtigen Funktionen. Dazu kommt noch, daß der Krankheitsherd von der Schädeldecke umschlossen ist. Das erleichtert weder die Untersuchung noch das Heilverfahren.«

»Nehmen wir mal an, daß sie wieder gesund wird«, sagte Suzy, »können dann irgendwelche Schäden zurückbleiben?«

»Das ist schon möglich«, erwiderte Donald. »Aber sie wären nicht tödlich.«

»Welche zum Beispiel?«

»Wenn welche auftreten, werdet ihr sie noch früh genug bemerken«, sagte er bestimmt. »Sie haben momentan genug um die Ohren, Suzy. Sie müssen sich jetzt nicht noch zusätzliche Sorgen aufbürden!«

»Sie haben recht, Don«, sagte Suzy, nachdem sie einen Moment lang geschwiegen hatte. »Und verzeihen Sie mir bitte, daß ich vorhin so unausstehlich zu Ihnen war. Danke, daß Sie es so gelassen hingenommen haben. Sie haben wirklich eine Engelsgeduld!«

»Darin habe ich Übung«, sagte Don.

Es war merkwürdig: obwohl wir alle so angespannt waren, mußten wir über diesen altbekannten Scherz lachen. In gewisser Weise beruhigte er uns sogar.

In den folgenden zwei Tagen blieb Chloés Zustand unverändert. Suzy, Emma und ich wechselten uns im Kinderzimmer ab, das nun gar nichts mehr mit dem Raum von früher gemein hatte.

Sonst war Chloé schon immer bei Tagesanbruch, den sie mit einem Heidenlärm ausgelassen begrüßt hatte, mit lautem »Hou! Hou!« aus dem Bett geklettert, hatte ihr Spielzeug durchgekramt, gegen unsere Tür gehämmert, sobald sie nur das leiseste Geräusch von uns hörte, und alleine die Jalousie in ihrem Zimmer hochgezogen, um den neuen Tag zu begrüßen.

Jetzt konnte sie das Tageslicht nicht vertragen. Die Jalousie blieb den ganzen Tag über unten und tauchte das Zimmer in dämmriges Licht. Zu diesem ungewohnten Halbdunkel kam noch die Stille. Schon bei dem kleinsten Schritt, dem Knarren einer Tür oder einem nur etwas zu laut gesprochenen Wort zuckte Chloé zusammen. Sie blieb den ganzen Tag reglos, ohne sich zu beklagen, in ihrem Bett liegen. Die Hände, die sie noch am meisten bewegte, formten im Laufe des Tages nur wenige Zeichen und diese auch nur sehr undeutlich.

Das Zimmer wurde täglich desinfiziert, und unsere Patientin verhielt sich wirklich vorbildlich. Sie wehrte sich nicht gegen die Behandlung und ließ sich sogar anstandslos die Nasentropfen einträufeln, die sie immer verabscheut hatte. Außerdem trank sie Milch, die sie normalerweise überhaupt nicht mochte. Wir halfen ihr dabei, indem wir ein paar Tropfen Rum zufügten, um den Geschmack zu »verbessern«.

Jeden Tag bat Chloé *Groß* mindestens zweimal, sie wieder gesund zu machen. Und mindestens einmal pro Tag richtete sie die gleiche Bitte an *Hübsch*. Manchmal erinnerte das fast an die Anrufung der Jungfrau Maria um Fürsprache bei Jesus Christus.

»*Hübsch bitten Groß.*«
»*Bitten was?*«
»*Groß heilen Chloé.*«

Ein Beweis dafür, daß ihre Intelligenz noch funktionierte. Chloé machte die Zeichen jedoch sehr ungenau. Wir konnten sie nur deshalb verstehen, weil sie sehr viel Zeit für jede Gebärde brauchte. Ihre Langsamkeit machte uns traurig, denn wir konnten uns nur zu gut daran erinnern, wie geschickt und schnell ihre Hände vor dem Ausbruch der Krankheit gewesen waren.

Am Abend des dritten Tages verlangte sie nach ihrem Stoffhund. Das schien mir ein gutes Zeichen zu sein. Aber Chloé wollte nicht mit ihm spielen, sondern drückte ihn nur ganz fest an sich. Ihre Augen kamen uns lebhafter vor, aber Don wollte uns nicht allzuviel Hoffnung machen und blieb weiterhin »zurückhaltend«.

Doch am nächsten Tag bewegte sich Chloé etwas mehr und aß mit größerem Appetit. Das Fieberthermometer bestätigte die Besserung. Wir ließen Don kommen. Der weigerte sich jedoch, eine Besserung festzustellen, nachdem er Chloé untersucht hatte. Er blieb dem Krankheitsverlauf gegenüber weiterhin »zurückhaltend«.

»Don«, sagte Suzy wütend, »Sie sind ein elender Pessimist!«

Am Nachmittag überraschte uns Chloé mit einer gänzlich unvorhergesehenen Initiative. Wir waren gerade im Eßzimmer und aßen zu Abend, als Emma völlig aufgelöst die Treppe herunterkam. Wir ließen das Hühnchen mit Reis à la mexicaine, das Juana für uns zubereitet hatte, stehen und liefen ins Kinderzimmer. Chloé saß aufrecht im Bett und wiederholte mit wachem Blick und wesentlich genauer als die Tage zuvor ihre Bitte.

»*Chloé küssen Hund.*«

Das mußten wir ihr ausreden.

»*Chloé*«, sagte ich, »*nicht küssen Hund.*«

»*Warum?*«

»*Chloé krank, Hund krank.*«

Sie wurde nicht wütend, wie sie es vor ihrer Krankheit geworden wäre, aber sie wirkte dermaßen enttäuscht und traurig, daß ich mich beeilte hinzuzufügen:

»*Chloé nicht küssen Hund, Chloé sehen Hund.*«

Ich wiederholte zweimal »sehen«. Sie mußte es verstanden haben, denn sie wiederholte: »*Chloé sehen Hund*«, was allerdings noch etwas unbeholfen ausfiel.

Ich ging hinunter ins Eßzimmer und befestigte die Leine an Rodericks Halsband.

Er sah mich völlig verblüfft an. Er war so erstaunt, daß er sogar vergaß, mit dem Schwanz zu wedeln. Es war doch überhaupt noch nicht die Zeit, zu der ich normalerweise mit ihm Gassi ging. Rodericks Verblüffung wuchs noch, als ich mit ihm nach oben ging. Seine Pfoten hatten dieses Stockwerk noch nie betreten.

Das hatten wir ihm als erstes strikt untersagt. Als ich dann vor der Tür des Kinderzimmers stehenblieb, sah er mich fragend an. Das starke Desinfektionsmittel, das wir verwendeten, um das Zimmer zu reinigen, brannte ihm in der Nase. Er roch Chloé nicht.

Aber als wir das Zimmer betraten, spitzte er die Ohren, richtete seinen Schwanz auf und fing wie wild zu wedeln an. Roderick kläffte vor Freude und zog dermaßen stark an der Leine, daß ich mich nach hinten beugen und mein ganzes Gewicht einsetzen mußte, damit er nicht zu nahe an Chloé herankam.

Chloé, die auf dem Bett saß, beobachtete uns aufmerksam und wollte am liebsten zu Roderick hingehen, weil er ja ganz offensichtlich nicht zu ihr kommen konnte. Sie hätte für ihr Leben gern seinen großen Kopf mit ihren langen Armen gepackt und viele kleine Küsse auf seine Nase gedrückt. Und für einen Moment sah es so aus, als wollte sie aus dem Bett klettern, aber sie war noch nicht genug bei Kräften und fiel wieder auf das Kissen zurück. Doch dieser Rückschlag stimmte sie keineswegs traurig. Wenn sie Roderick auch nicht umarmen und küssen konnte, so konnte sie ihn doch zumindest sehen.

Kurz darauf fühlte sie sich wieder besser. Sie hob die Hände und sagte:

»*Gut Hund.*«

Danach entblößte sie die unteren Zähne und lächelte. Das war das erste Lachen, das wir seit unserer Rückkehr auf ihren Lippen gesehen hatten.

Als Don am Abend Chloé untersuchte, mußte auch er zugeben, daß sie auf dem Weg der Besserung war – vorausgesetzt, es käme zu keinem Rückfall.

»Bitte, Don, vergessen Sie das mit dem Rückfall«, sagte Suzy. »Es tut mir leid, daß ich Sie so oft kritisiert habe. Und sagen Sie jetzt nicht wieder, daß Sie darin ›Übung‹ haben! Bei Mary und Ihnen weiß ich wirklich nie, wer von Ihnen beiden mehr unter dem anderen zu leiden hat!«

Nach dieser letzten Bemerkung ging sie auf ihn zu, stellte sich auf die Zehenspitzen und küßte ihn auf beide Wangen. Er wurde rot.

»Wirklich, Ed«, sagte er, »du bist ein echter Schwerenöter! Es war sehr clever von dir, dir diese kleine, pfiffige Französin zu angeln!«

»Ich hab' sie mir nicht geangelt, Don, sie hat eher mich geködert! Mitten aus diesem Kolloquium in Paris hat sie mich in ihrem kleinen asthmatischen Auto entführt. Mein einziges Verdienst war es, daß ich den richtigen Riecher hatte und es geschehen ließ!«

»Ich hab' da so meine Schwierigkeiten zu glauben, daß deine Rolle tatsächlich so passiv gewesen sein soll!«

»Nun, er war es nicht bis zum Schluß«, sagte Suzy.

Und sie lachte.

»Da wir gerade von Kolloquien sprechen«, sagte Don, »du mußt mir unbedingt ausführlich von Paris berichten; jetzt, wo Chloé wieder auf dem Weg der Besserung ist – wenn es zu keinem Rückschlag kommt...«

»Gleich heute abend?«

»Nein, ich muß noch zu einem Patienten. Aber wie wäre es, wenn ihr nächsten Samstag zusammen mit den Kindern zum Essen zu uns kommen würdet?«

Nachdem Don gegangen war, sprachen Suzy und ich noch einmal über Chloé und Roderick. Wir fanden es sehr verwunderlich, daß sie, sobald sie sich etwas besser fühlte, von der ganzen Familie zuerst *gut Hund* hatte sehen wollen und nicht *Baby Amour,* an der sie so hing. Suzy interpretierte das Geschehene folgendermaßen: Die Krankheit hatte einen Rückschritt in ihrer Entwicklung bewirkt, und nun hatte die Liebe zu den Tieren den Platz der Liebe zu den Menschen eingenommen. Das war durchaus möglich. Und tatsächlich, erst als Chloé wieder auf den Beinen war und aufstehen durfte, verlangte sie *Baby Amour, Zöpfe* und die *zwei Teufel* zu sehen.

Es dauerte noch gut eine Woche, bis sie wieder ganz gesund war. Während dieser Zeit erschien Roderick von selbst, pünktlich um zwölf Uhr, mit der Leine im Maul, um gemeinsam mit mir Chloé zu besuchen. Er versprach sich davon gleich zweierlei Vergnügen: Er durfte mit seinen dreckigen Pfoten im bis dahin ihm verschlossenen Paradies der ersten Etage herumstromern und konnte im Vorbeigehen alle nur erdenklichen unbekannten Gerüche erschnuppern. Doch in erster Linie wollte er natürlich Chloé sehen.

Er hatte seine Lektion schnell begriffen. Er zog nicht mehr an der Leine, sondern setzte sich brav ans Fußende des Bettes. Er spitzte die Ohren, sein Maul war offen, die Zunge hing ihm heraus, und sein Schwanz wedelte im Takt zu der unhörbaren Melodie seiner glühenden Zuneigung. Was hätte ich in jenem Augenblick nicht alles dafür gegeben, ein Hund zu sein, um fühlen zu können, was er fühlte! Diese Ruhe und diese Begeisterung! Diese reine und vollkommene Selbstlosigkeit!

Chloé dagegen war schon mehr ein menschliches Wesen. Sie war schwatzhaft und plapperte, wenn auch nur mit ihren Fingern. Sie signalisierte ihm *gut Hund;* sie wiederholte mehrmals *gut Hund, gut Hund,* und sie liebte ihn: *Chloé lieben gut Hund.* Sie küßte ihn, sogar aus dieser Entfernung: *Chloé küssen gut Hund.* Eigentlich mußte sie sich doch darüber wundern, daß Roderick ihr nichts darauf erwiderte. Aber er antwortete ihr mit seinen Blicken.

Als Chloé wieder ganz gesund war, packte Donald seine Frau und seine Pfeife und machte sich zu anderen Gefilden auf. Er hatte wegen Chloé seinen Urlaub verschoben, und Mary hatte sich deswegen nicht beschwert, weil sie bemerkt hatte, wie besorgt wir alle gewesen waren. Bevor er fuhr, versorgte er aber seine Vertretung Mike Müller noch mit einem Berg von Ratschlägen für unser Pflegekind. Mike Müller war ein junger Tierarzt, der seinen Beruf über alles liebte und ein großer Natur- und Tierfreund war. Seit Chloé ihn das erste Mal gesehen hatte, nannte sie ihn *Auge* (er hatte sehr große Augen). Nach einer Woche hatte sie ihn genauso in ihr Herz geschlossen wie Bill, den Klempner.

Vor seiner Abreise hatte Donald mich noch dringend gebeten, meinen Vortrag beziehungsweise meine verschiedenen Beiträge schriftlich niederzulegen. In groben Zügen hatte ich ihm schon mündlich das Wesentliche vom Kolloquium in Paris berichtet. Bis jetzt hatte ich es einfach nicht übers Herz gebracht, mich daranzusetzen, aber jetzt, wo es Chloé täglich besserging und sie allmählich wieder ihre Lebensfreude zurückgewann, schloß ich mich in meinem Arbeitszimmer ein. Dort setzte ich mich an den Schreibtisch und machte mich an die Arbeit; zuerst etwas widerwillig, aber nachdem ich die ersten Seiten geschrieben hatte, machte es mir immer mehr Spaß.

Die Hirnhautentzündung hinterließ bei Chloé glücklicherweise keine Schäden, und als sie schließlich wieder ihren Unterricht aufnehmen konnte, nahmen wir systematisch alles bisher Gelernte noch einmal durch. Dadurch erinnerte sie sich sehr schnell an alle Zeichen, die wir ihr bereits beigebracht hatten. Die einzige Schwierigkeit bestand darin, daß wir eine beträchtliche Zahl der Gebärden korrigieren mußten, denn Chloé hatte – vor allem während ihrer Krankheit – viele dermaßen vereinfacht, daß nur wir sie noch verstehen konnten.

»Eigentlich«, sagte Suzy zu mir nach einer dieser ermüdenden Stunden, »verhalten wir uns Chloé gegenüber wie ein Vater, der seinem Kind die Babysprache austreiben will. Aber eines verstehe ich wirklich nicht: Chloé ist so intelligent, und sie lernt sehr schnell, wenn sie sich nur etwas Mühe gibt; da frage ich mich doch, warum ein Schimpanse nicht in der Lage sein soll, artikuliert zu sprechen? Liegt das am Kehlkopf?«

»Das hat man angenommen, aber das ist nicht sonderlich wahrscheinlich. Ein Papagei kann sehr gut die menschliche Stimme nachahmen, und sein Kehlkopf ist ein einfaches Rohr. Die meiner Ansicht nach wahrscheinlichste Hypothese ist die, daß die linke Hirnhälfte bei den Primaten nicht für eine artikulierte Sprache angelegt ist.«

»Aber wie ist es denn möglich, daß sie dennoch in der Lage sind, eine Gebärdensprache oder eine künstliche Sprache zu erlernen?«

»Wahrscheinlich aufgrund der rechten Hemisphäre.«

»Woher weiß man, daß die rechte Hemisphäre dafür verantwortlich ist?«

»Durch Ergebnisse pathologischer Untersuchungen. Menschen, deren linke Hemisphäre schwer verletzt wurde (zum Beispiel durch einen Autounfall oder eine Kriegsverletzung) und die dadurch ganz oder teilweise ihre Fähigkeit zu sprechen verloren, waren durchaus in der Lage, eine künstliche Sprache zu erlernen, ähnlich der, die die Premacks der Schimpansin Lana beibrachten. Welcher Hemisphäre außer der rechten kann diese Fähigkeit also zugeschrieben werden? Es war die einzige Hirnhälfte, die noch intakt war.«

»Es wäre doch sehr aufregend, den ersten Menschen oder, besser gesagt, das erste als menschlich zu bezeichnende Wesen kennenzulernen, das begonnen hat, Laute zu erfinden! Das wäre mindestens so aufregend wie die neuen Laute, die die Rhesusäffin Imo beim Waschen der Kartoffeln von sich gegeben hat!«

»Der erste Mensch konnte anfangs keine Laute bilden. Es fehlten dazu noch die anatomischen Voraussetzungen. Seine linke Hirnhälfte mußte sich erst verändern, damit er Laute artikulieren konnte.«

»Und wie ist es dazu gekommen?«

»Durch Mutation. Du weißt genausogut wie ich, daß die plötzliche Veränderung eines Gens bei einem Wesen dazu führt, daß sich das äußere Erscheinungsbild oder die Anatomie verändert. Diese Veränderung ist ohne weiteres vererbbar, da sie durch ein Gen bewirkt wurde.«

»Ja, ja, ich weiß: Albinos, Hunde ohne Fell, schwanzlose Mäuse, Bulldoggen... Deiner Ansicht nach hat sich also die linke Hirnhälfte bei einem unserer behaarten Vorfahren eines Tages verändert. Und anstatt weiter Schreie auszustoßen, begann er, Laute zu artikulieren, und verfiel auf die Idee, diese Laute zu modulieren, um damit Dinge verschieden zu benennen.«

»Ja, nur, dieser Vorfahre war nicht behaart, wie du es dir vorstellst. Er war eine Frau.«

»Eine Frau?«

»Höchstwahrscheinlich.«

»Aber wieso?«

»Bei den Primaten beteiligen sich die Männchen in keiner Weise an der Aufzucht der Jungen. Da Sprache zum Teil angeboren und zum Teil erworben wird, muß der erste Mutant also weiblich gewesen sein, denn nur das Weibchen konnte die ersten Versuche einer artikulierten Sprache an seine Kinder weitergeben.«

»O Ed!« sagte Suzy begeistert. »Welch wundervolle Rehabilitierung der Frau!«

Als wir dieses Gespräch miteinander führten, machten wir auf den Wiesen im Tal gerade Heu. Das Gras im Tal war besser und ließ sich auch leichter mähen, da das Gelände nicht abschüssig war.

Jedes Jahr stellte ich zur Zeit der Heuernte einen Saisonarbeiter ein, der Pablo helfen sollte. Ich mußte nie lange suchen, um einen zu finden. Die Bewerber kamen von allein zu uns ins Haus und sogar mehr, als uns eigentlich lieb war. Pablo und ich mußten uns nur noch einen aussuchen. Dabei gingen wir aber nicht nach denselben Kriterien vor. Ich neigte dazu, die Jugend und ein freundliches Gesicht zu bevorzugen, und ließ die Sympathie entscheiden. Pablo dagegen wählte nach Erfahrung und kräftiger Statur aus.

Ich erinnere mich noch genau daran, daß ich in jenem Jahr Pablo allein die Wahl treffen ließ, da ich zu der Zeit auf dem Kolloquium in Paris war. Als ich zurückkam, präsentierte er mir den Zuwachs, und später vertraute er mir an, daß er mit dem neuen Mann sehr zufrieden sei. Er lobte ihn beharrlich, so als wolle er mir zu verstehen geben, daß ich in Zukunft gut daran täte, ihm allein die Verantwortung bei der Einstellung zu überlassen.

Nun, sein Äußeres sprach durchaus für den neuen Saisonarbeiter. Er war breitschultrig, sein Bauch hart und das Gesicht vom Wetter gegerbt. Harry Denecke strotzte nur so vor Kraft. Er arbeitete viel, redete wenig und liebte Tiere: Schafe, Ziegen, Pferde, Hunde und natürlich auch Chloé, seit er sie zum ersten Mal gesehen hatte.

Dennoch gefiel mir irgend etwas nicht an ihm. Ich mochte seine Augen nicht, ohne jedoch genau sagen zu können, was mich an ihnen störte. Denn er sah einen nie von unten oder von der Seite her an, sondern immer, ganz offen, mitten ins Gesicht. Ja, man hätte sogar sagen können, daß er schöne Augen hatte; sie waren leuchtendblau und kamen in seinem gebräunten Gesicht gut zur Geltung. Dann hatte er noch einen stattlichen dunklen Schnurrbart, der seiner Physiognomie Güte und Männlichkeit verlieh. Die Frauen von Yaraville, übrigens auch Emma, leugneten nicht, daß sie seinen Anblick als sehr angenehm empfanden. Und Pablo sang Loblieder auf ihn.

Bei seinem Aussehen stellte man sich zwangsläufig irgendwann die Frage, warum Harry – trotz all seiner Qualitäten und einem so verführerischen Äußeren – zweiundvierzig Jahre alt werden konnte, ohne jemals die richtige Frau und eine feste Arbeit zu finden.

Tja, und genau diese Frage stellte ich mir. Und außerdem mochte ich, wie ich bereits erwähnte, seine Augen nicht, so schön und so blau sie auch sein mochten. Ich muß jedoch zugeben, daß er auf Yaraville wirklich ganz ausgezeichnet arbeitete, vor allen Dingen als Pablo sich gleich dreifach das Bein brach. Das passierte, als er gerade das Scheunendach reparierte und dabei herunterfiel. Glücklicherweise hatte ich ihn vier Jahre zuvor dazu überreden können, eine Versicherung für solche Fälle abzuschließen.

Ich dachte, daß Juana in ihrem Unglück froh darüber sein würde, daß die Versicherung sämtliche anfallenden Kosten für den gesamten Krankenhausaufenthalt und die Behandlung ihres Mannes für über einen Monat übernahm. Aber nein, durchaus nicht! Da sie vollstes Vertrauen in die Jungfrau Maria und die Kraft der Fürbitten hatte, nahm sie an, daß, wenn die Jungfrau Maria in diesem Fall »su marido« nicht beschützt hatte, das auch seinen Grund hatte. Und da konnte sich Juana nur einen vorstellen: Pablo war ihr untreu gewesen.

Das vertraute sie Suzy, bitterlich weinend, in der Küche an.

»Aber Juanita!« sagte Suzy, nahm sie bei den Schultern und drückte sie an sich. »Du hast doch nicht den geringsten Beweis für seine Untreue!«

»Einen Beweis, Señora!« sagte Juana. »Und was ist dieser Sturz, wenn nicht die Strafe Gottes? Er ist schon hundertmal auf dieses Dach gestiegen und hundertmal wieder wie ein Christenmensch die Leiter heruntergeklettert!«

»Nun, dieses Mal ist er eben ausgerutscht.«

»Nein, Señora, er ist nicht ausgerutscht. Er setzt seinen Fuß sicher. *Mi marido* ist ein stahlharter Mann. Den wahren Grund habe ich Ihnen ja schon gesagt«, fügte sie hinzu und weinte noch heftiger.

»Aber Juanita«, sagte Suzy, »Pablo gehört doch wirklich nicht zu dieser Sorte Mann. Er ist kein Schürzenjäger!«

»Aber die Frauen, die sind hinter ihm her! Vor allem die Bäckersfrau, wenn die uns das Brot bringt... Haben Sie nie bemerkt, daß sie ihm immer schöne Augen macht, dieses, dieses Miststück?«

Egal, was Suzy auch sagte, es änderte nichts. Juana war felsenfest von ihrer Geschichte überzeugt. Trotzdem ging sie, ganz pflichtbewußte Gattin, »su marido« zweimal pro Woche im Krankenhaus besuchen. Da zeigte sie ihm dann die kalte Schulter, worüber Pablo völlig verwundert war. »Wissen Sie, Señor«, vertraute er mir bei seiner Rückkehr an, »die Frauen sind schon merkwürdig, vor allem meine Frau. Ich fall' vom Dach, und sie macht mir Vorhaltungen!«

Sie machte noch viel Schlimmeres. Die ganze Zeit über, während Pablo im Krankenhaus war, war sie es, die aus Rache – aber war es wirklich nur aus Rache? – Harry schöne Augen machte. Ich fürchtete allmählich, daß sich eine blutige Tragödie mexikanischen Stils auf Yaraville zutragen könnte, sobald der Held zurückkehrte. Doch meine Befürchtungen stellten sich als unbegründet heraus. Harry blieb, trotz des heftigen »Beschusses«, standhaft. So mußte ich schließlich zugeben, daß zu seinen sonstigen Tugenden auch noch die Vorsicht hinzukam. Doch obwohl ich darüber eigentlich sehr erleichtert war, konnte ich ihn merkwürdigerweise noch immer nicht besser leiden.

Ich erzählte Suzy davon.

»Ich weiß wirklich nicht«, sagte sie, »warum du ihm dermaßen mißtraust. Aber sobald Pablo wieder da ist, muß er sowieso gehen.«

Sie fügte nicht ohne Spott hinzu:

»Du bist also ganz sicher, daß du nicht ein bißchen eifersüchtig auf ihn bist? Er ist ein sehr attraktiver Mann!«

»Mrs. Dale, wenn Sie das noch mal sagen, muß ich Sie leider schlagen!«

»Das würde ich möglicherweise hinnehmen«, sagte sie lachend. »Das hängt davon ab, auf welchen Körperteil du es abgesehen hast!«

Harry führte alle seine Aufgaben wirklich vorbildlich aus. Er war Hirte, Schreiner, Schlosser, Klempner und Dachdecker in einer Person. Und, was noch viel besser war, Harry kümmerte sich um Chloé, wenn sie draußen war. Emma war da leider keine große Hilfe. Das kam Suzy und mir sehr entgegen, denn wir überarbeiteten gerade meine beiden Beiträge vom Kolloquium in Paris. Was Chloé betraf, verheimlichte sie keineswegs, daß Harry ihre dritte große Liebe war – nach Bill, dem Klempner, und nach Mike Müller, dem jungen Tierarzt, der Donald im Urlaub vertreten hatte.

Ihre Beziehung wurde dadurch vereinfacht, daß Harry die Gebärdensprache beherrschte. Er erzählte mir, daß seine Mutter gehörlos sei. Um mit ihr sprechen zu können, habe er die Gebärdensprache gelernt. Nur sein Vater habe Englisch mit ihm gesprochen. »Und hat er viel gesprochen?« fragte ich. »Auch nicht mehr als ich«, erwiderte Harry. Das erklärte meiner Ansicht nach, warum er so wenig sagte.

Die Genesung Chloés war wie eine zweite Geburt. Sie wurde rasch wieder so reinlich wie früher, war genauso kräftig wie vor der Erkrankung, fraß wie ein Scheunendrescher und trank wie eine Verdurstende.

Und sie ließ auch, leider, ihren Wutanfällen wieder freien Lauf und biß Emma. Chloé weinte, als ich mit ihr schimpfte, und war ganz zerknirscht. Sie küßte die Hand, die sie malträtiert hatte, und versprach, es nie wieder zu tun. Chloé hielt Wort und entwickelte von selbst eine äußerst clevere Methode, um zu verhindern, daß ihre Wut sie überwältigte und sie gewalttätig wurde: sie redete.

Im Grunde genommen tat sie nichts anderes als langjährige Diplomaten, die niemals die Verhandlung abbrechen, sondern statt dessen geradezu verzweifelt versuchen, den Dialog mit dem potentiellen Feind aufrechtzuerhalten, um einen möglichen Krieg zu verhindern. Emma beteiligte sich natürlich bald an diesem Spiel.

»*Chloé Zorn!*« sagte Chloé, die kurz davor zu sein schien, sich auf Emma zu stürzen. Sie hatte sich auf die Hinterbeine gestellt, trat auf der Stelle und entblößte den Oberkiefer.

»*Warum Chloé Zorn?*« fragte Emma.
»*Knoten dreckig böse stinken WC.*«
»*Knoten nicht böse*«, sagte Emma. »*Knoten lieben Chloé.*«
»*Knoten nicht lieben Chloé, Knoten nicht nehmen Apfel.*«
»*Groß sagen Knoten nicht nehmen Apfel Chloé.*«
»*Groß WC.*«
»*Chloé sagen Groß WC?*«

Wie immer, wenn sie verlegen war, dachte Chloé in der für sie typischen Haltung nach, die ich bereits beschrieben habe: sie legte den Daumen an die Nase. Dann, nach kurzer Zeit, mußte sie wohl den Gedanken, zu Groß zu gehen und ihm zu sagen, daß er *WC* sei, ungemein komisch gefunden haben, denn sie fing zu lachen an.

Wenn Schimpansen lachen, reißen sie ihren Mund ganz weit auf und schnappen grunzend immer schneller und lauter nach Luft. Es gibt für sie sehr viele Gründe, um zu lachen: sie sind verspielt und immer zu Scherzen aufgelegt. Im Zoo verbringen die Jungen ihre Zeit gerne damit, sich gegenseitig mit Sand zu bewerfen oder sich andere Streiche zu spielen. Da sie sich nicht trauen, sich mit den großen Männchen anzulegen, schieben sie den Müttern die Schuld zu, die viel länger brauchen, bis sie sich in Bewegung setzen. Schimpansen haben unbestritten einen Sinn für Humor, wenn er auch manchmal etwas derb ausfällt. Eines Tages, als Roger Fouts die Schimpansin Lucy auf seinen Schultern trug, pinkelte sie ihm in den Nacken und in die Hand. Sie beugte sich vor und signalisierte: »*Lustig!*«

Emma kam, so schnell sie konnte, um mir zu berichten, wie durch ihr gemeinsames Gespräch gerade noch ein drohender Krieg abgewendet werden konnte. Schon bald erhielt ich den Beweis dafür, daß Chloé ganz bewußt dieses Verfahren anwendete, um ihre gewalttätigen Ausbrüche zu unterdrücken. Sie wiederholte es. Daraufhin gab ich an die ganze Familie die Parole aus: Sobald sich bei Chloé ein Wutausbruch auch nur andeutete, gibt es nur eins: reden, reden und nochmals reden!

Als María de los Angeles nach Yaraville zurückkehrte, freute sich Chloé unglaublich und küßte sie inbrünstig. Doch die alte Vertrautheit wollte sich nicht mehr einstellen. Chloé war zu der Zeit sehr viel im Freien und hatte einen ungeheuren Bewegungsdrang. Baby Amour aber war nicht in der Lage, bei auch nur einer ihrer Lieblingsbeschäftigungen mitzumachen, als da waren: sich aus dem Haus zu schleichen, so schnell sie konnte alle Treppenstufen, die zum Schwimmbecken führten, hinunterzulaufen, um das Schwimmbecken herumzurennen, den Hügel zum See hinunterzusteigen, im Handumdrehen in die Krone ihrer Lieblingsbirke zu klettern und unermüdlich am höchsten Ast zu schaukeln; oder eine noch etwas gefährlichere Variante: sie kraxelte über einen Anbau auf das Dach von Yaraville, spazierte dort herum und setzte sich schließlich auf einen der Schornsteine, um uns von dort oben zu verspotten.

Emma war die einzige Person auf Yaraville, der Harry so etwas wie Zuneigung entgegenzubringen schien. Vielleicht lag es daran, daß sie stumm war und ihn deshalb an seine Mutter erinnerte. Von Emma erfuhren wir dann auch, was sich bei Harrys Ausritten mit Chloé abspielte.

Jetzt, wo das Heu oberhalb des Schafstalls eingefahren war und die Schafe auf die mit Stacheldraht umzäunte Weide getrieben worden waren, hatte Harry ziemlich wenig zu tun. Aber ganz im Gegensatz zu Pablo, der immer ganz entsetzlich beschäftigt wirkte, weil er fürchtete, daß ich ihn aus heiterem Himmel mit einer unangenehmen Arbeit beauftragen könnte, verheimlichte Harry keineswegs, daß er nichts zu tun hatte. Er setzte mich statt dessen sogar davon in Kenntnis. »Mr. Dale«, sagte er, »wenn es für mich nichts mehr zu tun gibt, könnte ich dann mit Chloé ausreiten?«

Er ritt erstaunlich gut, und deshalb überließ ich ihm gerne meine Stute Vanessa, denn ich mußte nicht befürchten, daß er sie mir verzogen zurückbrachte.

Harry sattelte Tiger und für sich Vanessa, dann stiegen die beiden Reiter auf und trabten los. Vanessa ging vorneweg und Tiger hinter ihr her. Doch als Harry die Hügel hinaufritt, vergrößerte sich der Abstand, da Tiger mit seinen kleinen Hufen den Aufstieg nicht so schnell schaffte. Sofort fing Chloé zu jammern und zu quengeln an, weil sie Angst hatte, allein zurückgelassen zu werden. Dann hielt Harry an, stieg vom Pferd, nahm Chloé in seine Arme und setzte sie vor sich aufs Pferd. Er verkürzte Tigers Zügel, damit dieser sich nicht darin verheddern konnte, stieg wieder auf, und seine breite Brust diente Chloé als Rückenlehne.

Ich wette, daß dieser Augenblick – wenn sie behaglich in den Armen des Mannes lag, den sie liebte – für Chloé das Schönste am ganzen Ausritt war. Aber sie hatte es mindestens genauso gern, wenn er sie in unserem brandneuen Kombi, den ich gerade gekauft hatte, zum Drugstore am Ortseingang mitnahm.

Dieser Kombi hatte ein Dach, das sich elektrisch öffnete. Das erste, was Chloé lernte, war, den Knopf zu betätigen, mit dem sich das Dach öffnen ließ. Für Fahrten im Auto und in das Dorf gab es eine strikte Vorschrift: Chloé mußte an der Leine gehen. Wir taten das, damit die Bewohner des Ortes sich sicher fühlten. Im Auto verhinderten wir damit, daß sie auf das Dach kletterte und ihre akrobatischen Kunststückchen vollführte. Wenn es jedoch draußen nicht zu kalt war oder wir nur ein kurzes Stück fahren mußten, erlaubten wir ihr, sich oben auf die Lehne zu setzen und den Kopf aus dem geöffneten Dach zu stecken.

Sobald Harry den Drugstore betrat, hielt er Chloés Leine ganz kurz und steckte das Ende in den Gürtel, damit sie nicht auf die Idee kam, den Obst- und Gemüsestand zu verwüsten. Sie machte Harry Zeichen.

»*Schnurrbart* (so hatte sie Harry getauft) *geben Geld.*«
»*Gleich.*«
»*Schnurrbart geben Geld...*«

Dieses Gespräch dauerte die ganze Zeit über an, in der Harry seine Einkäufe erledigte. Und je länger es dauerte, desto heftiger wurden Chloés Einwände.

Wenn Harry seine Besorgungen gemacht hatte, gab er ihr schließlich ein paar Geldstücke. Sie zog dann wie wild an der Leine, bis sie vor dem Eisautomaten standen. Ohne sich jemals in der von ihr bevorzugten Geschmacksrichtung oder in der Anzahl der Geldstücke zu irren, die sie einwerfen mußte, kam sie endlich in den heißersehnten Genuß.

Was die Geschmacksrichtungen angeht, so war Chloé einfach

empirisch vorgegangen: nacheinander hatte sie jeden Knopf ausprobiert und sich schließlich die Stelle gemerkt, hinter der ihr Lieblingseis verborgen war. Und nun zu den Geldstücken; da war ihr Vorgehen eigentlich noch einfacher: wenn sie ein Geldstück eingeworfen hatte, hatte sie sich angewöhnt, kurz zu warten; wenn das Eis noch nicht zum Vorschein kam, steckte sie einfach das nächste Geldstück in den Schlitz.

In jenem Sommer jedoch wurde Chloé bei ihrem unschuldigen Vergnügen von vier Jungen überrascht. Die vier fanden, daß sie zu lange an dem Automaten brauchte, und fingen an, sie hinter ihrem Rücken zu beschimpfen.

»Sie beschimpften Chloé, Harry?« fragte ich Denecke, als er mir die Geschichte erzählte. »Was meinen Sie damit?«

»Sie sagten zum Beispiel: ›Du Orang-Utan du, mach, daß du wegkommst, wir sind dran!‹«

»Und wie hat Chloé darauf reagiert?«

»Sie hat sich mit dem Eis in der Hand umgedreht und sie völlig verblüfft betrachtet. Sie schien sich offensichtlich zu fragen, ob sie ihr gegenüber feindlich eingestellt waren oder ob sie sie nur einfach necken wollten. Sehen Sie, Mr. Dale, unter den vier Jungen waren drei, die lachten und nichts Böses im Sinn zu haben schienen. Der vierte aber ging mit drohender Miene auf Chloé zu und sagte zu ihr: ›Hast du verstanden, du blöder Affe! Verzieh dich!‹ Und da wurde Chloé dann wütend und stürzte sich auf ihn.«

»Hat sie ihn gebissen?«

»Nein, ich konnte gerade noch rechtzeitig an der Leine ziehen. Was mich nun wundert, Mr. Dale, ist, daß sie das Wort ›Orang-Utan‹ völlig kaltgelassen hat. Aber als sie das Wort ›Affe‹ hörte, packte sie die Wut.«

»Tja, das Wort ›Orang-Utan‹ war ihr bis jetzt völlig fremd. Das Wort ›Affe‹ dagegen kennt sie sehr gut. Ich habe es mehrmals in ihrer Gegenwart benutzt und ihr dazu das Bild eines Schimpansen gezeigt. Und was haben die Jungen gemacht?«

»Sie bekamen es mit der Angst zu tun und machten sich auf und davon. Aber sie sind nicht sehr weit gekommen, denn ich bin ihnen im Auto hinterher. Da hat einer von ihnen einen Stein auf den Kombi geworfen.«

»Wissen Sie, welcher von ihnen es war?«

»Ja, Nick Harrisson. Mr. Smith hat ihn gesehen und ihn an den Hosenträgern gepackt.«

»Hat Nick auf Chloé gezielt?«

»Nein, Chloé lag hinten im Wagen auf dem Sitz. Er hatte es auf die Motorhaube abgesehen. Halb so wild! Ein paar Schrammen im Lack!«

»War Nick auch derjenige, der Chloé einen ›blöden Affen‹ genannt hat?«

»Ja, genau der war es. Ein kleiner Bengel von etwa zwölf Jahren, der sich ganz schön aufspielt!«

Ich erzählte Suzy, was passiert war. Wir waren beide ziemlich besorgt, aber aus unterschiedlichen Gründen. Suzy befürchtete, daß der »blöde Affe« Chloé daran erinnerte, daß sie sich selbst »häßlich« fand – mit allen Bedeutungen, die dieses Wort für sie enthielt. Ich dagegen war unangenehm beeindruckt. Es war das erste Mal, daß sich jemand im Dorf Chloé gegenüber feindselig verhalten hatte. Es waren zwar nur Kinder gewesen, aber hatte der Anführer der Kinder Chloé aus einer Laune heraus provoziert, oder hatte er nur das, was er von Erwachsenen gehört hatte, in die Tat umgesetzt? Genau über diesen Punkt sollte ich sehr schnell Klarheit bekommen.

Das Telefon klingelte. Ich ging ins Wohnzimmer, setzte mich und nahm den Hörer ab. Es war Harrisson. Ich stellte den Lautsprecher an, damit Suzy das Gespräch mithören konnte.

»Mr. Dale«, sagte er mit rauher Stimme, »sind Sie darüber im Bilde, was heute im Drugstore passiert ist?«

»Ja.«

»Und finden Sie es normal, daß die Kinder von Beaulieu nicht friedlich in einen Drugstore gehen können, um sich ein Eis zu kaufen, ohne von einem Affen angefallen zu werden?«

»Sie sind nicht angefallen worden. Keines der Kinder ist auch nur berührt, geschweige denn gebissen worden.«

»Da können Sie von Glück reden! Denn, Mr. Dale, wenn mein Sohn gebissen worden wäre, hätte ich Ihren Affen wie einen tollwütigen Hund erschlagen!«

»Mr. Harrisson, es besteht nicht die geringste Veranlassung, darüber zu spekulieren, denn es entspricht ja nicht den Tatsachen. Nick ist nicht gebissen worden.«

»Um ein Haar wäre er gebissen worden!«

»Nick und seine kleinen Freunde haben den Fehler begangen, Chloé zu beunruhigen und sie zu beschimpfen.«

»Mr. Dale, Sie wollen mir doch nicht weismachen, daß Ihr Affe diese Beschimpfungen verstanden hat?«

»Chloé versteht ungefähr dreihundert Worte Englisch, unter anderem auch die Worte ›blöd‹ und ›Affe‹.«

»Ich sehe nicht, was daran beleidigend sein soll, wenn man als Affe auch als solcher behandelt wird!«

»Nick hat Chloé nicht wie einen ›Affen‹ behandelt, sondern wie einen ›blöden Affen‹.«

»Nick hat mir da aber was anderes erzählt!«

»Ich habe dafür zwei Zeugen, Mr. Harrisson.«

»Wollen Sie mir etwa einen Prozeß anhängen, Mr. Dale?«

»Nicht im geringsten. Aber ich billige es keineswegs, daß Sie mir damit drohen, Chloé zu töten. Selbst wenn es nur eine Hypothese gewesen ist.«

»Ich stelle die Hypothesen auf, die mir passen!«

»Und diese gefällt Ihnen wohl besonders?«

»Das habe ich nicht gesagt. Ich finde nur, Mr. Dale, daß es eine Zumutung ist, wenn Ihr Affe meinen Jungen verängstigt und sich mit fletschenden Zähnen auf ihn stürzt.«

»Ich möchte doch bezweifeln, daß Nick verängstigt war. Zwei Minuten später hat er einen Stein auf meinen Wagen geworfen.«

»Das glaube ich nicht.«

»Auch dafür habe ich zwei Zeugen.«

»Mr. Dale«, sagte Harrisson wütend, »beabsichtigen Sie nun, mich zu verklagen oder nicht?«

»Nein.«

»Also, warum sprechen Sie dann immer wieder von diesen Zeugen?«

»Weil Sie meinen Worten anscheinend keinen Glauben schenken.«

»Ich weiß, was ich glaube, Mr. Dale, und ich denke nicht daran, es Ihnen zu sagen!«

»Und wie nennen Sie das, was Sie gerade machen?«
»Soll ich die Karten offen auf den Tisch legen? Also gut! Ich finde, es ist eine völlig hirnrissige Idee, einem Affen das Sprechen beizubringen und ihn wie ein Kind großzuziehen. Und ich bin nicht der einzige in Beaulieu, der so denkt!«
»Sie haben Ihre Meinung, Mr. Harrisson, und ich die meinige.«
»Und ich gebe Ihnen einen Rat!«
»Warum nicht, wenn er vernünftig ist!«
»Es steht Ihnen frei, in Ihrem Haus ein wildes Tier aufzuziehen, aber dann lassen Sie es gefälligst nicht in Beaulieu herumspazieren! Sie stören damit die öffentliche Ordnung!«
»Als Unruhestifter sind wohl eher die zu bezeichnen, die ein friedfertiges Tier erschrecken und mit Steinen auf Autos werfen.«
»Ich habe Ihnen gesagt, was ich Ihnen sagen wollte. Ich habe dem nichts mehr hinzuzufügen. Guten Abend.«

Als ich aufgelegt hatte, drehte sich Suzy ziemlich bestürzt zu mir um und fragte mich:
»Was ist denn das für ein Kauz?«
»Ach, du kennst ihn nicht. Er wohnt auf einem abgelegenen Hof. Er hat große Ländereien, aber nichts will ihm gelingen. Er streitet sich mit den Nachbarn, seine Schafe sterben, seine Frau verläßt ihn...«
»Stimmt es, daß es in Beaulieu Leute gibt, die so denken wie er?«
»Vielleicht zwei oder drei.«
»Weißt du wer?«
»Ich kenne nur eine: die alte Mrs. Pickle. Sie kam eines Tages in Beaulieu auf mich zu und sagte mir, daß ich gottlos handele, weil ich versuche, einem Affen das Sprechen beizubringen.«
»›Gottlos‹? Hast du sie gefragt, wie sie das meint?«
»Natürlich. Sie sagte, ich würde in meinem maßlosen Hochmut in das Werk des Schöpfers eingreifen. Deshalb müßte ich darauf gefaßt sein, eines Tages vom Blitz erschlagen zu werden. Wie einst Onan, hat sie noch hinzugefügt.«
»Aber da besteht doch kein Zusammenhang!« sagte Suzy la-

chend. »Onan wurde, wenn ich mich recht erinnere, vom Blitz des Herrn getroffen, weil er seinen Samen auf die Erde fallen ließ.«

»Die Arme, sie bringt wirklich alles durcheinander!«

Wenige Tage später fuhr ich in die Klinik, um Pablo abzuholen. Er sagte mir sofort, als er sich ins Auto setzte, daß der Doktor ihm geraten habe, sich bei der Arbeit »noch zu schonen«. Da Pablo nie etwas anderes gemacht hatte, schwieg ich dazu. Auf der Rückfahrt beklagte er sich wieder über Juana. Ja, sie sei ihn besuchen gekommen, aber jedesmal sei sie eingeschnappt gewesen.

»Es ist wirklich unglaublich, Señor! Ich breche mir die Knochen, und sie schmollt drei Wochen lang. Was hat das nur zu bedeuten?«

»Haben Sie sie gefragt?«

»Natürlich!«

»Und was hat sie geantwortet?«

»Nichts und wieder nichts. Ich sage Ihnen was, Señor, die Frauen sind nicht gerade ein besonders freundliches Geschlecht. Und wissen Sie auch warum? Bei den Frauen bestimmt der Bauch und bei den Männern der Kopf.«

Harry hatte mir gesagt, daß er vorhabe, am Tag nach Pablos Rückkehr abzureisen. Er wollte seinen Lohn lieber bar ausbezahlt haben und keinen Scheck. Seine Bitte war mir etwas unangenehm, denn so konnte ich seinen Lohn nicht regulär unter meinen Ausgaben verbuchen. Aber da Harry uns so große Dienste geleistet hatte, willigte ich schließlich ein. Bevor ich Pablo aus dem Krankenhaus holte, hob ich zweitausend Dollar in bar von meinem Konto ab. Ich gab Harry das Geld nach dem Tee und schrieb ihm noch dazu ein äußerst wohlwollendes Zeugnis.

Am Abend verabschiedete sich Harry von uns. Er machte wie immer nur sehr wenig Worte, und sein Gesicht war undurchdringlich. Dann ging er in die Küche, wobei er darauf bedacht war, die Tür offenzulassen. Der Abschied von Juana fiel eher frostig aus. Die Frau des Potiphar würde Joseph nicht bei ihrem Ehemann verleumden, aber sie nahm es ihm dennoch sehr übel, daß er ihren Reizen nicht erlegen war.

Als er wiederkam, bat er, sich auch von Chloé verabschieden zu dürfen.

Als wir eine halbe Stunde später selbst hinaufgingen, um Chloé einen Gutenachtkuß zu geben, erzählte uns Emma: »*Er hat Chloé geküßt, aber er hat ihr nicht gesagt, daß er weggeht.*« Sie sagte weiter: »*Er hat mich auch geküßt.*« Sie fügte hinzu: »*Auf beide Wangen*«, und eine zarte Röte stieg ihr in die besagten Wangen. Kurze Zeit später klopfte sie an unsere Tür. Suzy öffnete ihr. Als Emma die Tür zum Kinderzimmer, die auf den Gang hinausging, abschließen wollte, merkte sie, daß der Schlüssel fehlte. »*Das ist sicher nur ein neuer Streich von Chloé*«, sagte Suzy. »*Wecken Sie sie nicht auf. Wir werden sie morgen fragen.*«

Am nächsten Tag klopfte jemand bereits am frühen Morgen heftig an die Tür, die zwischen unserem Zimmer und dem Kinderzimmer lag. Es war ein Pochen und kein Hämmern. Also konnte es nicht Chloé sein. Ich zog meinen Morgenmantel über und öffnete die Tür. Emma stand bleich und völlig aufgelöst in der Türöffnung. Mit zitternden Händen machte sie hastig Zeichen.

»Nicht so schnell, Emma!«

Sie wiederholte die Zeichen.

»Was sagt sie?« fragte Suzy vom Bett aus.

»Sie sagt, daß Chloé verschwunden ist.«

»Verschwunden? Sie kann nicht weit sein. Wahrscheinlich hat sie es ausgenutzt, daß die Tür zum Flur nicht abgeschlossen war, und stromert hier irgendwo herum. Sag ihr, sie soll Chloé suchen gehen«, meinte sie und vergaß völlig, daß Emma ja nicht taub war.

Emma ging, und ich zog mich äußerst verärgert an. Für mich war die Sache völlig klar. Gestern abend hatte Chloé eine kurze Abwesenheit von Emma dazu benutzt, um den Schlüssel verschwinden zu lassen, und ihn dann versteckt. Sie hatte ihren »Ausbruch« sorgfältig geplant.

»Man kann sie einfach nicht erziehen!« sagte Suzy ziemlich schlecht gelaunt, als sie in ihre Kleider schlüpfte. »Man darf sie wirklich keine Minute aus den Augen lassen! Sobald man auch nur einen Moment lang nicht aufpaßt, ist es schon passiert! Sie ist verschwunden! Und dann findet man sie auf dem Dach oder in ihrer Birke wieder! Es ist nur gut, daß du daran gedacht hast, den

Kahn zusätzlich mit einem Vorhängeschloß abzusichern. Sie wäre imstande, eine kleine Spritztour auf dem See zu wagen, obwohl sie nicht mit den Rudern umgehen kann.«

Emma erschien wieder vor unserer Tür. Wir drehten uns zu ihr um. Sie signalisierte mit den Händen: Sie hatte Chloé nirgendwo gefunden.

»Haben Sie auch in den Zimmern der Kinder nachgesehen?« Sie machte das Zeichen für »nein«.

»Da könnte sie noch am ehesten zu finden sein«, sagte Suzy. »Vor allen Dingen in Elsies Zimmer, um ihre Kleider zu probieren.«

»Ich mach' das schon«, sagte ich.

Ich ging an Suzy vorbei den Gang entlang und öffnete eine Tür nach der anderen, aber ich konnte in keinem der Kinderzimmer auch nur eine Spur von Chloé entdecken, geschweige denn das unbeschreibliche Chaos, das sie normalerweise immer hinterließ.

Ich ging nach unten und zur Eingangstür. Dabei fielen mir zwei Dinge auf: ich sah Roderick nirgends, und die Terrassentür stand weit offen. Daraus schloß ich, daß Chloé den Riegel geöffnet haben mußte und der Hund ihr natürlich gefolgt war.

Suzy kam zu mir.

»Habe ich nicht immer wieder gesagt, daß der Riegel wohl nicht ausreicht? Daß man diese Tür abschließen muß?«

»Also, Suzy«, erwiderte ich eher schroff, »was nützt uns das jetzt, daß du recht hattest, wo es zu spät ist?«

»O Ed, entschuldige bitte! Laß uns nicht streiten!« sagte sie und schob dabei ihre Hand in meine. »Wir werden sie schon finden. Vielleicht ist sie bei Tiger im Stall!«

Im Stall waren alle Pferde schon wach und standen brav in ihren Boxen. Tiger auch. Er war der einzige – zusammen mit Dick, dem Hund –, der ganz aufgeregt hin und her lief, als wir kamen.

Ich war felsenfest überzeugt gewesen, Chloé hier bei Tiger zu finden, so daß ich mir jetzt allmählich wirklich Sorgen machte.

»Laß uns noch einmal ums Haus gehen«, flüsterte Suzy mit tonloser Stimme. »Sie hat sich vielleicht versteckt, als sie uns kommen hörte.«

Suzy ging in die eine, ich in die andere Richtung. Als wir auf der Rückseite des Hauses wieder zusammentrafen, hatten wir nichts entdecken können – außer Harrys altem Ford, der am Fuß der Stiege stand, die zu seiner kleinen Kammer hinaufführte.

»Ach, sieh mal«, sagte ich, »Harry ist noch gar nicht abgefahren. Ich dachte, er wollte schon bei Tagesanbruch aufbrechen.«

»Er wird wohl seine Meinung geändert haben«, sagte Suzy.

Wir gingen schweigend zum Hauseingang zurück. Als wir an den Garagen vorbeikamen, machten wir eine weitere bestürzende Entdeckung: der Kombi war nicht mehr da.

Uns befiel beide dieses betroffen ungläubige Gefühl, das einen Autofahrer überkommt, wenn er zum Parkplatz zurückgeht und sein Auto nicht mehr dasteht.

»Pablo?« sagte Suzy mit erstickter Stimme.

»Pablo«, sagte ich, »der fängt doch nicht vor halb neun Uhr zu arbeiten an, und er sah mir nicht nach Übereifer aus. Und Pablo nimmt niemals den Kombi, ohne mich vorher zu fragen. Für den Hof hat er ja den kleinen Lastwagen.«

»Mein Gott!« sagte sie. »Harry!«

Dieses Mal rannten wir zum Pferdestall. Wir kletterten an seiner Rückseite die Stiege hinauf, die zu Harrys Kammer führte. Ich sah mich mißtrauisch in dem Zimmer um. Es war leer und sehr aufgeräumt. Er hatte das Zimmer gefegt, geputzt und Staub gewischt, sogar die Fenster glänzten.

Auf dem Tisch lag, gut sichtbar, eine maschinengeschriebene Notiz.

»Mr. Dale,
es tut mir sehr leid wegen des Kombi und wegen Chloé, aber ich brauche dringend Geld, um ein neues Leben beginnen zu können.

Denecke.«

Als Suzy sich wieder gefaßt hatte, sprudelten die Worte nur so aus ihrem Mund. Sie sagte:

»Den Schlüssel vom Kinderzimmer, den hat also gar nicht Chloé versteckt, sondern dieses Scheusal! Er hat ihn aus dem Schloß gezogen, als er gestern abend zu ihr gegangen ist, um sich von ihr zu verabschieden.«

Sie drehte sich zu mir um, und ihre Augen funkelten.

»Und als er dann zu Bett gegangen ist, hat er sich den Schlüssel von der Eingangstür genommen. Das war ja auch nicht weiter schwer, denn der hing ja, für jedermann gut sichtbar, am Schlüsselbrett! Geradezu griffbereit! Aber du, du schließt doch jeden Abend die Tür ab! Wie hast du das gemacht, ohne daß dir aufgefallen ist, daß der Schlüssel fehlte?«

»Aber du weißt doch genausogut wie ich, daß man die Eingangstür auch ohne Schlüssel von innen zusperren kann. Innen ist doch ein Riegel.«

»Und das Schloß? Warum sperrst du das nie ab?«

»Das haben wir doch noch nie gemacht. Wir haben gedacht, es reicht, wenn wir den Riegel vorlegen. Und außerdem bewacht Roderick ja den Eingang. Er wirkt sehr abschreckend.«

»Für wen abschreckend? Auf jeden Fall nicht für diesen Halunken! Nicht für jemanden, den Roderick so gut kennt!«

»Wir konnten doch nicht vorhersehen, daß uns jemand bestehlen wird, der sich hier auskennt!«

»Und der Kombi? Wo läßt man den Zündschlüssel und die

Wagenpapiere? Im Handschuhfach! Und auf dem ganzen Hof gibt es weder einen Zaun noch ein Tor! Hier steht doch wirklich alles jedermann offen!«

»Suzy«, sagte ich schroff, »du hast bis heute nie etwas dagegen gesagt. Wenn ich also nachlässig war, dann mußt du eben jetzt auch die Verantwortung dafür mit mir teilen.«

Ich kehrte ihr den Rücken zu, ließ sie einfach stehen, kletterte die Stiege hinunter und ging mit großen Schritten auf das Haus zu. Sie kam mir hinterher.

In Yaraville hob ich den Telefonhörer ab und rief Sheriff Davidson an. Kaum hatte ich aufgelegt, warf sich Suzy in meine Arme und brach in Tränen aus. Ich ließ mich in einen Sessel fallen, legte den Arm um sie und zog sie auf meine Knie.

»Laß uns nicht streiten«, sagte sie zwischen zwei Schluchzern. Ich erwiderte nichts. Ich schwieg. Ich drückte sie an mich. Meine Hand streichelte ihre widerspenstigen Haarsträhnen im Nacken.

»Glaubst du, wir finden sie wieder?« sagte sie nach einiger Zeit mit ganz leiser Stimme.

»Die Chancen stehen nicht schlecht«, sagte ich etwas optimistischer, als ich es in Wirklichkeit war.

»Warum?«

»Weil er sie so schnell wie möglich verkaufen wird, damit er nicht mit ihr erwischt wird. Genauso wird er es mit dem Kombi machen.«

»Und Roderick? Warum hat er Roderick mitgenommen?«

»Wahrscheinlich ist ihnen Roderick gefolgt, als er mit der noch verschlafenen Chloé im Arm an der Eingangstür auftauchte. Und Denecke hielt es sicherlich für einfacher, ihn mitzunehmen. So wird Chloé sich nicht beunruhigt haben und beschäftigt gewesen sein.«

Es klopfte gegen die Scheibe der Fenstertür. Ich öffnete. Es war Davidson. Ich ging ihm entgegen, um ihn zu begrüßen. Über seine Schulter hinweg sah ich Emma und Juana, die in der Küchentür stand.

»Kommen Sie herein, Emma«, sagte ich. »Juana, würden Sie bitte für alle Kaffee machen?«

Davidson wurde in Beaulieu wegen seines Fingerspitzengefühls und seiner Fähigkeit, Streitigkeiten zu schlichten, sehr geschätzt. Dabei kam ihm sein für einen Sheriff völlig untypisches Aussehen zugute. Er hatte eine hohe Stirn, blaue, fröhliche Augen und ein liebenswürdiges Lächeln. Seine warmherzige Stimme wurde nie aggressiv. Bis jetzt hatte er in Beaulieu noch keinen Mörder festnehmen müssen, aber ich hatte den Eindruck, falls es einmal dazu kommen sollte, würde er sich auch dabei noch ausgesucht höflich benehmen.

Ich schilderte ihm die Fakten, und als ich ihm die Notiz zeigte, die Harry hinterlassen hatte, zog er die Augenbrauen hoch.

»Sieh mal einer an, ein nicht gerade gewöhnlicher Dieb. Er entschuldigt sich schriftlich für seine Tat, auch auf die Gefahr hin, sich selbst zu belasten.«

»Eigentlich nicht«, sagte ich. »Er hat sich nämlich meine alte Schreibmaschine ausgeliehen und drei Blatt Papier genommen.«

»Drei! Tatsächlich, drei! Er hat das mittlere benutzt, das Blatt Papier, das er nicht angefaßt hat. Und zum Tippen der Nachricht hat er wahrscheinlich Handschuhe angezogen. Die Unterschrift ›Denecke‹ hat er auch mit der Maschine geschrieben. Diese Notiz kann nicht als Schuldbekenntnis verwendet werden. Jeder hätte sie schreiben können. Sie können sicher sein, daß wir keine Fingerabdrücke außer Ihren eigenen finden werden. Haben Sie ihn eingestellt?«

»Pablo, aufgrund von sehr guten Zeugnissen.«

»Kann ich die mal sehen? Dann brauche ich noch ein Foto von Chloé! Und eines von Denecke!«

»Von Chloé haben wir Fotos, aber von Denecke nicht.«

»Doch«, sagte Suzy. »Emma hat eins gemacht.«

Ich sah Emma an. Sie wurde rot, und ich bat sie, das Foto ihres heimlichen Schwarms zu holen. Ich selbst suchte ein paar Fotos von Chloé und die Zeugnisse von Denecke.

Die Aufnahme von Denecke begutachtete Davidson kritisch.

»Für ein Fahndungsfoto taugt es nicht viel. Sein Hut verdeckt die Stirn und der Schnurrbart den Mund. Wegen der Sonnenbrille kann man seine Augen nicht erkennen. Wenn er den Hut und die Brille wegläßt und sich den Schnurrbart abrasiert, sieht er völlig anders aus. Vor allem dann, wenn er auch noch seinen Blouson durch ein Sakko und seine Jeans durch eine etwas gepflegtere Hose ersetzt.«

Davidson besah sich eines der Zeugnisse.

»Das sind ja wahre Hymnen! Aber da ist ein Haken. Sie sind alle schon vor längerer Zeit ausgestellt worden. Keines in den letzten vier Jahren. Hat Pablo ihn gefragt warum?«

»Denecke sagte, daß er bei seinem Bruder gearbeitet habe, der eine Ranch in Ohio besitzt.«

»Hat Denecke ihm die Adresse seines Bruders gegeben?«

»Pablo hat nie danach gefragt.«

»Das war ein Fehler! Das müssen Sie Pablo sagen. Es könnte sehr gut sein, daß Denecke die letzten vier Jahre im Gefängnis verbracht hat.«

»Sheriff«, sagte Suzy, »warum hat er diese Notiz hinterlassen? Heißt das, daß er vielleicht Lösegeld für Chloé fordern wird?«

»Nein, das glaube ich nicht. Nach allem, was Sie mir über ihn erzählt haben, ist er ein umsichtiger und sehr gewissenhaft handelnder Mensch, ein Perfektionist. So ein Mensch geht kein Risiko ein. Ich würde gerne noch genauer wissen, wie er aussieht. Wie groß ist er?«

»Ungefähr so groß wie Sie«, sagte ich.

»Ein Meter achtzig?«

»Ja.«

»Eine ziemlich gängige Größe. Umfang?«

»Er ist athletisch gebaut und muskulös. Er trinkt nicht, raucht nicht, redet wenig. Blaue Augen und ein wettergegerbtes Gesicht. Ein schöner Mann.«

»Mag er Tiere?«

»Sehr.«

»Kurz gesagt«, meinte Davidson, »ist dieser Dieb also vollkommen!«

Das Foto von Chloé sah er sich länger an.

»Sie hat die Augen eines Menschen.«

»Ja!« sagte Suzy froh. »Genauso ist es!«

»Mr. Dale«, fragte Davidson weiter, »um wieviel Uhr sind Sie zu Bett gegangen?«

»Gegen dreiundzwanzig Uhr.«

»Denecke muß vom Parkplatz aus das Licht in Ihrem Schlafzimmer beobachtet haben. Nachdem es ausgegangen war, wird er wohl noch eine ganze Weile gewartet haben – mindestens bis Mitternacht, höchstens aber bis ein Uhr. Dann war es für ihn ein Kinderspiel, mit dem Schlüssel die Eingangstür zu öffnen und an Roderick vorbeizukommen, indem er ihn streichelte. Er ging in den ersten Stock, hat Chloé und ihre Kleidung genommen und Roderick und sie in den Kombi gebracht.«

»Aber wir haben kein Motorengeräusch gehört.«

»Er wird den Wagen, solange er auf dem Hof war, geschoben haben, hat dann die Neigung genutzt und den Wagen erst in einiger Entfernung vom Haus gestartet.«

»Ja«, sagte ich, »das machen wir selbst manchmal, wenn die Batterie leer ist.«

»Danach ist vermutlich folgendes passiert: Er denkt sich, daß seine Nachricht am nächsten Morgen gefunden wird. Als nächstes setzt er den Hund aus. Dann fährt er die ganze Nacht durch in einen anderen Bundesstaat, verkauft dort den Kombi und beschafft sich ein Wohnmobil.«

»Warum?« fragte ich.

»Wenn man mit einem Schimpansen unterwegs ist, ist es wesentlich unauffälliger, auf einem Campingplatz als in einem Motel zu übernachten. Und sobald sich eine Gelegenheit bietet, wird er Chloé an einen Zirkus verkaufen.«

»Warum nicht an einen Zoo?« wollte Suzy wissen.

»Im Zoo würde man sofort erkennen, woher das Tier stammt. Im Zirkus sehen die nicht so genau hin. Nun gibt es in diesem Land aber auch nur eine begrenzte Zahl von Zirkusunternehmen. Und nicht alle haben eine Schimpansennummer in ihrem Programm. Wenn Roderick zurückkommt, verständigen Sie mich bitte sofort. Die Untersuchung seiner Pfoten könnte uns nützliche Hinweise auf die Strecke geben, die Denecke eingeschlagen hat.«

»Hinterläßt Teer denn Spuren?« fragte Suzy.

»Nein, aber wenn er unbedingt nach Hause zurückwill, benutzt Roderick natürlich auch den Seitenstreifen.«

»Wenn Denecke in einen anderen Bundesstaat gefahren ist«, sagte Suzy, »fällt das doch in die Zuständigkeit des FBI. Schließlich hat er ja jemanden entführt!«

»Mrs. Dale«, sagte Davidson geduldig, »ich kann sehr gut nachfühlen, was Sie für Chloé empfinden. Für Sie ist sie eine Person. Aber aus der Sicht des FBI ist Chloé ein Tier. Der FBI wird beim Raub eines Tieres nicht aktiv.«

»Und Sie?« fragte Suzy aggressiv. »Was machen Sie?«

»Ich werde in diesem Bundesstaat eine Suchmeldung in Umlauf bringen. Dr. Dale, wären Sie bereit, eine Belohnung für Chloé auszusetzen?«

»Ja.«

»In welcher Höhe?«

»Fünftausend Dollar.«

Davidson zog die Augenbrauen hoch, runzelte seine hohe Stirn und sah mich nachdenklich an.

»Das ist eine ganz hübsche Summe!«

»Chloé ist nicht einfach ein Tier, das wir besonders gern haben. Sie ist ein Mitglied dieser Familie. Und außerdem ist sie für mich auch ein wissenschaftliches Forschungsobjekt. Ich wollte ein Buch über sie schreiben.«

»Hat Chloé denn einen Marktwert?«

»Sicherlich. Zur Zeit ist sie mehrere tausend Dollar wert.«

»Ich habe gehört, daß sie sprechen können soll.«

»Sie drückt sich in Ameslan aus.«

»Sagen Sie, Dr. Dale, wäre sie in der Lage, eine Zirkusnummer zu erlernen?«

»Durchaus. Chloé kann reiten, sie hat sogar auf ihrem Pony voltigiert. Sie versteht fünfhundert Worte Englisch und beherrscht Ameslan. Sie hat auch akrobatische Fähigkeiten. Sie glauben also, daß Denecke sie an einen Zirkus verkaufen wird?«

»Höchstwahrscheinlich, das sagte ich Ihnen ja bereits.«

Sobald Davidson gegangen war, rief ich Donald an. Mary war am Apparat. Ich erzählte ihr, was passiert war, und fragte sie, ob sie nicht heute abend mit Donald zum Essen zu uns kommen wolle, damit wir darüber sprechen könnten.

Der Tag kam uns unendlich lang vor. Wir konnten uns zu nichts aufraffen, nicht einmal zum Arbeiten. Suzy war ungewöhnlich still. Sie hatte sich gerade halbwegs von der Erschöpfung und der Besorgnis, die Chloés Erkrankung mit sich gebracht hatten, erholt. Deshalb schien sie das jetzige Unglück besonders mitzunehmen. Sie wirkte wie gelähmt, und mir ging es auch nicht viel besser.

Doch gegen Abend, als sie sich daranmachte, zusammen mit Emma den Tisch für das Abendessen herzurichten, fand Suzy etwas von ihrer eigentlichen Vitalität wieder und meinte zu mir:

»Dieser Einfall von Denecke, uns ein paar Zeilen zu hinterlassen, in denen er uns mitteilt, was er gemacht hat, findest du das nicht auch merkwürdig? Warum hat er das wohl getan? Aus Zynismus? Aus Spaß?«

»O nein! Denecke ist ein absolut humorloser Mensch. Meiner Ansicht nach war das für ihn das Tüpfelchen auf dem i. Vielleicht befürchtete er, daß wir nicht die Verbindung zwischen Chloés Verschwinden und dem des Kombi sehen würden.«

»Glaubst du wirklich?« sagte Suzy. »Die Tatsachen sprechen da doch für sich. Wir hätten schon sehr dumm sein müssen, wenn wir angenommen hätten, daß Chloé ausgerissen ist.«

Als die Hunts zum Abendessen kamen, schloß Mary Suzy in die Arme. Etwas linkisch und mit verlegener Miene drückte sie Suzy an sich. Diese Geste berührte mich, denn eigentlich war Mary ein sehr zurückhaltender Mensch.

Phyllis dagegen küßte Suzy und dann, mit unglaublicher Geschwindigkeit, auch mich und wieder Suzy und überrollte sie mit ihrem Hang zur Redseligkeit.

»Ach Gott, meine liebe Suzy! Wie besorgt ich um dich bin! Was muß das für ein Schock gewesen sein, was für ein fürchterlicher Schock! Ich war ja damals in einem bemitleidenswerten Zustand, als ich meinen armen Leopold verlor. Ich habe einfach nichts mehr gegessen und nicht mehr geschlafen! Rein gar nichts hat mich mehr interessiert, ich habe mich in meinem Haus verkrochen! Arme Suzy! Ich kann mich ja so gut in deine Lage versetzen!«

»Aber Phyllis«, sagte Don, »was redest du da für einen Unsinn! Das kann man doch gar nicht miteinander vergleichen! Chloé ist nicht gestorben. Jemand hat sie entführt. Und die Chancen stehen ziemlich gut, daß man sie wiederfindet.«

»Don, glauben Sie das wirklich?« sagte Suzy hoffnungsvoll.

»Aber natürlich. Ein Schimpanse, der die Taubstummensprache beherrscht, kann nicht unbemerkt bleiben. Aber Ed, jetzt erzähl mir erst mal ganz genau, wie das passiert ist!«

Ich begann zu erzählen, was wir erlebt hatten, aber nach wenigen Worten hörte ich auf und bat Suzy weiterzureden. Ihre Schweigsamkeit beunruhigte mich, und ich hoffte, wenn sie erzählte, würde sich das wieder geben. Und wirklich, nach kurzer Zeit wurde sie lebhafter.

»Ein so arbeitsamer Mensch«, sagte Mary zum Abschluß, »der so akkurat, so wohlerzogen und so nett war! Wer hätte je gedacht daß er dazu imstande wäre?«

»Gerade wenn jemand so vollkommen zu sein scheint«, sagte Don, »muß man mißtrauisch werden.«

»Das schlimmste daran ist«, fuhr Suzy mit erhobener Stimme fort, »daß man unbedingt etwas unternehmen möchte und nicht das geringste tun kann! Rein gar nichts! Die Warterei ist nur schwer zu ertragen. Der Sheriff gibt eine Suchmeldung heraus, und das ist alles. Man wartet...«

»Ich weiß wirklich nicht, was Davidson sonst tun könnte«, sagte ich. »Er kann sich nicht einmal an die Verfolgung Deneckes machen, denn der hat acht oder neun Stunden Vorsprung. Und wir wissen ja nicht einmal, in welche Richtung er gefahren ist!«

Der Abend war klar, und wir hatten die Tür, die auf die Terrasse führte, offengelassen. Juana hatte uns den Kaffee diesmal im Eßzimmer serviert.

Die Unterhaltung geriet allmählich ins Stocken. Es war bereits spät. Aber ich merkte, daß die Hunts Bedenken hatten, uns alleine zu lassen, weil sie fühlten, daß wir ihre Anwesenheit brauchten.

»Etwas könnten wir doch tun«, sagte Don, »oder besser gesagt, ich könnte es tun: in der Zeitschrift für Tierärzte eine Suchmeldung nach Chloé aufgeben, mit einem Foto, der Nummer, die sie eintätowiert bekommen hat, und eurer Telefonnummer.«

»Lesen denn viele Leute diese Zeitschrift?« wollte Suzy wissen.

»Sie wird zumindest von den Tierärzten durchgeblättert. Deshalb brauchen wir ein Foto. Wenn man das Foto sieht, liest man auch den Text.«

Ich drehte mich zu Donald.

»Das ist eine gute Idee, Don, das machen wir gleich morgen.«

Dann schwiegen wir wieder. Nur hin und wieder riskierte Phyllis einen Satz, der nicht ganz zu der Stimmung dieses Abends paßte und auf den eigentlich niemand Lust hatte, etwas zu erwidern. Obwohl sie Suzy anfangs versichert hatte, daß sie sich sehr gut in ihre Lage versetzen könne, brachte sie genau das niemals zuwege. Schließlich fing sie sogar an, vor sich hin zu summen. Sie hatte mit Sicherheit schon wieder vergessen, daß Chloé entführt worden war. Da war sie aber die einzige.

Der Mond ging auf, und ein heftiger Wind kam von Westen. Anstatt sich seinem kühlen Luftzug auszusetzen, zogen wir es vor, im Eßzimmer zu bleiben, aber wir ließen die Tür auf, die auf die große Terrasse hinausführte. Für einen Augenblick strahlte der Mond sehr hell. Als kleine, zerrissene Wolken – manche waren grau, andere weiß – sich schnell vor den Mond schoben, sah es so aus, als würde er nach Osten wandern.

Dann war es soweit! Die Terrasse vor uns verfinsterte sich. Man konnte nicht einmal mehr das erste Blumenbeet erkennen. Mit einem Schlag wurde es Nacht, und gleichzeitig wurde es deutlich kühler.

Es war mittlerweile so finster, daß wir ihn nicht bemerkt hätten, wenn er nicht einen kleinen Seufzer von sich gegeben hätte. Und als wir ihn entdeckten, trauten wir unseren Augen nicht. Aber er war tatsächlich da, lag vor uns auf der Terrasse. Völlig erschöpft schaffte er es gerade noch über die Schwelle der Terrassentür.

»Roderick!« schrie Suzy und lief auf ihn zu.

Sogleich stellte er sich, eher schwankend, auf die Hinterbeine. Suzy kniete auf den Steinfliesen und umarmte seinen Hals.

»O Roderick! Roderick!« sagte sie und überschüttete ihn mit Küssen. »Wo ist Chloé?«

Ich habe oft gedacht, wie froh Roderick gewesen wäre, wenn er hätte antworten können, wenn er wenigstens Hände gehabt hätte. Und dennoch, auf seine Weise erstattete er uns Bericht, so erschöpft er auch von seinem langen Marsch war. Davidson, den ich trotz der späten Stunde noch angerufen hatte, kam bald und entfernte sorgfältig alle Erdpartikel, die zwischen den Ballen seiner Pfoten hängengeblieben waren, und füllte sie in kleine Beutel. Aufgrund der anschließenden Analyse vermutete er, daß Denecke, zumindest solange Roderick bei ihm gewesen war, die Straße nach Norden genommen hatte. Mittlerweile konnte er natürlich genausogut nach Westen oder Osten gefahren sein. Davidson wiederholte daraufhin in den nördlichen Distrikten seine Suchmeldung. Diese Maßnahme blieb jedoch leider ergebnislos, besänftigte aber wenigstens Suzy, die das Warten unerträglich fand.

Auf die Suchanzeige mit Foto, die wir in der Zeitschrift aufgegeben hatten, meldete sich niemand. Das hieß zumindest, daß Chloé wahrscheinlich bei bester Gesundheit war.

Zuvorkommend, wie Davidson war, meldete er sich täglich mit seiner sanften Stimme bei uns, aber außer ein paar aus der Luft gegriffenen Anrufen (ein Anrufer erzählte sogar etwas von unserem »Gorilla«) hatten wir keinerlei Hinweise erhalten und er auch nicht. Er kam sogar eigens nach Yaraville, um uns das Untersuchungsergebnis der Fingerabdrücke, die man in dem alten Ford und in der Kammer sichergestellt hatte, zu bringen. Das hätte er eigentlich auch telefonisch erledigen können, denn es war negativ. Doch aus Höflichkeit kam er persönlich vorbei. Suzy nutzte seine Anwesenheit, um ihm einen Vorschlag zu unterbreiten, den sie in schlaflosen Nächten ausgebrütet haben mußte.

»Sheriff«, sagte sie zu ihm, »gehen Sie noch immer davon aus, daß Denecke Chloé an einen Zirkus verkauft hat?«

Davidson sah sie mit einem Blick an, den man nicht als verträumt, sondern eher als nach innen gerichtet bezeichnen könnte – so als würde er gleichzeitig das Für und das Wider abwägen.

»Wenn Denecke nicht Ihren Kombi gestohlen hätte«, sagte er, »hätte man vermuten können, daß ihn allein seine Zuneigung zu

Chloé dazu gebracht hat, sie zu entführen. Dann wäre er mit seinem alten Ford gefahren. Aber da er sich auch Ihres ganz neuen und teuren Kombis bemächtigt hat, ist es ganz offensichtlich, daß ihn finanzielle Motive zu dieser Tat verlockt haben. Im übrigen hat er das ja auch in seiner Notiz erwähnt. Er wird also Chloé so schnell wie möglich verkaufen, wenn er es nicht bereits getan hat, zumal er ja ein sehr vorsichtiger Mensch ist und die Anwesenheit Chloés die Aufmerksamkeit auf ihn lenken wird.«

»Dann«, sagte Suzy, »lassen Sie uns doch eine Liste mit den wichtigsten Zirkussen, die gerade in den USA auf Tournee sind, anfertigen. Wir können jedem Zirkus einen Brief schicken und uns nach Chloé erkundigen.«

Davidson hob die Hände in die Luft und sagte, so nachdrücklich es ihm seine guten Manieren gestatteten:

»O nein, Mrs. Dale! Das würde ich Ihnen nicht raten!«

»Und warum?« fragte Suzy.

»Das ist der sicherste Weg, um Chloé nie wiederzusehen.«

»Wieso denn das?«

»Weil der Zirkus, der Chloé von Denecke kauft, sich nicht an die Gepflogenheiten halten wird. Mrs. Dale, alle Papiere, die Chloé betreffen, haben Sie hier: den Kaufvertrag mit dem Zoo, die Impfbescheinigungen, die Rechnung über die Tätowierung. Denecke aber hat nichts.«

»Und ein Zirkusdirektor würde trotzdem...«

Davidson lächelte etwas müde:

»Es wird bei den Zirkusdirektoren nicht anders sein als bei allen Bürgern der Vereinigten Staaten. Einige halten sich an die Gesetze und andere etwas weniger.«

»Und wie könnte das in diesem Fall ablaufen?«

»Der Zirkus könnte zum Beispiel mit Denecke einen Vertrag über die Pflege des Tieres für die Dauer eines Jahres abschließen, inklusive einer Klausel, die garantiert, daß das Tier in den Besitz des Zirkus übergeht, wenn Denecke seine monatlichen Zahlungen einstellt.«

»Aber das verstehe ich nicht. Welchen Vorteil hätte denn Denecke davon?«

»Das ist doch ganz offensichtlich. Er erhält ›unter der Hand‹, wie man so schön sagt, eine ordentliche Summe Geld. Dann verschwindet er, ohne natürlich jemals auch nur die geringste Monatsrate zu bezahlen.«

»Aber in diesem Fall«, sagte ich, »ist der Zirkus doch aus dem Schneider!«

»Nicht ganz. Wenn man das Tier findet, kann man dem Zirkusdirektor immerhin vorwerfen, sich nicht erkundigt zu haben, ob Denecke auch tatsächlich der rechtmäßige Eigentümer des Tieres war, als er mit ihm den Vertrag abgeschlossen hat. Nehmen wir einmal an, Mrs. Dale, daß dieser Zirkusdirektor einen Brief von Ihnen erhält, durch den er erfährt, daß Chloé gestohlen wurde. Erstens wird er sich hüten zu antworten. Zweitens ist es wahrscheinlich, daß er, um irgendwelche Unannehmlichkeiten zu vermeiden, alles mögliche versuchen wird, um Chloé loszuwerden, und sie deshalb möglicherweise ins Ausland verkauft, wo die Chancen, sie wiederzufinden, sehr gering sind.«

Davidson hatte so offensichtlich recht, daß Suzy sich in die trostlose Warterei, in der wir alle lebten, fügen mußte.

In der folgenden Nacht fühlte ich, daß sie sich neben mir hin und her wälzte. Kurz darauf hörte ich im Halbschlaf ein ersticktes Schluchzen. Ich war sofort hellwach und nahm sie in meine Arme. Zunächst sprachen wir nichts, denn wir waren beide von unseren endlosen Gesprächen zu sehr erschöpft, die sich wieder und wieder um das gleiche Thema drehten.

»Ed«, sagte sie nach einer Weile, »wie viele Zirkusse gibt es wohl in den Vereinigten Staaten?«

»Ich habe nicht die geringste Ahnung.«

»Wenn ich mich an Frankreich orientiere, können es nicht allzu viele sein. In Frankreich gibt es nicht mehr als drei. Könnten wir uns nicht mal danach erkundigen?«

Da ich in ihrer Stimme einen nervösen Unterton bemerkte, sagte ich, um sie zu beruhigen:

»Gleich morgen, wenn du willst. Schätzungsweise gibt es zwei Arten von Zirkusunternehmen: die Zirkusse, die einen festen Standort haben, und die, die umherreisen und in einem Zelt auftreten. Die letztgenannten sind wahrscheinlich schwieriger zu erfassen als die ersteren.«

Ich hakte nach:

»Wozu willst du das wissen?«

»Wenn Chloé an einen Zirkus verkauft worden ist – wovon wir ausgehen –, dann besteht die einzige Möglichkeit, sich darüber Gewißheit zu verschaffen, darin, alle Zirkusse, die zur Zeit in den Vereinigten Staaten spielen, abzuklappern.«

»Na, da hast du dir aber was vorgenommen!«

»Aber wir können von vornherein all die ausklammern, die keine Schimpansennummer in ihrem Programm haben.«

»Ich weiß nicht, ob das so klug ist. So würde man eventuell einen Zirkus streichen, der gerade etwas mit Chloé einstudiert, es aber erst ankündigt, wenn die Nummer perfekt sitzt.«

»Das stimmt.«

Sie fügte fast im gleichen Atemzug hinzu:

»Deine Kolloquiumsbeiträge sind redigiert und abgeschickt. Du hast jetzt dein vorlesungsfreies Jahr, du hast keine Ausgrabungen vor, du kannst also frei über deine Zeit verfügen...«

»Das ist richtig, aber man kann nicht einfach im Handumdrehen ein solches Vorhaben realisieren. Erst wenn man weiß, wie viele Zirkusse gerade in den USA auftreten, kann man sich überlegen, wieviel Zeit und wieviel Geld für unsere Rundreise wohl erforderlich sein würde.«

»Befürchtest du, daß unsere Reise zu teuer wird?«

»Sie wird nicht billig sein. Und das einzige Auto, das noch neu war, haben wir nicht mehr.«

»Die Versicherung wird es uns ersetzen.«

»Ja, aber erst in einem Monat.«

Suzy schwieg, dann sagte sie:

»Nehmen wir einmal an, daß unsere Nachforschungen einige Wochen in Anspruch nehmen würden, würde es dich sehr stören, Yaraville solange zu verlassen?«

»Nein, auf Yaraville läuft es auch ohne uns. Und die ›Kinder‹ kommen ebenfalls ohne uns zurecht. Sie sind ja schon groß. Und wenn Emma sich an den Wochenenden an unserer Stelle um sie kümmert, dann haben sie es wirklich sehr gut getroffen.«

Obwohl ich ihr nichts versprochen hatte, gaben ihr meine Antworten die Hoffnung wieder. Und über dieser Hoffnung wurde sie schläfrig. Nach einiger Zeit lag ihr Kopf schwer auf meiner Schulter, und ich zog sie so vorsichtig wie möglich unter ihr weg. An ihrem regelmäßigen Atem konnte ich erkennen, daß sie tief und fest schlief. Aber nun war ich hellwach...! Ich versuchte mir auszumalen, wie teuer uns eine solche Reise durch die Vereinigten Staaten kommen würde. Doch ich merkte schnell, daß meine innere Unruhe und meine Erschöpfung mich zu dieser idiotischen Berechnung gebracht hatten. Es fehlten nämlich zwei ganz wichtige Komponenten: die Zahl der Zirkusunternehmen und die Art und Weise, wie sie über die USA verteilt waren.

Dann fing ich an, mir auszumalen, wie wohl das Leben meiner armen Chloé aussah, jetzt, wo sie zu einem Tier heruntergekommen war, das in einer Manege seine Runden ziehen mußte, während alle Scheinwerfer auf sie gerichtet waren und ein großes Publikum über sie lachte und ihr applaudierte. Das war für sie vielleicht noch nicht einmal der unglücklichste Augenblick des Tages. Sie liebte es, sich zur Schau zu stellen und sich bewundern zu lassen. Doch hinter der glänzenden Fassade des Zirkus, hinter den Lichtern, der Musik, den Farben und den Pailletten verbarg sich eine schmutzige Realität: die Käfige!

Schon in einem Zoo wurde einem die Begeisterung, all diese Tiere an einem Ort sehen zu können, oft durch Gewissensbisse verdorben. Die armen Tiere bezahlten für den Spaß und die Wißbegier des Menschen mit einem Leben hinter Gittern. Und in einem Zirkus sind die Käfige noch viel enger, denn wegen des Transports ist der Platz begrenzt.

Bis jetzt war mir dieser Gedanke noch nicht gekommen, aber wenn Davidsons Annahme richtig war, dann lebte Chloé jetzt wie die Tiere im Zirkus: Sie verbrachte den größten Teil ihres Daseins in einem Käfig. Diese Vorstellung traf mich wie ein Fausthieb. Meine Kehle war wie zugeschnürt, und der Schweiß lief mir nur so über den Körper. Ganz leise, um Suzy nicht zu wecken, stand ich auf und ging ins Badezimmer. Ich trank ein großes Glas Wasser und wischte mir den Schweiß mit einem Handtuch ab. Dann atmete ich, während ich mich mit der Hand am Waschbecken aufstützten mußte, mehrmals tief durch, damit sich mein Herz wieder beruhigte.

Ich schäme mich nicht, das zuzugeben. Wenn man ein Tier wie sein eigenes Kind großzieht, wird es für einen auch zum Kind. Es bereitet soviel Kummer und Pflege, aber ebensoviel Spaß und Freude.

Selbst ein so gefährliches Tier wie ein Tiger erweckt in Gefangenschaft Mitleid. Das letzte Mal war ich vor über zehn Jahren in einer Zirkusvorstellung gewesen, als Elsie und Jonathan noch klein waren. Zu ihrer größten Freude hatten wir Plätze ganz nah an der Arena. Der Höhepunkt des Abends war der Auftritt von zwölf Tigern gewesen, von denen wir nur durch ein feinmaschiges Stahlnetz getrennt gewesen waren. Es war in der Kuppel des Zeltes und am Boden entlang der Arena an Haken befestigt worden. Diese Tiger waren außergewöhnlich schön gewesen. Der Tiger, der uns am nächsten gesessen hatte – er war weniger als einen Meter von uns entfernt gewesen –, hatte sehr nervös gewirkt.

»Sieh mal, Papa«, hatte Jonathan gesagt, »der pinkelt auf den Boden!«

»Das macht er, weil er Angst hat. Sie haben alle Angst! Alle zwölf!«

»Wovor haben sie Angst? Vor dem Dompteur?«

»O nein! Der wirkt eher beruhigend auf sie. Sie sehen ihn ja jeden Tag.«

»Wovor dann?« hatte Elsie wissen wollen.

»Vor uns! Vor all diesen Menschen um sie herum! Vor dem Lärm, den wir machen! Vor unserem Geruch!«

»Wieso haben sie denn Angst vor uns?«

»Wer hat sie gefangen, weggebracht und eingesperrt?«

Nach einer Weile hatte Jonathan gemeint:

»Warum stürzen sie sich dann nicht alle gemeinsam auf den Dompteur, um ihn aufzufressen?«

»Erstens haben sie wahrscheinlich keinen Hunger. Und zweitens sehen sie in ihm ihren Anführer.«

»Warum?«

»Er kennt sie gut. Er kann mit ihnen umgehen.«

»Er schlägt sie doch dauernd mit seiner Peitsche«, hatte Elsie eingeworfen.

»Aber nein, er tut ihnen nichts! Er streift ganz leicht ihre

Schnurrbarthaare. Wenn er sie so ein bißchen ärgert, dann brüllen sie, und die Zuschauer sind zufrieden.«

»Eigentlich verlangt er aber keine großen Kunststücke von ihnen«, hatte Jonathan gesagt.

»Der Dompteur weiß genau, wie weit er gehen darf. Raubkatzen sind sehr träge. Seht ihr, schon ist es vorbei.«

»Sieh mal«, hatte Elsie gemeint, »wie sehr sie sich beeilen, um hinauszukommen! Man braucht sie gar nicht zu bitten. Sie schubsen sich sogar, damit sie wieder rauskommen. Papa, lieben sie ihren Käfig?«

»Bestimmt. Hinter den Gittern fühlen sie sich zumindest vor den Menschen sicher.«

Wie sollte ich ihnen begreiflich machen, daß ein Tier einmal soweit kommt, den Ort seiner Haft zu lieben, genau wie das mißhandelte Kind den Schrank, in den es die aufgebrachten Eltern einsperren? Wenn die schrecklichsten Lebensbedingungen irgendwann einmal zu einem Zufluchtsort werden, an den man sich klammert, dann ist man am Ende. Aber soweit war es mit Chloé noch nicht, davon war ich überzeugt. Unsere Bemühungen, ihr die Gebärdensprache beizubringen, hatten ihre Intelligenz gefördert, und deshalb müßte es ihr möglich sein, eine wesentlich größere Widerstandskraft zu entwickeln als ihre stummen Geschwister. Wo sie in Yaraville doch von soviel Liebe umgeben war und so viele Freiheiten genossen hatte, war sie in ihrem Käfig mit Sicherheit sehr unglücklich, aber – und da war ich mir ganz sicher – sie würde auf keinen Fall resignieren. Sie würde ihren Kerkermeistern das Leben schwermachen! Das hoffte ich zumindest.

Am nächsten Tag – es war der 12. September – verbrachte ich fast den ganzen Vormittag damit herumzutelefonieren. Ich versuchte herauszubekommen, wie viele Zirkusse es in den Vereinigten Staaten gab und wo sie, wenn es sich um Wanderzirkusse handelte, momentan ihre Zelte aufgeschlagen hatten. Nachdem ich schließlich alle Informationen zusammenhatte, trug ich sie auf einer großen Landkarte der USA ein und rief Suzy herbei. Sie kam sofort, setzte sich neben mich, nahm die Karte und besah sie sich schweigend. Doch sogar ihr Schweigen war beredt.

Als wir kurz danach zum Mittagessen hinuntergehen wollten, klingelte das Telefon. Ich nahm den Hörer ab.

»Dr. Dale?« fragte eine Frauenstimme.

»Am Apparat.«

»Dr. Dale, ich glaube, ich habe Ihre Schimpansin Chloé wiedergefunden.«

»Einen Augenblick, bitte!«

Das war nicht das erste Mal, daß ich einen solchen Anruf bekam, und wie Davidson es mir aufgetragen hatte, schaltete ich in so einem Fall sofort das Tonband ein. Hier nun der genaue Wortlaut dieses Gesprächs:

»Dr. Dale?«

»Ja, am Apparat. Darf ich Sie nach Ihrem Namen fragen? Und von wo rufen Sie bitte an?«

»Mein Name ist Barbara Schultz. Ich bin Zimmermädchen auf der *Home Ranch*, ein Hotel in der Nähe von Clarke, Colorado.«

»Fahren Sie bitte fort, Miss Schultz.«

»*Mrs.* Schultz, ich bin geschieden. Ich habe einen neun Jahre alten Sohn, David. Eigentlich haben wir es David zu verdanken, daß ich Ihre Schimpansin Chloé wiedergefunden habe.«

»Würden Sie mir das etwas näher erklären, Mrs. Schultz?«

»Letzten Sonntag habe ich mit David eine Zirkusvorstellung besucht. Dort wurde auch eine Schimpansennummer gezeigt.«

»War der Schimpanse groß?«

»Nein, eher klein.«

»Was machte er?«

»Akrobatik, Reiten und Gleichgewichtsartistik. In der Pause kam die Dompteuse mit dem Schimpansen in die Arena zurück. Sie setzte ihn der Reihe nach den kleinen Zuschauern in den Arm und fotografierte sie dann mit einer Polaroid. Das Foto kostete vier Dollar. Das war natürlich eigentlich zu teuer, aber es machte David solchen Spaß.«

»Fahren Sie fort, Mrs. Schultz.«

»Am Dienstag darauf wurde Kim krank.«

»Wer ist Kim?«

»Davids kleine Katze, eine Perserkatze. Da ich am Mittwoch

meinen freien Nachmittag habe, beschloß ich, mit der Katze zum Tierarzt zu fahren. Dort, im Wartezimmer, habe ich dann in der Zeitung das Foto von Chloé gesehen. Die Ähnlichkeit mit dem Schimpansen im Zirkus war wirklich frappierend.«

»Was haben Sie dann gemacht?«

»Ich habe mir die Tätowierungsnummer notiert und bin am darauffolgenden Sonntag noch einmal zum Zirkus gefahren. Ich habe wieder vier Dollar für ein Foto bezahlt und unter dem Vorwand, Erika zu streicheln, die David in seinen Armen hielt...«

»Erika?«

»So nennt die Dompteuse die kleine Schimpansin. Also, da habe ich einen Blick auf die Tätowierung geworfen. Natürlich nur einen kurzen Blick, Dr. Dale, denn ich wollte nicht das Mißtrauen der Dompteuse erregen. Aber es scheint mir die gleiche Nummer zu sein.«

»Es scheint nur die gleiche Nummer zu sein?«

»Dr. Dale, ich kann es Ihnen natürlich nicht ausdrücklich bestätigen, doch eigentlich bin ich felsenfest davon überzeugt. Dr. Dale, wenn Sie Gewißheit haben wollen, kann ich Ihnen ja das Foto von Erika und David schicken!«

»Das würde viel zu lange dauern. Geben Sie mir doch die Telefonnummer der *Home Ranch*. Ich werde dort ein Zimmer reservieren und so schnell wie möglich kommen.«

»3038791780. Dr. Dale, ich weiß, Sie sind wohlhabend; Sie haben schließlich immerhin eine Belohnung von fünftausend Dollar für denjenigen ausgesetzt, der Chloé wiederfinden wird. Dennoch möchte ich Sie vorwarnen: die *Home Ranch* ist ein äußerst luxuriöses Hotel. Die Preise sind natürlich dementsprechend.«

»Wieviel?«

»Dreihundert Dollar pro Tag und pro Person.«

»Ein oder zwei Tage kann ich das gerade noch verkraften.«

»Dr. Dale, noch etwas, sonntags und Mittwoch nachmittags arbeite ich nicht im Hotel.«

»Ich werde es notieren, und, Mrs. Schultz, notieren Sie sich bitte, falls es Chloé sein sollte, gehören die fünftausend Dollar Ihnen.«

»Vielen Dank, Dr. Dale.«

Sie legte auf, und ich sah Suzy an. Ihr Blick wirkte abwesend, und sie zitterte am ganzen Körper. Ich nahm sie bei der Hand und brachte sie dazu, sich zu setzen. Kurz darauf schien sie sich wieder gefangen zu haben und flüsterte:

»O Ed! Wenn sie es ist!«

Ich rief Davidson an, und zehn Minuten später war er da. Mit wie immer leicht verträumtem Blick hörte er sich die Aufzeichnung des Gesprächs mit Mrs. Schultz an. Danach sagte er uns mit seiner sanften Stimme, was er davon hielt:

»Das hört sich wirklich glaubwürdig an: das Alter des Schimpansen, die Gleichgewichtsübungen, das Pferd... und Akrobatik scheint ja, wie Sie mir erzählt haben, kein Problem für Chloé darzustellen. Barbara Schultz macht auf mich einen guten Eindruck. Sie spricht offen über sich selbst. Sie hat Ihnen gesagt, wo sie arbeitet, und sie hat Ihnen sogar die Nummer ihres Arbeitgebers gegeben. Sie hat Ihnen angeboten, ein Foto von Erika zu schicken. Obwohl sie sich im Innersten, wie sie sich ausdrückte, sicher ist, daß die Tätowierungsnummer die gleiche ist, wollte sie es nicht gleich beschwören. Ich kann aber dennoch, wenn Sie wollen, bei der Polizei in Clarke diskret Erkundigungen über diese Frau einholen.«

Ich wechselte einen Blick mit Suzy.

»Nein, nein, das würde viel zu lange dauern.«

»Statt dessen«, sagte Suzy, »könnten Sie doch den Arbeitgeber von Mrs. Schultz fragen, was er von ihr hält.«

Davidson schaute mißmutig drein.

»Das wäre nicht gerade vorschriftsmäßig. Ich habe nichts mit der Polizei von Colorado zu tun. Selbst wenn ich der örtlichen Polizei angehören würde, schätzen einige Arbeitgeber diese Art von Nachforschungen nicht besonders.«

Dennoch, bevor er sich von uns verabschiedete, ließ er sich noch die Nummer der *Home Ranch* geben, und eine halbe Stunde später rief er bei uns an:

»Hallo, ich habe mich doch im Hotel erkundigt. Die Leute dort waren sehr hilfsbereit. Barbara Schultz ist seit fünf Jahren bei ihnen beschäftigt, und sie haben gar nicht mehr aufgehört, ihre Qualitäten zu loben. Ich beeilte mich, ihnen zu sagen, daß wir ihr nicht das geringste vorzuwerfen haben, ganz im Gegenteil.«

Suzy, die das Gespräch entgegengenommen hatte, dankte Davidson ganz herzlich. Er hakte nach:

»Wann fahren Sie denn?«

»Gleich morgen, ganz früh.«

»Bevor Sie sich im Zirkus sehen lassen, wenden Sie sich doch bitte an die Polizeidienststelle in Clarke. Verlangen Sie Mr. Morley! Ich habe ihn telefonisch verständigt. Ich habe ihm gesagt, wer Sie sind, und Ihr Kommen bereits angekündigt, ohne ihm jedoch den Zweck Ihres Besuchs zu nennen. Meiner Ansicht nach ist es doch ganz ratsam, einen Polizisten in Zivil dabeizuhaben, wenn Sie in den Zirkus gehen, um Ihre Chloé zurückzuholen. Wenn sie es ist...«

Suzy bedankte sich und legte auf.

Sie sah mich an und wiederholte zum zehnten Mal, seit wir den Anruf von Barbara Schultz bekommen hatten:

»O Ed! Wenn sie es ist!«

Der Weg war lang, und Suzy und ich waren die Fahrt über sehr schweigsam und angespannt. Unsere Gefühle schwankten zwischen Hoffnung und Skepsis, aber keiner von uns traute sich, dem anderen gegenüber etwas davon zu äußern, aus Furcht, nicht die Stimmung des anderen zu treffen. In unserem jetzigen Zustand hätte man meinen können, daß die wunderschöne Landschaft Colorados, je näher wir den Rocky Mountains kamen, uns völlig kaltlassen würde. Doch das Gegenteil war der Fall. So absurd es auch sein mochte, ich wurde während der ganzen Fahrt das Gefühl nicht los, daß die Schönheit der Landschaft ein gutes Omen für den Ausgang unserer Reise war. Und ich war sicher, daß Suzy das gleiche fühlte, denn je näher wir der *Home Ranch* kamen, desto mehr fiel die Apathie von ihr ab, und wenn sie lächelte, sah sie fast glücklich aus.

Das Hotel wirkte ganz und gar nicht wie ein Luxushotel. Es hatte schätzungsweise nicht mehr als zehn Zimmer, die in kleinen Holzbungalows rund um das Haupthaus untergebracht waren. Das Haupthaus selbst war einstöckig, und das einzige gemauerte Stück, das ich von weitem an diesem Gebäude ausmachen konnte, war der Kaminabzug.

Die Landschaft ringsherum war dafür um so spektakulärer. In der Ferne konnte man die Rocky Mountains erkennen. Dem ewigen Schnee, der die Gipfel der Berge bedeckte, und der Feuchtigkeit, die aus den Wäldern am Fuße des Gebirges aufstieg, war es zu verdanken, daß die Landschaft in der Ebene, durch die wir gerade fuhren, so wunderschön grün war.

Wenn man die *Home Ranch* betrat, wurde einem jedoch schnell klar, daß sich hinter der schlichten Fassade ein Luxus verbarg, der, wie Barbara Schultz uns am Telefon versichert hatte, seinen Preis wert war.

Der Hotelbesitzer empfing uns nicht wie Gäste auf der Durchreise, sondern wie gute alte Freunde, die ihn lange nicht besucht hatten; um seinen Freunden Zeit zu geben, die frühere freundschaftliche Verbindung wiederaufleben zu lassen, hielt er sich dezent im Hintergrund, war ihnen aber stets herzlich zugetan. Diese Mischung war perfekt. Was ihn betraf, so war er von Kopf bis Fuß das Ebenbild seines Hauses: schlicht, aber raffiniert.

Ein Gepäckträger kümmerte sich um unsere Koffer und brachte uns zu einem der Bungalows. Dort fand ich zu meiner großen Überraschung einen Salon, ein Schlafzimmer und ein Badezimmer vor. Das war ganz offensichtlich ein Zimmer zuviel, und ich telefonierte sofort mit der Rezeption.

»Das ist richtig, Dr. Dale«, sagte eine angenehm klingende Frauenstimme schnell, »Sie hatten ein Doppelzimmer reserviert, aber aufgrund einer verschobenen Abreise hatten wir nur noch dieses Appartement frei. Da Sie für die Umbuchung nicht verantwortlich sind, zahlen Sie selbstverständlich nur den Preis des Doppelzimmers.«

Ich hatte kaum aufgelegt, da klopfte es an der Tür. Ich ging, um zu öffnen. Auf der Schwelle stand ein Zimmermädchen, wie man es heutzutage in diesem Land nicht mehr oft zu sehen bekommt. Es trug eine kleine, bestickte weiße Schürze, weiße Manschetten und ein besticktes Häubchen auf dem Kopf. Ein perfekter und ganz entzückender Anblick.

»Dr. Dale?« fragte sie.
»Ja.«
»Ich bin Barbara Schultz.«
»Bitte, kommen Sie doch herein und setzen Sie sich!«
Sie zögerte, doch da ich darauf bestand, setzte sie sich schließlich, etwas verlegen, auf den Rand eines Sessels. Suzy lächelte sie aufmunternd an. Wir schwiegen. Nun lächelte Barbara Schultz, und das verjüngte sichtlich ihr etwas verwelkt aussehendes Gesicht. Meiner Meinung nach war sie knapp dreißig Jahre alt, doch sie mußte in ihrem Leben schon einiges durchgemacht haben, denn ihre Augenlider waren schwer, und ihre grünen Augen blickten traurig, auch wenn sie lachte. Sie hatte wunderschönes kastanienbraunes Haar, das sie straff nach hinten gekämmt hatte und das leider unter dem weißen Häubchen fast nicht zum Vorschein kam. Ihre Stimme war sanft, und sie sprach ziemlich leise.

»Verzeihen Sie, Dr. Dale, daß ich an Ihre Tür klopfte, ohne daß Sie nach mir gerufen haben. Ich sah, wie Sie ankamen. Ich dachte mir sofort, daß Sie es sind. Wir erwarteten außer Ihnen keine weiteren Gäste mehr. Ich bin von mir aus zu Ihnen gekommen, weil ich fürchtete, daß Sie nach dem Zimmermädchen läuten würden. Dann wäre allerdings nicht ich, sondern eine Kollegin von mir erschienen. Ihr Zimmer gehört nicht zu meinem Servicebereich.«

Sie machte eine Pause, fuhr dann aber fort:
»Ich mußte Sie so schnell wie möglich sprechen.«
»Warum?«
»Der Zirkus zieht morgen weiter. Heute abend geben sie hier ihre letzte Vorstellung.«
»Es ist also ein Wanderzirkus?«
»Ja, ein kleiner Zirkus, der sein Zelt am Stadtrand von Clarke aufgestellt hat.«
»Und er reist morgen weiter!« rief Suzy. »Ist es schwirig, noch eine Eintrittskarte zu bekommen?«
»Ich glaube nicht. Die beiden Male, als ich da war, war nur die Hälfte der Plätze besetzt. Ach, Dr. Dale«, fuhr sie mit zitternder Stimme fort, »ich hoffe von ganzem Herzen, daß es Chloé ist. Es täte mir sehr leid, wenn ich mich geirrt und Sie umsonst die weite

Reise gemacht hätten. Deshalb wollte ich Ihnen ja auch das Foto von Erika schicken. Aber bis Sie mein Brief erreicht hätte, wäre der Zirkus schon längst nicht mehr dagewesen.«

»Haben Sie das Foto dabei?«

»Ja, ich habe es mitgebracht.«

Sie zog es aus der Tasche ihrer weißen bestickten Schürze und reichte es mir. Ich hatte gerade noch Zeit, einen kurzen Blick darauf zu werfen, bevor Suzy mir das Foto aus der Hand riß.

»Das ist sie!« schrie sie.

Ich beugte mich über ihre Schulter und betrachtete eingehend das Polaroidfoto. Doch ich wollte mich nicht zu früh freuen.

»Die Aufnahme ist zwar nicht besonders gut«, meinte ich, »aber es könnte durchaus Chloé sein.«

»Was heißt durchaus!« sagte Suzy entrüstet. »Das ist sie, daran besteht kein Zweifel!«

Dann tat sie etwas für mich völlig Überraschendes. Sie ging auf Barbara Schultz zu, schloß sie in die Arme und küßte sie auf beide Wangen. Barbara wurde rot und sagte:

»Danke, Mrs. Dale.«

Barbara mußte ihre eigene Reaktion wohl etwas unbeholfen vorgekommen sein, denn sie fügte hinzu:

»Ich würde mich sehr freuen, wenn Sie Ihre kleine Chloé wiedergefunden hätten. David wäre auch ganz traurig, wenn er seine Kim verlieren würde.«

Nach einer Weile meinte ich:

»Ich möchte Ihnen noch ein paar Fragen stellen. Wie heißt der Zirkus, und wer arbeitet mit dem Schimpansen?«

»Eine Frau um die Vierzig. Sie ist eine Weiße, aber sie hat ihre Haut schwarz gefärbt und kleidet sich afrikanisch. Sie trägt eine bunte Tunika und auf dem Kopf eine Art Turban. Der Zirkus heißt *El Circo Mexicano*. Doch nicht alle Artisten kommen aus Mexiko.«

»Wann kommt die Schimpansennummer?«

»Direkt vor der Pause. Nach dem Applaus verbeugt sich die Frau mit der Tunika noch einmal, geht durch den Vorhang hinaus und kommt kurz darauf mit der Polaroidkamera wieder, um die Kinder mit Erika zu fotografieren.«

»Mit Chloé!« sagte Suzy nachdrücklich.

»Ja, ja, natürlich, Mrs. Dale«, meinte Barbara versöhnlich. »Ich sage immer ›Erika‹, weil dieser Name auf dem Programm steht.«

Ich hakte nach:

»Und wie nennt sich diese Frau? Können Sie sich noch erinnern, was im Programmheft stand?«

»Ich weiß den Namen deshalb, weil es der Name der Frau Davids ist: Bathseba.«

»Das klingt ganz und gar nicht afrikanisch!«

»Wie ich schon sagte, Dr. Dale, sie ist eine falsche Schwarze. Sie hat eine gerade Nase, dünne Lippen und grüne Augen.«

»Sie ist Ihnen wohl nicht sonderlich sympathisch?«

»Ich finde es eine Unverschämtheit, vier Dollar für ein Polaroidfoto zu verlangen!«

»Haben Sie die Telefonnummer des *Circo Mexicano?*«

»Ich habe sie auf die Rückseite des Fotos geschrieben. Sie halten sie also bereits in Händen, Dr. Dale.«

»Danke.«

Schweigen. Ich sah sie an.

»Sobald wir Chloé wiederhaben – wenn sie es tatsächlich sein sollte –, stelle ich Ihnen sofort einen Scheck über fünftausend Dollar aus. Um wieviel Uhr fangen Sie morgen zu arbeiten an?«

»Um sieben Uhr.«

»Kommen Sie doch gleich morgen früh zu uns! Wir werden sicher zeitig aufbrechen.«

»Ich werde bestimmt dasein.«

Als sie hinausgehen wollte, zögerte sie kurz und sagte:

»Dr. Dale?«

»Ja?«

»Wenn Sie heute abend nach der Vorstellung mit Ihrer kleinen Chloé zurückkommen, rate ich Ihnen, direkt in Ihr Appartement zu gehen, ohne an der Rezeption vorbeizukommen.«

»Warum?«

»Nun, die Hoteldirektion gestattet nicht, daß man Hunde in dieses Haus mitbringt, und noch weniger...«

Sie sah Suzy an, wurde rot und sprach nicht mehr weiter. Dann verabschiedete sie sich von uns und schloß leise die Tür hinter sich.

Ich ging zum Telefon, nahm den Hörer ab, wählte die Nummer der Polizeidienststelle in Clarke und verlangte Mr. Morley.

»Ah! Dr. Dale!« ertönte eine freundliche Stimme. »Sheriff Davidson hat mir viel von Ihnen erzählt. Machen Sie sich keine Umstände! Ich bin in ungefähr einer Stunde bei Ihnen. Ich habe ohnehin in der Gegend zu tun.«

»Die Leute hier in Colorado sind alle so nett«, meinte Suzy. »Vielleicht macht die Schönheit der Landschaft sie so entgegenkommend. Ed, laß bitte Wasser in die Wanne! Ich möchte so gerne ein Bad nehmen.«

Bevor ich mich meiner Kleidung entledigte, rief ich im *Circo Mexicano* an und reservierte zwei Karten für die Abendvorstellung. Dann fiel mir ein, daß es vielleicht ganz sinnvoll wäre, wenn Morley mitkäme. Deshalb reservierte ich noch eine dritte Karte.

Ich ging unter die Dusche und leistete anschließend Suzy in der übergroßen Wanne Gesellschaft. Das war an sich schon ein Vergnügen, aber mit Suzy zusammen war es ein noch viel größeres. Doch mein Vergnügen war nicht ganz ungetrübt. Ich war immer noch etwas skeptisch, aber vor allen Dingen fürchtete ich die Enttäuschung, die Suzy erleben würde, wenn Erika nicht Chloé sein sollte.

Suzy amüsierte sich in der Wanne wie ein kleines Kind. Sie strampelte mit den Beinen oder bespritzte mich mit Wasser. Da sie mein Schweigen mißverstand, griff sie plötzlich nach meinem linken Arm und drückte sich an mich.

»Ed, bist du mir böse?«

»Nein, überhaupt nicht! Wie kommst du denn darauf?«

»Ich habe so schlechte Manieren! Ich habe dir das Foto von Erika fast aus den Händen gerissen!«

»Du hast keine schlechten Manieren, du bist lebhaft und impulsiv, das ist alles.«

»Und du, du bist ein Schatz! Ed, warum bist du eigentlich immer so nachsichtig mit mir?«

»*You should treat a woman according to her womanishness.*«

»Ist das von dir?«

»Nein, von Bernard Shaw. Wie würdest du diesen Satz ins Französische übersetzen?«

»Man soll eine Frau ihrer Fraulichkeit entsprechend behandeln.«

»Nein, das trifft es nicht ganz. Hinter dem Wort ›womanishness‹ steckt eine boshafte Absicht. Dieses Wort hat Bernard Shaw nach dem Muster des Wortes ›foolishness‹ gebildet. Sein Ausspruch ist die Variante eines bekannten englischen Aphorismus: ›*You should treat a fool according to his foolishness.*‹«

»Oh, charmant, das dumme Gänschen dankt.«

»Nein, nein, ich will damit nicht sagen, daß es dumm ist, so zu handeln. Es ist spontan. In der Erziehung der Männer wird diese Spontaneität unterdrückt, aber nicht bei den Frauen. Ich bewundere dieses natürliche Verhalten von Frauen, auch wenn es einige Unannehmlichkeiten mit sich bringt. So wie vorhin zum Beispiel, du siehst das Foto von Erika und sagst gleich: ›Das ist Chloé!‹«

»Aber es ist Chloé! Da bin ich ganz sicher!«

»Wenn du sagst, du bist dir dessen sicher, bedeutet das, daß du dich auf deinen Instinkt verläßt. Ich nicht. Mir hat man beigebracht, meinem Instinkt zu mißtrauen und Beweise zu fordern.«

Suzy hütete sich davor, mir zu antworten. Sie wollte sich ihre Gewißheit nicht nehmen lassen.

»Du liebes bißchen«, sagte ich, nachdem ich einen Blick auf die Uhr geworfen hatte, »wie die Zeit in der Badewanne vergeht! Wir können nur hoffen, daß Morley nicht pünktlich ist.«

Er war pünktlich. Wir schafften es gerade noch, uns anzuziehen, als die Rezeption uns schon seinen Besuch ankündigte.

Morley war ein großer, schlanker junger Mann mit einem auffallend großen Mund, einer langen Nase und kleinen Augen. Er war nicht gerade schön, aber sympathisch. Ich hoffte, daß seine lange Nase für seinen Spürsinn stand.

Ich erläuterte ihm die Sachlage und zeigte ihm die Papiere, die belegten, daß Chloé uns gehörte, sowie Fotos von Erika und Chloé.

»Wissen Sie«, sagte er, »eine gewisse Ähnlichkeit besagt nicht viel! Also ich«, fuhr er mit einem kleinen Lachen fort, »ich konnte noch nie einen Chinesen von einem anderen unterscheiden. Wie soll ich da erst einen Affen von einem anderen unterscheiden können!«

Daß er einen Primaten als ›Affen‹ bezeichnete, mißfiel Suzy und noch mehr die Bemerkung über die Chinesen. Doch dieses eine Mal hielt sie sich zurück und sagte kein einziges Wort. Sie wartete ab.

»Meiner Ansicht nach«, meinte Morley, »gibt es nur zwei Anhaltspunkte, um eindeutig festzustellen, ob es sich hier um Ihre Chloé handelt: die Tätowierungsnummer und wie Chloé auf Sie reagieren wird, wenn sie Sie sieht. Deshalb will ich heute abend auf jeden Fall mit in den Zirkus gehen; zumal es, wie ich gehört habe, auch die letzte Vorstellung in unserer Stadt sein soll.«

»Wir haben Ihre Entscheidung vorhergesehen«, sagte Suzy lächelnd, »und Ihnen bereits eine Karte zurücklegen lassen.«

»Danke, Mrs. Dale«, sagte Morley und errötete. »Übrigens«, meinte er zu mir, »wissen Sie, wann Erika auftritt?«

»Direkt vor der Pause.«

»Also müssen wir in der Pause einschreiten«, erklärte Morley mit ungeheuer wichtig klingender Stimme.

»Sollen wir durch die Manege laufen?«

»Ja, ich finde es am besten, wenn Ihr Wiedersehen in den Kulissen stattfindet. Falls Erika nicht Chloé sein sollte, vermeiden wir so einen Skandal.«

»Und die Zirkusdiener lassen uns anstandslos durch?«

»Mit meinem Polizeiausweis ist das kein Problem. Die kennen mich übrigens auch schon. Ich liebe den Zirkus und die Leute, die dort arbeiten. Mit zwanzig war ich Drahtseiltänzer.«

»Seiltänzer?«

»Nein, Drahtseiltänzer. Das Seil ist zwar das gleiche, aber nicht die Höhe. Der Drahtseiltänzer arbeitet zwei Meter über dem Boden. Dafür ist das, was er tut, aber auch um einiges schwieriger.«

Er fuhr fort:

»Da Sie sich in Clarke nicht auskennen, ist es besser, wenn ich Sie abhole.«

Er stand auf, zögerte jedoch, und ich fühlte, daß er nicht gehen wollte, ohne vorher noch etwas klarzustellen.

»Natürlich hätte die Polizei hier in Clarke es nicht für nötig befunden, sich einzuschalten, wenn es sich um einen Hund oder eine Katze handeln würde«, sagte er. »Doch hier geht es um ein sehr wertvolles Tier, das einem namhaften Wissenschaftler gehört, und da bemühen wir uns selbstverständlich.«

Nachdem er sein kleines Kompliment angebracht hatte, ging er ohne ein weiteres Wort hinaus.

»Ein Tier!« sagte Suzy empört. »Chloé, ein Tier!«

Ihre Entrüstung war gekünstelt. Morleys Abgang amüsierte sie, und sie fing zu lachen an. Aber ihr Lachen hielt nicht lange an.

»Wir haben noch gut zwei Stunden Zeit, bevor Morley uns abholt.«

Sie ging ruhelos und ohne ein Wort zu sagen im Zimmer auf und ab. Sie, die sonst so redselig war!

»Möchtest du etwas essen?«

»Nein«, sagte sie, »ich habe keinen Hunger.«

Ich saß in einem Sessel, und da ich mir nichts zu lesen mitgenommen hatte, griff ich zu der Bibel, die die Hoteldirektion für ihre Gäste bereitliegen hat. Ich schlug sie an einer beliebigen Stelle auf. Als ich Student gewesen war, hatte ich das gleiche am Abend vor meinem Examen gemacht. Und ich hatte mit klopfendem Herzen die Stelle gelesen, die die Vorsehung für mich bestimmt hatte: Ich hatte gehofft, auf diese Weise ein Omen für den kommenden Tag zu finden. Und das merkwürdigste war, daß es mir mit ein bißchen Einfallsreichtum immer gelungen war, eine passende Stelle aufzuschlagen. Aber mit den Jahren mußte ich diese brillante Interpretationsfähigkeit wohl verloren haben, denn an jenem Nachmittag schlug ich die Bibel an drei verschiedenen Stellen auf, doch ich fand weder eine Botschaft noch ein Omen. Es war allerdings auch nicht die Bibel aus meiner Studienzeit, die schon so benutzt und angeschlagen war, daß sich der Einband ablöste, bis sie eines Tages bei einem Umzug verlorenging. Mit dem Verlust dieses ehrwürdigen Exemplars war wohl auch die Magie verschwunden...

Als ich Suzy ruhelos zwischen dem Salon, in dem ich zu lesen versuchte, und dem Schlafzimmer hin- und hergehen sah, hob ich den Kopf und sagte:

»Möchtest du mit mir spazierengehen? Dieser Spätnachmittag ist so schön, daß wir ein wenig an die frische Luft gehen sollten.«

»Nein«, sagte sie, »ich habe keine Lust. Ich bin müde.«

»Du siehst aber nicht so aus.«

»Du findest, daß ich zuviel hin- und herlaufe?«

»Ja, ein bißchen.«

»Ich kann mich auch setzen, wenn dir mein Herumlaufen auf die Nerven geht!«

»Nein, nein, es geht mir nicht auf die Nerven.«

»Aber natürlich geht es dir auf die Nerven, sonst hättest du mich nicht dazu gebracht, es zu sagen.«

»O Suzy, bitte, laß uns nicht streiten!«

»Wer hat denn angefangen?«

Und als ich sie wortlos ansah, fing sie zu weinen an.

»O Ed«, sagte sie, »wenn es jetzt doch nicht Chloé ist?«

»Aber ja, das ist sie. Du warst dir vorhin doch so sicher!«

»Aber du, du bist dir nicht sicher.«

»Doch, zu achtzig Prozent.«

»Und warum bist du dir nicht hundertprozentig sicher?«

»Das weißt du doch, ich bin ein Beweisfanatiker. Aber bestimmt bist du diejenige, die recht hat.«

»Das sagst du nur, aber du glaubst es nicht.«

»Doch, das glaube ich.«

»Das sagst du nur, um mich zu beruhigen, du Heuchler!«

»Ich bin kein Heuchler. Ich sage dir, was ich fühle.«

Ich nahm das Foto der angeblichen Erika und legte es neben eines der Fotos von Chloé, die wir Morley gezeigt hatten.

»Ich sag' dir eins: für mich ist das ein und dieselbe Schimpansin. Es ist blödsinnig, zu behaupten, daß eine gewisse Ähnlichkeit nichts zu bedeuten hat. Und es ist mindestens genauso blödsinnig, zu glauben, daß man einen Chinesen nicht vom anderen unterscheiden kann.«

»Wenn es für dich dieselbe Schimpansin ist, wieso bist du dir dann nur zu achtzig Prozent sicher?«

»Ich bin in dem Augenblick hundertprozentig sicher, wenn ich die tätowierte Nummer gesehen habe.«

»Du wiederholst, was Morley gesagt hat.«

»Ich brauche doch nicht Morley dafür, um an so etwas Einleuchtendes zu denken.«

»O Ed!« sagte sie, und Tränen schossen ihr in die Augen. »Laß uns nicht streiten!«

Sie setzte sich zu meinen Füßen auf den Boden, nahm mir die beiden Fotos aus der Hand und betrachtete sie eingehend.

»Ich bin mir nicht sicher...«, meinte sie, »findest du nicht, daß in den Augen von Erika Langeweile und Erschöpfung liegen, während in Chloés Augen davon niemals etwas zu sehen war?«

Ich beugte mich vor und sah über ihren Kopf hinweg auf die Fotos.

»Dafür gibt es eine Erklärung. Das Polaroidfoto von Erika wurde in der Pause, das heißt nach ihrem Auftritt, aufgenommen. Es ist normal, daß sie dann erschöpft aussieht. Und es wird sie nicht gerade begeistert haben, von einem Kind zum anderen gereicht zu werden.«

»Aber Chloé liebt Kinder.«

»Ja, aber da sind jeden Abend andere Kinder, und sie darf nicht mit ihnen spielen. Das muß reine Routine für sie sein, nichts als Routine, die sie sicher langweilt.«

»Ach! Ich weiß überhaupt nichts mehr!« sagte Suzy niedergeschlagen.

Sie ging ins Schlafzimmer und ließ sich auf ihr Bett fallen. Kurze Zeit später legte ich die Bibel zur Seite und ging zu ihr. Ich ließ meine Hand unter ihren Nacken gleiten, und mit einem kleinen zufriedenen Brummen rollte ihr Kopf auf meine Schulter. Sie schlief.

10

Es war ein kleiner Zirkus mit einem eher bescheidenen Zelt, das noch ganz altmodisch mit Hilfe einer Gerüstkonstruktion aufgebaut wurde. Die Sitzreihen waren einfache Holzbänke, und Morley empfahl uns, uns nicht zu nahe an den Manegenrand zu setzen. Er wollte vermeiden, daß Chloé – wenn die Schimpansin Erika unsere Chloé sein sollte – uns vorzeitig erkannte und von der Arena aus auf uns zustürzte, um sich uns an den Hals zu werfen. Das würde nur die Zirkusvorstellung durcheinanderbringen.

Daß sich ein Polizist um die Ordnung sorgte, fand ich nur legitim, und so setzten wir uns mit ihm in eine der oberen Reihen. Er riet mir, meine Hutkrempe über die Augen zu ziehen, und bat Suzy, sich hinter uns zu setzen, denn die leuchtenden Farben ihres Kleides waren sehr auffällig. Sogar unser Körpergeruch bereitete ihm Sorgen.

»Ich vermute, daß Chloé eine sehr feine Nase hat. Wird sie Sie nicht sofort wiedererkennen?«

»Aus dieser Entfernung? Und unter so vielen Menschen?« meinte Suzy.

Doch kaum hatte Morley sich auf der Holzbank in der vorletzten Reihe niedergelassen, seine Blicke über die Arena schweifen lassen, dem ohrenbetäubenden Tusch des Orchesters gelauscht und den Duft des Sägemehls eingeatmet, wurde er zu einem vollkommen anderen Menschen. Er, der auf der *Home Ranch* so verlegen gewesen war, wirkte in dieser Umgebung nun sehr selbstsicher. Seit die Vorstellung begonnen hatte, redete er zwar leise, aber ununterbrochen von dem, was früher schließlich einmal sein Hauptberuf gewesen war. Sein Sachverstand war uns etwas lästig, aber zugleich war ich Morley doch sehr dankbar, daß er damit die Angst, die uns überkam, zerstreute. Je näher das Ende der Vorstellung rückte, desto stärker ergriff uns die Furcht vor einem Mißerfolg.

Morley machte uns darauf aufmerksam, wie beweglich die Augen eines Jongleurs sind und wie blitzschnell sie der Flugbahn eines jeden Balles folgen.

»Bei dieser Tätigkeit ermüden als erstes die Augen«, sagte er.

»Aber die Nummer dauert doch sicher nicht länger als eine Viertelstunde!« wandte Suzy ein, die hinter uns saß.

»Das stimmt, Mrs. Dale, aber um diese Nummer bringen zu können, muß auch jeden Tag drei Stunden trainiert werden.«

Bei der jungen und hübschen Trapezartistin wies er uns darauf hin, wie sehr die Akrobatik ihre Körperformen verändert hatte. Ihre Schultern waren viel breiter als ihr Becken, und ihr Busen war zugunsten der Brustmuskulatur völlig verschwunden.

»Darüber hinaus«, meinte er, »hat sie sicher, wie alle Trapezkünstler, Beschwerden an den Knien. Die Sehnen vertragen die häufige Überdehnung nicht besonders gut.«

»Aber ihre Gesichtszüge sind noch sehr weiblich geblieben«, bemerkte Suzy.

»Ja, ja«, gab Morley widerwillig zu.

Er fügte mit düsterer Genugtuung hinzu:

»Alle Jongleure haben Probleme mit den Augen und alle Trapezartisten mit den Knien.«

»Und die Seiltänzer?«

»Die haben natürlich Probleme mit den Fußsohlen. Das war auch der Grund, warum ich damit aufgehört habe.«

Morley plauderte weiter aus der Schule, als ich ihn fragte, wozu die Peitsche diene, die der Dompteur in der Hand hielt. Er tat nämlich nichts weiter damit, als die Peitschenschnur am Boden mitzuschleifen. Er ließ sie weder knallen, noch schlug er jemals ein Pony damit. Morley erklärte:

»Dazu ist die Peitsche auch nicht da. Mit ihr gibt der Dompteur Zeichen. Wenn die Peitschenschnur hinter dem Pony über den Boden schleift, so heißt das, daß es vorwärtslaufen soll. Wenn der Dompteur sie vor das Pony legt, bedeutet das, daß es rückwärts laufen soll. Und legt er sie abwechselnd vor und hinter das Pony, dann soll es sich im Kreis drehen. Im gleichen Augenblick stimmt das Orchester einen Walzer an, und das Publikum glaubt, das Pferd würde zur Musik tanzen. Doch das ist keineswegs der Fall. Das Pony reagiert auf die Zeichen. Übrigens, sehen Sie ihm mal in die Augen. Das Pony wirkt völlig abwesend. Es gehorcht ganz mechanisch.«

Nachdem das Pony Walzer »getanzt« hatte, kamen noch ein paar Pferde hinzu und drehten unter seiner Führung eine wilde Runde in der Manege. Ich bemerkte einen Zirkusdiener, der mit einer Peitsche vor dem Kulissenvorhang stand; zweifellos, um zu verhindern, daß die Haflinger der Versuchung erlagen, ihrem Chef die Vorführung zu verkürzen und in den Ställen zu verschwinden. Pferde sind wie Menschen: sie arbeiten nicht freiwillig.

Obwohl Suzy keinen Muckser machte, konnte ich die Ungeduld und die Furcht, die von ihr ausgingen, fast körperlich spüren. Ich streckte meinen Arm durch die Rückenlehne nach hinten, und sie umklammerte sofort meine Hand.

Die Ponys verließen die Arena, und nach einem Trommelwirbel, der die Zuschauer aufmerken ließ, kündigte der Conférencier mit großer Geste und feierlicher Miene die nächste Nummer an:

»Madame Bathseba und ihre Schimpansin Erika!«

Allein an dem Blick, mit dem sie sich umsah, als sie die Arena betrat, erkannten wir Chloé. Diese lebhaften Augen! Dieser verschmitzte Gesichtsausdruck! Ich spürte, wie sich Suzys Fingernägel in meine Hand krallten. Morley drehte sich fragend zu mir um. Ich nickte nur, denn ich war unfähig, etwas zu sagen. »Ich freue mich sehr für Sie«, sagte er. Ich warf einen Blick über meine Schulter. Suzy war ganz blaß und brachte ebenfalls kein Wort heraus. Doch sie lächelte.

Ich wurde den Eindruck nicht los, daß Chloé, deren Augen das ganze Rund durchstreiften, beharrlich in unsere Richtung schaute. Ich zog deshalb meinen Hut tiefer ins Gesicht, verdeckte mit der Hand die untere Gesichtshälfte und bemühte mich, mich auf ihre Darbietungen zu konzentrieren. Madame Bathseba hielt sie an einer Leine, einer sehr feinen, kaum sichtbaren Schnur. Chloé machte eine ganze Reihe Purzelbäume vorwärts und rückwärts. Zu meiner großen Überraschung machte sie sogar einen Salto, den sie anscheinend hier gelernt hatte. Dann brachte ein Zirkusdiener eine Stahlleiter, die er unten fest umklammerte. Chloé kletterte die Sprossen empor, deren oberste mit einer kleinen Plattform versehen war, auf der sie, oben angekommen, einen Kopfstand machte. Diese Übung hatte sie unter noch gefährlicheren Bedingungen gerne auf dem Dach von Yaraville vorgeführt. Nun ließ man von der Zirkuskuppel ein Trapez für sie herunter. Ich glaube nicht, daß sie an diesem Gerät besonders glänzen könnte, auf keinen Fall würde sie besser sein als die Trapezartistin. Wegen der Form ihrer Hände konnte sie den Griff nicht im richtigen Moment wechseln. Doch der Höhepunkt ihres Auftritts waren zweifellos die akrobatischen Kunststückchen und die Voltigiervorführung auf einem Pony, eine Übung, für die Bathseba sie von der Leine ließ.

All diese Aufgaben erledigte Chloé scheinbar vollkommen unbeteiligt. Fast die ganze Zeit über starrte sie ins Publikum, machte den Zuschauern eine lange Nase oder streckte ihnen die Zunge heraus, was die Leute zum Lachen brachte. Und sie beschimpfte die Zuschauer auch mit Gesten, aber darüber lachte niemand, denn keiner im Zuschauerraum hier verstand die Taubstummensprache. Anscheinend mochte sie einen der Zirkusdiener ganz besonders, denn sie sah sehr oft zu ihm hinüber, und an einer Stelle der Vorführung unterbrach sie einen Purzelbaum, rannte zu ihm hin und umarmte ihn. Ich nahm an, daß er ihre neue große Liebe war.

Dann war ihre Nummer zu Ende. Applaus brandete auf. Bathseba legte ihr wieder die Leine an, verbeugte sich, und Chloé verbeugte sich ebenfalls. Das war komisch, denn sie zeigte mit dem Finger auf Bathseba und tippte sich mit dem gleichen Finger mehrmals an die Schläfe. Gelächter. Beifall. Bathseba verschwand mit ihr hinter dem Vorhang.

»Jetzt ist der richtige Moment«, sagte Morley.

Wir kletterten über die Umrandung der Manege, liefen über die Sandbahn, und Morley zückte vor den Zirkusdienern seinen Dienstausweis, die daraufhin sofort aus dem Weg traten. Dann gingen wir hinter den Vorhang und standen Auge in Auge Bathseba gegenüber, als sie gerade, mit einer Polaroidkamera in der Hand, zurück in die Manege gehen wollte.

Ich rief: »Chloé!«

Chloé fuhr zusammen, starrte mich aus weit aufgerissenen Augen an, warf sich mir um den Hals und küßte mich heftig. Dabei stieß sie durchdringende Schreie aus. Mit je einem ihrer langen Arme umfaßte sie Suzys und meinen Nacken.

»Einen Augenblick noch, Dr. Dale«, sagte Morley, »gestatten Sie, ich muß erst noch die eintätowierte Nummer überprüfen.«

»Freund! Freund!« sagte ich zu Chloé, die sich zur Wehr setzte, als er sich ihr näherte.

Ich sprach Englisch mit ihr, und Suzy wiederholte es für sie in Ameslan. Chloé beruhigte sich. Nach der Überprüfung wandte sich Morley an Bathseba, die unser Wiedersehen steif und unbeweglich und ohne ein Wort zu sagen, mitverfolgt hatte.

»Madame«, sagte er, »ich bedaure, Ihnen mitteilen zu müssen, daß es sich hier um ein gestohlenes Tier handelt. Mr. Dale hat alle Papiere dabei, die ihn als rechtmäßigen Eigentümer ausweisen.«

»In diesem Fall«, entgegnete Bathseba, »werde ich den Zirkusdirektor holen. Sie müssen sich an ihn wenden, denn ich führe die Nummer nur vor.«

Ich sah sie an. Die schwarze Farbe, die ihr Gesicht bedeckte, ließ keinen Gesichtsausdruck erkennen, doch ihrem raschen Lidschlag nach zu urteilen, hatte sie ziemliche Angst.

»Nun gut, dann verständigen Sie ihn«, meinte Morley. »Wir warten hier.«

Das ließ sich Bathseba nicht zweimal sagen. Ohne Chloé weiter zu beachten, machte sie auf dem Absatz kehrt und eilte mit großen Schritten davon. Ihre weite, bunte Tunika flatterte hinter ihr her. Ich dachte bei mir, daß Morley vielleicht einen Fehler begangen hatte, als er sie einfach gehen ließ.

Zehn Minuten vergingen. Der Conférencier kam auf uns zu. Er war groß und dünn und sein Gang etwas schleppend. Seine Stimme klang ein wenig schrill und geziert, aber er sprach ein sehr gutes Englisch. Da seine Miene undurchdringlich wirkte und sein Teint sehr weiß war, sah es so aus, als trage er eine Maske.

»Meine Dame, meine Herren«, sagte er, »verzeihen Sie, aber die Vorstellung geht gleich weiter. Sie können nicht einfach hier stehenbleiben. Sie versperren den Artisten den Weg in die Arena!«

»Wir warten auf den Direktor«, erklärte Morley und zückte mit theatralischer Geste seinen Dienstausweis.

»Nun ja, wenn das so ist«, sagte der Conférencier und sprach noch immer sehr förmlich, »werde ich Ihnen meinen Assistenten schicken. Er wird Sie zum Direktor bringen. Oder nein, ich werde Sie begleiten«, fuhr er fort und machte ein wichtiges Gesicht.

Er sah überhaupt nicht wie ein Mexikaner aus. Er hatte viel mehr Ähnlichkeit mit einem englischen Butler. Mit wiegendem Schritt stolzierte er vor uns her. Ich versuchte unterdessen, Chloé dazu zu bewegen, von mir hinunterzuklettern und zu laufen. Doch sie wollte nichts davon wissen. Sie war auch nicht bereit, Suzys Hand loszulassen. Sie schien beschlossen zu haben, bis ans Ende ihrer Tage mit der einen Hand Suzy festzuhalten und mit der anderen Hand meinen Hals zu umklammern.

Der Direktor des *Circo Mexicano* war dagegen zweifellos Mexikaner. Wir fanden ihn in seinem ziemlich komfortablen Wohnwagen, wo er an einem kleinen Tisch saß.

»Señor Abelardo García Pérez«, sagte der Conférencier und ließ alle Silben des Namens genüßlich auf der Zunge zergehen. »Diese Herrschaften wünschen Sie zu sprechen.«

»Ah! Mr. Morley!« rief Pérez und erhob sich. »Treten Sie ein, kommen Sie, ich bitte Sie! Ich erinnere mich noch ganz genau an Sie! Sie waren doch vor einer Woche hier, um zu prüfen, ob der Zirkus alle Sicherheitsbestimmungen erfüllt!«

»Señor Abelardo García Pérez«, unterbrach ihn der Conférencier, ohne ihm auch nur einen einzigen seiner Namen zu ersparen, »wenn Sie mich jetzt nicht mehr brauchen, würde ich mich zurückziehen, um die Vorstellung anzusagen.«

»Tun Sie das! Tun Sie das!« erwiderte Pérez und registrierte erstaunt, daß Chloé es sich in meinen Armen bequem gemacht hatte.

Der Conférencier verließ uns jedoch entgegen seiner Ankündigung nicht, sondern ging – mit ehrerbietigem Blick, aber gespitzten Ohren – nur ein paar Schritte zurück. Ich hatte den Eindruck, daß sein »Assistent« wohl die meiste Arbeit machen mußte.

Morley stellte Suzy und mich vor und fügte hinzu:

»Bathseba wollte Ihnen sagen, daß wir Sie zu sprechen wünschen.«

»Sie hat mir nichts dergleichen gesagt!« rief Pérez und zog fragend seine schwarzen und sehr buschigen Augenbrauen hoch. Auch seine Augen waren schwarz. Sein Gesicht war braungebrannt, und seine Nase war noch viel größer und vor allem noch viel spitzer als die von Morley. Die untere Zahnreihe war schneeweiß, aber die Zähne standen vor, und einzelne waren schief gewachsen.

»Sie hat Ihnen nicht Bescheid gesagt?« fragte Morley.

»Nein«, meinte er, »ich habe sie seit heute morgen nicht mehr gesehen.«

»Sie haben sie nicht gesehen?« wiederholte Morley.

Als er weitersprach, war alles Blut aus seinem Gesicht gewichen:

»Señor Pérez, würden Sie sie bitte holen lassen?«

»Aber selbstverständlich. Johnny«, sagte er zum Conférencier, »da Sie noch da sind, würden Sie vielleicht Bathseba bitten hierherzukommen? Sie ist wahrscheinlich in ihrem Wohnmobil, um sich abzuschminken. Währenddessen, Mr. Morley, können Sie mir sicher erklären...«

Morley »erklärte« ihm die Sache etwas abgehackt. Er hatte das Gefühl, Bathseba etwas zu sehr vertraut zu haben, und das bereute er jetzt. Während er sprach, knetete er nervös seine Hände; dabei preßte er sie so fest zusammen, daß seine Finger ganz rot anliefen.

»Señor Pérez«, fuhr er fort, »nun erklären Sie mir mal, wie Sie in den Besitz dieses gestohlenen Tieres gekommen sind!«

»Aber das gehört doch gar nicht mir!« rief Pérez und sprang erregt von seinem Platz auf. »Es gehört Mrs. Wolf!«

»Mrs. Wolf?«

»Bathseba. Vor zwei Wochen habe ich sie für diese Saison unter Vertrag genommen. Ihre Nummer war noch keineswegs ausgereift, aber mein Hundedresseur hatte mich gerade im Stich gelassen, und deshalb hatte ich eine Lücke in meinem Programm. Und Erika schien mir drollig und außerordentlich begabt zu sein. Trotz alledem hat sie – das muß man leider sagen – einen großen Fehler: sie improvisiert. Vor drei Tagen hat sie mir einen ganz schönen Schreck eingejagt. Ihr fiel es plötzlich ein, auf den Rücken des Ponys zu springen, das vor ihr herlief. Doch das Pony erschreckte sich und versetzte ihr einen Huftritt, der sie am Kopf traf. Sie war für gut fünf Minuten ohnmächtig. Zum Glück erholte sie sich rasch und konnte schon am Tag darauf wieder ihre Nummer vorführen.«

Durch die offene Wohnwagentür sahen wir Johnny zurückkommen. Er ging ziemlich rasch, was überhaupt nicht zu seinem würdigen Äußeren paßte.

»Señor Pérez!« sagte er nach Luft schnappend.

In der Hektik ließ er die anderen Namen weg.

»Bathseba«, fuhr er fort, als er wieder einigermaßen bei Atem war, »kann ich nirgends finden! Und ihr Wohnmobil ist auch nicht mehr da!«

Morley stand auf, sein Gesicht war puterrot.

»Kennen Sie das Kennzeichen ihres Wagens?«

»Nein«, sagte Pérez.

»Und das Wohnmobil, wie sieht es aus?«

»Es ist fast neu«, sagte Johnny.

Suzy und ich sahen uns an. War das vielleicht unser schöner Kombi?

Morley wurde ungeduldig:

»Ich meine doch, welches Fabrikat?«

»Ein amerikanischer Wagen, glaube ich«, entgegnete Pérez.

»Eher ein japanischer«, meinte Johnny.

Morley breitete seine langen Arme aus und ließ sie mutlos gegen seine schmalen Hüften fallen.

»Und was jetzt? Wie sollen wir ein Wohnmobil auf den Straßen von Colorado ausfindig machen, wenn wir weder das Fabrikat noch das Kennzeichen kennen? Noch dazu im Sommer!«

»Mr. Morley«, gab ich zu bedenken, »nichts ist unmöglich! Das wichtigste für uns ist außerdem, daß wir Chloé wiederhaben.«

»Und ich bin äußerst betrübt, sie zu verlieren«, sagte Pérez und stand auf. »Sie gehörte zu den drei besten Darbietungen des Zirkusprogramms. So kurz vor der Pause war ihr Auftritt der Knüller. Doch wenn ich es recht bedenke, hatte ich keinerlei Unkosten! Mrs. Wolf hat sich so schnell aus dem Staub gemacht, daß ich ihr gar nicht ihre Gage zahlen konnte. Das einzige Geld, das sie sich hier verdient hat, hat sie mit der Polaroidkamera gemacht. So teuer kann einem Unehrlichkeit zu stehen kommen! Ich persönlich habe noch nie ein Tier gekauft, ohne vorher seine Herkunft genau zu überprüfen.«

»Bei Erika haben Sie das aber nicht gemacht«, sagte Morley, der, da Bathseba ihm entwischt war, sich jetzt am liebsten Pérez vorknöpfen wollte.

»Das war nicht meine Aufgabe, sondern die von Mrs. Wolf!« erwiderte Pérez gekränkt.

»Mr. Morley«, sagte Suzy, »entschuldigen Sie, aber wir hatten einen anstrengenden Tag, und im Moment wünsche ich mir nur eins: zur *Home Ranch* zurückzufahren und schlafen zu gehen.«

»Sie logieren in der *Home Ranch*!« sagte Pérez respektvoll. »Das ist ein nicht ganz billiges Hotel, oder? Sie können mir glauben, daß sein Besitzer sicherlich wesentlich mehr mit seinen Zimmern absahnt als ich mit dem Zirkus. Sehen Sie, ein Zirkus hat noch niemanden reich gemacht. Selbst wenn man den Artisten nicht besonders viel zahlt, wie ich es leider gezwungen bin zu tun... Mrs. Dale, wenn Erika geht, ist das zweifellos ein herber Verlust für meinen Zirkus, aber ich freue mich für Sie, daß Sie Ihr Eigentum wiederbekommen haben.«

Als wir im Auto saßen und zur *Home Ranch* zurückfuhren, war Morley untröstlich.

»Da ist mir glatt eine Verhaftung durch die Lappen gegangen!« brummte er vor sich hin.

»Glauben Sie?« fragte ich. »Bathseba ist nicht zwangsläufig eine Komplizin von Denecke. Vielleicht ist sie sein Opfer. Es ist sehr gut möglich, daß Denecke ihr Chloé und das Wohnmobil verkauft hat.«

»Wieso hat sie sich dann aus dem Staub gemacht?«

»Als sie erfuhr, daß es sich bei Chloé um ein gestohlenes Tier handelte, fragte sie sich, ob das nicht auch auf ihr Wohnmobil zutraf. Sie wollte nicht auch noch das Auto verlieren, und außerdem hatte sie vielleicht Angst, wegen einer möglichen Mittäterschaft angeklagt zu werden.«

Ich fügte hinzu:

»Wie dem auch sei, Mr. Morley, ich finde, Sie haben Ihre Aufgabe hervorragend erledigt. Ich möchte mich dafür bedanken und werde einen Brief an Ihren Vorgesetzten schreiben, sobald ich wieder zu Hause bin.«

Suzy, die geradezu von Chloé umschlungen worden war, bedankte sich noch herzlicher. Morley verabschiedete sich von uns vor unserem kleinen Bungalow auf der *Home Ranch*. Er hatte sich wieder beruhigt und bestand darauf, Chloé zum Abschied die Hand zu drücken, was sie nach kurzer Bedenkzeit auch duldete. Dann drehte sie ihm den Rücken zu, damit er sie kraulte. Und während wir uns über das Kraulen unterhielten und er damit beschäftigt war, Chloés Wunsch zu erfüllen, steckte ich ihm unbemerkt ein paar Geldscheine zu. Kurz darauf ging er wesentlich zufriedener davon und rieb sich im Geiste die Hände, wenn er daran dachte, wie die Kollegen wohl auf seinen Bericht reagieren würden.

Als erstes säuberte ich Chloé von dem staubigen Sägemehl und duschte sie gründlich. Unterdessen hatte Suzy ihr ein kleines Nest auf dem Sofa im Salon bereitet. Dazu hatte sie ein Kopfkissen, eine Bettdecke und einen alten Pullover verwendet. Wir hatten vereinbart, daß wir abwechselnd an ihrer Seite schlafen würden, um zu verhindern, daß sie – falls sie in dieser ihr unbekannten Umgebung vor Tagesanbruch allein wach werden sollte – sich daranmachte, alles kurz und klein zu schlagen. Das hätte gerade noch gefehlt, daß sie eines der schönen Zimmer der *Home Ranch* verwüstete!

»Ich bin fertig«, rief Suzy mir zu, »du kannst sie jetzt abtrocknen und herbringen.«

Das war leichter gesagt als getan. Aber irgendwie schaffte ich es, und als sie schließlich vor ihrem Nachtlager stand, kamen ihre Erbanlagen durch. Das Bett entsprach nicht Chloés Vorstellungen, und sie baute es deshalb zwei- oder dreimal um. Suzy löste mich bei ihr ab, während ich mich auszog und die Zähne putzte. Danach übernahm ich die erste Nachtwache bei Chloé, die zugleich auch die letzte gewesen sein sollte, denn Suzy war erschöpft und schlief dermaßen tief und fest, daß ich es nicht übers Herz brachte, sie aufzuwecken.

Im Salon hatte ich bis auf eins alle Lichter ausgemacht, weil mir wieder eingefallen war, daß Chloé immer ein Nachtlicht brauchte. Ich versuchte, meine Beine so behutsam wie möglich auszustrecken, um sie nicht zu stören. Ich döste mehr vor mich hin, als daß ich schlief; in meinem Kopf schwirrte es von nebulösen Angstträumen. Jedesmal, wenn ich wieder hochschreckte, sah ich im Halbdunkel Chloés Augen, die mich wachsam musterten. Wenn ich mich bewegte, merkte ich, daß ihre Hand ganz fest meinen linken Fuß umfaßte. Sie hatte ganz offensichtlich Angst, mich ein zweites Mal zu verlieren.

Am nächsten Morgen brachte uns, pünktlich um sieben Uhr, Barbara Schultz das Frühstück. Ich öffnete ihr, mit Chloé auf dem Arm, die Tür. Sie freute sich sehr, Chloé zu sehen, und sobald sie, vor Aufregung zitternd, das Tablett auf dem niedrigen Tischchen im Salon abgesetzt hatte, überreichte ich ihr einen Scheck über 5004 Dollar. Sie nahm ihn und hielt ihn mit beiden Händen, als ob sie das Gefühl hätte, daß er für eine Person allein viel zu schwer sei. Nachdem sie Chloé gesehen hatte, hätte sie sich über den Scheck eigentlich nicht wundern dürfen, aber sie sah mich mit weit aufgerissenen Augen und offenem Mund an. Ihr blasses Gesicht wurde erst leicht rosa und schließlich rot. Doch die Röte verschwand genauso schnell, wie sie gekommen war, und sie fragte:

»5004 Dollar, Dr. Dale? Warum die vier Dollar?«

»Die sind für das zweite Foto von Erika. Das haben Sie mir doch gegeben.«

Für jemanden, der so perfekt zurechtgemacht war wie sie, zeigte sie eine völlig unerwartete Reaktion: Sie fing schallend zu lachen an.

Chloé, die die ganze Zeit über auf die beiden Gläser mit Orangenlimonade gestarrt hatte, die auf dem Frühstückstablett standen, drehte sich um, als sie Barbara lachen hörte. Sie deutete mit dem Finger auf sie und malte ein Fragezeichen in die Luft. Suzy, die hereingekommen war, nachdem sie sich einen Morgenmantel angezogen hatte, legte den Zeigefinger der rechten Hand um den gebogenen kleinen Finger ihrer Linken. Chloé erfuhr so, daß Barbara eine »Freundin« war, und musterte sie aufmerksam. Vor allem das Häubchen, das Barbaras Haare fast ganz bedeckte, hatte es ihr angetan. Hüte hatten Chloé schon immer fasziniert; Pablo konnte ein Lied davon singen!

»5004 Dollar!« sagte Barbara und lachte verschmitzt. »Glauben Sie mir, Dr. Dale, in den letzten fünf Jahren habe ich noch nie ein so saftiges Trinkgeld für ein Frühstück bekommen!«

Wir mußten alle drei lachen, und Chloé machte es uns nach. Ich freute mich sehr, ihr grunzendes Lachen endlich wieder zu hören.

»Kann sie uns etwa verstehen?« fragte Barbara und sah uns aus weit aufgerissenen grünen Augen an.

»Nein, sie kennt weder das Wort ›Trinkgeld‹ noch das Wort ›Frühstück‹. Wir sagen zu Hause ›*desayuno*‹, weil unsere Köchin Mexikanerin ist.« Bei dem Wort *desayuno* deutete Chloé heftig mit dem Kopf auf das Tablett und die Gläser mit der Limonade.

»Aber das hat sie verstanden!« sagte Barbara.

»Ja, natürlich, sie versteht ziemlich viele Wörter. Wenn Sie ihr sagen, daß sie Sie küssen soll, dann tut sie es.«

»Küß mich, Chloé!«

»Nein«, erklärte Suzy, »das ist nicht die richtige Formulierung. Sie müssen ›Chloé küssen Freundin‹ sagen.«

»Chloé küssen Freundin.«

Chloé sah sie an, denn sie war erstaunt, von jemandem darum

gebeten zu werden, den sie kaum kannte. Aber sie war ein braves Mädchen. Mit dem linken Arm hielt sie noch meinen Hals umklammert und beugte sich dann hinüber, um das Verlangte zu tun. Dabei schob sie ihre Lippen vor, um die Wange, die Barbara ihr entgegenhielt, zu küssen. Warum nur mußte durch diese Bewegung auch das Häubchen, das ihre neue Freundin auf dem Kopf trug, für Chloé in greifbare Nähe rücken und seinen Reiz auf sie ausüben? Mit der freien Hand packte sie das Häubchen und zog kräftig daran, ohne zu begreifen, daß dies keine normale Kopfbedeckung, sondern ein Kopfschmuck für Damen war; und so rissen ihre Finger nicht nur am Häubchen, sondern auch an einem großen Büschel Haare. Barbara begann aufgeregt zu schreien.

»Laß das Häubchen los, Chloé!«

Das Geschrei verwirrte sie erst recht, und sie zog um so heftiger. Schließlich rettete Suzy die Situation, indem sie ein Glas mit Orangenlimonade vom Tablett nahm und es Chloé reichte. Sie ließ das Häubchen los und griff mit der freien Hand nach diesem neuen Beutestück. Sie trank gierig und sah uns verständnislos aus ihren runden braunen Augen über den Rand des Glases hinweg an. Was war denn daran so schlimm, daß sie diesen kleinen Hut nehmen wollte? Sie hatte schon x-mal dasselbe bei Pablo gemacht, und es hatte ihn und auch *Groß* und *Hübsch* immer zum Lachen gebracht! Und dieses Mal schrien sie, schimpften sie und fletschten die Zähne! Und als sie schon damit rechnete, bestraft zu werden, belohnte man sie mit diesem leckeren *Frucht Getränk*!

Barbara, deren Kopfhaut einiges hatte aushalten müssen, standen Tränen in den Augen. Während Suzy ihr half, ihr üppiges kastanienbraunes Haar wieder in Ordnung zu bringen, streckte Chloé ihre lange Zunge heraus und leckte sorgfältig das Glas aus, das sie gerade geleert hatte. Schließlich gab sie es mir, und ich stellte es auf das Tablett zurück. Das war aber ein Fehler, denn so fiel ihr Blick auf das zweite Glas Limonade. Sie ließ mich mit beiden Händen los, um mir etwas in Ameslan mitzuteilen.

»*Groß*«, forderte sie, »*küssen Chloé.*«

Ich küßte sie, und ihre so lebhaften und warmherzigen kastanienbraunen Augen sahen mich prüfend an, um zu ergründen, ob ich ihr auch wirklich verziehen hatte. Aber ja, da war ja der Beweis: ich lächelte sie an. Sie bedeckte daraufhin mein Gesicht mit klebrigen Limonadenküssen. Dann drehte sie die Handflächen vor die Brust und legte die vier gestreckten Finger der linken Hand an die vier gestreckten Finger der rechten. Dieses eindrucksvolle Zeichen besagte:

»Mehr.«

»Was mehr?« fragte ich sie auf englisch.

»Mehr Frucht Getränk.«

Ich reichte ihr das andere Glas Limonade, und es dauerte nicht lange, da war seinem Inhalt das gleiche Schicksal widerfahren wie dem ersten.

Unterdessen beobachtete ich – der ich ein glühender Verehrer von Haarknoten und langen Haaren bin, erst recht, wenn sie kastanienbraun sind –, wie Barbara sich mit Suzys Hilfe frisierte.

»Sie werden zu spät zu Ihrer Arbeit kommen«, meinte Suzy, vielleicht, weil sie tatsächlich besorgt war, vielleicht aber auch nur, weil sie einen meiner Blicke aufgefangen hatte.

»O nein!« sagte Barbara fröhlich. »Das nächste Frühstück muß ich erst um acht Uhr dreißig servieren. In diesem Hause steht man gewöhnlich nicht sonderlich früh auf. Selbst wenn das Hotel ausgebucht ist, kommt das nur selten vor.«

Suzy begleitete sie zur Tür und verabschiedete sich von ihr, allerdings diesmal, ohne sie zu küssen. Ich gab ihr zum Abschied die Hand und drückte sie ein wenig fester, als es nötig gewesen wäre. Frauen in Barbaras Alter ist ein bewundernder Blick immer willkommen, selbst wenn er keine weiteren Folgen haben wird. Dennoch wagte ich zu bezweifeln, daß ihr bei meinem Blick genauso warm ums Herz wurde wie bei dem Anblick des Schecks, der in der kleinen Tasche ihrer bestickten Schürze steckte.

Das erste Wesen, das Chloé sah, als wir in Yaraville ankamen, war Roderick. Sofort stieß sie ungeduldige schrille Schreie aus und patschte mit ihren Händen gegen die Scheibe des Autos. Kaum hatten wir die Wagentür geöffnet, als sie sich so stürmisch auf Roderick stürzte, daß er das Gleichgewicht verlor und auf die Seite fiel. Als sie ihn in ihrem Gefühlsüberschwang dann auch noch biß, fing er zu winseln an. Schließlich biß er zurück, und beide wälzten sich mit Riesengeheul und lautem Gebell auf dem Boden herum, so daß Juana, die aus der Küche gekommen war, um uns zu begrüßen, urplötzlich stehenblieb und vorwurfsvoll rief:

»Natürlich raufen sie schon wieder!«

Doch schon kuschelten sich die beiden Freunde keuchend aneinander. Chloé legte den rechten Arm um Rodericks Hals, und Roderick hielt Chloés linken Unterarm in seinem Maul. Das war seine Art, mit ihr Händchen zu halten.

Das gegenseitige Beißen wurde nun abgelöst von Küssen und Lecken, von gegenseitigem Kraulen und Entlausen, und dazu seufzten sie und schauten sich zärtlich an.

Da Chloé nicht ohne ihn sein wollte, schafften wir kurzerhand das Gesetz, das Roderick den Zutritt zum Eßzimmer strikt untersagte, ab. Wir legten ein altes Stück Teppich neben Chloés Kinderstuhl, und er durfte dort, zumindest für die Dauer der Mahlzeit, Platz nehmen. Doch es war ihm strengstens verboten, Essen zu erbetteln, und Chloé durfte ihm nichts zustecken. Zu unserer großen Überraschung wurde diese Anordnung befolgt. Wahrscheinlich lag es zum einen daran, daß Chloé nicht besonders freigebig war, wenn es sich um ihr Essen handelte. Der zweite Grund war, daß sie und Roderick nicht die gleichen Sachen mochten. Chloé schwärmte für Gemüse (vorzugsweise rohes) und Roderick fraß am liebsten Fleisch.

Chloé bat uns inständig, ihren Freund doch in ihr Zimmer zu lassen. Doch diese Bitte wurde von uns nicht erfüllt, denn der erste Stock war und blieb tabu. Doch wir erlaubten ihr, bevor sie schlafen ging, Roderick gute Nacht zu sagen. Dadurch konnte sie einmal mehr unsere Geduld auf die Probe stellen, denn diese Verabschiedung konnte ziemlich lang dauern.

In ihrem Zimmer angekommen, sprach Chloé in Ameslan noch immer von Roderick. Zunächst schenkten wir dem keine Beachtung, denn sie wiederholte sich: *gut Hund, hübsch Hund, Hund Liebe;* so hatte sie vor ihrer Entführung auch immer von ihm gesprochen. Doch Emma machte uns auf eine unmerkliche Veränderung in ihrer Litanei aufmerksam.

Emma war, wie wir alle, überglücklich gewesen, daß Chloé wieder bei uns war, und das um so mehr, als sie befürchtet hatte, ihre Stelle zu verlieren, wenn wir Chloé tatsächlich nicht wiederfinden würden. Doch sie hatte uns so gute Dienste geleistet und war mittlerweile ein fester Bestandteil unserer Familie, daß wir niemals auf so eine Idee gekommen wären. Noch dazu hatte uns ihre Anwesenheit wirklich niemals belastet (ganz im Gegensatz zu Juanas). Sie war schon ein sonderbares Mädchen, wenn man genauer darüber nachdachte! Sie war weder fromm noch praktizierende Christin, und ich hatte von ihr niemals irgendein Glaubensbekenntnis gehört. Und dennoch hatte ihre unbeschwerte und heitere Art etwas Asketisches. Sie sehnte sich weder nach der großen Liebe noch nach der Ehe, noch strebte sie nach sozialem Aufstieg oder gar Reichtum. Eitelkeit und Stolz waren ihr völlig fremd. Aber vor allen Dingen konnte man bei ihr nicht die kleinste Spur von Egoismus entdecken. Sie lebte wirklich nur in dem Bestreben, andere zu lieben und ihnen zu dienen!

Um aber wieder auf Chloés allabendliche Litanei zurückzukommen: Eines Morgens kam Emma zu uns und berichtete uns, daß Chloé am Abend zuvor, nachdem sie mehrmals ihr »*gut Hund, hübsch Hund, Hund Liebe*« wiederholt hatte, plötzlich sagte: »*Hund arm.*«

Das Zeichen, mit dem man in Ameslan Armut beschreibt, ist besonders ausdrucksstark. Man hält den linken Arm in Wangenhöhe vor sich. Dann wird der dadurch hochstehende Ellenbogen mit der rechten Hand abgedeckt und plötzlich nach unten gezogen, indem man Daumen und Finger wieder zusammenbringt – so als ob man aus diesem offensichtlich nutzlosen Knochen nichts hätte herausziehen können. Dieses Zeichen wird sowohl im moralischen als auch im materiellen Sinn verwendet.

So war Roderick also nicht nur ein »*gut Hund*«, ein »*hübsch Hund*« und ein »*Hund Liebe*«, sondern er war auch »*arm*«. Er war anscheinend zu bedauern. Und ich wollte wissen, warum. Eines Abends blieb ich im Kinderzimmer, während Emma eifrig bemüht war, Chloés nicht zu behebende Unordnung zu lindern.

Ich tat so, als räumte ich Chloés Spielzeug in ihre Truhe, so lange, bis sie mit ihrer Litanei begann. Es dauerte eine Weile, bis sie sich an meine Gegenwart zu dieser Stunde gewöhnt hatte. Sie hatte sich im Bett aufgesetzt, ich saß auf dem Fußboden und konzentrierte mich scheinbar auf meine Tätigkeit, aber insgeheim belauerte ich sie.

Sie begann mit einer nicht enden wollenden Wiederholung von »*Gut Hund, hübsch Hund, Hund Liebe*«, wobei sie die Gebärden auf ihre Weise vereinfachte. Dann unterbrach sie sich, vielleicht weil sie müde war, und begnügte sich damit, nur noch den Rhythmus ihrer Litanei zu skandieren. Dabei schlug sie mit der Handfläche gegen den Bettpfosten. Dann hörte sie auch mit der Trommelei auf und blieb reglos sitzen. Sie hatte die Knie an ihr Kinn gezogen, umschlang sie mit ihren langen Armen und starrte gedankenverloren vor sich hin. Nach einer Weile fing sie wieder an, mit sich selbst zu sprechen, und sagte: »*Hund arm, arm.*« Diese Zeichen wurden von einem bekümmerten Blick begleitet.

»Chloé«, fragte ich, »warum ›*arm*‹?«

Sie sah mich an, als wenn ich sie aus einem Traum aufgeweckt hätte, und so wiederholte ich in Ameslan:

»*Warum arm?*«

»*Hund arm.*«

Ich mußte sie mit meiner Frage verwirrt haben, denn sie hatte »wer« mit »warum« verwechselt, was ihr noch nie passiert war. Sie hatte mir auf meine Frage geantwortet, als wenn ich »wer arm?« hätte wissen wollen. Ich beschloß, anders vorzugehen.

»*Warum Chloé traurig?*«

»*Hund arm.*«

Diesmal hatte sie ganz richtig Ursache und Wirkung miteinander verknüpft. Ich fragte weiter:

»*Warum Hund arm?*«

»*Straße.*«

Ich war perplex. Wo war denn der Zusammenhang zwischen »*Straße*« und »*Hund arm*«? Genauer gesagt, welche Verbindung bestand für sie zwischen »*Straße*« und dem Mitleid, das sie für Roderick empfand? Ich hakte nach:

»*Warum Hund arm Straße?*«
Sie antwortete, ohne zu zögern:
»*Allein.*«
Ich sah Emma mit hochgezogenen Augenbrauen an, als wollte ich sie um Hilfe bitten. Denn Emma beherrschte Ameslan so perfekt, daß sie oft besser verstand, was Chloé eigentlich sagen wollte. Sie setzte praktisch instinktiv in die Zeichenfolge die fehlenden Bindeworte ein, die unsere Schülerin nicht konnte.

Emma kam sofort meiner Aufforderung nach, die extrem schnelle Abfolge ihrer Gebärden etwas zu drosseln, damit ich auch etwas verstehen konnte.

»*Chloé traurig weil Hund arm allein auf Straße?*«
Das war ein Lichtblick. Emma hatte dem, was Chloé gesagt hatte, nur zwei Zeichen hinzugefügt: »*weil*« und »*auf*«, und dennoch war jetzt alles klar. Chloé spielte auf den Augenblick während der Entführung an, als Denecke Roderick auf der Straße ausgesetzt hatte, und auf das Gefühl, das sie damals empfunden hatte.

Ich wollte ganz sicher sein und fragte:
»*Schnurrbart freundlich Chloé?*«
»*Schnurrbart freundlich Chloé*«, sagte sie, ohne jedoch besonders viel Herzlichkeit in die Gebärden zu legen.

Ich fragte weiter:
»*Schnurrbart freundlich gut Hund?*«
Sie schüttelte den Kopf, und ihre Augen funkelten vor Wut.
»*Schnurrbart gemein Hund arm.*«
»*Warum Schnurrbart gemein?*«
»*Hund arm Straße allein.*«
Und sie setzte empört hinzu:
»*Schnurrbart dreckig stinken WC.*«
Ich glaubte nun, daß das Aussetzen von Roderick am Straßenrand sie von allen Ereignissen während ihrer Entführung am meisten erschreckt hatte. Doch ich wurde eines Besseren belehrt. Da ich mich nicht auf meinen ersten Eindruck verlassen wollte, befragte ich Chloé weiter und versuchte, ihr Erinnerungsvermögen zu erforschen.

Diese Erfahrung faszinierte mich. Möglicherweise war es das erste Mal seit Menschengedenken, daß ein Säugetier »die stumme Finsternis der Tierwelt« hinter sich ließ; daß es eine menschliche Sprache so gut beherrschte, um damit etwas von seiner Vergangenheit in Erinnerung rufen zu können.

Vor allen Dingen interessierte mich, welche Erinnerung sie mit Bathseba, mit der sie ja drei Wochen lang zusammengelebt hatte, verknüpfte. Ich dachte mir folgenden Namen für die Dame aus: *Gesicht schwarz Turban*.

Und da ich nicht wußte, wie man in Ameslan »Turban« sagt, improvisierte ich: ich tat so, als wickelte ich ein Stück Stoff um meinen Kopf. Chloé verstand mich ganz genau, aber ihre Antworten waren mir vollkommen unklar.

Ich möchte noch anmerken, daß diese Gespräche abends im Kinderzimmer kurz vor dem Einschlafen stattfanden, das heißt in einem Moment, in dem der beunruhigende Bewegungsdrang von Chloé abfiel. Statt dessen war sie jetzt ganz entspannt, um nicht zu sagen schläfrig. Dieser Zustand steigerte sich zu einer Verträumtheit und ließ sie – nach all dem, was ich verstehen konnte – eine Reise in die Vergangenheit antreten.

Diesmal war Suzy mit dabei, und sie war es auch, die Chloé die Fragen stellte.

»*Gesicht schwarz Turban freundlich?*«
»*Nein.*«
»*Gesicht schwarz Turban böse?*«
»*Nein.*«

Sie war also weder freundlich noch böse. Da sie beide Male mit »nein« geantwortet hatte, konnten wir uns noch immer nicht vorstellen, wie die Beziehung zwischen Bathseba und Chloé ausgesehen haben könnte.

»*Wie Gesicht schwarz Turban?*« fragte Suzy.

Ein kleines Lächeln huschte über Chloés Gesicht. Ohne zu zögern, kratzte sie sich mit dem Zeige- und dem Mittelfinger der rechten Hand die Nase. Wir sahen uns verblüfft an.

»*Lustig?*« fragte Suzy und konnte nicht glauben, daß sie das Zeichen eben richtig verstanden hatte.

»*Ja.*«

Ich hakte nach.

»*Gesicht schwarz Turban lustig?*«

»Lustig«, bestätigte Chloé mit leuchtenden Augen.

Wir sahen uns wieder an. Weder Suzy noch ich konnten erkennen, was sie an dieser Frau so amüsant oder komisch gefunden haben konnte. Ihre Augen schienen kalt wie Eis zu sein, und ihre Lippen waren zu geizig für ein Lächeln.

»Sie macht sich über uns lustig«, sagte ich mit gesenkter Stimme zu Suzy und stieß sie leicht mit dem Ellenbogen an. »Sie findet es wahrscheinlich reichlich übertrieben, daß wir sie zu nachtschlafender Zeit arbeiten lassen, und deshalb rächt sie sich, indem sie irgend etwas erzählt.«

»Nein, das glaube ich nicht«, entgegnete Suzy. »Sie hat heute, soweit ich das beurteilen kann, nicht ihren Dickkopf. Laß es uns weiter versuchen!«

»*Wie Gesicht schwarz Turban lustig?*«

»*Arbeit.*«

Wir waren keinen Schritt weitergekommen. Wiederum bat ich Emma um Hilfe, und wieder war sie es, die die Lösung fand. Wie alle Menschen, die die Gebärdensprache von klein auf erlernt haben und für die diese Zeichensprache das einzige Verständigungsmittel war, hatte auch Emma ein bemerkenswertes Talent dafür entwickelt, Auslassungen selbständig zu ergänzen.

Diesmal wandte sie sich direkt an Chloé.

»*Arbeit mit Gesicht Turban lustig?*«

Chloé strahlte und war glücklich, daß man sie endlich verstanden hatte.

»*Lustig, lustig, lustig.*«

Anders ausgedrückt, die Kunststücke, die Purzelbäume, der Kopfstand auf der Leiter, die Trapezübungen und das Voltigieren auf dem Pony, kurz, das Training vor der Vorstellung sowie die Vorstellung selbst hatten Chloé sehr viel Spaß gemacht. Und sicher war Chloé eine der eifrigsten Schülerinnen gewesen, mit denen Bathseba jemals gearbeitet hatte. Nun mußten wir noch herausfinden, warum Bathseba, wenn sie doch nicht böse gewesen war, trotzdem nicht freundlich gewesen sein sollte.

»Gut, dann fragen wir sie eben«, sagte Suzy. »Auf jeden Fall scheint es ihr großen Spaß zu machen, sich an ihre Vergangenheit zu erinnern.«

»*Chloé*«, sagte ich, »*warum Gesicht schwarz Turban nicht freundlich?*«

Chloé sah mit einem Mal ganz traurig aus. Sie drehte sich zum Fenster des Kinderzimmers und deutete mit dem Finger darauf. Sie sagte:

»*Stäbe.*«

Diesmal war alles klar. Mit Ausnahme der Zeit, wo Bathseba mit ihr trainiert hatte oder wo sie aufgetreten war, war Chloé in einem Käfig im Wohnmobil eingesperrt gewesen.

Chloé fügte mit einer unglaublichen Mischung aus Abscheu, Wut und Demütigung hinzu:

»*Stäbe dreckig stinken WC.*«

Sie tat mir sehr leid, und ich nahm sie in meine Arme. Wir küßten uns so lange gegenseitig, bis meine Wangen und mein Hals ganz feucht waren. Schließlich erklärte sie sich bereit, ihre kurzen Beine unter die Decke zu stecken. Emma deckte sie bis zum Hals zu, weil es in der Nacht recht kühl werden sollte. Vergebliche Liebesmüh! Chloé konnte nur mit beiden Armen auf der Bettdecke einschlafen und nicht, wenn sie darunter steckten. Emma machte das Licht aus und ließ nur die kleine Nachttischlampe an. Chloé schloß halb die Augen. Ihr letzter Gedanke mußte wohl dem verhaßten Käfig gegolten haben, denn sie formte mit beiden Händen eine entsprechende Gebärde. Ich beugte mich über sie.

»*Was sagen Chloé?*«

Sie seufzte, und ihre Hände bewegten sich noch einmal.

»*Chloé arm.*«

Nachdem Chloé entführt worden war und auch jetzt, nach ihrer Rückkehr, konnte ich mich über einen Mangel an guten Ratschlägen wahrlich nicht beklagen. Man warf mir vor, mein Hab und Gut nicht ausreichend gesichert zu haben, und riet mir, in Zukunft bessere Vorsichtsmaßnahmen zu treffen. Der energischste unter meinen Ratgebern war Donald Hunt und der sanfteste Mr. Davidson.

»Ed«, sagte Donald zu mir, »das ist doch Wahnsinn!« Er saß auf der Terrasse in meinem Lieblingssessel, mit der Pfeife im Mund und einem Glas in der Hand. »Du kannst doch nicht einfach deine Autos Tag und Nacht offen auf dem Parkplatz herumstehen lassen! Und was noch schlimmer ist: mit dem Zündschlüssel und den Wagenpapieren im Handschuhfach! Du willst wohl, daß man dich bestiehlt! Dann läßt du den Haustürschlüssel an einem Haken in der Diele hängen, wo er für jedermann gut sichtbar und griffbereit ist. Also, das fordert den Teufel ja geradezu heraus!«

»Wenn der Teufel schon so offensichtlich in Versuchung geführt wird«, entgegnete Suzy, »hätte er der Versuchung eigentlich widerstehen müssen.«

»Suzy!« ereiferte sich Donald.

»Oh, habe ich etwas Dummes gesagt?« fragte Suzy halb im Spaß, halb im Ernst.

»Nein, nein, meine liebe Suzy«, sagte Donald und trat vorsichtig den Rückzug an, »aber ihr müßt doch zugeben, daß ich recht habe!«

»Gewiß, gewiß«, erwiderte Suzy, »aber Ed hat schon genügend Selbstkritik geübt und ich ebenfalls. Wozu also noch darüber reden?«

Einen Tag später kam Mr. Davidson auf das gleiche Thema zu sprechen. Zunächst gratulierte er uns dazu, daß wir Chloé wiederbekommen hatten, dann wies er bescheiden unseren Dank für seine Mithilfe zurück und verlangte schließlich, unser kleines Sorgenkind zu sehen.

»Sie ist mit Roderick am Schwimmbecken«, sagte Suzy, »aber wenn Sie sich nicht vor zu starker Sonneneinstrahlung fürchten, Mr. Davidson, würde ich Ihnen doch empfehlen, Ihren Hut hierzulassen. Chloé hat eine besondere Leidenschaft für Hüte.«

Davidson befolgte ihren Rat, und wir gingen langsam die Stufen zum Schwimmbecken hinunter. Auf der untersten Stufe saß Chloé, mit dem Rücken zu uns. Roderick stand mit gespitzten Ohren und wachsamem Blick vor ihr; und etwas weiter weg, am Rande des Schwimmbeckens, entdeckten wir Emma, die spärlich bekleidet in einem Liegestuhl lag.

Mr. Davidson grüßte sie höflich aus der Ferne. Sie erwiderte seinen Gruß kaum, denn sie war vor Verlegenheit ganz rot geworden.

Chloé dagegen musterte Mr. Davidson ohne jede Scheu, aber mit einer gewissen Vorsicht.

»*Wer das?*« fragte sie.

»*Freund.*«

Sie reichte ihm die Hand. Mit dieser Geste unterwarf sie sich und beruhigte ihn. Aber anstatt sich damit zu begnügen, sie kurz anzufassen, wie es ein dominantes Männchen normalerweise tut, ergriff Mr. Davidson ihre Hand und schüttelte sie, so wie es Menschen eben tun. Ein merkwürdiges Benehmen hatten diese großen weißen Affen! Aber Chloé hatte sich inzwischen daran gewöhnt und duldete es. Sie lächelte ihn kurz an und drehte ihm dann den Rücken zu.

»Aber sie wendet sich ja von mir ab!« sagte Davidson halb belustigt, halb brüskiert.

»Sie sollen ihr Ihre Freundschaft beweisen«, erklärte Suzy.

»Und wie?«

»Indem Sie ihr den Rücken kraulen.«

»Ah, ja!« sagte er lachend und tat es.

Soll ich mein Geheimnis verraten? Ich beurteile einen Menschen nach der Art und Weise, wie er Chloé den Rücken krault, und wenn ich ganz ehrlich sein soll, bewerte ich es als ein schlechtes Zeichen, wenn derjenige nur mit einem Finger flüchtig einen Moment lang durch das wunderschöne Fell streicht. Dies aber war bei Davidson nicht der Fall. Er kraulte sie mit beiden Händen und allen Fingern. Und als er fertig war, gab es kein Fleckchen zwischen Schulter und Niere, das er nicht aufmerksam bedacht hätte. Was für ein selbstloser, gewissenhafter und ordentlicher Mensch! Und wieviel Zeit er sich dafür nahm! Ich hatte ihn noch nie so sehr gemocht, und während er seines Amtes waltete, träumte ich vor mich hin: Um *wieviel* angenehmer wäre unser Zusammenleben, wenn wir Chloés Gebräuche übernehmen würden; wenn wir, zum Beispiel während einer Abendveranstaltung, von einer Dame aufgefordert würden, ihr den nackten Rücken zu kraulen, und sie uns von dem Moment an, in dem wir sie mit der Hand berührten, als Freund anerkennen würde...

»So, das hätten wir!« meinte Davidson zufrieden.

Und fügte hinzu:

»Chloé, ich habe etwas für dich.«

Er zog aus seiner Tasche eine kleine Plastiktüte und reichte unserer Schülerin daraus eine Banane. Sie machte »Hou! Hou!« vor Freude und fing an, sie zu schälen.

»Chloé, sag danke!«

Chloé hielt kurz inne, um mit einer Hand ein hastiges und flüchtiges »*Danke. Bitte*« zurechtzustümpern. Sie widmete sich lieber intensiv dem Schälen ihrer Banane. Als sie sie schließlich entblättert hatte, schlang sie die Banane nicht einfach gierig hinunter. Sie genoß sie voll und ganz und machte sich danach daran, die Schale Stück für Stück in ihren breiten Mund zu schieben. Sie zerkaute sie sehr sorgfältig und offensichtlich mit gleich großem Vergnügen.

»Sie läßt nichts verkommen«, bemerkte Davidson. »Und wer weiß? Vielleicht schmecken Bananenschalen ja wirklich gut. Ich werde sie bei Gelegenheit auch mal probieren.«

Er verabschiedete sich von Suzy, die sich mit Emma am Rand des Schwimmbeckens unterhielt. Dann begleitete ich ihn zum Parkplatz.

»Wie alle Häuser, die in Hanglage gebaut worden sind, ist auch Ihr Haus nach vorne hin zweistöckig und nach hinten heraus nur einstöckig. Zu welchem Zimmer gehören denn die beiden Dachfenster da?«

»Zum Spielzimmer.«

»Das Zimmer liegt an einem Flur, der zu anderen Zimmern führt?«

»Ja.«

»Lassen Sie diese Dachluken über Nacht offen?«

»Eigentlich nicht.«

»Es wäre besser, wenn Sie sie über Nacht schließen«, sagte Davidson beiläufig. »Ihr Erdgeschoß ist an dieser Seite relativ niedrig. Es ist ein Kinderspiel, auf das Dach zu klettern und durch die Kippfenster ins Haus einzudringen.«

»Ich werde daran denken. Haben Sie vielen Dank für den Hinweis, Sheriff.«

Ich sah ihm nach, wie er in seinem großen blauen Chevrolet auf der roten Straße nach Beaulieu fuhr. Seit jenem Tag kam Davidson drei Jahre lang einmal im Jahr, an Weihnachten, vorbei, um uns seine besten Wünsche zu überbringen und um Chloé eine Banane zu schenken. Und in den drei Jahren luden wir ihn einmal jährlich zum Essen ein.

11

Chloé hatte sich inzwischen sehr verändert. Sie sah nicht mehr so aus wie damals, als Denecke sie gekidnappt und an Bathseba verkauft hatte. Zwischen ihrem siebten und achten Lebensjahr wurde sie geschlechtsreif. Sie war gehörig gewachsen und hatte zugenommen. Ihre Muskelkraft und ihr schnelles Reaktionsvermögen reichten jetzt aus, um sie für jeden Ringer zu einem gefährlichen Gegner werden zu lassen.

Ich war ihr gegenüber sehr vorsichtig geworden. Ich vermied, so gut es ging, daß wir uns während des Unterrichts gegenseitig kitzelten. Obwohl sie bei unseren kleinen Balgereien netterweise nur einen Teil ihrer Körperkraft einsetzte, war auch dieser Bruchteil bereits zuviel für mich. Ich mußte ihr verbieten, mir unvorhergesehen in die Arme zu springen, aus Angst, daß sie mich durch ihre Wucht zu Boden werfen könnte und ich dadurch ihren Respekt verlor. Ich fragte mich ohnehin, wie lange sie mich noch als »dominantes Männchen« akzeptieren würde. Doch ich stand, verglichen mit Suzy und Emma, noch relativ gut da. Sie schafften es nicht einmal zu zweit, mit ihr fertig zu werden, und mußten mich dann um Unterstützung bitten, um die Ordnung im Kinderzimmer wiederherzustellen. Wenn ich mich zu voller Größe aufrichtete und zu Chloé mit lauter und autoritär klingender Stimme sprach, tat das in der Regel seine Wirkung. Aber wie lange noch?

Wenn ein Schimpansenweibchen empfänglich ist, schwillt der Dammbereich deutlich an und bekommt eine kräftige rosa Färbung. Dieses Signal löst bei den Schimpansenmännchen große Erregung aus, und das Weibchen ist nur zu gern bereit, den Forderungen der Männchen nachzukommen. Da Chloé immer angezogen war, wußte niemand – außer Emma, die sie badete –, wann sie ihre rosa Periode hatte. Aber wir bemerkten sehr schnell die Auswirkungen, denn sie machte jedem männlichen Wesen in Yaraville dann eindeutige Avancen. Sobald sie einen Mann erblickte, konnte sie es nicht lassen, zu ihm hinzulaufen und ihr Hinterteil gegen den Bauch des Betreffenden zu pressen.

Ich schob sie dann sanft beiseite, ohne jedoch mit ihr zu schimpfen. Jonathan und Ariel fanden es eher spaßig, aber Pablo, der ein ausgeprägtes Schamgefühl hatte, wurde puterrot, fluchte wild auf spanisch vor sich hin und schrie alle Welt zusammen, weil eine Äffin ihn für einen Affen hielt. Das beleidigte seine Mannesehre.

Diese Szene hatte trotzdem jedesmal etwas Komisches. Pablo mochte Chloé gern, und als sie noch klein gewesen war, hatte er für sie aus Holzstücken Spielsachen gemacht.

Zwei Tage später, als Chloé es sogar in Gegenwart von Juana wagte, sich Pablo zu nähern, wurde diese fuchsteufelswild. In ihrer Wut schleuderte sie aus ihren Augen Blitze auf Chloé, und aus ihrem Mund fuhr der Donner. Sie beschimpfte sie aus vollem Hals. Chloé sei nichts als ein Tier und benehme sich auch so, selbst wenn sie es gelernt haben sollte, mit ihren Händen irgendwelche Mätzchen zu machen!

Chloé reagierte auf diese glühende Rede äußerst betroffen. Sie verstand zwar kein Sterbenswörtchen Spanisch, aber die wutentbrannten Blicke Juanas, ihr Ton, ihre Stimme und ihre Gesten genügten, um ihr begreiflich zu machen, daß sie der Gegenstand dieser feindseligen Stimmung war. Obwohl »*Küche*«, wie sie Juana nannte, niemals besonders freundlich zu ihr gewesen war, hatte Chloé bis jetzt nicht gewußt, daß sie von ihr derartig verabscheut wurde. Chloé ging von der Terrasse, wo sich diese Szene abgespielt hatte, setzte sich mit dem Rücken zur Mauer und umklammerte mit ihren Händen die Knie. Ich ging aus dem Wohnzimmer und setzte mich neben sie. Sie drehte sich zu mir, lehnte ihren Kopf an meine Schulter und weinte.

Am Abend hatte ich mit Juana ein Gespräch unter vier Augen.

»Juana«, sagte ich geradeheraus, »Sie hätten Chloé nicht all diese Schimpfworte an den Kopf werfen dürfen, wie Sie es heute nachmittag getan haben. Sie war sehr traurig deswegen.«

»Na, um so besser!« meinte Juana. »Es wird Zeit, daß ihr jemand mal die Meinung sagt. Man läßt ihr hier ja alles durchgehen, und was mich betrifft, ich werde es nicht dulden, daß sich dieses Tier ständig an meinem Mann reibt!«

»Aber Juana, Sie können ihr doch nicht zugleich vorwerfen, daß sie ein Tier ist und daß sie sich nicht wie ein junges, wohlerzogenes Mädchen benimmt!«

Mit Logik kam man bei Juana nicht weiter. Sie hörte nur das, was sie hören wollte, und in diesem Fall verstand sie das Wort:

»Wohlerzogen! Gott gebe, daß es so wäre! Ich sage es Ihnen ganz offen: Sie ist furchtbar schlecht erzogen! Heilige Jungfrau Maria, was nützt es, wenn Sie ihr das Sprechen beibringen, wenn sie sich wie ein Tier benimmt? Und, Dr. Dale, warum, glauben Sie wohl, habe ich María de los Angeles zu meinem Schwager gegeben, obwohl mich das ein Vermögen kostet? Doch nur, um zu verhindern, daß meine kleine Nichte sich diese fürchterlichen Manieren von Ihrem Affen abguckt!«

Ich ging hinaus, ohne auch nur ein einziges Wort zu erwidern. Juana wußte sich auf solidem Terrain: zweitausend Jahre jüdisch-christliche Tabus standen hinter ihr; Tabus, die sie durchaus zu brechen bereit gewesen wäre, aber natürlich heimlich und die Form wahrend.

Chloé selbst hat Juana nie verziehen. Von jenem Tag an haßte sie Juana abgrundtief, genauso wie Random. Wenn Chloé mit uns am Tisch saß (die Zeit, in der sie in einen Kinderstuhl paßte, war lange vorbei) und Juana das Essen hereintrug, beugte sie sich sofort zu Roderick hinunter, der zu ihren Füßen lag, und vertraute ihm in Ameslan an:

»*Küche WC dreckig stinken.*«

Roderick fing dann auf gut Glück leise zu knurren an, und ich sagte halblaut auf englisch:

»Das reicht, Chloé!«

Sie hörte auf, aber sobald Juana erneut erschien, fing sie von vorne an, wobei sie jedoch darauf bedacht war, die Zeichen möglichst unauffällig und nur zu Roderick zu machen.

Von den männlichen Wesen in Yaraville wurde sie zurückgewiesen und von Juana beschimpft: Chloé verstand die Welt nicht mehr. Wenn man mit Roderick schimpfte, ob zu Recht oder zu Unrecht war eigentlich egal, dann legte er die Ohren an, zog den Schwanz ein und fühlte sich schuldig. Chloé dagegen wollte wissen, warum man mit ihr böse war.

Und wie sollten wir ihr ein so kompliziertes Gefühl wie das Schamgefühl erklären, mit seinen willkürlichen Regeln, die von Land zu Land wechseln, und das sich mit den jeweils herrschenden Sitten ändert und so zweideutig ist? Wie sollten wir ihr nahebringen, daß sich bei den großen Menschenaffen die Dinge nicht so leicht regeln lassen wie im Urwald? Daß in unserem Dschungel Nachdenken, die Kenntnis der Sitten und Gebräuche und manchmal auch Berechnung erforderlich sind?

Doch vielleicht mußten wir ihr zuerst begreiflich machen, daß sie nicht zur gleichen Rasse gehörte wie wir, während sie selbst doch davon überzeugt war, daß Suzy ihre Mutter sei. Doch wie konnten wir sie eines Besseren belehren, ohne dabei das Bild zu zerstören, das sie von sich selbst hatte?

Da Suzy und ich die Auswirkungen fürchteten, schwiegen wir. Das machte die Sache allerdings auch nicht besser. Chloé, die sich nach ihrer Rückkehr aus Colorado wieder so gut in die Familie integriert hatte, fühlte sich nun zurückgewiesen. Abends, wenn wir sie ins Bett brachten, hatte sie seit kurzem ein neues

Thema, in dem etwas wiederauflebte, das sie vor Jahren schon einmal gedacht hatte. Damals hatte sie sich in unserem großen Spiegel mit *Baby Amour* verglichen.

»*Chloé häßlich.*«

Wir widersprachen ihr sofort.

»*Chloé nicht häßlich*«, sagte Suzy, »*Chloé anders.*«

Aber was vor vier Jahren noch gewirkt hatte, versagte jetzt.

»*Nein*«, erwiderte sie und schüttelte traurig den Kopf, »*Chloé häßlich.*«

Nachdem Emma ebenfalls vergeblich versucht hatte, sie davon zu überzeugen, daß sie nicht häßlich war, war ich an der Reihe. Ich gab ihr nachdrücklich auf englisch und in Ameslan zu verstehen, daß sie anders war.

Sie sah mich an. Sie saß auf ihrem Bett und hatte die Arme um ihre Knie geschlungen. Sie schaute mich nur mit ihren traurigen und intelligenten Augen an, ohne zu antworten.

Ich wiederholte, was ich gesagt hatte. Sie schüttelte den Kopf, nahm die Arme hoch und bewegte die Hände. Das, was sie sagte, war so unglaublich, daß ich meinen Augen nicht traute.

»Emma«, fragte ich auf englisch, »habe ich das gerade richtig verstanden?«

»Ja«, sagte Emma. Sie senkte den Kopf, und Tränen schossen ihr in die Augen.

Sie wiederholte Chloés Gebärden nicht. Sie wollte nicht, daß Chloé dachte, sie denke genauso.

»Nein, nein«, rief Suzy bestürzt. »Wie kann sie das sagen? Das ist jetzt drei Jahre her. Damals war sie fünf. Sie hat nie wieder davon gesprochen. Sie muß diesen dummen Vorfall doch schon längst vergessen haben!«

Als wollte Chloé Suzys Worte dementieren, löste sie erneut die Hände von ihren Knien und »sagte«, den Blick fest auf sie gerichtet, ganz langsam und deutlich:

»*Chloé häßlich, Chloé dreckig Affe.*«

Wir sahen einander betroffen an. Einen Moment lang, der uns wie eine Ewigkeit vorkam, brachte keiner von uns auch nur einen Ton heraus. Suzy war die erste, die leidenschaftlich reagierte.

»Nein«, widersprach sie auf englisch und in Ameslan (aber die

Gebärden waren nicht gut zu erkennen, weil sie sie so hastig machte). »*Chloé nicht dreckig Affe. Gemein Teufel sagen Chloé dreckig Affe! Gemein Teufel dreckig WC schlecht! Gemein Teufel lügen!* Emma, ich bin mir nicht sicher, ob sie mich verstanden hat. Bitte wiederholen Sie meine Zeichen.«

Emma wiederholte langsam und ganz genau, was Suzy gesagt hatte. Als sie fertig war, fügte sie hinzu:

»*Gemein Teufel sehr gemein gemein Teufel werfen Stein auf Auto gemein Teufel lügen.*«

Aus menschlicher Sicht war das Argument etwas zweifelhaft, aber doch überzeugend. Wenn Nick Harrisson einen Stein auf das Auto geworfen hatte, dann war er gemein, und wenn er gemein war, hatte er nicht die Wahrheit gesagt, als er meinte, Chloé sei ein »dreckiger Affe«. Allerdings wußte ich nicht, ob Chloé diese Art von Logik verstehen würde.

Sie antwortete nicht. Sie blickte prüfend in unsere beklommenen, liebevollen und verlogenen Gesichter. Wer hätte je gedacht, daß ihr nach so langer Zeit Nick Harrissons Beleidigung wieder einfallen würde? Und wer hätte je gedacht, daß sie auch noch nach drei Jahren darüber so entsetzt sein würde? Warum erinnerte sie sich nicht an das Foto ihrer Mutter, das sie zweimal zurückgewiesen hatte, bevor sie es zerrissen hatte? Und wir, was machten wir gerade? Versuchten wir nicht um jeden Preis, sie an unsere Spezies zu binden? Vermittelten wir ihr nicht dadurch erneut ein falsches Bild, das sie vor drei Jahren dem wahren vorgezogen hatte, natürlich immer in der Überzeugung, daß wir das wahre Bild sind? Dieses falsche Bild, hatte es ihr seit damals nicht nur geschadet?

»*Chloé müde*«, sagte sie schließlich, »*Chloé schlafen.*«

Sie legte sich von selbst ins Bett und schloß die Augen. Kurz und gut, sie brach das Gespräch mit uns ab. Sie wiederholte nicht die Worte, die uns so erschüttert hatten, aber sie wiederholte auch nicht unseren Protest.

Am nächsten Abend tat sie dann etwas wirklich Unglaubliches. Als sie sah, wie Emma die Tür des Kinderzimmers hinter sich abschließen wollte, stand sie auf, riß ihr mit Gewalt den Schlüssel aus der Hand, machte die Tür wieder auf und packte ihr

Bettzeug zusammen. Dann ging sie die Treppe ins Erdgeschoß hinunter, fand Roderick vor der Eingangstür und baute sich nach ihrem Geschmack ein Nachtlager an der Seite ihres Freundes.

Emma, die ihr gefolgt war und sie vom Treppenabsatz aus beobachtet hatte, kam zu uns und berichtete, was soeben passiert war. Wir schauten uns sprachlos an. Würde Chloé von nun an die Gesellschaft Rodericks der unseren vorziehen?

Wir besprachen die Angelegenheit ausführlich mit gesenkter Stimme, so als ob Chloé uns hören könnte. Wenn wir jetzt versucht hätten, sie in ihr Bett zurückzubringen, hätte das einen Streit auslösen können, aus dem wir nicht unbedingt als Sieger hervorgegangen wären. Wir beschlossen, sie gewähren zu lassen und lieber abzuwarten.

Eine Woche verging, Chloés rosa Periode war vorüber, aber die Frustrationen, die sie bei dieser Gelegenheit erlebt hatte, hatte sie nicht vergessen. Sie sagte zwar nicht mehr: »*Chloé drekkig Affe*«, aber sie kommunizierte weniger mit uns als sonst. Ihre Stimmung schlug plötzlich um, sie wurde immer häufiger wütend, und aufgrund ihrer körperlichen Stärke war das immer gefährlicher.

Jede Woche, ja praktisch jeden Tag verloren wir ein Stück der Kontrolle, die wir früher über sie gehabt hatten. Sie wollte abends immer noch von uns ins Bett gebracht werden. Sie gab sich dieser Zeremonie mit der gleichen überschwenglichen Zuneigung hin wie sonst auch, aber sobald wir das Zimmer verlassen hatten, packte sie ihr Bettzeug und verließ ihre menschliche Familie, um die Nacht mit jemandem aus der Familie der Tiere zu verbringen. Suzy war darüber sehr betrübt, doch wir vermieden es, darüber zu sprechen, da wir nicht sicher waren, ob wir beide einer Meinung sein würden.

Es wurde Herbst, und mit ihm kamen die Jäger aus Beaulieu. Sie durchstreiften die Berge und Täler auf der Suche nach Beute. Für Chloés Nerven war diese Zeit immer besonders quälend. Erstens regnete es meistens, und zweitens haßte sie die Gewehre, die sie »Stöcke töten« nannte. Ich selbst ging nicht auf die Jagd und meine Söhne auch nicht mehr. Doch wie sollte ich den Leuten aus dem Dorf untersagen, in meinen Wiesen und Wäldern nach Kaninchen und Schnepfen zu jagen, wenn mein Vater und mein Großvater noch nie etwas dagegen gehabt hatten? Also verbot ich ihnen lediglich, im Umkreis von einem Hektar um unser Haus meinen Grund und Boden zu betreten. Doch wenn sich ein Tier dorthin geflüchtet hatte, hielten sie sich auch nicht mehr an dieses Verbot.

Pablo war einer von diesen Kriegern, der am Abend müde, verdreckt und mit »*Stöcke töten*« über der Schulter nach Hause kam. Dort breitete er dann voll männlichem Stolz seine Beute vor den bewundernden Blicken Juanas aus.

An einem jener Tage verriet Roderick seine Freundschaft zu Chloé. Er, der normalerweise nicht besonders laut war, bellte wie ein Verrückter bei jeder Salve, die er hörte. Er lief draußen im Regen umher. Sobald die Jagdsaison begann, mußten wir ihn an die Kette legen, damit er sich nicht der Meute anschloß. Er zog und zerrte an seiner Kette, mal winselte und mal schnappte er.

Chloé stand im Wohnzimmer und beobachtete konsterniert durch das Fenster, wie er über die Terrasse tobte. Sogar wenn das Wetter schön war, setzte sie keinen Fuß vor die Tür. Random blieb ebenfalls lieber auf seiner Lieblingsheizung sitzen, aber er hatte auch seine Gründe, den Jägern nicht über den Weg zu trauen. Aber Chloé hatte noch nie ein kleines Stück Blei in den Hintern verpaßt bekommen. Was sie haßte, waren dieser Lärm und das Gemetzel. Bei jedem Schuß zuckte sie zusammen, sie kauerte sich auf den Boden, hatte zu nichts Lust, kaute nervös auf ihren Lippen herum und wollte auch nicht spielen.

Am Abend kamen die Hunts mit Evelyn zum Abendessen zu uns. Diesmal freute sich nicht nur Elsie, Evelyn zu sehen, sondern auch die Jungen – das war wirklich etwas ganz Neues. Eine Zeitlang hatten sie sich für Evelyn auch nicht mehr interessiert als für ihre Mutter, der sie übrigens recht ähnlich sah, wie sie sagten. Vor ein paar Monaten hätte ich ihnen da durchaus zugestimmt: das gleiche Pferdegesicht, der gleiche hagere Körperbau.

Doch die Veränderung kam quasi über Nacht. Nun, das Gesicht war noch immer etwas langgezogen, aber das mahagonifarbene Haar hatte, dank einer neuen Frisur, um die Ohren herum mehr Fülle bekommen. Diese Fülle wirkte ausgleichend auf ihre Gesichtsproportionen. Ihre grünen Augen kamen durch etwas Schminke besser zur Geltung, ebenso ihre wirklich schön geformten Lippen, die man vorher nicht einmal bemerkt hatte. Ihre Silhouette war weiblicher geworden und hatte nicht mehr die geringste Ähnlichkeit mit der mageren Statur ihrer Mutter.

Die Folgen ließen nicht lange auf sich warten: Es war für Elsie von nun an nicht mehr möglich, sich mit Evelyn in ihr Zimmer zu verkriechen, um ungestört zu plaudern. Der gemeinsame Umgang der beiden Geschlechter wurde zur Regel, und die gemischten Treffen fanden jetzt im Spielzimmer statt, wo es neben dem Seil und dem Billardtisch auch einen Fernseher und eine Stereoanlage gab. So beschlossen wir, daß Evelyn über Nacht in Yaraville bleiben und bei Elsie übernachten sollte.

Die Hunts fuhren nach Hause, und Suzy und ich gingen ins Schlafzimmer. Nach einer Weile fanden wir aber die Musik zu laut, die die Kinder im Spielzimmer laufen ließen.

Ich zog mir den Morgenmantel über und wollte zu ihnen hinübergehen, um sie zu bitten, etwas weniger Krach zu machen. Da entdeckte ich Chloé im Flur, die am Boden kauerte.

»Was machst du denn hier? Bist du nicht bei Roderick?«

Sie schüttelte verächtlich den Kopf. Heute schmollte sie mit ihrem untreuen Gefährten und war gleichzeitig sehr unglücklich darüber, daß sie ihm die kalte Schulter zeigte. Ich nahm sie bei der Hand und brachte sie in ihr Zimmer zurück. Sie kam mir nervös und unruhig vor. Ich überlegte sogar, ob ich ihr nicht ein Schlafmittel, in sehr viel Wasser aufgelöst, zu trinken geben sollte. Doch ich folgte meiner ersten Regung nicht und hatte damit leider unrecht.

Nachdem ich Chloé wieder zu Bett gebracht hatte, klopfte ich an die Tür des Spielzimmers und ging hinein. Vier Augenpaare musterten mich überrascht. Elsie und Evelyn saßen auf dem Sofa, und die beiden Jungen standen vor ihnen. Der Platz eines jeden von ihnen war nicht zufällig gewählt. Jonathan stand in der Nähe von Evelyn, und Elsie ganz nah bei Ariel, ihrem Lieblingsbruder, der ja nicht ihr Bruder war. Von ihrer ersten Begegnung an hatte sie ihn geliebt. Damals war sie neun Jahre alt gewesen. Weder die Jahre noch ihre wechselnden Freunde hatten dieser Liebe etwas anhaben können.

»Entschuldigt bitte«, sagte ich, »aber könntet ihr vielleicht etwas weniger Lärm machen?«

»Welchen Lärm, Papa?« fragte Elsie.

Ich zeigte mit dem Finger auf die Stereoanlage. Sie grinsten sich gegenseitig zu, dann sahen sie mich wieder an. Offensichtlich war ich zu alt, um dieser Phonstärke etwas Bezauberndes abgewinnen zu können.

»Sollen wir nicht etwas zum Tanzen auflegen?« meinte Jonathan, vielleicht, weil er einen Kompromiß vorschlagen wollte, vielleicht aber auch, weil er mit Evelyn tanzen wollte.

»Ausgezeichnet«, erwiderte ich schnell. »Und vergeßt nicht, die Dachfenster zuzumachen, bevor ihr schlafen geht.«

»Vielleicht sollten wir sie lieber offenlassen«, sagte Elsie, »damit es hier mal durchlüftet. Der Kamin und die Zigaretten...«

Das war ein Seitenhieb gegen Jonathan, denn er war unter den vieren der einzige, der rauchte.

»Nein, nein«, sagte ich, »macht sie auf jeden Fall zu! Sicher ist sicher. Befehl von Davidson.«

Was sich dann abspielte, weiß ich nur aus den Erzählungen der Kinder. Nachdem ich gegangen war, dämpften sie das Licht, tanzten Slowfox und bemerkten auf einmal, daß Chloé sich ins Zimmer geschlichen hatte. Ihr Eindringen amüsierte sie zunächst, aber als sie sich an die Tänzer klammerte und sie beim Tanzen störte, schimpfte Ariel mit ihr und forderte sie auf, wieder in ihr Zimmer zurückzugehen. Doch das tat sie nicht, sondern sie setzte sich auf das Sofa.

An dieser Stelle unterbrach ich Jonathan und fragte ihn:

»Wie war sie in dem Moment? Schmollte sie?«

»Nein, sie wirkte sehr unruhig.«

»War sie wütend?«

»Nein, unruhig. Sie blieb nicht ruhig sitzen, sie sprang auf dem Sofa herum und stieß kleine Schreie aus.«

»Hat denn keiner von euch versucht, sie zu beruhigen?«

»Doch, Ariel. Er hat sich neben sie gesetzt und wollte sie streicheln. Aber sie hat sich dagegen gewehrt.«

»Heftig?«

»Ja, ziemlich«, sagte Ariel. »Ich durfte ihr nicht einmal den Rücken kraulen.«

»Ihr hättet mich holen müssen.«

»Du hast geschlafen«, sagte Elsie.

»Erzählt weiter!«

»Nun, wir haben wieder getanzt«, sagte Ariel, »aber, um ehrlich zu sein, ich hatte keine große Lust mehr. Sie war da, sprang hinter unserem Rücken auf dem Sofa herum und beobachtete uns...«

»Wie hat sie euch beobachtet?«

»Sie hat uns nicht wie sonst angesehen.«

»Wie dann?«

»Schwer zu sagen. Das Licht war ja gedämpft. Auf jeden Fall war ich etwas beunruhigt.«

»Warum?«

»Als ich sie vorher hatte streicheln wollen, da hat sie meine Hand so heftig zurückgestoßen, daß ich glaubte, sie hätte mir die Schulter ausgekugelt. Ich habe mich noch mehr erschreckt, als ich merkte, daß sie sich dazu nicht besonders hatte anstrengen müssen. Sie hat es einfach aus einer Laune heraus gemacht.«

»In so einem Fall muß man mit ihr sprechen. Und sie zum Sprechen bringen. Solange sie redet und man mit ihr spricht, kann sie ihren aggressiven Instinkten keinen freien Lauf lassen.«

»Ich weiß, ich weiß«, meinte Elsie. »Das hast du uns schließlich schon hundertmal gesagt, aber du verstehst nicht, Papa, wir wollten tanzen!«

»Und dann?«

»Dann«, sagte Jonathan, »dann hat sie Evelyn aus meinen Armen gerissen und auf das Sofa geworfen.«

»Es war einfach unglaublich!« sagte Ariel. »Ich dachte, ich traue meinen Augen nicht! Ich habe natürlich bemerkt, daß Chloé vom Sofa geklettert und auf Jonathan zugegangen ist, aber ich dachte, sie würde sich wieder an ihn klammern, so, wie sie es vorher auch schon getan hatte. Und plötzlich sehe ich, wie Evelyn durchs Zimmer segelt! Wenn das Sofa nicht da gestanden hätte, wäre sie gegen die Wand geflogen!«

»Und ihr habt noch immer nicht daran gedacht, mich zu wekken?«

»Wir haben überhaupt nichts mehr gedacht«, sagte Elsie. »Wir waren vollkommen verblüfft! Wir drei standen einfach nur da und starrten Evelyn an, die auf dem Sofa lag und stöhnte und ihren linken Arm mit der rechten Hand hielt. Chloé kauerte neben dem Sofa auf dem Boden und hielt den Kopf zwischen den Händen. Sie schien über das, was sie getan hatte, sehr verstört zu sein, und sie stöhnte – wie ihr Opfer.«

Elsie schwieg, und ich sagte ungeduldig:

»Was war dann?«

»Was dann passiert ist«, sagte sie verlegen, »erzählt dir besser Jonathan.«

Ich sah ihn fragend an.

»Ich war wütend«, sagte Jonathan mit erstickter Stimme. »Ich bin auf sie zugegangen. Sie hat sofort eine unterwürfige Haltung angenommen und mir die Hand hingestreckt.«

»Und hast du sie genommen?«

»Nein.«

»Das war dumm von dir! Du hast nicht ihre Hand genommen?«

»Nein, ich war wütend. Ich habe sie geschlagen.«

»Heftig?«

»Ja, ziemlich. Auf den Kopf.«

»Mehrmals?«

»Ja, ungefähr ein halbes dutzendmal. Plötzlich hat sie sich auf mich gestürzt und mich in die Schulter gebissen. Glücklicherweise hatte ich meinen Blouson an. Ich hatte ihn wieder angezogen, weil Elsie unbedingt die Fenster aufmachen mußte. Die anderen fingen zu schreien an, und Chloé sah wieder ziemlich verängstigt aus. Sie stürzte sich auf das Seil, packte es und kletterte zu den Dachbalken hinauf. Da oben blieb sie dann sitzen und hielt sich mit einer Hand an dem Eisenhaken fest, an dem das Seil befestigt ist.«

Genau in diesem Augenblick kam ich herein. Ich war durch die Schreie wach geworden und stürzte, von Suzy gefolgt, ins Spielzimmer. Zuerst sorgte ich dafür, daß alle das Zimmer verließen. Suzy kümmerte sich um die Verletzten und brachte sie ins Bad.

Ich blieb allein mit Chloé zurück. Ich schloß die Tür hinter mir und griff nach einer der beiden langen Eisenstangen, mit denen wir die Dachlukenfenster zumachten. Ich befürchtete, daß Chloé durch eines der Fenster die Flucht ergreifen könnte. Wenn sie mit dem Seil hin- und herschwang, konnte sie die Fenster ohne Schwierigkeiten erreichen. Als sie mich mit der Stange in der Hand sah, täuschte Chloé sich in meinen Absichten und fing zu schreien an. Nachdem ich die Fenster geschlossen hatte, stellte ich die Stange in die Ecke. Sie hörte sofort auf zu schreien, und ich sprach mit Chloé auf englisch und in Ameslan.

Ich stand auf dem Fußboden, und sie hing sieben Meter über mir am Seil. Ich sagte, daß es sehr ungezogen von ihr war, gelb Teufel zu beißen und Evelyn so brutal zu behandeln, aber wenn sie herunterkäme, würde ich ihr verzeihen.

Sie antwortete nicht. Sie rollte mit den Augen und wirkte sehr verschreckt. Sie war entsetzt über das, was sie getan hatte, und hatte Angst davor, was ich tun würde, um sie zu bestrafen.

In jenem Augenblick verspürte ich nur einen Wunsch: Chloé da zu lassen, wo sie war, und nachzusehen, wie es Evelyn und Jonathan ging. Doch ich wußte nur zu gut, daß das wichtigste jetzt war, um jeden Preis den Frieden zwischen Chloé und uns wiederherzustellen, wenn ich nicht wollte, daß alles nur noch schlimmer kam.

So aufgewühlt, wie ich war, mußte ich mich sehr zusammennehmen, um sanft und geduldig zu bleiben. Mir fiel ein, daß die aufrechte Haltung für einen Schimpansen immer etwas Bedrohliches hat. Also setzte ich mich, anscheinend ganz entspannt, auf das Sofa, legte den Kopf auf die Lehne und sprach mit sanfter Stimme zu ihr. Wieder redete ich gleichzeitig auf englisch und in Ameslan mit ihr. Der Grund dafür war, daß die gesprochene Sprache ihr imponierte. Vielleicht weil sie selbst nicht in der Lage war, sich auf diese Art auszudrücken.

Sie antwortete mir nicht. Was war aus ihrem fröhlichen und verschmitzten Blick geworden? Ihre Augen wirkten in diesem Augenblick so verängstigt wie die eines wilden Tieres, das um sein Leben fürchtet. Sie wollte auf keinen Fall herunterkommen, im Gegenteil, sie wäre am liebsten noch viel höher geklettert, wenn sie gekonnt hätte, und vor ihrer menschlichen Familie geflohen. Sie zitterte, sie stieß kleine Klagelaute aus, doch gleichzeitig hielt sie sich mit den Händen am Haken fest und umklammerte mit ihren Greiffüßen das Seil. Ich konnte nicht damit rechnen, daß sie allmählich müde würde. So kräftig und ausdauernd, wie sie war, konnte sie stundenlang in dieser Stellung verharren.

Ich redete weiter mit ihr. Selbst aus dieser Entfernung konnte ich es riechen: ihre Angst hatte wieder einmal die bei ihr übliche Wirkung gehabt. Sie mußte darunter leiden. Sie hatte eine sehr feine Nase und mochte es nicht, wenn sie dreckig in ihren Kleidern steckte. Ich kam auf die Idee, es mal an diesem Punkt zu probieren. Ich sagte zu ihr:

»*Groß vergeben Chloé. Groß baden Chloé.*«

Damit hatte ich auch teilweise Erfolg. Sie antwortete nicht, aber ihr Blick veränderte sich. Das Bad lockte sie, und es fiel ihr schwer, in ihrem Kopf die Angst und den Vorschlag zu baden unter einen Hut zu bringen.

Ich redete weiter mit ihr. Unermüdlich wiederholte ich meine Versprechen: Ich würde ihr verzeihen und sie baden. Dann fiel mir ein, daß die ganzen Gefühle, die sie aufgewühlt hatten, ihre Kehle ausgetrocknet haben mußten, und so fügte ich hinzu:

»*Groß geben Frucht Getränk.*«

Das war ein guter Einfall. Sie antwortete. Sie packte das Seil mit ihren Zähnen, damit sie die Hände frei hatte, und sagte:

»*Groß vergeben Chloé?*«

»*Ja.*«

»*Groß lieben Chloé?*«

»*Ja.*«

»*Groß geben Bad?*«

»*Ja.*«

»*Groß geben Frucht Getränk?*«

»*Ja.*«

Sie dachte noch einmal lange nach, dann kletterte sie herunter. Zuerst ganz langsam, schließlich aber immer schneller. Als sie den Fußboden erreicht hatte, kauerte sie sich hin, drehte mir halb den Rücken zu und streckte mir die Hand an ihrem langen Arm entgegen. Sie gab schwache, kindliche Klagelaute von sich und ging vorsichtig mit kleinen Schritten auf mich zu. Noch nie war ihre unterwürfige Haltung derart demütig ausgefallen.

Ich gab ihr die Hand, doch das reichte ihr nicht.

»Groß küssen Chloé.«

Ich küßte sie, zweifellos für ihren Geschmack noch etwas zu unterkühlt, denn sie wollte, daß ich sie noch einmal küßte. Ich tat es. Sie war jetzt sanft wie ein Lamm. Ich nahm sie bei der Hand und brachte sie in das Badezimmer, das neben ihrem Kinderzimmer lag. Emma, der wir im Flur begegneten, küßte sie auch. Als Chloé wieder sauber war und gut einen halben Liter Orangenlimonade getrunken hatte (in die ich ein Schlafmittel eingerührt hatte), bat ich Emma, sie ins Bett zu bringen, denn ich wollte nach Evelyn und Jonathan sehen.

Im Flur traf ich unverhofft auf Donald, den Suzy gleich angerufen hatte. Er nahm mich beiseite.

»Evelyn hat sich eine Muskelzerrung zugezogen. Sie ist noch mal mit dem Schrecken davongekommen. Bei Jonathan sind die Zähne durch den Blouson durchgegangen. Die Bißwunde liegt direkt neben der Halsschlagader. Die kleinen Verletzungen sind nicht besonders tief. Ich habe getan, was zu tun war. Ich gehe jetzt und werde Evelyn mitnehmen und ins Bett bringen. Sie ist ziemlich durcheinander.«

Suzy machte draußen das Licht an, und wir begleiteten Donald zu seinem Toyota. Er hatte einen Arm um Evelyns Taille gelegt und stützte sie. Sie war sehr bleich und sagte kein Wort. Er mußte ihr helfen, als sie sich hinten in den Wagen setzen wollte. Er verabschiedete sich ganz normal von uns, öffnete die Fahrertür und wollte sich gerade hinter das Steuer setzen, als er sich eines anderen besann. Er richtete sich wieder auf, drehte sich zu uns um und sagte mit veränderter Stimme:

»Ich liebe Chloé genausosehr wie ihr. Aber ihr müßt jetzt unbedingt eine Entscheidung treffen! Was heute abend passiert ist, war eine Warnung! Es hätte noch schlimmer kommen können. Entscheidet euch, bevor etwas passiert, was nicht wiedergutzumachen ist!«

Suzy drückte ihre Schulter gegen meine, und ich fühlte, wie sie im Halbdunkel vor dem Haus nach meiner Hand griff.

»Was sollen wir entscheiden?« fragte sie mit bebender Stimme.

Hunt zuckte mit den Achseln.

»Ihr wißt genau, was ich meine. Ihr habt es geschafft, ein liebevolles Verhältnis zu Chloé aufzubauen, und ihr habt es auch geschafft, mit ihr zu kommunizieren, aber ihr könnt nicht ihre Erbanlagen ändern! Ob ihr es nun wahrhaben wollt oder nicht, Chloé ist und bleibt ein wildes Tier!«

»Der Mensch auch«, sagte Suzy.

Da der Bungalow, in dem Pablo und seine Frau wohnten, ungefähr dreihundert Meter von Yaraville entfernt lag, hielt ich es für ausgeschlossen, daß sie etwas von den Ereignissen jener Nacht mitbekommen haben könnten. Am nächsten Tag ermahnte ich die Kinder, ja kein Wort über die Angelegenheit zu verlieren, denn ich fürchtete, daß der Vorfall durch Juana im ganzen Dorf bekannt werden würde. Ich versäumte es jedoch, den Hunts den gleichen Rat zu geben, und das war ein Fehler, denn am Morgen hatte Donald sich mit dem Briefträger unterhalten, der gerade von einem Hund gebissen worden war. Und sie fragten sich, warum Hunde bevorzugt den Briefträger oder den Elektriker anfallen und fast nie jemanden aus einer anderen Berufsgruppe. Ein Problem, das ich nie hatte klären können.

Donald hatte sich nichts Böses dabei gedacht, als er zu dem jungen Briefträger, während er dessen Wunde an der Wade versorgte, sagte: »Mein Junge, wenn dir das ein Trost ist, du bist nicht der einzige! Jonathan Dale ist gestern abend von der Schimpansin seines Vaters gebissen worden.« Und der Briefträger, der es etwas lächerlich fand, gebissen worden zu sein, war sichtlich zufrieden, daß er, während er die Post austrug, jedem erzählen konnte, daß er »nicht der einzige in diesem Land sei«. Dummerweise gab diese Nachricht jenen Leuten in Beaulieu neue Nahrung, die Ariel »die mit der Chloé-Phobie« nannte.

Um die Wahrheit zu sagen, diese Ansicht wurde bei weitem nicht von der Mehrheit der Bevölkerung geteilt, und die, die sie unterstützten – wie zum Beispiel Harrisson, die alte Mrs. Pickle und ihr ältester Bruder oder Jim Ballou, von dem ich später noch erzählen werde –, taten es derart vehement, daß sie auf wenig Gegenliebe stießen.

Das war jedoch Wasser auf Juanas Mühlen. Sie hielt sich zwar an unsere strikte Anweisung, über dieses heikle Thema absolute Diskretion zu bewahren. Doch wir erfuhren von Mary, daß sie im Drugstore immer sehr aufmerksam zuhörte, wenn etwas Gehässiges über Chloé zum besten gegeben wurde. Dabei wandte sie dann den Blick zum Himmel, seufzte oder schüttelte betrübt den Kopf, und zwar so eindrucksvoll, daß sogar noch ihr Schweigen sehr beredt war.

Harrisson, der Chloé nie verziehen hatte, daß sie »beinahe« seinen Sohn gebissen hatte, fand, daß Dr. Dale, genauso wie sein Vater, ein Exzentriker war. Aber er war noch schlimmer als sein Vater: Er hatte sich nicht damit zufriedengegeben, eine Französin zu heiraten, nein, er mußte auch noch ein wildes Tier wie seine eigene Tochter aufziehen. Das würde alles noch mal ein schlimmes Ende nehmen! Das hatte er ja schon immer gesagt!

Jim Ballou, der reichste Farmer der Gegend, regte sich über jeden Cent auf, den ich für dieses Tier ausgab. Man stelle sich vor: Ein eigenes Zimmer! Ein extra Bad! Eine Krankenschwester! Und der Tierarzt kam auch jeden Tag vorbei! Und dann saß dieses Tier gemeinsam mit seinem Herrn an einem Tisch und aß mit ihm!

Das allerdings konnte die alte Mrs. Pickle Chloé nicht vorwerfen, denn ihr eigener Hund, Shaggy, saß mit ihr am Tisch und fraß von seinem eigenen Teller, während sie von morgens bis abends mit ihm sprach. Dennoch hätte sie es absolut unpassend gefunden, ihrem Hund die Sprache der Menschen beizubringen, wie Mr. Dale es bei dieser Schimpansin machte. Sie hatte es schon mal gesagt und würde es immer wieder sagen: Wenn es Gottes Wille gewesen wäre, den Tieren die Sprache zu geben, dann hätte Er das auch getan. Deshalb war es ein offensichtlicher Beweis für Gottlosigkeit, wenn jemand versuchte, das Werk des Herrn zu ändern. Die Strafe, wie hätte es auch anders sein sollen, folgte auf dem Fuße. Heute Dales Sohn! Morgen der Vater! Dann die Französin! Alle würden sie dafür bestraft werden! Vielleicht sogar in Beaulieu!

Mrs. Pickles ältester Bruder ging sogar so weit, zu behaupten, daß Chloé versucht habe, Evelyn zu vergewaltigen. Da war er aber an den Richtigen geraten! Hunt, der furchtbar wütend darüber war, daß man seine Tochter da mithineinzog, stauchte ihn öffentlich zusammen und sagte ihm – neben anderen nicht gerade freundlichen Dingen –, »daß er zu blöd sei, ein Männchen von einem Weibchen zu unterscheiden«. Dieser Wortwechsel brachte alle zum Lachen und schadete ein wenig, aber nur für kurze Zeit, der Sache derjenigen mit der »Chloé-Phobie«.

Keiner war besser über den Tratsch und Klatsch im Dorf informiert als Hunt, und er berichtete uns haarklein darüber, vielleicht mit dem Hintergedanken, daß er damit eine Entscheidung, die er von uns in bezug auf Chloé erwartete, beschleunigen könnte.

Nach jener Szene vor unserem Haus hatte er nicht mehr davon angefangen, denn Suzy hatte ihm ohne Umschweife erklärt, daß Chloé »ihr Baby« sei und sie sie niemals in den Zoo zurückbringen könnte. Ihr wäre der Gedanke unerträglich, daß Chloé den Rest ihres Lebens hinter den Gittern eines Käfigs verbringen müßte. Aber da Hunt durch seine Erzählungen über die »Chloé-Phobie« indirekt dieses Thema immer wieder aufs Tapet brachte, sagte ich ihm schließlich, vielleicht etwas schroff, daß er endlich aufhören solle, uns bis zum Überdruß das Geschwätz aus dem Dorf zu erzählen: wir hätten genug davon.

Dadurch kühlte unsere Beziehung zu den Hunts merklich ab. Hunt telefonierte mit uns, wenn er sich nach Chloés Befinden erkundigen wollte, anstatt wie früher persönlich vorbeizukommen. Er lud uns auch seltener zu sich ein, und wenn er am Wochenende bei uns eingeladen war, kam er zwar mit Mary, aber ohne Evelyn, was besonders die Jungen sehr schade fanden.

Diese zusätzlichen Reibereien hatten uns noch gefehlt, denn auch so fühlten wir uns, Suzy und ich, ziemlich unglücklich. Wir waren zwar zusammen, aber auch voneinander getrennt, denn wenn ich auch durchaus Suzys Standpunkt verstand, konnte ich ihn dennoch nicht voll und ganz teilen. Das Schlimme war, daß ich das nicht sagen konnte, ohne daß wir heftig miteinander in Streit gerieten.

Ich war mittlerweile fest davon überzeugt, daß Chloé eine große Gefahr darstellte, nicht nur für uns, sondern auch für unsere gesamte Umgebung. Sie war so kräftig, daß sie, selbst wenn sie es nicht beabsichtigte oder es aus Versehen tat, uns Verletzungen zufügte. Das, was Ariel gesagt hatte, hatte mich betroffen gemacht. Dadurch, daß Chloé »aus einer Laune heraus« seinen Arm weggestoßen hatte, hätte sie ihm fast die Schulter ausgekugelt. Für ein Zusammenleben mit uns mußte sie ständig ihre Kraft in der Gewalt haben, und um das zu erreichen, hätte sie ihre Gefühle vollkommen unter Kontrolle bringen müssen.

Ihre häufigsten und aggressivsten Gefühlsausbrüche wurden durch Angst oder Wut ausgelöst – die wiederum waren natürlich am schwierigsten zu kontrollieren, denn beide Gefühle waren durch eine Ursache-Wirkung-Beziehung miteinander verknüpft: die Angst löste die Wut aus. Und auf die Wut – wenn sie sich von ihr hatte hinreißen lassen – folgte die Angst, unsere Liebe zu verlieren. Deshalb war sie auch nach einer Missetat immer so verschreckt und ratlos. Und deshalb mußten wir, welchen Fehler sie auch begangen haben mochte, ihr immer wieder vergeben, um diesen Teufelskreis von Angst, die Wut auslöst, und von Wut, die Angst auslöst, und wieder von Angst, die Wut auslöst, zu durchbrechen.

In den Wochen nach dem Vorfall im Spielzimmer war es mir nicht möglich, Yaraville zu verlassen, ohne mich vor den möglichen Ereignissen, die sich während meiner Abwesenheit abspielen könnten, zu fürchten. Wenn ich einen ganzen Tag lang in der Stadt zu tun hatte, wurde mir das Herz schwer, sobald ich auf den Feldweg einbog, der nach Yaraville führte. Und noch bevor ich Suzy zur Begrüßung küßte, fragte ich sie immer: »Und wie ist es mit Chloé gelaufen?«

Eigentlich lief es gar nicht so schlecht, aber es lief wiederum auch nicht so gut, daß man die Nacht in dem Spielzimmer einfach hätte vergessen können. Jonathan, der dementsprechend von mir instruiert worden war, hatte ihr am nächsten Morgen verziehen und ihre Tränen und Küsse akzeptiert. Seit der Zeit bedauerte sie ihn, daß er von ihr gebissen worden war, und sie liebte ihn mehr denn je. *Gelb Teufel arm arm*, sagte sie jetzt abends beim Zubettgehen. Sie kam noch immer jeden Abend ins Kinderzimmer, um sich von uns ins Bett bringen zu lassen. Die Zeremonie, die damit verbunden war, beruhigte sie jedesmal. Das hinderte sie jedoch nicht daran, ihr Bettzeug zu nehmen und sich neben Roderick zu legen, sobald das Licht ausgemacht worden war.

Im Grunde genommen war ihr Ungehorsam jetzt nicht größer als vor dem Ereignis im Spielzimmer, aber er bereitete uns mehr Kopfzerbrechen. Wir hatten den Eindruck, daß ihr allmählich ihre körperliche Überlegenheit bewußt wurde und sie spürte, daß wir nicht das geringste an Kraft entgegenzusetzen hatten. Sie täuschte sich nicht. Ich war der festen Überzeugung, daß alle vier Männer des Hauses zusammen – Pablo, Jonathan, Ariel und ich – nicht in der Lage wären, mit ihr fertig zu werden, selbst wenn wir uns gemeinsam auf sie stürzen würden. Wir konnten nur so gut wie möglich unsere Angst vor ihr verbergen, uns aufrecht stehend vor ihr aufbauen, die Augenbrauen runzeln und mit möglichst lauter Stimme sprechen. Unsere Autorität war mittlerweile jedoch nichts als Bluff.

Dieses Rezept funktionierte mehr oder weniger gut. Und wenn es mal nicht so gut lief, was konnten wir schon machen, außer so zu tun, als ob wir nicht bemerkten, daß sie mal wieder nicht gehorchte? Das ist übrigens eine Taktik, der sich im Urwald das alte Männchen bedient, wenn es ihm nicht mehr gelingt, seine Vormachtstellung gegenüber einem jungen und stärkeren Männchen zu behaupten. Das alte Männchen kapituliert nicht offen. Es tut so, als sei es gerade geistesabwesend.

Am meisten beunruhigte mich jedoch die Feindseligkeit, die Chloé immer häufiger gegen Juana und Random zeigte. Juana machte den Fehler, daß sie Chloé finster ansah und nicht gerade liebenswürdige Dinge über sie vor sich hin brummelte. Ich hielt es für angebracht, sie deswegen noch einmal anzusprechen.

»Aber das versteht sie doch gar nicht!« meinte sie. »Ich sage es doch auf spanisch!«

»Sie versteht auf jeden Fall Ihre Tonlage und die Absicht, die dahintersteckt. Juana, ich bitte Sie, hören Sie damit auf! Sonst wird sie Sie eines schönen Tages noch anfallen!«

»Dann wird *mi marido* sie töten«, entgegnete Juana dramatisch.

»Na, das nützt Ihnen dann auch nichts mehr, daß er sie umbringt, wenn Chloé Ihnen mit einem einzigen Hieb vorher die Hälfte Ihres hübschen Gesichts weggerissen hat.«

Das »hübsche Gesicht« berührte sie zumindest insofern, als sie natürlich nicht verletzt werden wollte. Juana hörte von da an auf, Chloé zu beschimpfen. Aber der Schaden wurde dadurch nicht mehr behoben. Chloé mochte sie jetzt auch nicht lieber.

Random provozierte sie nicht. Und in seinen unergründlichen blauen Augen war nicht zu lesen, was er von dem Geschrei und der Unruhe, die in Yaraville Einzug gehalten hatten, hielt. Seit dem Blitzkrieg der beiden – den er gewonnen hatte und der dazu führte, daß er für sie zum Feind geworden war – verhielt er sich Chloé gegenüber absolut neutral. Aber er konnte noch so tief und fest schlafen, sobald Chloé ins Zimmer kam, warnte ihn ein sechster Sinn: er wurde sofort wach. Dieses Wachwerden hatte jedoch nichts Dramatisches an sich. Mit einer kaum wahrnehmbaren Bewegung rollte er sich noch mehr zusammen und blinzelte kurz durch seine fast geschlossenen Augenlider. Aber durch diesen winzigen Spalt ließ er seinen möglichen Angreifer nicht mehr aus den Augen, während er im Geiste rasch noch einmal alle Fluchtwege durchging, die er in diesem Augenblick hatte.

Was Chloé in seinen Augen noch gefährlicher machte als einen bissigen Hund, war – abgesehen von ihrer Stärke und der Schnelligkeit, mit der sie lief – die Tatsache, daß sie auf Bäume klettern konnte. Unter diesen Umständen gab es nur einen einzigen sicheren Zufluchtsort: das undurchdringliche, für ihn aber zugängliche Dornengestrüpp, das sich hinter Yaraville erstreckte. Um bis dorthin zu kommen, brauchte er allerdings einen Vorsprung. Wenn ich Chloé fragte, warum sie nach dem Vorfall im Spielzimmer mit Random so böse war, stieß ich an die Grenzen der Kommunikation, die wir zu ihr aufgebaut hatten. Denn sie hatte zu dem Thema nicht mehr zu sagen als: »*Dreckig schlecht stinken WC.*« Ich sah darin nur Beschimpfungen.

»Papa«, meinte Jonathan, »du machst dir zuviel Gedanken. Chloé ist ganz einfach eifersüchtig.«

Ein Ereignis, das sich kurze Zeit später in meinem Arbeitszimmer zutrug, ließ mich zu dem Schluß kommen, daß er möglicherweise recht hatte. Es war ein kalter, aber sonniger Tag. Ich hatte in meinem Zimmer die Heizung angestellt, aber gleichzeitig auch die Fenster geöffnet, die nach Osten gehen. Ich war emsig damit beschäftigt, Chloés Geschichte anhand der Notizen, die ich seit ihrer Ankunft in Yaraville gemacht hatte, niederzuschreiben. Vor mir tat sich wieder einmal dieser schwindelerregende Abgrund auf, der die Dokumentation von der Ausarbeitung trennt – ein Abgrund, der schon mehr als einem Wissenschaftler zum Verhängnis geworden war.

Nach einer Weile erschien Random auf meinem Fensterbrett. Er miaute und glitt geschmeidig ins Zimmer. Nachdem er einmal in allen Ecken geschnüffelt hatte, sprang er auf das Sofa und suchte sich ein gemütliches Plätzchen zum Schlafen.

Ich mochte an ihm, was er auch an mir mochte: seine Gegenwart und sein Schweigen. Im übrigen konnte er mich auch nicht durch seinen Anblick ablenken, denn das Sofa stand hinter meinem Rücken. Ich arbeitete also weiter, bis sich plötzlich ein Schatten zwischen mich und die Sonne schob. Ich hob den Kopf und erblickte Chloé, die auf dem Fenstersims saß und mich anstrahlte.

»Was machst du denn hier, Chloé?« fragte ich sie streng.

Denn nicht nur mein Arbeitszimmer, sondern auch dessen unmittelbare Umgebung waren für sie tabu. Das hatten wir ihr strikt untersagt. Als Antwort sprang sie mit beiden Beinen auf das Fensterbrett (dazu war nur ein kleiner Sprung notwendig, denn das Zimmer liegt im Erdgeschoß) und von dort in mein Zimmer.

Ich glaubte meinen Augen nicht zu trauen. Ihre Dreistigkeit verblüffte mich. »Chloé«, sagte ich mit lauter Stimme, »raus hier! Du weißt ganz genau, daß du dieses Zimmer nicht betreten sollst!«

Jetzt hatte ich es ihr verboten, und sie hätte reumütig gehen können. Doch sie schwankte zwischen Reue und größerem Ungehorsam. Sie wand sich, schlug die Augen nieder, sah mich zugleich frech und bittend an und quengelte ein bißchen. Offensichtlich wollte sie nur ungern gehen, konnte sich aber auch nicht dazu entschließen, sich mir zu widersetzen.

Um ihrem Zögern ein Ende zu setzen und meiner Order mehr Nachdruck zu verleihen, stand ich auf – das war ein guter Einfall, denn stehend demonstrierte ich meine Dominanz – und ging auf sie zu. Das war jedoch ein Fehler, denn dadurch, daß ich mich bewegte, war Random plötzlich zu sehen, der, durch meinen Rücken verdeckt, auf dem Sofa lag und schlief.

Ich war mir sicher, daß sie mir gehorcht hätte, wenn sie nicht Random erblickt hätte, der offensichtlich mit meinem Einverständnis in diesem Zimmer war. Sie hörte sofort zu quengeln auf und wurde wütend. Sie stampfte mit dem Fuß auf, entblößte ihre Zähne, ihr Fell sträubte sich, und ihre Augen funkelten vor unbändigem Zorn. Und da ich gerade auf sie zuging, stieß sie mich rücksichtslos beiseite und sprang brüllend auf das Sofa.

Doch Random lag schon nicht mehr dort. Mit einem beachtlichen Sprung hatte er sich oben auf mein Bücherregal retten können. Da saß er nun mit rundem Rücken, zeigte seinem Feind die Krallen und fauchte ihn an. Er war sicher ein mutiger Kater, aber seine Situation war alles andere als beneidenswert. Er befand sich nicht außer Reichweite, und Chloé schnitt ihm jeden Rückweg ab.

Ich schrie:

»Chloé, laß die Katze in Ruhe!«

Diesen Befehl hatte sie schon mehr als zwanzigmal von mir gehört, und bis jetzt hatte er sie immer gerade noch davon abgehalten, die Katze anzugreifen. Aber diesmal hörte sie nicht auf mich, ja, sie hatte meinen Befehl wahrscheinlich nicht einmal wahrgenommen. Mit beiden Händen umfaßte sie die Pfosten des Regals, und mit kleinen, ruckartigen Bewegungen zog sie es auf sich zu. Es war ganz offensichtlich, was sie tun würde: sie wollte das Regal umwerfen, sich die Katze greifen und sie töten.

Ich wußte nicht, was ich tun sollte. Es wäre dumm gewesen,

dazwischen zu gehen. Sie hätte mich sicher wieder zur Seite gestoßen – vielleicht diesmal etwas heftiger –, wie sie es gerade schon mal gemacht hatte. Und was würde ihr erst einfallen, wenn sie mich am Boden liegen sah? Sie mit einem Stuhl anzugreifen erschien mir auch nicht besonders wirkungsvoll. Den würde sie mir einfach aus der Hand reißen. Mein Blick fiel auf meine Hantel, die ich zum Üben immer griffbereit neben dem Schreibtisch liegen hatte. Ich packte sie. Das war nun wirklich eine furchterregende Waffe. Aber das war sie natürlich auch für mich, wenn Chloé es fertigbrachte, sie mir aus der Hand zu reißen. Andererseits war es mir zuwider, sie zu schlagen. Ich hatte zwei Horrorvisionen zur gleichen Zeit, die ich beide schrecklich fand. Ich sah, wie ihr Schädel platzte, und gleichzeitig stellte ich mir vor, wie mein Hirn über den Fußboden spritzte.

Da fiel mir plötzlich der Schimpanse Mike ein, der sich zwei Kanister genommen und sie aneinandergeschlagen hatte, um so einen Rivalen in die Flucht zu schlagen. Ich stellte mich in eine Ecke des Zimmers, und als Chloé nicht aufhörte, gefährlich an dem Bücherregal zu rütteln, fing ich plötzlich zu brüllen an, sprang auf der Stelle und schlug gleichzeitig mit aller Kraft die Hantel auf den Fußboden. Ich sprang, so hoch ich konnte, und stieß dabei fortwährend unmenschlich klingende Schreie aus. Wenn ich mit den Füßen aufkam, wurde der Lärm durch die zusätzlichen Schläge mit der Hantel auf den Boden verstärkt. Ich trat ab und zu noch kräftig gegen die Eichenholzwände meines Wandschranks.

Auch wenn es eine etwas armselige Imitation eines Schimpansenangriffs war, so reichte sie immerhin aus, um Chloé zu beeindrucken. Sie drehte sich zu mir um und betrachtete mich völlig entgeistert, ließ das Bücherregal los, und fasziniert von dem Spektakel, das ich ihr bot, drehte sie ihrem Feind den Rücken zu. Der ließ sich natürlich diese unerwartete Gelegenheit nicht entgehen, sprang vom Regal auf den Schreibtisch, hüpfte von da auf die Fensterbank und war verschwunden.

Chloé nahm seine Verfolgung nicht auf. Sie hatte nur mehr Augen für mich. Welche geheimnisvolle, unwiderstehliche Botschaft stieg wohl in diesem Moment tief aus ihrem Innern zu ihr auf, daß sie mich als dominantes Männchen anerkannte, das sich auf seinen Angriff vorbereitet und das ganz schnell besänftigt werden muß? Aus den Augenwinkeln sah ich – während ich schweißgebadet weitersprang, brüllte und Radau machte –, wie sie vom Sofa kletterte, sich demütig duckte, eine unterwürfige Haltung annahm und mit ausgestreckter Hand auf mich zukroch. Natürlich ergriff ich ihre Hand, während sie grunzend um Verzeihung bettelte. Ich küßte sie, ich kraulte sie. Sie akzeptierte zitternd meine Zärtlichkeiten. Sie hatte Angst! Und ich erst! Ich mußte noch einige Zeit bei ihr bleiben und sie streicheln, damit sie sich beruhigte. Und als sie sich zum Schlafen neben Roderick gelegt hatte und in Yaraville während dieser Zeit wieder Ruhe eingekehrt war, fragte ich mich, wer mich jetzt beruhigen würde.

Suzy jedenfalls nicht. An jenem Morgen war sie mit Juana zum Einkaufen ins Dorf gefahren. Als sie zurückkam und ich ihr die Geschichte erzählte, beschuldigte sie mich sofort, den Vorfall dramatisiert zu haben.

»Das ist ja wohl die Höhe!« rief ich außer mir. »Chloé hat mir nicht gehorcht, mich umgerempelt, fast mein Bücherregal auseinandergenommen und versucht, Random zu töten, und du erzählst mir, daß ich übertreibe!«

»Es ist nicht gesagt, daß sie Random tatsächlich getötet hätte, wenn sie ihn erwischt hätte!«

»O nein! Bestimmt nicht! Wahrscheinlich hätte sie ihn gestreichelt!«

»Sag jetzt bloß nicht, daß sie bösartig ist!«

»Nein, aber wenn sie wütend und eifersüchtig ist, dann ist sie zu allem fähig. Erinnere dich bitte daran, wie brutal sie Jonathan gebissen hat! Ihre Zähne haben nur knapp seine Halsschlagader verfehlt!«

»Aber heute hat sie niemanden gebissen! Die Wahrheit ist, daß du einfach Angst gehabt hast!«

Diese Gemeinheit verschlug mir fast die Sprache, und ich brüllte:

»Ja, natürlich hatte ich Angst! Und wie ich Angst hatte! Und wenn du gesehen hättest, wie sie an dem Bücherregal gerüttelt hat, hättest du auch Angst um dein Leben gehabt und nicht nur um das der Katze!«

»O Ed, ich bitte dich! Schrei nicht so! Ich kann das nicht ertragen!«

»Du behandelst mich wie einen Feigling, und da soll ich nicht aus der Haut fahren?«

Auf einmal fiel sie mir um den Hals und brach in Tränen aus. Ihre Schluchzer durchzuckten sie von Kopf bis Fuß. Ich nahm sie in die Arme. Das schien meine Aufgabe in diesem Haus zu sein: Erst werde ich angegriffen, dann bereut man es, und zum Schluß darf ich dann auch noch trösten!

Als Suzy schließlich wieder etwas sagte, flüsterte sie mir mit erstickter Stimme ins Ohr:

»O Ed! Du wirst dich nicht auch noch gegen Chloé stellen.«

Was konnte ich anderes sagen, als daß ich sehr gut verstand, was sie für Chloé empfand. Aber andererseits war mir nur zu klar, was sie sich zu erkennen weigerte: Wie Ariel es einmal so treffend bemerkt hatte, hatte nämlich eine böse Fee unser Baby in die Haut eines Affen genäht; und dieser Affe war mit den Jahren so stark geworden, daß er uns Furcht und Schrecken einjagte, obwohl er uns liebte.

In der Nacht nach unserer Auseinandersetzung hatte ich immer wieder den gleichen Alptraum. Ich sah Chloé in einem Käfig im Zoo. Sie klammerte sich mit beiden Händen an die Gitterstäbe und starrte mich vorwurfsvoll an, als ich an ihrem Käfig vorbeikam. Ich blieb stehen und sprach mit ihr in Ameslan. Doch sie antwortete mir nicht, und als ich darüber ganz erstaunt war, sagte sie zu mir im besten Englisch: »Ich habe die Taubstummensprache vergessen.« Und auf einmal war es nicht mehr Chloé, die dort im Käfig hinter Gittern war, sondern Suzy. Sie sah mich traurig und anklagend an. Ich schämte mich entsetzlich und kam näher, um sie zu küssen, doch ein Wärter trat dazwischen und befahl mir grob, die Tiere nicht zu necken. Ich rief empört: »Aber das ist doch kein Tier!« Der Wärter sah mich an, schüttelte mißbilligend den Kopf und sagte mitleidig: »Wieso ist es dann hier, wenn es kein Tier ist?«

Ich wachte schweißgebadet auf. Der Dialog mit dem Wärter war mir so real vorgekommen, daß ich mit der Hand nach Suzy tastete, um mich davon zu überzeugen, daß sie noch da war.

Nach diesem ereignisreichen Tag vergingen mehrere Wochen ohne irgendeinen besonderen Zwischenfall. Wir fingen an zu glauben, daß meine Pseudo-Attacke mit der Hantel in der Hand Wunder gewirkt hatte und daß Chloé mich wieder als männliches Leittier anerkannte. Sie war zwar hin und wieder ungehorsam, aber es wuchs sich nicht mehr zu einem unkontrollierten Wutanfall aus. Nach dem Angriff, der ihn fast das Leben gekostet hätte, blieb Random zwei Tage lang verschwunden, kam dann aber, sehr vorsichtig, wieder. Wenn er einen Schritt vorwärts machte, ging er mit dem nächsten schon wieder zurück, aber er war fest entschlossen, keinen Zentimeter seines Reviers an Chloé abzutreten. Als ob nichts gewesen wäre, nahm er seine alten Lieblingsplätze, Gewohnheiten und Schleichwege wieder ein. Chloé machte es ebenso, und nun, da sie einander durchschaut hatten, mieden sie sich.

Weder Suzy noch ich sprachen das Wort »Zoo« auch nur aus, so sehr versetzte es uns in Schrecken. Die abscheuliche Wirklichkeit, die dahintersteckte, schien sich mit jeder Woche, die verging, weiter von uns zu entfernen. Juana war glücklicherweise verreist gewesen, als es zu dem Zwischenfall in meinem Arbeitszimmer gekommen war. Wir zogen es auch vor, ihr nichts davon zu erzählen. Eine Indiskretion von seiten Emmas war nicht zu befürchten; nicht weil sie stumm war, sondern weil sie Chloé so sehr liebte. Obwohl Emma Jonathan an dem Abend, als er gebissen worden war, gepflegt und verbunden hatte, weigerte sie sich zu glauben, daß Chloé irgend jemandem, wer es auch sei, etwas zuleide tun könnte. Und schließlich wurde auch die Beziehung zu den Hunts wieder herzlicher. Es war, als sollte uns alles in dem Glauben bestärken, daß das Leben in Yaraville seinen gewohnten Gang ging.

Anstatt uns unter irgendeinem Vorwand anzurufen, um sich »nebenbei« nach Chloés Befinden zu erkundigen, besuchte Donald uns wieder regelmäßig, um nach ihr zu sehen. Danach blieb er meist noch ein wenig und unterhielt sich, mit einem Glas in der

Hand, angeregt mit uns. Evelyn und die Kinder wollten in den Ferien gemeinsam gen Osten fahren, und die Hunts und wir planten, zusammen eine Reise nach Colorado zu machen, deren letzte Station Clarke und die *Home Ranch* sein sollte. Es waren nur noch drei Wochen bis Weihnachten.

Eines Tages kam Pablo, um mir zu sagen, daß die Jäger des Dorfes um meine Einwilligung baten, eine Treibjagd auf Wildschweine auf dem mit Tannen bewachsenen Hügel gegenüber von Yaraville zu veranstalten. Vor sieben oder acht Jahren hatte ich dafür gesorgt, daß dort das gesamte Gestrüpp entfernt wurde, um einem alten Eber, dessen Nachbarschaft uns nicht sonderlich wünschenswert erschien, die Nahrungsgrundlage zu entziehen. Und tatsächlich hatte er sich sofort aus dem Staub gemacht, als er den Lärm der Maschinen hörte. Als Chloé noch klein gewesen war, waren wir oft mit ihr zu diesem Hügel gegangen und hatten dort Verstecken gespielt. Aber diese Ausflüge hatten an dem Tag aufgehört, als Tiger nach Yaraville gekommen war. Das Gestrüpp hatte sich inzwischen mit rasender Geschwindigkeit wieder breitgemacht; der alte, einsame Eber war letzten Sommer zurückgekehrt und hatte großen Schaden in einem Gerstenfeld angerichtet, das sich über die andere Seite des Hügels erstreckte.

Unter diesen Umständen konnte ich eigentlich nur meine Zustimmung geben. Das bedeutete für mich, daß meine tägliche Arbeit von Gewehrschüssen und Hundegebell begleitet werden würde. Um zusätzlich zu meinem Einverständnis noch etwas guten Willen zu zeigen, telefonierte ich mit Jim Ballou, dem Besitzer des Gerstenfeldes, und bot ihm an, die Autos bei mir abzustellen. Bei der Gelegenheit lud ich die Jäger auch gleich ein, vor und nach der Jagd bei mir ein Bier zu trinken.

Sie kamen zu acht in vier Autos mit zwölf Hunden, was mich sofort dazu veranlaßte, Roderick auf der Terrasse an die Kette zu legen. Zu meiner großen Überraschung sah ich unter den acht Jägern auch Tom Ballou, den Bruder von Jim. Alle nannten ihn »kleiner Tom«, obwohl er schon vierzig Jahre alt war. Doch er war ein bißchen zurückgeblieben, und durch den Mangel an Denkvermögen und Beschäftigung hatte er sich seinen jugendlichen Gesichtsausdruck bewahrt, der kaum zu seiner Körpergröße und seinen breiten Schultern passen wollte. Nach der Begrüßung und dem ersten Bier nahm ich Jim Ballou beiseite und sagte:

»Wie ich sehe, haben Sie Tom mitgebracht.«

Jim Ballou, ein großer, dicker Mann mit rotem Kopf, der sehr von sich überzeugt war, fing zu lachen an.

»Sehen Sie, Mr. Dale, ich nehme ihn lieber mit, als daß ich ihn allein auf dem Hof lasse und er während meiner Abwesenheit dort vielleicht Feuer legt. Bei ihm muß man auf alles gefaßt sein.«

»Aber Sie haben ihm ein Gewehr gegeben. Kann er denn schießen?«

»Er schießt sehr gut. Das ist eines der wenigen Dinge, die er beherrscht.«

Er zwinkerte mir zu.

»Aber seien Sie unbesorgt! Er hat bisher nur auf Zielscheiben geschossen, und wenn ich ihn auf die Jagd mitnehme, gebe ich ihm keine Munition.«

»Und damit ist er zufrieden?«

»Es genügt ihm, mit den anderen zusammenzusein und ein Gewehr tragen zu dürfen.«

Nun, seine Antwort stellte mich wenig zufrieden. Ich hätte Mitleid mit Tom Ballou gehabt, wenn er nur geistig zurückgeblieben wäre. Aber ich hielt ihn gleichzeitig für bösartig. Ich mochte seine kleinen schwarzen Augen nicht, die so hartherzig funkelten. Sie lagen tief in ihren Höhlen und waren von dicht nebeneinanderliegenden Brauen umwuchert, die über seiner Nase zusammengewachsen waren. Noch weniger mochte ich die Art, wie er Suzy ansah, indem er sein fleischiges Kinn vorschob und sein Gebiß entblößte, so als ob er sich gleich auf sie stürzen und sie verschlingen wollte. Sicher, er war geistig zurückgeblieben, aber er war dennoch verschlagen genug, um seinem Bruder auf der Tasche zu liegen, ohne ihm auch nur einmal zur Hand zu gehen. Dabei war er doch geschmeidig und kräftig wie ein Leopard. Man mußte es nur einmal miterlebt haben, wie er sich auf dem Dorffest abrackerte und alle Preise einheimste: »Das einzige Mal im ganzen Jahr, daß der sich anstrengt«, sagte Juana.

Und Juana war es auch, die auf der Terrasse Bier für die Jäger ausschenkte und die Gelegenheit dazu nutzte, um einigen in der Runde verstohlene Blicke zuzuwerfen, was ihr hier und da ein Lächeln einbrachte. Suzy erkundigte sich nach dem Befinden der Gattinnen und der Kinder. Zu meiner größten Schande muß ich gestehen, daß sie ganz genau die Namen aller, das jeweilige Alter sowie ihre Krankheiten kannte. Emma kam, aber nur um mir mitzuteilen, daß Chloé im Kinderzimmer bleiben wollte, weil sie »*Stöcke töten*« nicht mochte.

Als die Gläser leer waren, machten sich die Jäger auf den Weg. Sie wollten, um zu dem Hügel zu gelangen, den gleichen Weg nehmen, auf dem sie hierhergekommen waren. Ein enormer Umweg und das aus reiner Höflichkeit! Wie sie es erwartet hatten, protestierte ich. Aber nein, sie brauchten doch nur am Schwimmbecken vorbei zu der kleinen Brücke am Teich zu gehen. Am anderen Ufer angekommen, mußten sie nur noch den kleinen abschüssigen Pfad entlanggehen, der direkt zu dem Hügel führte. Wir verließen einander zufrieden; sie, weil sie so höflich gewesen waren, und ich, weil ich so zuvorkommend gewesen war.

Was mich betraf, so war es nur das allerletzte Aufflackern meines Wunsches nach Geselligkeit gewesen, denn ich mag weder Bier noch die Jagd, noch Hundegebell. Jim Ballou hatte wahrscheinlich den Schaden, der ihm durch den Verlust der Gerste entstanden war, von der Versicherung ersetzt bekommen, und so bestand für mich nicht die geringste Notwendigkeit, das arme alte Wildschwein auf dem Hügel umzubringen. Da es ja ganz allein war, würde es uns auch nicht mit Nachkommen belästigen. Außerdem hatte es das gleiche Recht wie wir, sich dort aufzuhalten. Abgesehen davon zerrte Roderick wie ein Irrer an seiner Kette und bellte, daß einem fast das Trommelfell platzte. Ich überprüfte die Befestigung seiner Kette, die an der Hauswand angebracht war, und ob der massive Karabinerhaken noch ordentlich an seinem Halsband saß. Juana sah mich, kam auf die Terrasse und meinte bissig:

»Ich kenne noch jemanden, der an die Kette gelegt werden sollte!«

»Noch jemand?« meinte ich schroff, weil ich glaubte, daß sie von Chloé sprach.

»Tom Ballou.«

»Tom? Sein Bruder meint, er sei ganz harmlos.«

Juana lachte, als wüßte sie sehr gut Bescheid.

»Genau das glaube ich nicht. Sie werden sehen, Mr. Dale, eines Tages wird er noch, so stark, wie er ist, ein Mädchen vergewaltigen und umbringen!«

»Das wollen wir nicht hoffen.«

»Mr. Dale, ich sage es so, wie ich es fühle, dieser Mann ist ein...«

Sie suchte nach einem angemessenen Wort auf englisch, fand aber keines und sagte deshalb auf spanisch:

»*Un bárbaro.*«

Vermutlich wiederholte Juana damit nur das, was man sich im Dorf so erzählte. Suzys Angaben zufolge standen ziemlich viele Leute Tom Ballou mißtrauisch gegenüber.

Ich ging in mein Arbeitszimmer und arbeitete eine knappe Stunde. Gegen zehn Uhr rief mich Suzy über das Haustelefon an.

»Ed, schnell! Komm! Chloé bindet gerade Roderick los!«

Ich sprang von meinem Stuhl auf und rannte auf dem kürzesten Weg zum Fenster, öffnete es, kletterte über das Fensterbrett, lief um das Haus herum und erreichte im Laufschritt die Terrasse. Ich kam zu spät. Roderick war schon losgebunden. Er sprang die Stufen zum Schwimmbecken hinunter und über die niedrige Mauer und lief schnurstracks auf den Hügel zu. Ich rief nach ihm, obwohl ich von vornherein davon überzeugt war, daß er sich auf keinen Fall umdrehen und zurückkommen würde.

Chloé sah bestürzt hinter ihm her, als er davonlief. Vielleicht hatte sie gedacht, daß er aufhören würde zu bellen, wenn sie ihn losband:

»Chloé, du Satansbraten, warum hast du das gemacht?«

»*Gut Hund unglücklich wau wau*«, sagte Chloé.

Suzy hob das Ende der Kette auf.

»Sieh dir das an! Sie konnte den Karabinerhaken nicht abmachen, da hat sie die Kette einfach durchgerissen! Mit den bloßen Händen!«

Sie fuhr fort:

»Und was soll das heißen: gut Hund unglücklich wau wau? Will sie damit sagen, daß sie genug davon hatte, sich sein Gebell anzuhören? Oder hat sie ihn losgemacht, weil sie Mitleid mit ihm hatte?«

»Was spielt das jetzt noch für eine Rolle!« sagte ich wütend. »Damit hat sie die ganze Treibjagd vermasselt!«

»Vielleicht auch nicht.«

»O doch! Alle Jagdhunde kennen sich untereinander, aber Roderick kennen sie nicht. Sie werden ihn wie einen Eindringling behandeln, ihn jagen und beißen. Das wird ein schönes Durcheinander geben! Die Jagd ist jedenfalls im Eimer!«

Chloé erkannte an meinem Ton und meinem Gesichtsausdruck, daß ich wütend war. Sie kam, um mich um Verzeihung zu bitten. Natürlich gewährte ich sie ihr, beschränkte aber die Küsse und das Kraulen auf ein Minimum. Es war keineswegs nur die Jagd, die geplatzt war. Dieser Vormittag, an dem ich hatte arbeiten wollen, war für mich ebenfalls gelaufen.

»Mr. Dale«, sagte Juana, »ich habe mir gerade Kaffee gemacht. Möchten Sie einen?«

Wie es in Mexiko Brauch ist, machte sie sich zu jeder Tageszeit *cafecitos*. Ich freute mich darüber, daß sie mir einen anbot. Eigentlich hätte ich jetzt an meinem Schreibtisch sitzen und arbeiten müssen, statt dessen saß ich auf dem Sofa im Wohnzimmer und starrte ins Kaminfeuer. Meine Nerven seien zum Zerreißen gespannt, meinte Suzy.

»Wenn Sie für mich auch einen Kaffee hätten«, sagte Suzy mit unterschwelliger Ironie, »würde ich ihn nehmen.«

»Aber selbstverständlich, Señora«, entgegnete Juana.

In dem Augenblick kam Emma zu uns, und auf meine Bitte hin brachte Juana ihr auch eine Tasse Kaffee, wenn auch ziemlich unwillig, denn Emma war ja nur eine Angestellte.

Chloé setzte sich auch zu uns. Ihre Haltung war ein Kompromiß zwischen der eines Menschen der eines Menschenaffen. Sie kauerte nicht auf dem Boden. Sie thronte in einem Sessel. Dafür saß sie aber nicht auf ihrem Hinterteil, sondern auf ihren Füßen. Sie hörte mir zu. Dank ihrer Englischkenntnisse und auch dank der aufmerksamen Beobachtung meines Mienenspiels wußte sie, an welcher Stelle meines Berichts ich mich über ihre Handlungsweise beklagte. Wieder plagten sie Gewissensbisse, und sie machte weinerlich »Hou! Hou!«, sprang von ihrem Sessel und streckte mir noch einmal ihre Hand entgegen. Erneut verzieh ich ihr, und wir tauschten noch einmal Friedensküsse. Das genügte ihr aber nicht. Sie ging von einem zum anderen und bat auch Suzy und Emma um Verzeihung. Doch als sie bei Juana angekommen war, drehte sie sich rasch von ihr weg und setzte sich schnell wieder hin, wie immer auf die Füße.

Ich entspannte mich. Lag das an diesem *cafecito*, an diesem zufälligen Zusammensitzen, war es Suzys Schulter, die an meiner lehnte, oder das Feuer, das im Kamin prasselte? Sogar meine Untätigkeit belastete mich nicht mehr. Und ich habe diesen Moment als besonders glücklich in Erinnerung, vielleicht aber vor allem deshalb, weil er in so krassem Gegensatz zu dem stand, was auf ihn folgen sollte.

Alles begann mit zwei Schüssen, die wir trotz der geschlossenen Fenster ganz deutlich hören konnten.

»Na also«, sagte Suzy, »da hast du dich aber getäuscht! Sie haben das Wildschwein getötet! Roderick hat ihnen sicher nicht die Treibjagd vermasselt!«

Trotz der Kälte stand ich auf und öffnete die Terrassentür. Undeutlich konnte ich hier und da im Dickicht die Umrisse einiger Gestalten ausmachen. Ich hörte Rufe, von denen ich nicht sagen konnte, ob sie Ausdruck von Freude oder Wut waren. Aber wenn sie das Wildschwein nicht erlegt hätten, hätten sie nicht nur zweimal geschossen. Dann wären mehrere Salven zu hören gewesen, weil die Männer versucht hätten, ihm den Rückweg abzuschneiden.

Suzy kam warm eingemummelt zu mir. Sie brachte mir mein Fernglas und eine Wollweste, die ich anzog. Mein Fernglas war nicht besonders gut, aber für einen kurzen Moment konnte ich auf dem Pfad, der zu meinem Anwesen herunterführte, eine Gruppe von Jägern erkennen. Zwei von ihnen trugen, wie mir schien, einen Körper auf einer Bahre aus Ästen. Hatten sie den Einsamen also doch erwischt! Wer hätte gedacht, daß dieser alte

Schlaukopf so schnell vor ihre Flinten kommen würde! Denn es war nicht die erste Treibjagd, die es auf ihn abgesehen hatte. Wahrscheinlich war mit zunehmendem Alter sein Verstand weniger wach und seine kurzen Beine nicht mehr so schnell wie früher.

Die Jäger gingen auf unseren Hof zu, um uns ihre Beute zu zeigen und um noch ein Glas Bier mit uns zu trinken. Als sie die kleine Brücke überquert hatten, verlor ich sie aus den Augen. Die kleine Mauer am Schwimmbecken verdeckte den Blick auf sie. Ich wunderte mich, keine Stimmen zu hören. Für erfolgreiche Jäger waren sie außergewöhnlich schweigsam!

Ich ging ins Haus, um Juana zu sagen, daß sie schon mal Bier einschenken sollte. Als Chloé sah, daß ich wieder hinausging, wollte sie mir nach draußen folgen. Aber ich zwang sie, zuerst einen Anorak überzuziehen: sie holte sich doch so leicht eine Erkältung. Das dauerte eine Weile, und ich brauchte Emmas Unterstützung, denn Chloé hatte nicht die geringste Lust dazu. Da sie keine Beziehung zwischen der Kälte und dem Anorak herstellte, sah sie natürlich auch keinerlei Notwendigkeit, sich mit diesem vor der Kälte zu schützen. Und wenn Regen sie gewöhnlich dazu veranlaßte, sofort ins Haus zu gehen, dann lag das nicht daran, daß sie befürchtete, sich zu erkälten, sondern daran, daß sie es überhaupt nicht mochte, naß zu werden.

Als wir hinausgingen, kamen die Jäger gerade die Stufen vom Schwimmbecken zur Terrasse herauf. Als sie oben angekommen waren, setzten sie den Leichnam ab. Nun verstand ich ihr Schweigen. Sie hatten nicht das alte Wildschwein getötet, sondern Roderick.

12

»Mr. Dale«, sagte Jim Ballou heiser, »es tut uns leid, es war ein Unfall.«

Ich sagte nichts. Dafür schrie Suzy empört:

»Sie haben unseren Hund getötet!«

Weinend kniete sie neben dem toten Tier, und nach einiger Zeit knieten sich Emma und Juana neben sie. Nur Chloé bewegte sich nicht. Sie hielt meine Hand, schaute erstaunt auf Roderick und verstand überhaupt nicht, warum er nicht wie sonst wedelnd, mit hocherhobenem Schwanz und fröhlichem Blick zu ihr kam.

»Ein Unfall?« sagte ich und hatte plötzlich meine Stimme wiedergefunden. »Mr. Ballou, wie soll ich das verstehen? Wie kann man einen Schäferhund mit einem Wildschwein verwechseln? Sie sind weder gleich groß, noch haben sie dieselbe Farbe.«

»Tom hat geschossen«, sagte Jim Ballou, dem das Ganze offensichtlich sehr peinlich war.

»Ich dachte, er hätte keine Patronen.«

»Hatte er auch nicht. Er muß sich heimlich zwei aus meiner Patronentasche genommen haben.«

Ich antwortete nicht sofort, denn Chloé zerrte an meinen Händen und wollte sich auch neben Roderick knien, nachdem sie Juana rücksichtslos beiseite geschoben hatte. Roderick war zweimal getroffen worden: er hatte eine Kugel im Genick, die andere steckte oben im Hals. Ein Doppelschuß: derjenige, der ihn getötet hatte, hatte gut gezielt. Chloé legte einen Finger auf jede Wunde und zog sie blutbeschmiert wieder zurück. Sie wischte ihre Finger am Fell ihres Armes ab, und ohne jemanden anzusehen, sagte sie mit ihren Händen: »*Stock töten.*«

Ich wandte mich an Tom.

»Ist das wahr, Tom, hast du zwei Patronen von deinem Bruder genommen?«

»Ja.«

Im Gegensatz zu den anderen Jägern, die alle sehr verlegen wirkten, die Köpfe gesenkt hielten, nervös mit den Füßen scharrten und am liebsten im Erdboden versunken wären, schien Tom sich ausgesprochen wohl zu fühlen. Er hatte seinen Gewehrkolben auf den Terrassenboden gestellt, stützte sich mit beiden Händen auf den Lauf und lächelte mit hocherhobenem Kopf triumphierend vor sich hin. Ich sah ihn an.

»Und warum hast du das getan, Tom?«

»Um das Wildschwein zu töten.«

Ich wußte nicht, ob er sehr viele Wörter kannte, aber er redete nicht wirr, sondern klar und deutlich. Er fügte hinzu:

»Ich bin ein guter Schütze.«

»Und warum hast du den Hund getötet?«

»Na, aus Versehen!« meinte Jim. »Tom ist doch nicht bösartig! Er könnte keiner Fliege was zuleide tun!«

»Lassen Sie ihn antworten, Mr. Ballou«, entgegnete ich. »Tom, warum hast du den Hund getötet?«

Tom grinste von einem Ohr zum anderen.

»Der Hund kommt. Jim sagt: ›Dieser dreckige Hund wird uns noch die ganze Treibjagd vermasseln.‹ Und da habe ich eben den dreckigen Hund getötet.«

Zu spät wurde mir klar, daß ich dieses Verhör nicht vor Chloé hätte führen dürfen. »Töten, dreckig und Hund«, sie verstand all diese Wörter, die Tom gerade benutzt hatte.

Im nächsten Augenblick stürzte sie sich auf Tom, riß ihm sein Gewehr aus der Hand und versuchte, es über ihrem Knie zu zerbrechen. Zunächst öffnete sich das Gewehr nur, während Tom es ihr wieder abnehmen wollte. Aber kaum hatte er seine Hand auf den Kolben gelegt, da warf, oder besser gesagt, schleuderte sie ihn mit einem einzigen Hieb ihres kräftigen Armes zwei Meter weit weg. Er fiel mit dem Gesicht flach auf den Boden. Sofort sprang er wieder auf, und vor Wut schäumend brüllte er: »Ein Gewehr! Ich werde diesen blöden Affen töten!« Und er stürzte auf Jim zu, um ihm sein Gewehr zu entreißen. Aber schon hatten ihn die Jäger umringt, die ihn nach einem wilden Handgemenge schließlich zu fassen bekamen und zum Parkplatz brachten. Chloé, der es doch noch gelungen war, das Gewehr zu zerbrechen, warf ihnen die beiden Teile hinterher. Zum Glück wurde niemand getroffen. Später erfuhr ich, daß die Jäger Tom an Armen und Beinen fesseln mußten, um ihn in das Auto seines Bruders verfrachten zu können.

Es war elf Uhr morgens; Chloé blieb den ganzen Tag über an Rodericks Seite. Sie verweigerte jeglichen Kontakt mit uns und wollte auch nichts essen. Da es kalt war und ich mir wegen ihrer noch immer schwachen Bronchien Sorgen machte, brachte ich sie schließlich dazu, ins Wohnzimmer zu kommen. Sie nahm Roderick auf den Rücken und legte ihn ganz behutsam auf den Wohnzimmerboden vor den Kamin, genau in der Haltung, in der sie ihn im Winter oft hatte dort liegen sehen, beide Pfoten nach vorne gestreckt und die Schnauze darauf gestützt. Sie setzte sich neben ihn und kraulte ihn. Sie hatte sich geweigert, ihren Anorak auszuziehen, und mußte ziemlich schwitzen, denn sie blieb beharrlich vor den rotglühenden Holzscheiten sitzen. Vielleicht hoffte sie, daß das Feuer ihren Freund wieder zum Leben erwecken würde.

Zweimal hob sie mit beiden Händen Rodericks Kopf und schien völlig ratlos darüber zu sein, daß er einfach wieder auf seine Pfoten zurückfiel, als sie ihn losließ.

Sie blieb weiter neben ihm sitzen und schien zu warten. Sie hatte die Hoffnung noch nicht aufgegeben, daß er plötzlich wieder lebendig werden würde. Abwechselnd sprachen wir sie an. Doch sobald wir uns in der Gebärdensprache an sie wandten, drehte sie uns den Rücken zu. Die ganze Zeit über weinte sie nicht und gab auch sonst keinen Laut von sich.

Gegen vier Uhr nachmittags wollte sie etwas trinken. Ich machte ihr anderthalb Liter Orangenlimonade und füllte sie in ein halbes Dutzend Gläser. In jedem Glas löste ich etwas Schlafmittel auf. Die Dosis war so schwach, daß sie es nicht schmecken konnte, denn sonst hätte sie alles wieder ausgespuckt.

Sie leerte ein Glas nach dem anderen und verlangte nach mehr. Emma ging in die Küche und machte ihr wieder Orangenlimonade, während Suzy und ich ihr den Anorak auszogen. Sie ließ es mit sich geschehen, sah uns aber überhaupt nicht an. Wir machten ihr Zeichen in Ameslan, aber die Mühe war umsonst, denn sie beachtete uns gar nicht. Als Emma mit der Orangenlimonade zurückkam, trank sie wieder gierig.

Sie gab Emma das Glas und schaute sie dabei an. Wir dachten, daß sie sich bei ihr bedanken wollte, da sie die Hände bewegte, und kamen näher.

»Emma, was hat sie gesagt?«

»*Mann gemein.*«

Wie konnte man wissen, ob sich *Mann gemein* auf Tom oder etwa auf die Menschen im allgemeinen bezog?

Eine halbe Stunde später schlief sie tief und fest. Zusammen mit Emma trug ich sie mit Mühe ins Kinderzimmer. Wir legten sie aufs Bett, und Emma und Suzy zogen sie aus. Ich ging indessen hinunter und verständigte Pablo. Obwohl er bereits fünf Minuten später da war, hatte ich das Gefühl, eine Ewigkeit auf ihn zu warten. Ich setzte mich ins Wohnzimmer und starrte auf den leblosen Körper Rodericks, der vor dem Kamin lag. Meine Kehle war wie zugeschnürt. Außer im allerersten Moment hatte ich bis jetzt nur Augen für Chloé gehabt und mir nur ihretwegen Sorgen gemacht. Im nachhinein bekam ich jetzt ein richtig schlechtes Gewissen, weil ich Rodericks Tod noch gar nicht richtig wahrgenommen hatte. Gleich würde Pablo ihn mitnehmen und ihn irgendwo auf unserem Anwesen begraben. Merkwürdig, ich wartete geradezu darauf, daß Pablo endlich kam; das verstärkte wiederum mein schlechtes Gewissen. Was da vor dem Kamin lag, war nicht unser Roderick, der seit zwölf Jahren jeden Augenblick unseres Lebens mit uns geteilt hatte.

Nachdem Pablo Roderick auf dem Rücken weggetragen hatte, ging ich in die Küche und bat Juana um einen *cafecito*. Sie war gerade dabei, sich selbst einen zu machen, »um mich wieder zu erholen«, wie sie sagte.

Ich trank meinen Kaffee im Stehen und sah, wie ihr beim Trinken die Tränen über die Wangen kullerten.

»Juana«, sagte ich, »haben Sie Roderick denn so sehr geliebt?«

»Ja, Señor, ich liebe alle Tiere. Sogar um Gringo mußte ich weinen, als er starb. Und dennoch, etwas Bissigeres als Gringo...«

»Aber«, meinte ich, »wie kommt es dann, daß Sie Chloé nicht mögen?«

Sie sah mich an. Auf diese unvermutete Frage war sie nicht gefaßt gewesen. Und überraschenderweise hörte sie zu weinen auf.

»Ich weiß nicht«, antwortete sie, »vielleicht, weil Chloé kein richtiges Tier ist. Vielleicht auch, weil sie uns alle verrückt macht, seit sie da ist.«

Ihre schwarzen Augen funkelten plötzlich, als sie sagte:

»Und sehen Sie, Señor, Roderick zum Beispiel würde jetzt noch leben, wenn Chloé ihn nicht von der Kette losgemacht hätte.«

Ich stellte meine Tasse auf den Tisch, kehrte Juana den Rücken zu und verließ mit raschen Schritten die Küche. Einen Augenblick später ging ich noch mal zurück und sagte:

»Das stimmt natürlich, Juana. Es ist wahr, was Sie gesagt haben, aber sagen Sie das nie wieder, nicht hier und nirgendwo sonst. Und vor allem nicht in Gegenwart von Chloé.«

Am nächsten Tag schrieb ich einen Brief an Jim Ballou und schlug ihm vor, ihm das Gewehr zu ersetzen, das »nach dem Zwischenfall, der meinen Hund das Leben gekostet hat«, kaputtgegangen war. Das war ein gerechter Vorschlag und angesichts der tatsächlichen Begebenheiten eine äußerst liebenswürdige Formulierung. Ich schickte eine Kopie des Briefes an Davidson, ließ Pablo den Brief zu Ballou bringen und wartete. Acht Tage vergingen, ohne daß ich eine Antwort erhielt. Statt dessen erschien Mr. Davidson in Yaraville, nachdem er mich um eine Unterredung gebeten hatte.

Suzy und ich saßen gerade beim Tee im Wohnzimmer. »Wo ist Chloé?« fragte er sofort.

»Sie ist mit Emma im Spielzimmer. Sie klettert am Seil und spielt Billard.«

»Spielt sie gut?«

»Sie schummelt.«

»Eigentlich«, sagte Suzy, »hat sie ihre eigenen Regeln. Wenn nach einem Stoß keine Kugel in ein Loch gerollt ist, schiebt sie sie selbst mit der Hand hinein.«

Davidson lachte und wandte sich an mich.

»Ist sie über Rodericks Tod hinweg?«

»Schwer zu sagen. Als sie aufwachte und er nicht mehr da war, hat sie ihn im ganzen Haus gesucht. Das hat sie einen Tag lang gemacht, doch vom nächsten Tag an ließ sie es bleiben.«

Wir schwiegen. Davidson hustete, strich sich mit der Hand über seine große Stirn und blickte verträumt ins Feuer. »Apropos Chloé«, sagte er, »ich habe da eine Petition erhalten, die von mehreren Leuten unterzeichnet wurde. Sie sollen Chloé in den Zoo zurückbringen, da sie eine Gefahr für die Nachbarn darstellt.«

Er sah mich an.

»Natürlich ist diese Petition für mich ohne jede Bedeutung.«

»Wer hat sie unterzeichnet?«

»Das ist es ja, außer den Unterschriften von Jim Ballou, seinem Bruder, Mrs. Pickle, ihrem Bruder und Harrisson sind die anderen Unterschriften wohlweislich unleserlich. Der zweite Punkt ist die Darstellung der Fakten in dieser Petition: Der Tod des Hundes war ein Unfall, und Chloé hat sich völlig grundlos auf Tom gestürzt, sein Gewehr zerbrochen und ihn angegriffen...«

»Diese Darstellung ist falsch.«

»Ja, allerdings. Ich habe die Jäger, die an der Treibjagd teilgenommen haben, befragt und ihre Aussagen zu Protokoll genommen. Tom Ballou hat Roderick absichtlich getötet, sich vor Ihnen damit gebrüstet und gedroht, Chloé zu töten.«

»Er hat schon etwas mehr getan als sie nur bedrohen.«

»Ich weiß. Er war durchaus bereit, seine Drohung sofort in die Tat umzusetzen.«

»Mr. Davidson, darf ich einen Blick auf die Petition werfen?«

»Hier ist eine Fotokopie.«

Ich sah Davidson an und sagte:

»Es ist ganz offensichtlich Jim Ballou, der diesen Pfeil auf uns abgeschossen hat. Warum tut er das, Ihrer Meinung nach?«

»Um seine Demütigung zu überspielen. Er hat damit geprahlt, daß er das schaffen würde, was so viele andere nicht geschafft haben. Ergebnis: Anstatt den alten Keiler zur Strecke zu bringen, hat er Ihren Hund getötet. Und sein Bruder, der größte Angeber im ganzen Dorf, ist von Chloé lächerlich gemacht worden. Tom erzählt überall herum, daß er Chloé noch dieses Jahr töten werde.«

»Man sollte ihn einsperren.«

»Genau das denke ich auch. Der gleichen Meinung ist auch gut die Hälfte der Bewohner Beaulieus; aber keiner traut sich, es zu sagen. Die andere, etwas kleinere Hälfte hingegen wird eher für die Gebrüder Ballou als für Chloé Partei ergreifen.«

»Das ist gemein«, sagte Suzy aufgebracht.

»Von Anfang an«, sagte Davidson achselzuckend, »gab es Leute, die aufgrund ihrer Vorurteile dem Projekt Chloé feindselig gegenüberstanden. Wenn Sie anstelle von Chloé einen Elefanten hätten, der nicht sprechen könnte, würde niemand etwas sagen. In Ihrem Fall glauben sie jedoch, daß Hexerei mit im Spiel ist, obwohl es natürlich keiner von ihnen wagen würde, das öffentlich zu sagen.«

Nach einer Pause sagte ich:

»Mr. Davidson, was werden Sie tun?«

»Ich habe eine Untersuchung durchgeführt, eine Akte angelegt und ein Protokoll aufgenommen. Ich habe jedoch keinerlei Entscheidungsbefugnis.«

»Wer hat die?«

»Der Richter, wenn Jim Ballou Ihnen einen Prozeß anhängt. Aber abgesehen davon, daß er zu geizig ist, hat er auch keinen Grund, Sie vor Gericht zu bringen. Und er wird es auch nicht tun.«

»Und deshalb ›begnügt‹ er sich damit, die Leute gegen mich aufzuhetzen? Ist das nicht gefährlich, wenn man einen solchen Bruder hat wie er?«

»Genau das habe ich ihm auch schon gesagt, aber er schwört Stein und Bein, daß sein Bruder harmlos sei.«

»Man kann es nicht gerade als harmlos bezeichnen, den Hund seines Nachbarn umzubringen!«

»So ist es.«

Suzy sah erst mich, dann Davidson an:

»Und wir, Sheriff, was können wir jetzt tun?«

»Wehren Sie sich!«

Nach einer Weile sagte ich:

»Glauben Sie, ich könnte die Gebrüder Ballou verklagen, weil sie meinen Hund getötet haben?«

»Nicht nach dem Brief, den Sie an Jim geschrieben haben. Sie waren viel zu großzügig, Dr. Dale! Sie sprechen in diesem Brief von einem ›Zwischenfall‹, der Ihren Hund das Leben gekostet hat. Mit dieser Formulierung schließen Sie selbst von vornherein jede absichtliche Gewaltanwendung aus.«

»Ich habe diesen Brief im Geiste der Versöhnung und guter Nachbarschaft geschrieben.«

»Aber Jim hat darin ein Zeichen von Schwäche gesehen. Und er hat sofort beschlossen, Sie anzugreifen. Die ganze Sache hat ihn schwer gekränkt.«

»Ich glaube, daß ich diesen Herrn nicht sonderlich mag«, sagte Suzy.

Davidson lächelte und strich mit der Hand über seine große Stirn.

»Also gut«, sagte er, »ich habe Sie vorgewarnt. Ich vermute, daß Sie Chloé auch jetzt, nach dieser Petition, nicht in den Zoo zurückbringen wollen?«

»Nie und nimmer.«

Ich hatte das sehr nachdrücklich gesagt, und Suzy stand die Antwort ins Gesicht geschrieben. Davidson erhob sich.

»Kann ich Chloé noch guten Tag sagen?«

Wir gingen mit ihm ins Spielzimmer, wo Chloé gerade am Seil herumturnte. Sie sprang sofort herunter und stürmte auf uns zu. Sobald sie Davidson sah, dachte sie immer »Banane«. Bettelnd streckte sie ihm ihre Hand entgegen. Es fehlte nicht viel, und sie hätte seine Taschen durchwühlt. Aber wir achteten auf ihre guten Manieren.

»Chloé, sag guten Tag.«

»Lassen Sie nur«, meinte Davidson. »Ich weiß, wie Kinder sind.«

»Aber sie ist ja kein Kind mehr«, entgegnete Suzy, »sie ist doch schon eine junge Dame.«

Seit Rodericks Tod schleppte Chloé ihre Siebensachen nicht mehr in den Hauseingang. Sie schlief nachts wieder im Kinderzimmer, zwischen Emmas und unserem Zimmer. Da ihr bester Freund nicht mehr da war, fühlte sie sich wieder mehr zu uns hingezogen und zog die Zeremonie des Zubettgehens um so mehr in die Länge. Wenn sie sich nach einem für sie körperlich nicht sonderlich anstrengenden Tag zum ersten Mal still hinlegte – und sei es auch nur, um sich völlig der Ruhe hinzugeben –, verfiel sie kurz vor dem Einschlafen in eine melancholische, nachdenkliche Stimmung, die wir an ihren großen braunen Augen ablesen konnten. Da ihr Geist langsamer zur Ruhe kam als ihr Körper, war dies der Augenblick, in dem ihr außergewöhnlicher Bewegungsdrang nachließ und sie normalerweise nachdachte, sich an ihre Vergangenheit erinnerte und erzählte. Sobald ich sah, daß sie ihre Hände bewegte, ging ich an ihr Bett und setzte mich ans Kopfende.

»Groß?«

»Ja.«

»Wo gut Hund?«

Diese Frage kam für mich nicht überraschend. Eigentlich hatte ich sie schon viel früher erwartet. Und im Einvernehmen mit Suzy hatte ich beschlossen, Chloé die Wahrheit zu sagen.

»Gut Hund in Loch. Erde darüber.«

»Warum?«

»Gut Hund sterben.«

Sie kannte das Zeichen für *sterben* nicht, und wie immer in einem solchen Fall fragte sie mit leichter Ungeduld, da sie sich, besonders um diese unpassende Zeit, nicht gerne anstrengte:

»Was das?«

Und wie immer brachte ich ihr zuerst bei, das Zeichen zu formen, bevor ich ihr seine Bedeutung erklärte. Es fiel mir schwer, denn es ist kein einfaches Zeichen. Eine Hand wird mit der Handfläche nach oben gehalten und so gedreht, daß die Handfläche nach unten zeigt. Die andere Hand vollzieht die gleiche Bewegung, jedoch aus der entgegengesetzten Ausgangsposition.

Sie wird mit der Handfläche nach unten gehalten und so gedreht, daß die Handfläche nach oben zeigt. Ich brachte Chloés Hände in die beschriebenen Positionen und führte sie von oben nach unten. Nach fünf oder sechs Versuchen schaffte sie es einigermaßen, das Zeichen zu machen.

Dann fragte sie:
»*Was das?*«
»*Sterben.*«
»*Was sterben?*«

Da waren wir also! Ich fand es nicht leicht, ihr mit den wenigen Worten, die sie beherrschte, eine Definition von Tod zu geben. Außerdem erstaunte es mich, daß sie bis jetzt noch keine logische Verbindung zwischen dem Wort »töten« – das sie kannte, wenn auch nur aus dem Ausdruck »*Stöcke töten*« – und dem Tod hergestellt hatte, der die Folge davon ist. Dabei hatte sie doch schon gesehen, wie Pablo blutüberströmte Hasen von der Jagd mitgebracht hatte. Doch als ich darüber nachdachte, erschien mir ihre Inkonsequenz zwar kindlich, aber sehr natürlich. Der Tod der Hasen berührte sie nicht, weil sie sie nie lebend gesehen hatte.

Auf englisch und in Ameslan sagte ich:
»*Sterben?*«
»*Ja*«, sagte sie, »*was das?*«
»*Sehen Ende. Hören Ende. Sprechen Ende. Laufen Ende.*«

Sie traute ihren Augen nicht. Sie wiederholte meine Zeichen; danach wiederholte ich sie noch einmal. Sie war über diese traurige Aufzählung bestürzt und fragte:
»*Essen Ende?*«
»*Ja.*«
»*Trinken Ende?*«
»*Ja.*«

Sie reagierte wütend.
»*Sterben dreckig gemein stinken.*«

Nach diesem Wutanfall überlegte sie, schloß die Augen, und gerade als ich dachte, daß sie eingeschlafen sei, fragte sie erneut:
»*Warum sterben?*«

Ich zog die Augenbrauen hoch und hob die Hände zum Zeichen, daß ich das nicht wisse und auch machtlos dagegen sei. Bei mir, der sonst alles wußte, erstaunte sie das. Sie dachte, das Kinn auf die Knie gestützt, nach. Dann hob sie den Kopf.

»*Hübsch sterben?*«

»*Alle, alle.*«

Sie sah mich an.

»*Chloé auch?*«

»*Ja.*«

»*Wann?*«

»*Morgen lange.*«

Diesen Ausdruck verwendeten wir immer, wenn wir eine noch ferne und unbestimmte Zukunft bezeichnen wollten. Zur näheren Zukunft sagten wir »nach morgen«, da Ausdrücke wie »acht Tage« oder »zwei Wochen« für Chloé nichts bedeuteten.

Nach einer Weile betrachtete sie mich mit ängstlich fragendem Gesicht, und ihre Hände zitterten ein bißchen, als sie zögernd diese ketzerische Frage in die Luft zeichnete:

»*Groß sterben?*«

»*Ja.*«

»*Wann?*«

»*Morgen lange.*«

Dieses Gespräch hatte sie sichtlich angestrengt. Sie streckte sich der Länge nach in ihrem Bett aus, und als Emma mit anerkennenswerter Beharrlichkeit ihre Arme unter die Bettdecke steckte, zog sie sie sofort wieder heraus und legte sie auf die Decke. Sie tat dies aus einer acht Jahre alten Gewohnheit heraus. Bei Emma geschah es aus einem Prinzip, das sie sicher von ihrer Mutter hatte; es war ihr jedoch nie gelungen, es ihrem Schützling beizubringen.

Chloé sah mich an, als hätte sie mich noch nie gesehen, und wiederholte ungläubig ihre Frage:

»*Groß sterben?*«

»*Ja.*«

Den Kopf auf dem Kissen schaute sie mich an. Sie schloß die Augen, öffnete sie wieder und schloß sie erneut.

»*Ich traurig*«, sagte sie, »*ich weinen.*«

Aber sie weinte nicht. Ihre Hände fielen auf die Bettdecke zurück, und sie schlief ein.

Dieses Gespräch machte uns traurig, doch gleichzeitig erkannten wir, daß Chloé damit einen wichtigen Schritt getan hatte.

Bei dieser Gelegenheit erinnerte Suzy mich an eine Beobachtung, die Jane Goodall im Dschungel gemacht hatte. Ein Schimpansenbaby, das gestorben war, wurde von seiner Mutter zwei Tage lang weiter getragen und in den Armen gewiegt. Sie ließ es erst im Dschungel zurück, als der Leichnam zu stinken begann. Ließe sich aus dieser und ähnlichen Beobachtungen nicht schließen, daß der Schimpanse uns zwar aufgrund seiner genetischen Erbmasse sehr nahe steht, jedoch nicht in der Lage ist, eindeutig zu erfassen, was Sterben bedeutet?

»Folglich«, sagte Suzy, »ist es nicht nur das Sprechen und auch nicht nur die Vernunft, die den Menschen vom Menschenaffen unterscheiden. Es ist das Bewußtsein, daß sein eigener Tod das einzige Ereignis in seinem Leben ist, das er mit Sicherheit voraussagen kann.«

»Also ist gewissermaßen, wie Vercors behauptet, das Charakteristische des Menschen die Religion.«

»Warum?«

»Weil offensichtlich das Bewußtsein seines unausweichlichen Todes und der Wunsch, danach fortzuleben, die Beweggründe sind, die ihn dazu veranlassen, eine Religion zu schaffen.«

Suzy zog die Augenbrauen hoch.

»Ein gläubiger Mensch würde sagen: ›die den Menschen einer Religion würdig machen‹.«

»Meinetwegen. Aber warum liegt dir immer soviel daran, auf Überzeugungen Rücksicht zu nehmen, die du gar nicht vertrittst?«

»Weil meine Mutter sie vertrat«, sagte Suzy leicht verlegen. »Ich möchte nichts sagen, was ihr zu Lebzeiten nicht auch gefallen hätte.«

Ich sah sie an und lächelte. Ich fand diese Einstellung gleichzeitig absurd und rührend.

Aufgrund der Ereignisse, die sich kaum eine Woche nach unserem Gespräch mit Chloé zutrugen, ist es schwer zu sagen, ob sich die plötzliche Erkenntnis des Begriffs »Tod« auf ihr Verhalten ausgewirkt hatte. Tagsüber war sie so lebhaft, daß sie kaum

Zeit zum Nachdenken fand, und auch abends vor dem Schlafengehen hatte sie nicht immer Lust, mit uns zu sprechen. Sie neckte lieber Emma oder Suzy oder ließ sich von den beiden hätscheln. Doch ich bin sicher, daß sie oft an ihren toten Freund dachte, denn zumindest einmal wurde ich auf der Terrasse Zeuge einer äußerst ungewöhnlichen Szene. Da der Karabinerhaken, mit dem Rodericks Kette an der Hauswand befestigt war, verrostet war und nicht mehr funktionierte, hatte ich Pablo gebeten, ihn abzusägen. Treu seinem Motto, alles auf morgen zu verschieben, tat er nichts, und ich erinnerte ihn nicht mehr daran. Und eines Morgens sah ich nun, wie Chloé zu der Kette ging, das lose Ende um den Hals legte, daran zog, als wolle sie sich losmachen, und dabei bellte wie Roderick am Tag der Treibjagd. Danach machte sie sich von der Kette los und setzte sich genau dorthin, wo die Jäger Rodericks leblosen Körper hingelegt hatten. Dort blieb sie eine ganze Weile sitzen, in sich versunken, ihre langen Arme um die Knie geschlungen und den Blick ins Leere gerichtet.

Weihnachten rückte näher, und ziemlich widerwillig hatten wir unseren geplanten Urlaub in Colorado abgesagt. Wir wollten es Emma nicht zumuten, allein auf Yaraville mit Chloé zurechtzukommen, zumal die Gebrüder Ballou – nachdem wir ihre unsinnige Petition strikt abgelehnt hatten – weiter die öffentliche Meinung im Dorf gegen uns aufhetzten. Ich hatte gehört, daß Jim in die Stadt gefahren war, um einen Anwalt zu konsultieren. Von diesem Besuch war er in zweierlei Hinsicht empört zurückgekehrt. Für eine zwanzigminütige Beratung hatte er ein horrendes Honorar bezahlen müssen, um dann zu erfahren, daß seine Chancen, einen Prozeß gegen uns zu gewinnen, gleich Null seien. Ich hatte ihm ja angeboten, das zerbrochene Gewehr zu ersetzen, sein Bruder war zwar geschubst, aber nicht gebissen worden, und das betreffende Tier hielt sich nur auf dem Grundstück seines Besitzers auf. Deshalb konnte man nicht den Standpunkt vertreten, daß der Affe eine Gefahr für die Öffentlichkeit darstelle.

Nach allem, was mir Davidson erzählt hatte, hätte Jim Ballou, selbst wenn der Anwalt ihn dazu ermuntert hätte, wohl keinen

Prozeß gegen mich angestrengt. Dazu war er viel zu geizig. Aber einem Rechtsanwalt hundert Dollar dafür bezahlen zu müssen, um gesagt zu bekommen, daß man im Unrecht ist, ließ ihn vor Wut schäumen. Er erzählte jedem, der es hören wollte, von seinem Mißgeschick und verkündete laut, daß es in diesem Land keine Gerechtigkeit mehr gebe und er unter diesen Bedingungen selbst für sein Recht sorgen werde. Und als Davidson ihm vorwarf, solche Reden in aller Öffentlichkeit zu schwingen, zeigte Jim Ballou ihm von da an die kalte Schulter, ohne sich jedoch völlig mit ihm zu überwerfen.

Eines schönen Tages kam Tom Ballou auf die Idee, mit einem Gewehr, dessen Kolben er in die Hüfte gestemmt hatte, im Dorf auf und ab zu spazieren. Er hatte den Lauf gen Himmel gerichtet und den Finger am Abzug. Als die Leute sich über seinen kämpferischen Aufzug wunderten, sagte er ihnen, falls es dieser verdammte Affe wagen sollte, seine verdammte Nase hier blicken zu lassen, würde er schon mit ihm abrechnen! Davidson wurde sofort verständigt; er ging lächelnd auf Tom zu, faßte ihn freundlich am Arm und brachte ihn in sein Büro. Dort bot er ihm ein Bier und eine Zigarette an und nahm das Gewehr an sich, das Tom, um sein Bier trinken zu können, an die Wand gelehnt hatte. Er öffnete es. Es war nicht geladen.

Davidson brachte Tom wieder zu seinem Bruder zurück. Er nahm Jim beiseite und riet ihm, die Gewehre und die Patronen wegzuschließen.

»Danke, Sheriff«, sagte Jim, »aber ich weiß, was ich zu tun habe. Tom ist zwar ein bißchen zurückgeblieben, aber er könnte keiner Fliege was zuleide tun.«

»Auch keinem Hund«, fragte Davidson, »wenn er Patronen in die Finger kriegt? Und glauben Sie, daß es gut war, ihm das Schießen beizubringen?«

Darauf antwortete Jim nicht. Er zuckte nur mit den Achseln, kehrte Davidson den Rücken zu und ging davon.

Toms Verhalten wurde aber bald so merkwürdig, daß sogar Freunde der Ballous beunruhigt waren. Er begann, so gegen zwölf Uhr mittags, den einen oder anderen zu besuchen, bat um etwas zu trinken und schlug dem Hausherrn vor, gegen ihn im

Armdrücken anzutreten. Niemand nahm diese Herausforderung an, denn seine Überlegenheit auf diesem Gebiet war überall bekannt. Hin und wieder nahm er auch sein Fahrrad und radelte zehn Kilometer hin und zurück, um die Leveskys auf ihrer Ranch zu besuchen. Levesky, dessen Frau gestorben war, lebte dort mit seinen beiden Söhnen, zwei kräftigen Burschen, und seiner zwanzigjährigen Tochter Ruth. Wie immer schlug Tom den drei Männern das Armdrücken vor, doch einer nach dem anderen lehnte es ab. Tom trank schmollend sein Bier und sah Ruth an. Er starrte sie dabei jedesmal so unverschämt und eindringlich an, daß sie immer nach einer Weile aus dem Zimmer ging.

Nach Davidsons Meinung war Toms körperliche Überlegenheit das einzige, was seinem Leben nach dem Tode seiner Mutter noch einen Sinn gab. Da Chloé ihn so einfach zu Boden geworfen hatte, begann er, an seiner Stärke zu zweifeln. Das war der Grund für sein aggressives Verhalten Männern gegenüber und für seine mangelnde Zurückhaltung, zumindest was die Blicke betraf, gegenüber Frauen. Doch die Klatschweiber des Dorfes zerrissen sich den Mund darüber, und nicht nur Juana prophezeite, daß er eines Tages zur Tat schreiten würde. Ein gutmeinender Freund setzte schließlich Jim Ballou davon in Kenntnis. Doch der entgegnete lachend, daß Tom auf diesem Gebiet so unbedarft sei, daß er gar nicht wüßte, wie er es anstellen sollte, selbst wenn man ihm helfen würde.

Wenn es um seinen Bruder ging, bekam man von Jim Ballou außer den immer gleichen Aussagen wie »er ist harmlos, er ist lammfromm, er tut keiner Fliege was zuleide« nichts zu hören.

Aber die Hausfrauen, denen Tom in den Drugstore folgte, wenn sie ihre Einkäufe machten – ohne sie allerdings je anzusprechen oder sich ihnen auch nur auf weniger als einen Meter zu nähern –, waren keineswegs dieser Ansicht. Und es störte sie ganz erheblich, daß sie, sobald sie sich umdrehten, hinter sich diesen großen, schlaksigen Kerl mit hängenden Armen sahen, der mit seinem vorstehenden Kinn, seinen hochroten und immer feuchten Lippen wenig vertrauenerweckend aussah und sie unverwandt anstarrte. Und wenn sie sich nicht umdrehten, war es noch unerträglicher, seine Blicke im Rücken zu spüren.

Levesky, der Tom schließlich den Zutritt zu seiner Ranch verboten hatte und Ruth nur noch in Begleitung eines seiner Söhne zum Einkaufen schickte, setzte alles daran, eine Petition durchzusetzen, in der Jim Ballou aufgefordert werden sollte, seinen Bruder wegzubringen. Aber obwohl die Petition von vielen begrüßt wurde, wollte sie doch niemand unterzeichnen.

Da Tom in seinen aggressiven Äußerungen immer wieder Chloé und »die von Yaraville« erwähnte, riet uns Davidson schließlich, wenn schon nicht ganz Yaraville, so doch zumindest einen bestimmten Bereich um das Haus herum einzuzäunen. Ich fühlte mich ziemlich unwohl dabei, mich hinter einem Zaun zu verschanzen, eine Maßnahme, der weder mein Großvater noch mein Vater je zugestimmt hätten. Doch auf Drängen von Suzy und Davidson willigte ich schließlich ein. Gleich nach Weihnachten sollte mit den Arbeiten begonnen werden.

Am 21. Dezember – wie könnte ich je dieses Datum vergessen? – machte Chloé großes Theater, als sie ins Bett sollte. Sie war schon fast eingeschlafen, als sie plötzlich wieder aufstand, hellwach war und im Spielzimmer Billard spielen wollte. Ich sah im Arbeitszimmer gerade meine Notizen durch, als Suzy kam und mir verkündete, daß Chloé sich über ihre Versuche, sie zurückzuhalten, hinweggesetzt und sich im Spielzimmer eingeschlossen habe, von wo ein ungeheurer Krach zu hören war.

Ich bewaffnete mich wieder mit meiner »Keule« – so hatte Suzy meine Hantel getauft – und trommelte gegen die Tür des Spielzimmers, die sie von innen abgeschlossen hatte. Mit lauter und strenger Stimme befahl ich Chloé, aufzumachen und ins Kinderzimmer zurückzugehen. Dieser Befehl blieb jedoch ohne Wirkung, da sich Chloé hinter der Tür vor meiner Strafe in Sicherheit fühlte. Ich fragte mich gerade, wie lange ich hier wohl stehenbleiben mußte, bis sie endlich nachgeben würde, als mir ein Trick einfiel.

Flüsternd bat ich Suzy, mir meine kleine Taschenlampe zu bringen und die Hauptsicherung im Haus herauszudrehen. Dann sagte ich zu Chloé durch die Tür (ich mußte schreien, um den Lärm der aneinanderkrachenden Billardkugeln zu übertönen), daß, falls sie nicht öffnete, *Groß* das Licht ausschalten würde. Obwohl sie ungeheure Angst vor der Dunkelheit hatte und ohne eine brennende Nachttischlampe nicht einschlafen konnte, ließ sich Chloé von dieser Drohung nicht beeindrucken. Schon seit langem konnte sie die Lichtschalter in allen Räumen des Hauses ohne Schwierigkeiten ein- und ausschalten. Und auch als es im Spielzimmer dunkel wurde, beunruhigte sie das nicht weiter. Sie ging zu dem Lichtschalter neben der Tür, knipste ihn an und gab ein überraschtes und wütendes Gezeter von sich, als nichts passierte. Als sie ihn erneut aus-, wieder ein- und wieder ausgeschaltet hatte und sich noch immer nichts tat, packte sie die Angst. Sie fing zu weinen und zu schreien an und hämmerte mit beiden Händen gegen die Tür. Bis jetzt hatte ich schweigend vor der Tür gestanden, aber als ich merkte, daß ihre Schläge immer heftiger wurden und das Türblatt aus Eiche zu bersten drohte, schaltete ich die Taschenlampe ein, hielt sie vor das Schlüsselloch und schrie, sie solle den Schlüssel herumdrehen. Sie gehorchte sofort.

Als sie im Flur war, kauerte sie sich auf den Boden, wimmerte kläglich vor sich hin und ergriff meine Hand. Ich brachte sie ins Kinderzimmer und schaute auf die Uhr. Der ganze Vorfall hatte fünfunddreißig Minuten gedauert. Ich war schweißgebadet und sehr wütend.

Ich nahm mir fest vor, in Zukunft die Tür des Spielzimmers von außen abzuschließen, bevor Chloé zu Bett gebracht wurde.

Ich hatte nicht übel Lust, ihr die kalte Schulter zu zeigen und ihr nur einen flüchtigen Friedenskuß zu geben. Aber was Gefühle betraf, so hatte Chloé ein außerordentlich feines Gespür, um auch die geringsten Abweichungen wahrzunehmen. Wenn sie meine Kälte bemerkt hätte, hätte sie nicht ruhig schlafen können und wir folglich auch nicht.

Also umarmte ich sie sehr viel herzlicher, als ich es eigentlich vorhatte, denn im Innersten verwünschte ich sie und ihre Launen, ihre Wutanfälle, ihren Ungehorsam, die Bedrohung, die ihre Kraft für uns darstellte, und die ständigen Sorgen, die sie uns bereitete. Abgesehen davon, daß wir ihretwegen nicht einmal mehr in Urlaub fahren konnten und wie Gefangene auf Yaraville eingesperrt waren und bald auch noch einen Zaun vor der Nase haben würden. Wie hatte Donald doch so treffend (wenn auch ziemlich taktlos) bemerkt: »Da ihr Chloé nicht hinter Gitter bringen wollt, zieht ihr eben einen Zaun um euch herum!«

Während Suzy im Bad war, machte ich gewissenhaft meine Hantelübungen. Dann ging ich duschen. Als ich fertig war, kämmte ich mich noch sorgfältig, wie immer, bevor ich ins Bett ging. Und auch dieses Mal amüsierte sich Suzy über diese unsinnige Angewohnheit; sie lag ausgestreckt im Bett, hatte den Kopf auf den Ellenbogen gestützt und beobachtete mich durch die offene Badezimmertür. Sie sagte jedoch nichts. Ich legte mich zu ihr, und sie lehnte, noch immer schweigend, ihren Kopf an meine Schulter. Vielleicht war sie einfach müde. Aber ich glaube eher, daß sie, wie Oscar Wilde so schön sagt, »den psychologisch richtigen Augenblick kennt, in dem man besser schweigt«. Auf jeden Fall hatte ihr Schweigen eine beruhigende Wirkung auf mich, und ich schämte mich, daß ich eben noch so schlecht über unsere Chloé gedacht hatte.

Denn immerhin war es ja nicht Chloés Schuld, daß ihre Mutter aus ihrer natürlichen Umgebung herausgerissen und Chloé selbst von ihren Artgenossen getrennt worden war, um nach Verhaltensregeln und Sitten erzogen zu werden, die nicht ihrer Art entsprachen. Und obendrein der Zwang, mit uns, durch uns und für uns ein kleines Stück auf dem Weg zur Menschwerdung zu gehen, allerdings ohne eine echte Chance, jemals dorthin zu gelangen. Als ob sie meine Gedanken erraten hätte, brach Suzy plötzlich ihr Schweigen:

»Geht es dir jetzt besser?«

»Es ging mir überhaupt nicht schlecht.«

»Bist du nicht mehr wütend auf Chloé?«

»Nein.«

»Auch nicht auf mich, weil ich sie hierbehalten möchte?«

»Auf dich noch viel weniger.«

»Dich ärgert die Geschichte mit dem Zaun?«

»Tja, er ist nun mal nötig.«

»Aber es wird eine ganze Menge kosten.«

»Geldverlust ist zu verschmerzen. Es ist überhaupt alles zu verschmerzen, bis auf den Tod.«

»Also, deine Stimmung ist gut?«

»So gut, wie sie unter den gegebenen Umständen sein kann.«

»Was sind für dich die gegebenen Umstände? Die Petition, die Drohungen, die Nachstellungen der Gebrüder Ballou?«

»Nicht nur das. Was mich am meisten traurig macht, ist, daß Chloé nicht mehr will. Natürlich, wir unterrichten sie nach wie vor jeden Tag, aber du weißt genausogut wie ich, daß das reine Augenwischerei ist. Es gibt keine einzige Minute, in der sie wirklich arbeitet. Das letzte Zeichen, das sie gelernt hat, war das Zeichen für *sterben*. Seitdem nichts mehr! Ich habe leider den Eindruck, daß auch das Projekt Chloé gestorben ist.«

»Aber nein, Ed! Chloés Faulheit oder Unwilligkeit ist bestimmt nur eine Phase in ihrer Entwicklung. Eine Phase, die sicherlich mit dem Übergang von der Pubertät zum Erwachsenwerden zusammenhängt.«

Dieses Argument überzeugte mich nicht. Chloé war schon lange erwachsen! Aber Suzy war anzusehen, daß sie müde war, und so wollte ich nicht weiter mit ihr darüber diskutieren und sagte nur:

»Vielleicht hast du recht.«

Auch sie wollte offensichtlich nicht weiter diskutieren. Sie seufzte vor Erleichterung und meinte:

»O. K., ein Küßchen, und dann wird geschlafen.«

»Zwei, ich bin ja nicht knauserig.«

Dann drehte sie mir den Rücken zu und schlief ein. Ich hatte weitaus größere Schwierigkeiten, Schlaf zu finden. Und als es mir schließlich gelungen war, überkam mich ein Traum, den ich schon einmal geträumt hatte. Diesmal jedoch erlebte ich ihn in einer etwas anderen Fassung, und, was noch schlimmer war, er wiederholte sich immer wieder, was mir den schrecklich ermüdenden Eindruck vermittelte, mich im Kreis zu drehen; wie ein Sklave, der an eine Mühle gekettet ist und den Mahlstein in Gang halten und ständig gehen muß, ohne dabei jemals vorwärts zu kommen.

Suzy und ich fahren mit Chloé in die Stadt, um sie wieder in den Käfig zurückzubringen, in dem sie vor elf Jahren geboren wurde. Als wir am Eingang des Zoos angekommen sind und das

Auto unter einer großen Eiche abgestellt haben, sagt Suzy weinend zu mir: »Geh alleine, ich warte im Auto.« Ich gehe und ziehe Chloé hinter mir her, die ausnahmsweise gehorcht, aber auch weint und schluchzt. Im Zoo sperrt man sie in einen Käfig, und zwei Wärter machen sich sofort daran, sie auszuziehen. Erschrocken frage ich sie: »Aber warum machen Sie das?« Einer von ihnen mustert mich und antwortet: »Hier ist doch geheizt! Glauben Sie wirklich, daß ein Tier Kleider braucht?« Chloé sieht mich mit traurigen Augen an und sagt in Ameslan: *Warum Groß einsperren Chloé?* Ich antworte nicht, sondern gehe davon, den Blick auf den Boden geheftet und von Schuldgefühlen und Gewissensbissen geplagt.

Am Eingang des Zoos steht zwar noch die große Eiche, aber mein Auto ist weg. Diebstahl? Oder ist Suzy ohne mich weggefahren? Oder ist sie mit dem Auto gekidnappt worden wie Chloé von Denecke? Ich fühle mich schrecklich allein und verlassen, und es kommt mir wie eine Strafe vor. Ich weiß nicht, was ich tun soll. Die Polizei benachrichtigen? Was, wenn Suzy inzwischen mit dem Auto zurückkommt?

Ich bin ratlos und lehne mich an die große Eiche. Und an der Rinde des Baumstammes, fast genau auf der Höhe meines Kopfes, sehe ich einen kleinen Zettel, der mit einer Haarnadel befestigt ist. »Auf Wiedersehen. Ich gehe zu Chloé. Suzy.«

Was soll das bedeuten: »zu Chloé«? Will sie mit Chloé hinter Gittern leben?

Doch nicht die Absurdität ihres Vorhabens trifft mich, sondern die Tatsache, daß Suzy mich für immer verläßt. Ich renne hastig zu dem Käfig zurück, in dem ich Chloé gelassen hatte. Sie ist nicht mehr da. Und auch Suzy nicht. Ich frage einen der Wärter: »Wo ist der Schimpanse, den ich Ihnen gebracht habe?« Er sagt: »Welcher Schimpanse? Alles, was wir hier haben, ist ein Gorilla.« Das Tier, auf das er gezeigt hat und von dem ich nur den Rücken sehe, dreht sich langsam zu mir um. Es ist Tom Ballou. »Aber Tom«, sage ich, »was machen Sie hier?« – »Das sollten Sie doch wissen«, erwidert er, »Sie haben mich doch hierherbringen lassen.« – »Aber keineswegs«, meine ich entrüstet, weiß aber ganz genau, daß ich lüge.

Er lügt übrigens auch. Mit seinen kleinen schwarzen Augen schaut er mich listig an, als ob er etwas gegen mich im Schilde führen würde. Er fährt fort: »Aber ich bin Ihnen doch nicht böse. Mir geht es hier sehr gut. Und sie haben gesagt, daß ich eine Freundin bekomme.« Er lacht obszön. »Lassen Sie uns Frieden schließen!« schlägt er vor. »Dann sage ich Ihnen auch, wo Suzy ist. Aber zuerst geben Sie mir die Hand.« Und durch das Gitter streckt er mir seine behaarten Finger entgegen. Ich fühle, daß dies eine Falle ist, und trotzdem tappe ich – gegen meinen Willen – hinein. Ich gebe ihm die Hand. Im nächsten Augenblick hält er sie fest, drückt sie wie in einem Schraubstock zusammen und zieht sie mit unglaublicher Kraft zu sich hin. Ich leiste verzweifelt Widerstand, spüre aber, daß ich immer mehr an Boden verliere, bis meine Schulter schließlich das Gitter berührt. Vor Schmerz schreie ich auf. Ich fühle, daß Tom es schaffen wird, mir den Arm auszureißen. Schon spüre ich, wie die Knochen in meiner Schulter krachen und meine Muskeln zerspringen.

Diesen Traum träumte ich, wie gesagt, nicht nur einmal, sondern mehrmals hintereinander. Und jedesmal war er an der schlimmsten Stelle zu Ende: meine Schulter löste sich, und mein rechter Arm lag in der Hand meines Gegners.

Als ich endlich aufwachte, war ich schweißgebadet, das Herz schlug mir bis zum Hals, ich hatte Ohrensausen, mein Hals war wie ausgetrocknet, und ich brauchte eine ganze Weile, um zu begreifen, daß meine Gliedmaßen noch alle heil waren. Ich knipste die kleine Nachttischlampe an.

Trotz des schwachen Lichtscheins dauerte es eine Weile, bis sich meine Augen daran gewöhnt hatten. Ich stützte mich auf, nahm das Glas Wasser, das auf dem Nachttischchen stand, und trank. Dabei bemerkte ich im Halbdunkel des Zimmers, etwa drei Schritte von mir entfernt, zwei Beine.

Ich traute meinen Augen nicht. Wenn ich nicht das Glas in meiner Hand und das kalte Wasser in meiner Kehle gespürt hätte, hätte ich geglaubt, daß es ein neuer Traum sei. Ich setzte das Glas ab und hielt die Hand über den Schirm der kleinen Lampe; dann kippte ich ihn nach hinten und war fast sicher, daß sich meine Vision in Luft auflösen würde, so absurd, wie sie war.

Aber sie verschwand keineswegs, im Gegenteil, sie wurde nur noch klarer sichtbar. Die Beine gehörten Tom Ballou, der mit einem Gewehr bewaffnet war. Das Gewehr war auf uns gerichtet.

Auch jetzt noch zögerte ich zu glauben, daß es wahr war, was ich da sah. Zumal er sich weder bewegte noch sprach. Ich schaltete die Deckenlampe an und fragte mit lauter Stimme:

»Tom, was willst du hier?«

Suzy wachte auf, stieß einen Schrei aus, fing sich aber sofort wieder, und zu mir gewandt meinte sie eher verblüfft als tatsächlich erschrocken:

»Was macht der da? Wie ist er hier hereingekommen?«

»Über das Dach, Mrs. Dale«, sagte Tom höflich.

»Das ist unmöglich«, erwiderte ich, »ich habe die Dachluken selbst verschlossen!«

Gleichzeitig dachte ich: Es war Chloé, als sie im Spielzimmer verrückt gespielt hat! Sie muß sie geöffnet haben!

Tom schwieg. Er sah nicht besonders bedrohlich aus, noch schien er sich zu erinnern, warum er überhaupt hergekommen war. Ich zögerte, ihm meine erste Frage noch einmal zu stellen. Ich fürchtete, er könnte sich plötzlich daran erinnern, was er eigentlich bei uns wollte. Ich versuchte, ihn abzulenken.

»Wie bist du denn hergekommen?«

»Mit dem Fahrrad.«

»Du mußt durstig sein. Willst du was trinken?«

»Nein.«

»Was soll das Gewehr?« fragte Suzy.

Tom antwortete nicht. Ich stieß Suzy unter der Decke leicht ans Knie, um ihr zu verstehen zu geben, wie gefährlich eine solche Frage war. Aber entweder hatte sie meinen Wink nicht verstanden, oder sie war anderer Ansicht, jedenfalls fuhr sie fort:

»Was soll das Gewehr?«

»Es ist Jims Gewehr«, sagte Tom.

»Ist es geladen?« fragte Suzy.

»Nein«, antwortete Tom.

Meine rechte Hand glitt zwischen Bett und Nachttischlampe und suchte tastend nach der Hantel. Aber das war nur der letzte verzweifelte Ausweg. Ich schätzte meine Chancen nicht sehr hoch ein. Er war stark und schnell, und wenn er mir einen Schlag mit dem Gewehrkolben verpaßte, brauchte er kein zweites Mal zuzuschlagen.

Tom schaute Suzy an. Er hatte etwas merkwürdig ausgesehen, als sie ihn gefragt hatte, ob seine Waffe geladen sei. Und so schüchtern er bis dahin gewesen war, so prahlerisch und aggressiv wurde er plötzlich.

»Ich habe zwei Patronen«, sagte er hochnäsig.

Er nahm sie aus der Tasche seiner abgewetzten Jacke und zeigte sie uns. Dann öffnete er seine Waffe und ließ eine nach der anderen behutsam in den Zwillingslauf gleiten. Dann schloß er das Gewehr mit einem trockenen Schlag und stemmte triumphierend den Kolben in seine Hüfte, richtete den Lauf nach oben und hielt den Finger am Abzug. Er war bereit zu schießen, und ich hätte gewettet, daß dieses Gefühl in ihm den Wunsch weckte, es auch zu tun.

Ich hielt meine Hantel fest, aber zumindest in diesem Augenblick waren meine Chancen gleich Null. Tom stand drei Meter von mir entfernt, und ich hätte mich keinen einzigen Zentimeter von der Stelle rühren können, ohne daß er mir nicht eine Kugel durch den Kopf gejagt hätte.

»Tom«, sagte ich, »soll ich Jim anrufen, damit er dich abholt?«
»Nein.«

Er sagte das wütend und ohne mich anzusehen. Er hatte nur Augen für Suzy, und mir paßte die Art nicht, wie er sie ansah.

»Tom«, sagte ich etwas lauter, »was willst du?«

Er schüttelte den Kopf, als ob ihn eine Fliege stören würde, und antwortete mit wirrer Stimme, ohne dabei seinen Blick von Suzy abzuwenden:

»Chloé töten.«

»Wieso, Tom?« gab ich wütend zurück. »Reicht es dir nicht, daß du auf meinen Hund geschossen hast? Willst du auch noch Chloé umbringen?«

Meine Heftigkeit schien ihn beeindruckt zu haben, und er antwortete eher kleinlaut in entschuldigendem Ton – wie ein kleiner Junge, der von seinem Vater ausgeschimpft wird:

»Ich muß. Ich habe gesagt, daß ich es tue.«

Auch jetzt ließ er Suzy nicht aus den Augen.

»Aber Tom«, sagte ich, »man muß doch nicht alles tun, was man gesagt hat!«

Er zuckte die Achseln, schüttelte den Kopf und öffnete leicht den Mund, ohne jedoch etwas zu sagen. Sein schwerer Kiefer schien herunterzubaumeln, als wäre er ausgehängt worden. Anscheinend wußte er nicht mehr, was los war. Seitdem er Suzy im Nachthemd gesehen hatte, hatte er sie keine Sekunde aus den Augen gelassen.

Nach einer ganzen Weile sagte er höflich:

»Bitte ziehen Sie Ihr Nachthemd aus, Mrs. Dale!«

Diese Bitte stand in einem solchen Kontrast zu dem Ton, in dem sie geäußert wurde, daß sie eher komisch gewirkt hätte, wenn Tom nicht ein geladenes Gewehr in den Händen gehalten hätte. Aber Suzy nahm solche Dinge nicht auf die leichte Schulter. Sie wurde wütend.

»Tom«, sagte sie, »du solltest dich schämen, mich um so etwas zu bitten! Was würde deine Mutter dazu sagen, wenn sie dich hier so sehen könnte?«

Diese rein rhetorische Frage hatte eine unerwartete Wirkung: Sie löste bei Tom eine irrsinnige Wut aus!

»Meine Mutter ist tot!« rief er.

Er war so wütend, daß er anfing zu stottern.

»Und nie... nie... niemand darf über sie sprechen!«

Plötzlich legte er an und schoß. Über meinem Kopf flog die gläserne Lampe aus Venedig in tausend Stücke. Einen Augenblick lang hatte ich das Gefühl, daß es mein Kopf war, der in Stücke fliegen würde. Und entsetzt dachte ich: Der Knall wird Chloé wecken. Sie wird hereingestürzt kommen und dem Kerl ins Gesicht springen.

»Das als Warnung!« sagte Tom und knirschte mit den Zähnen. »Und nun, Mrs. Dale, das Nachthemd!«

Dieses Mal blieb Suzy still. Ihr war klargeworden, daß ihre heftige Reaktion eine verheerende Wirkung auf Tom gehabt hatte. Sie schwieg, kam aber der Aufforderung natürlich nicht nach.

»Tom«, sagte ich verzweifelt und versuchte, wieder etwas Vernunft in diesen Irrsinn zu bringen, »wenn du mich tötest, hast du keine Patrone mehr, und Chloé wird dich töten.«

»Ich habe noch das hier«, sagte Tom und klopfte sich auf die linke Hüfte. »Das hier« war ein großes Jagdmesser, das in einem Futteral an seinem Gürtel hing. Er mußte sich vor Chloés Kraft so gefürchtet haben, daß er sich bis an die Zähne bewaffnet hatte. Das war es, was in seinem riesigen Körper steckte: ein verängstigter kleiner Junge, der sich als Held aufspielte. Und genau diese Angst machte mir Sorgen.

Ich hatte keine Zeit zu antworten. Während ich Chloé erwartete, kam Emma ins Zimmer gestürzt. Sie sah Tom, wie er mit dem Gewehr in der Hand vor uns stand, und warf sich tollkühn auf ihn und versuchte, ihm die Waffe zu entreißen. Ein Schuß ging los, der jedoch niemanden traf; nur der große Standspiegel sprang in Stücke. Dann sah ich, wie sich Tom und Emma am Boden wälzten. Tom hob seinen Gewehrlauf, um sie damit zu schlagen. Ich war sicher, daß er sie umbringen wollte.

»Tom!«

Er hielt inne und sah mich an. Ich war aufgestanden. Ich stand mit der Hantel in der Hand neben dem Bett. Seine kleinen schwarzen Augen blitzten. Dann kam er sehr langsam auf mich zu und hielt seine Waffe am Lauf. Ich ging Schritt für Schritt zurück. In diesem Augenblick glaubte ich mich schon verloren.

Was dann geschah, ging so schnell, daß ich nur das Ergebnis, nicht aber die Ursache wahrnehmen konnte. Das Ergebnis war, daß ich das Gewehr quer durchs Zimmer fliegen sah und Chloé und Tom, in ein wildes Handgemenge verstrickt, am Boden lagen. Rauhe, unmenschliche Knurrlaute und dazwischen die schrillen Schreie von Suzy und Emma, die mir in den Ohren gellten. Ich legte die Hand auf meinen Mund und merkte, daß auch ich schrie. Mit der Hantel in der Hand lief ich um die zwei Kampfhähne herum, aber es wäre Wahnsinn gewesen, dazwischen zu gehen, denn man sah nur Arme und Beine wild durcheinanderwirbeln.

Der Kampf dauerte auch nur einige Sekunden, und ich nahm ihn erst richtig wahr, als er bereits beendet war. Das Handgemenge löste sich auf, und die beiden Kampfhähne trennten sich – wie es aussah – freiwillig voneinander. Doch dem war absolut nicht so. Tom lag auf dem Rücken. Sie hatte ihm die Kehle durchgebissen. Chloé lag auf dem Bauch, das Jagdmesser, das Tom noch hatte ziehen können, steckte bis zum Schaft in ihrem linken Schulterblatt. Dumpf starrte ich die beiden an, ohne irgend etwas zu empfinden.

Ich war so sehr von Entsetzen gepackt, daß ich nicht die Kraft hatte, zu ihnen zu gehen. Und Suzy schien es genauso zu gehen. Sie half Emma beim Aufstehen und führte sie zum Bett; auch ich legte mich aufs Bett, da mir von dem Geruch des Gemetzels ganz schwindelig wurde. Da lagen wir alle drei also auf dem Bett – wie auf einer unbefleckten Insel inmitten eines Meeres voller Blut.

Kurze Zeit später erhob ich mich, nahm den Wasserkrug vom Nachttisch, füllte mein Glas und reichte es Suzy, die einen Schluck nahm und dann Emma zu trinken gab. Emma schaute mich über den Rand des Glases aus einem Auge an. Das andere war geschlossen, das Augenlid grün und blau geschlagen und verschwollen, auf dem Backenknochen klaffte eine Wunde.

Wie durch einen Nebelschleier sah ich, daß Suzy aufstand und sich neben Chloé kniete.

»Suzy?«

Sie antwortete nicht. Entgegen jeder Vernunft keimte in mir ein Funken Hoffnung auf.

»Suzy, ist sie...?«

Meine Stimme war so schwach und tonlos, daß ich sie kaum wiedererkannte.

»Ja«, hauchte sie.

Auch mir gelang es endlich aufzustehen. Ich ging ins Bad und ließ mir etwas Wasser über das Gesicht laufen. Als ich wieder ins Zimmer zurückkam, lagen Suzy und Emma auf dem Bett. Suzy hielt die Hände vors Gesicht und schluchzte. Emma beugte sich über sie und versuchte, sie zu trösten. Ich setzte mich links von Suzy auf das Bett und nahm den Telefonhörer ab.

Ich staunte über meine langsamen Bewegungen. Alles wirkte wie in Zeitlupe. Ich rief Davidson, Hunt und Dr. Lewis an. Ich fragte mich noch, ob ich nicht auch Jim Ballou anrufen sollte, aber als ich darüber nachdachte, zog ich es vor, diese Aufgabe Davidson zu überlassen.

Ich schlug Suzy vor, sich anzuziehen und für uns alle Kaffee zu machen. Ich hoffte, daß sie sich etwas beruhigen würde, wenn sie angezogen und beschäftigt war. Auch ich zog mich an. Dann ging ich hinunter, schloß die Haustür auf, ging auf die Terrasse und atmete tief durch. Die Luft war nicht sehr kalt, und der Mond leuchtete hell. Ich lief etwas herum und verspürte das leise Bedürfnis zu weinen, aber außer ein oder zwei Schluchzern, die mir im Hals steckenblieben, brachte ich es nicht fertig. Ich ging wieder auf die Terrasse und lief ziellos hin und her.

Immer wieder sagte ich mir, »das Projekt Chloé ist beendet«, konnte es aber einfach nicht glauben. Acht Jahre Arbeit und Liebe, Seite an Seite mit Suzy. Liebe zu ihr, zu dieser aufreibenden Arbeit und zu Chloé.

Wenig später kam Suzy auf die Terrasse und hakte sich bei mir unter, als ob sie mich führen müßte, weil ich allein nicht mehr laufen konnte. Sie brachte mich ins Eßzimmer. Emma hatte im Kamin ein großes Feuer angezündet. Nun saßen wir hier mitten in der Nacht und tranken Kaffee. Noch immer konnten wir nicht fassen, was sich da oben in unserem Schlafzimmer abgespielt hatte: zwei Schüsse waren gefallen, und nun lagen diese beiden Leichen da oben nebeneinander. Wie sehr man sich doch manchmal wünscht, die Zeit zurückdrehen zu können, um den unerbittlichen Lauf der Ereignisse an dem Punkt aufhalten zu können, an dem er seine verhängnisvolle Wende nimmt. In diesem Fall war es der Tag der Treibjagd gewesen, als Chloé Roderick von seiner Kette losmachte.

Nach einer ganzen Weile stellte Suzy ihre Tasse auf den Tisch, drehte sich zu Emma um und küßte sie auf die unverletzte Wange. Leise sagte sie:

»Danke, du hast uns gerettet.«

Schnell und für mich völlig wirr bewegte Emma ihre Hände, und ich erriet eher, als daß ich verstand, was sie sagte: »Ohne Mr. Dale hätte Tom mich mit einem einzigen Schlag seines Gewehrkolbens zur Strecke gebracht.«

Das stimmte. Aber ohne sie, ohne ihren kurzen Kampf mit

Tom – bei dem die zweite Kugel losgegangen war und den Spiegel zertrümmert hatte – hätte ich statt dessen diese Kugel in den Kopf bekommen. Und ohne Chloé, die uns abgelöst hatte, hätte es uns vermutlich alle erwischt.

Wir warteten auf Hunt, Lewis und Davidson. Lewis würde den Tod Tom Ballous feststellen und Emmas geschwollene Wange behandeln. Hunt würde mir, so daß Suzy es nicht hören konnte, zuflüstern: »Siehst du, ich hatte doch recht. Ihr hättet Chloé gleich nach der Rauferei im Spielzimmer in den Zoo zurückbringen sollen.« Und nach einer ersten Feststellung der Tatsachen würde Davidson mir einen guten Rat geben: »Dieses Mal, Mr. Dale, müssen Sie Jim Ballou verklagen. Sonst verklagt er sie. Und ob Sie den Prozeß bei der Rechtsprechung heutzutage gewinnen, ist nicht einmal sicher.«

Im Laufe des Vormittags würde ich Mary treffen. Sie würde mich beiseite nehmen und mir sagen: »Ed, du solltest mit Suzy eine Reise machen – eine lange Reise, das würde ihr guttun. Es hat sie alles ziemlich mitgenommen.«

Ja, sie hatte recht. Ich würde mit Suzy verreisen. Ich würde es so einrichten, daß unsere Rückkehr mit den Ferien der »Kinder« zusammenfiele, und ich würde sie alle in die Rocky Mountains mitnehmen. Ich sage bewußt »alle« – einschließlich Emma und Evelyn. Und wenn ich nach Yaraville – »weiser und trauriger als vorher« – zurückkäme, würde ich mein Buch über Chloé beenden. Doch zuvor mußte ich wieder zu Atem kommen und versuchen, einen Teil meiner Liebe zum Menschen, diesem Emporkömmling unter den Primaten, wiederzufinden.

Nachwort

Bereits seit vielen Jahren beschäftige ich mich intensiv mit Tieren, wobei mich immer besonders die Verständigung zwischen Mensch und Tier interessiert hat. »Der Tag des Affen« ist deshalb auch nicht mein erstes Buch, das von einem Tier handelt. Im Jahre 1967 habe ich einen Roman über ein Delphinpärchen veröffentlicht, dem ein amerikanischer Wissenschaftler Englisch beigebracht hatte. Die Geschichte war frei erfunden, basierte jedoch auf umfangreichem Dokumentationsmaterial.

In diesem Buch habe ich vorausgesagt, daß der Mensch eines Tages die friedfertigen Delphine zu militärischen Zwecken benutzen würde. Genau das passierte sieben Jahre später im Golf von Tonkin, wo Delphine gegen nordvietnamesische Froschmänner eingesetzt wurden – und es hat sich in jüngster Zeit im Persischen Golf wiederholt, wo diese Tiere zum Aufspüren von Unterwasserminen verwendet wurden. Um Delphinen so komplexe Aufgaben übertragen zu können, bei denen sie selbständig handeln müssen, mußte man vorher eine Möglichkeit finden, sich mit ihnen zu verständigen. Da diese Operationen jedoch unter das Militärgeheimnis fallen, wird man wohl kaum je etwas darüber in Erfahrung bringen. Aber man kann Vermutungen anstellen. Ich neige zu der Ansicht, daß es gelungen ist, die Pfeifsignale, mit denen sich die Delphine untereinander verständigen, zu entschlüsseln. Da man ihnen nicht unsere Sprache beibringen konnte, hat man einfach ihre Sprache gelernt.

Die sprachliche Verständigung zwischen Mensch und Tier ist ein äußerst faszinierendes Forschungsgebiet, das die Wissenschaft immer wieder beschäftigt hat. Deshalb ist es auch nicht verwunderlich, daß amerikanische Wissenschaftler versucht haben, einem Schimpansen Englisch beizubringen. Tiere das Sprechen zu lehren ist schließlich ein alter Traum des Menschen, der jedoch bislang nie ganz Wirklichkeit geworden ist.

Nach diesem Mißerfolg besann man sich darauf, daß es nicht nur die gesprochene Sprache gibt und daß man auch die Hände der Primaten nutzen könnte, um ihnen eine Gebärdensprache beizubringen, wie sie Gehörlose verwenden ... Und siehe da, die Bemühungen der Forscher wurden von Erfolg gekrönt.

Auf der Grundlage dieses erfolgreichen Versuches, mit Primaten eine Art von sprachlicher Verständigung herzustellen, entstand mein Roman. Auch in diesem Fall wurde meine Phantasie durch umfassendes Informationsmaterial angeregt. Im Gegensatz zu meinem Roman über die Delphine werden in diesem Buch jedoch nicht Science-fiction oder Zukunftsvisionen geschildert, sondern ich habe mich allein auf bereits bekannte Fakten gestützt.

Um diese Fakten zusammenzutragen, war mir mein Freund, Professor René-Guy Busnel, eine unschätzbare Hilfe. Er besitzt ein umfassendes Archiv von hauptsächlich amerikanischer Literatur über Primaten, das sicher einmalig in Frankreich ist. Er hat mir seine gesamte Bibliothek zur Verfügung gestellt und mich auch persönlich bei meiner Arbeit sehr unterstützt.

Wenn ich meinem Verleger glauben darf, so ist *Le Propre de l'Homme* (wörtlich: Das Charakteristische des Menschen) ein guter Titel. Aber was ist das Charakteristische des Menschen? Das Lachen? Auch die Schimpansen lachen. Die Vernunft? Wie will man Delphinen und Primaten die Vernunft absprechen, wenn man sieht, was für erstaunliche Dinge sie vollbringen, die nicht einfach andressiert sind? Und zuletzt, die Sprache? Aber kann man das noch behaupten, wenn man sieht, wie sich ein Schimpanse mit seinen Händen in der Gebärdensprache verständigt?

Robert Merle

GOLDMANN TASCHENBÜCHER

Fordern Sie das kostenlose Gesamtverzeichnis an!

Literatur · Unterhaltung · Bestseller · Lyrik

Frauen heute · Thriller · Biographien

Bücher zu Film und Fernsehen · Kriminalromane

Science-Fiction · Fantasy · Abenteuer · Spiele-Bücher

Lesespaß zum Jubelpreis · Schock · Cartoon · Heiteres

Klassiker mit Erläuterungen · Werkausgaben

****

Sachbücher zu Politik, Gesellschaft,

Zeitgeschichte und Geschichte; zu Wissenschaft,

Natur und Psychologie

Ein Siedler Buch bei Goldmann

****

Esoterik · Magisch reisen

****

Ratgeber zu Psychologie, Lebenshilfe,

Sexualität und Partnerschaft;

zu Ernährung und für die gesunde Küche

Rechtsratgeber für Beruf und Ausbildung

Goldmann Verlag · Neumarkter Str. 18 · 8000 München 80

Bitte senden Sie mir das neue Gesamtverzeichnis.

Name: _____

Straße: _____

PLZ/Ort: _____